广东戏剧文库
优秀剧作选

1949-2019
话 剧 卷

GUANGDONG XIJU WENKU
YOUXIU JUZUO XUAN
HUAJUJUAN

（第1册）

广东省艺术研究所
—— 主编 ——

中国戏剧出版社
CHINA THEATRE PRESS

图书在版编目（CIP）数据

广东戏剧文库. 优秀剧作选. 话剧卷：1949—2019 / 广东省艺术研究所主编. -- 北京：中国戏剧出版社，2021.11
ISBN 978-7-104-05132-9

Ⅰ. ①广… Ⅱ. ①广… Ⅲ. ①话剧剧本－作品集－广东－当代 Ⅳ. ①I236.65

中国版本图书馆CIP数据核字(2021)第187849号

广东戏剧文库·优秀剧作选·话剧卷（1949—2019）

责任编辑：肖　楠　曹　静
责任印制：冯志强
校　　对：张爱华

出版发行：中国戏剧出版社
出 版 人：樊国宾
社　　址：北京市西城区天宁寺前街2号国家音乐产业基地L座
邮　　编：100055
网　　址：www.theatrebook.cn
电　　话：010-63381560（发行部）　010-63385980（总编室）
传　　真：010-63383910（发行部）

读者服务：010-63387810
邮购地址：北京市西城区天宁寺前街2号国家音乐产业基地L座

印　　刷：保定市铭泰达印刷有限公司
开　　本：787mm×1092mm　1/16
印　　张：77.75
字　　数：1253千字
版　　次：2021年11月　北京第1版第1次印刷
书　　号：ISBN 978-7-104-05132-9
定　　价：498.00元（全3册）

版权专有，违者必究；如有质量问题，请与出版社联系调换。

编委会名单

主　　　任　汪一洋
副 主 任　杨　树
顾　　　问　林　榆　　谢彬筹　　潘邦榛　　倪惠英　　梁郁南　　吴国钦　　管善裕
　　　　　　范莎侠　　张广武　　林　奋　　吕　匹　　昌维平　　余锦程　　黄壮营
　　　　　　张向阳　　林文祥　　赖汉衍　　杨春荣　　王筱顿
主　　　编　唐国华　　王　炜
副 主 编　张晋琼　　谢纳新
工作组成员　张传若　　郭君彦　　王迅霆　　叶慧珠　　潘洁英　　邹映雪　　潘晓平
　　　　　　黄迪云　　韩启瑶　　黎健文　　赵建国　　林　克　　陈文光　　黄　慰
　　　　　　杨　桦　　曾广南　　宗套花　　丘海虹　　余泽峰　　余海平　　林楷东
　　　　　　赖胜峰　　陈小媚　　蔡辉凌

序　言

为全面贯彻党的十九大和习近平总书记重要讲话精神，坚持以习近平新时代中国特色社会主义思想为指导，充分发挥广东戏剧在广东文化强省建设中的作用，促进广东戏剧观念、戏剧实践的发展，繁荣广东戏剧事业，推动广东戏剧事业走在全国前列，值中华人民共和国成立七十周年之际，在广东省文化和旅游厅的领导下，广东省艺术研究所自2018年开始启动《广东戏剧文库·优秀剧作选（1949—2019）》丛书出版工程，将广东戏剧70年来（1949—2019年）的剧目进行梳理、总结，现结集出版。

《广东戏剧文库·优秀剧作选（1949—2019）》由广东省文化和旅游厅策划，广东省艺术研究所承担组织编选工作。按照广东省文化和旅游厅的统一部署，由全省各演出院团报送剧本，我们聘请省内的戏剧专家、学者30余人，按照艺术质量与社会影响双重标准，将1949—2019年70年间历届省级以上戏剧赛事获得剧本奖的剧目、在市场演出中经久不衰的剧目、名家演出的代表性剧目、经专家推荐论证在现当代较有价值和意义的剧目甄选出来。自2018年开始，历时两年，我们从征集到的近2000个剧本中挑选出200多个，交由中国戏剧出版社出版。

《广东戏剧文库·优秀剧作选（1949—2019）》分8卷共25册，包括粤剧卷（8册）、潮剧卷（4册）、广东汉剧卷（2册）、雷剧卷（2册）、稀有剧种卷（含正字戏、白字戏、西秦戏、花朝戏4个剧种，3册）、客家山歌剧卷（2册）、韶关戏曲卷（含粤北采茶戏和乐昌花鼓戏2个剧种，1册）、话剧卷（3册）。

该剧作选所选录的剧本，就戏曲部分而言，既有经过整理的传统戏，如粤剧《白蛇传》《秦香莲》《审死官》，潮剧《荔镜记》《苏六娘》《告亲夫》，广东汉剧《齐王求将》，正字戏《张飞闯辕门》，白字戏《白罗衣》，西秦戏《辕门罪子》等；又有现当代新编写的历史剧,如粤剧《关汉卿》《昭君公主》《袁崇焕》,潮剧《辞郎洲》《陈太爷选婿》《东吴郡主》,广东汉剧《白门柳》,西秦戏《留取丹心照汗青》等;更有全新创作的现代戏,如粤剧《土缘》《驼哥的旗》《刑场上的婚礼》,潮剧《老兵回乡》《赠梅记》,广东汉剧《热嫁冷婚》,雷剧《抓阄村长》,梅县山歌剧《漂流的新娘花》《等郎妹》,粤北采茶戏《人生路》等。除戏曲剧目外,我们也留了3册的篇幅,用来收录广东70年来的优秀话剧剧本。所选剧本基本上比较真实地反映了广东戏剧70年来的剧目生产概况,比较完整地呈现了广东戏剧人在党的文艺方针指引下持续努力的轨迹,这对于今后的研究和创作而言,无疑是一份珍贵的参考资料,意义颇大。

鉴于时间跨度长、资料浩繁,编辑经验有限,书中错漏在所难免,祈请读者、方家批评指正。

《广东戏剧文库·优秀剧作选(1949-2019)》编委会

2019年3月

目 录

南海长城	赵　寰	001
羊城曙光	林　骥（执笔）许显良　李子占　关俭良	069
急流	许宏盛	135
恨海奇光	许宏盛	189
南方的风	欧伟雄　杨苗青　姚柱林	259
裂变	许　雁	309
特区人	林　骥	363
久久草	赵　寰　金敬迈　陆永昌	415

·话剧卷·

南海长城

编剧：赵 寰

人物表

区英才　　大南港武装基干民兵连连长

阿　螺　　区英才的妻子

钟阿婆　　阿螺的母亲，渔民，六十岁

钟　好　　钟阿婆的儿子，民兵班长

海　兰　　钟好的妻子

甜　女　　钟阿婆的次女，民兵

虎　仔　　甜女的未婚夫，解放军某部班长

江书记　　中共某县渔业工作委员会书记

赤卫伯　　老赤卫队员

林望高　　茶楼服务员，民兵，绰号"靓仔"（音近"亮崽"）

民兵甲、乙、丙、丁、戊、己

女民兵甲、乙……

少先队员甲、乙

公安部队战士、海军战士、渔民们

侯一光　　蒋匪国防部情报局押送匪特的特派代表

何　从　　匪特"海鲨"小队司令

单眼王　　匪特"海鲨"小队副司令，海匪，名叫王中王

蓝继之　　匪特电台台长，匪情报局骨干

9　号　　匪特"海鲨"小队行动组组长

78　号　　N.A.C.C.[①]特务

---

① N.A.C.C.——美国中央情报局驻中国台湾地区的特务机构"海军辅助通讯中心"。

杨美娣	绰号"大光灯",三十岁,看来仿佛三十多岁
卫太利	单眼王的老下属
特务们	

第一场

　　[一九六二年国庆节前夕。
　　[祖国南大门,大南港。
　　[新扩建的渔港小码头。
　　[幕启:夕阳一抹。小渔港的节日灯火亮了。
　　[渔歌——海蓝蓝,
　　　　　　蓝蓝的大海金光闪;
　　　　　　金鳞银翅鱼舱满,
　　　　　　喜唱丰收万家欢;
　　　　　　一盏明灯北京点,
　　　　　　照亮咱四海打鱼船!
　　[节日欢乐的人群过场。男女老少的欢笑声,朝远处的渔民商店和渔民俱乐部荡去。
　　[大锣鼓声。
　　[码头上,民兵连长区英才正在带头卸鲨鱼,唱着号子。

少先队甲　这么大的一条鲨鱼看它的样儿,好吓人哪!

区英才　嗯,山中的老虎,海里的鲨嘛!

少先队乙　这家伙好厉害吧!

区英才　再厉害它还能厉害过我们渔家去?

众　人　快拿到水产站磅磅去!给我,区连长!

区英才　别抢,别抢!

民兵甲　区连长,你快歇一会儿吧,看,你的阿螺把眼睛都望酸啦!

[阿螺声："望酸了怎么着？你还巴不得有人望哪！"阿螺背着孩子，拿着水巾，上。

民兵甲　连长，看你的阿螺！（抢着抬下）

阿　螺　这个调皮鬼！（嗔他一下）再跟我出洋相，看我给你们做海蛎饼吃（再回头时，区英才又不见了）哎，英才！（奔向码头）

　　　[区英才又扛上了盛满鲜鱼的鱼筐上台阶。

阿　螺　英才！

区英才　就来！

　　　[民兵上。

民　兵　连长，快给我！

区英才　最后一筐啦！

民　兵　给我吧，看，你的阿螺（学阿螺的样子）英——才。（急下）

　　　[区英才看着民兵的鬼脸和阿螺的满脸愠气，笑了起来。

阿　螺　笑！快回家冲凉去。光知道干活，连明天什么日子都忘了！

区英才　明天是什么日子，这还忘得了！

阿　螺　这还忘得了！是什么日子？

区英才　明天是十月一日国庆节（向码头方向喊着），快收工，回家冲凉去，好过国庆节！

阿　螺　净顾旁人！英才，我问你，明天除了国庆节，还有哪！

区英才　还有？

阿　螺　啊，还有！看，忘了不是明天是九月初三，咱们的爱兵过生日！

区英才　噢，爱兵过生日！

阿　螺　（边哄孩子边数落）什么爸爸？把你早都给忘喽！（玩笑地）连个长命锁都不给我们小爱兵打！

区英才　什么？你还要打长命锁？

阿　螺　（笑）唉，算啦，这是跟你开玩笑，可是，明天咱家还有喜事哪！

区英才　还有喜事？

阿　螺　嗯，还有。明天虎仔从部队回到咱们渔港来，和甜女结了婚，再加上阿嬷带着海兰到卫生院去检查有了喜……嗯，凑在一起，也算得上是个家庆节啦！

区英才　家庆节？

〔远处鼓乐声。

阿　螺　啊，今晚上咱们和阿旒他们一起回岛子，过个团团圆圆、热热闹闹的家庆节。

区英才　这事儿我要请……

阿　螺　你要请谁？

区英才　谁也不请，我要请假！

阿　螺　请假？给你请好啦，我早都和民兵连部打好招呼啦！他们说：区连长天天值班，不用请假，早该放他的假啦！

区英才　唉，我要向你请假！

阿　螺　什么？向我请假？

〔钟好、甜女巡逻归来，上。

区英才　钟好，甜女！发现什么情况？

钟　好
甜　女　(同时大声地)报告连长同志，没有发现什么情况。

区英才　好，等会儿下了岗，跟你们的阿螺姐陪着妈妈、海兰一道回岛子……

钟　好
甜　女　干什么！

区英才　国庆节、家庆节，协同作战（作手势）一起过！

阿　螺　你答应啦！

区英才　答应啦！（下）

甜　女　这是发生了什么情况？

钟　好　(摇头)情况不明！

阿　螺　傻甜女，是这么个情况，明天虎仔从部队上回来，他的老家没人，到咱们金星岛，安家落户来啦！

甜　女　他来他的，和我有什么相干？

阿　螺　喝！嘴这么硬！

甜　女　阿姐，我现在放哨，不要谈家务！

阿　　螺	哗！好好，不谈家务。有志气！（边走边说）当年你姐姐比你的志气大得多！（下）

　　［赤卫伯与林望高上。

赤卫伯	这姐三个唱的是哪一出大戏？
钟　好	赤卫伯，是你来换岗？
赤卫伯	还有靓仔。
钟　好	赤卫伯，以后你不要轮班放哨啦！
赤卫伯	班长，你又要逼着我退队！退队！退队！老叫我退队，你看我哪一点比你们小青年儿差？我比靓仔差？
甜　女	赤卫伯，你，你老了！
赤卫伯	老了？你们看！（亮相，摆一摆南路拳架势）和你们一样嘛站岗放哨抓特务，押送犯人打夜操，我从来没请过假，误过卯。退队？除非你们打个报告，毛主席亲笔批下来，我再退……不，毛主席不会批准我退队的，不会！（整好武装着）你们快下岗吧！你妈妈和你媳妇还在等你们呢！
钟　好	是！（边下边向甜女）甜女，这回我该和你研究研究问题儿啦！
甜　女	什么问题儿！
钟　好	阿螺刚才讲的虎仔上门的问题儿！
甜　女	哥哥同志，你也谈家务事儿？
钟　好	甜女同志，我们已经下岗啦！
甜　女	人下了岗，心可没下岗哪！（跑下）
钟　好	甜女！（追下）

　　［场上剩下赤卫伯、林望高二人在放游动哨。
　　［林望高低低地哼着一支小调。

赤卫伯	别唱，靓仔！（见林望高不理）靓仔！（见林望高仍不理）林望高同志，这是放哨，不要唱那样倒胃口的软歌子！

　　［林望高仍哼着小调。

赤卫伯	（突然发现了什么，向台后吆喝着）哪一个？

　　［卫太利应声上。

卫太利　是我，卫太利。

赤卫伯　你干什么？

卫太利　（连忙点头哈腰赔笑脸）明天过节，普天同乐，我来看看灯彩……

赤卫伯　天黑了，不许你往海边乱跑乱窜！

卫太利　（唯唯诺诺）是，是，是！（下）

林望高　干什么和卫太利动那么大的肝火？划不来！让他窜！一条小鱼也掀不起大浪，一个跳蚤也顶不起被窝！

赤卫伯　什么？你说他是小鱼，跳蚤？噢，你是看见他冲着我们点头，哈腰，赔笑脸了是不？这一套三十五年前我当赤卫队那时候，就见过！来，我给你这个二十几岁就戴上手表的小青年儿讲讲：那是三十五年前啦……

林望高　又是三十五年前！三十五年前，我们这儿还没有社会主义哪！（打开手电看了看手表，继续唱着那支小调下）

赤卫伯　啐！（追下）

〔稍顷。一个女声唱着："社会主义好……"随着上来一个穿著朴素，但很有魅力的女人，她就是杨美娣。

杨美娣　（四下里望了一望，朝码头扫了一眼，又接着唱）社会主义好，社会主义好……
〔卫太利悄手悄脚跟着她的身后上。

卫太利　美娣！

杨美娣　吓了我一大跳，老死鬼！

卫太利　心里没鬼，鬼不上门！

杨美娣　你说什么？

卫太利　别装了，干女儿，你是我从小抱大的！别看你现在穿着素衣服，嘴里还唱着社会主义好，我可知道你的心！

杨美娣　你要干什么？

卫太利　干女儿，共产党斗了你家的渔栏，这还不到十年哪，难道你就忘啦？

杨美娣　小点声！我早就叛变了我的剥削阶级立场！政府都了解！我参加这么多年的劳动，思想早就转变了！

卫太利　可是你的心没变！……干女儿，这是你公公当年送给单眼王的手杖，我又从

十八层地狱里把它给刨出来啦！（示手杖）

杨美娣　啊？
卫太利　你说你变了，为什么你亲手埋的这把刀，（拉开手杖是把刀）不交给共产党？
杨美娣　小点声！你要干什么？
卫太利　听说蒋委员长又要反攻大陆啦！
杨美娣　车大炮！今年夏天我就差点上了你的当！
卫太利　这回可是真的，听说你姨夫单眼王就要回来啦！
杨美娣　什么？我姨夫要回来？你到底要我干什么？
卫太利　我要你弄条船！
杨美娣　你要外逃？
卫太利　小点声！（掩口）
杨美娣　（小声地）我弄不到！
卫太利　你弄得到！我早瞄上了，你和那个姓林的民兵在搞对象，今晚正好是他的岗！
　　　　〔林望高唱小曲声。
杨美娣　他来了，快走。（故意大声地）快滚开！（向卫太利挥手）以后不准你再乱说乱动！
　　　　〔卫太利会意地下。
　　　　〔林望高上。
林望高　美娣，刚才你和谁说话？
杨美娣　我在骂卫太利那个老死鬼！
林望高　跟他呀，用那么大嗓门，划不来！
杨美娣　哼！你没听他讲的多难听哪。
林望高　他讲什么？
杨美娣　他讲，他讲我们俩……
林望高　讲我们俩？
杨美娣　啊！哎呀，来人了，等一会儿我再和你谈！
林望高　美娣！
杨美娣　等一下！我一定来找你！（下）

林望高　一定来找我！

〔钟阿婆、海兰上。

钟阿婆　那是谁在放哨哪？噢，是靓仔呀，你和谁在这里嘀嘀咕咕的？

林望高　我……

钟阿婆　刚才一晃好像是大光灯？

林望高　啊，是她！

钟阿婆　刚才你们在谈什么哪？

林望高　我们在谈——思想！

钟阿婆　嗯！是得跟大光灯谈谈——思想。她和我们不一样，我们都是光着脚板子受过苦的人，她公公可是骑在我们头上的！得叫他们跟着我们走，我们可不能跟着他们走啊！

林望高　那怎么能，那怎么能！她是跟着我们走呐！（欲下）

钟阿婆　哎，别走啊，给你查看查看证明啊！（掏）

林望高　钟妈妈，还用看证明？

钟阿婆　你这个民兵是怎么当的？公事公办嘛！

林望高　（焦急地翻了一下证明，还回）钟妈妈，您从金星岛来看大戏……

钟阿婆　（摇头）不，是到卫生院，我陪海兰来检查！嗯，有了。

林望高　有了？

钟阿婆　有了啦！

海兰妈　看你，又给外人讲！

钟阿婆　靓仔怎么是外人？哎，靓仔，你什么时候去金星岛，我给你煮红蛋吃！

林望高　哎，好，好，阿婆有空也到我们茶楼，饮杯铁观音！（搭讪地下）

海兰妈　你总跟人讲，总跟人讲！

钟阿婆　有了喜事儿叫大家都高兴高兴嘛！

海　兰　妈！

钟阿婆　好，妈从今往后，再也不讲了，不讲了！

〔甜女拎新篮，背聚乙烯胶丝网上。

甜　女　妈！海兰嫂子，卫生院怎么讲？

海　兰　问妈去嘛！

甜　女　妈！

钟阿婆　妈不讲，妈从今往后，再也不讲啦！

海　兰　妈！（害羞地抱住了钟阿婆）

甜　女　看我买对了吧！（示众）背带、童帽！

海　兰　该死的甜女，我们给你也买了，衣料、梳妆匣！等你和虎仔成亲时候穿的，戴的，用的！

甜　女　干什么用你们买？该买的公家早就准备好啦！

钟阿婆　啊！准备了什么？

甜　女　民兵连的枪、生产队的渔网！等他在我们岛上安了家，我们俩一边打鱼，一边打仗！

钟阿婆　打鱼，打仗，也得成亲哪！

甜　女　我们俩年纪轻轻的，结婚这事儿，根本排不上队！

钟阿婆　虎仔答应？

甜　女　答应正好，两相情愿！

海　兰　虎仔才不干哪！

甜　女　不干就一刀——两断！

　　　　［阿螺与区英才打扮完毕，阿螺背着爱兵，同上。

阿　螺　可真舍得呀！我的好妹妹！（与海兰亲昵耳语，笑声）

钟阿婆　英才！

区英才　妈！

钟阿婆　怎么，你们商量好啦？

阿　螺　啊，他想请假我没批准！

钟阿婆　对，公事要紧，别老请假啦！

阿　螺　唉，是他向我请假，我没批准！

钟阿婆　噢？（看区英才）

　　　　［区英才在阿螺身后作手势。

　　　　［钟好急上。

阿　螺　阿好也来了，人都齐了。按民兵的话来讲（俨如连长指挥队伍模样）：集合完毕，出发！

钟　好　慢点！（向区英才）报告连长同志，刚有电话来，说是工委江书记到前边来啦！

区英才　噢，大过节的，江书记到前边来啦！

钟　好　连长，我猜这个江书记一来，也是和上次武装部李部长一样，又要搞紧急集合！

甜　女　打夜操！

钟　好　连长，我快去叫人。

区英才　噢，把人都叫到连部来等着。

钟　好　对！

区英才　叫大家都别看大戏啦！

钟　好　对！

区英才　也别过节啦！

钟　好　对！

区英才　对什么？你要干什么？

钟　好　哎，等江书记来了好集合呀！

区英才　那我们连还叫什么"召之即来"？

钟　好
甜　女　"召之即来"？

区英才　叫大家照常过节，单等首长来了，一声令下，海螺号一吹，咱们再"召之即来"，那才考验出咱们连的真正本领哪！走，咱们先到民兵连部去！

钟　好　对，走！

阿　螺　哎，等等！怎么说声走，真像脱了钩子的鲇鱼似地嗖地一下就走啦？

钟　好　不走怎么的？

阿　螺　英才，你可是亲口答应过，今晚回岛子的！

区英才　是亲口答应过，可是目前形势发生了变化，所以我们的任务也得跟着……

钟　好　变化！

阿　螺　英才，你说说，哪儿是你的家？是我们娘儿们这儿！还是民兵连部？

区英才　两个都是我的家！

阿　螺　今天刚讲好的，回哪个家？

区英才　哪个家当紧就回哪个家！

阿　螺　啊，我们这个家就不当紧！妈，你快给评评理！

钟　好　姐，还评什么理？干脆一句话，你这叫：拖后腿！

阿　螺　什么？

甜　女　扯男人的后衣襟！

阿　螺　什么？

甜　女　当秤砣！

钟　好　你这是硬要"秤不离砣，公不离婆"！

阿　螺　我就是要"秤不离砣，公不离婆"！（向甜女）好妹妹，你姐姐从前的嘴儿比你硬得多！……找男人可不为他整天不着家！（寻找同情者）对不，海兰？

海　兰　阿螺，我的好姐姐！

阿　螺　海兰，我的好弟妹！

钟　好　嘿，连长，你看她们俩！

区英才　鲤鱼找鲤鱼，黄鳝找黄鳝！

钟阿婆　阿螺，你像个什么样子！

阿　螺　妈还怪我，我还怪你哪！都是你叫我跟上他这么个当兵的！

钟阿婆　啊？当初不就是你，张口当兵的艰苦奋斗啊！闭口当兵的英雄光荣啊这会儿怎么又怪起我来啦？

阿　螺　当初……

钟阿婆　当初……

钟　好　当初，你最爱当兵的！

阿　螺　当初谁知道他当兵当出瘾来啦？他在部队上当了五六年的兵，站岗、放哨、打夜操，还没当够，回到家来还是站岗、放哨、打夜操！越是逢年过节吧，越是……

区英才　越是在家待不住！

阿　螺　看！这不是瘾是什么？好，我让你待不住！今天，孩子交给你啦。（解下孩子）

区英才　阿螺！要是让江书记看见，（有些发火）这，这叫什么！

阿　螺　看见正好，叫他给解决，书记嘛。（下）

众　人　阿螺！

钟　好　真是个秤砣！

　　　　[孩子哭了。

　　　　[江书记早已上场，看到了这里的一切。

江书记　把孩子给我！

区英才　江书记，你已经到啦？

钟阿婆　老江到了，（忙接孩子）我来！我来！

江书记　钟妈妈，我来抱，我会，还受过专门训练哪！（逗小孩，哭声止）看，怎么样？合乎要领吧！是个仔，是个女？

钟阿婆　女。

江书记　叫什么名儿？

钟阿婆　爱兵。

江书记　爱兵？

钟阿婆　我给起的。她妈找了个当兵的，她姨也找了个当兵的，等钟好他媳妇海兰生的要是个女呀……

海　兰　妈！

钟阿婆　还是找个当兵的！

江书记　就这么个爱兵法儿？

区英才　江书记，（接孩子）你看这……这算什么？

江书记　嗯，这算矛盾！赶快去做点思想工作解决一下这个矛盾吧，我们回头再谈工作！

区英才　（军人姿态）是，江书记！（抱孩子追）阿螺，阿螺！……（下）

江书记　噢，她就是……

钟阿婆　我的大女儿，阿螺。

江书记　名字挺熟，人没见过。

钟阿婆　这两年你上哪儿见她去？钻进自己的小硬壳壳里出不来啦！（指甜女）这是

我的二女儿……

江书记 甜女，钟好，我认识。

钟阿婆 这是我的儿媳妇，叫海兰。老江，你看我们这家子人！

江书记 这家子人，好嘛！这么些当兵的，这么些爱兵的，再过些日子，又要招个当兵的，大喜事儿呀！

钟阿婆 大喜事儿！儿女成亲是美事儿，生儿育女是喜事儿，儿女成材可是难事啦！哎，老江，……上次我说的那事儿怎么样了？

江书记 上次说的……噢，盖房子的事儿呀！

钟阿婆 对！

江书记 钟妈妈，你要急着盖新房子，就先拨点砖瓦木料，盖个平房……

钟阿婆 平房？那呀，我们就先住船吧！

钟　好 妈，钢筋水泥得先用在公家建设上！

甜　女 妈，先公后私！

江书记 钟妈妈，再过几年一定要把你们岛上的木头船房子，都盖上——

钟阿婆 楼！

江书记 还带花栏杆晒台的！

钟阿婆 老江，到那时候，我可就一点意见也没有了！哎哟，不早了，我们还得回岛子哪！

江书记 不看完大戏再走吗？

钟阿婆 不啦，半夜有风！（向钟好、甜女）你们俩今晚不回家啦吧？

甜　女 我的家，就在这儿——民兵连部！

钟　好 妈，咱们过节，敌人可不过节呀！

甜　女 妈，我们放假，敌人可不放假呀！

江书记 钟好，你留下来，（指海兰）她不会有意见吧！

甜　女 海兰，你说呢？

海　兰 （腼腆地）先公后私，拜！

钟阿婆 对。老江，海上、岛上、地上，我们钟家的人，尽管你调吧，我老婆子也听你的令！哎，老江，什么时候上岛子去，我给你做顿鲳鱼吃。第一鲳，第二鳗，第三马鲛郎，最靓啦！

江书记　好，我一定去吃个够！

钟阿婆　好，（习惯地挥手）上船！

江书记　哎，钟好、甜女你们俩送送去嘛！

钟　好　不是要紧急集合？

甜　女　打夜操呀！

江书记　你们等着集合呀？那还叫什么"召之即来"呀！这两个机灵鬼先去吧！（推船）哎，怎么就这么哑谜悄声地走啦？唱支渔歌嘛！

钟阿婆　好！

　　　　［四人荡船下场，渔歌声起。

　　　　　　唱渔歌，

　　　　　　渔歌唱给同志哥，

　　　　　　南海有我钟家在，

　　　　　　生死同心共欢乐！

江书记　（望着远去的小舟，听着渐远的歌声，神往地念）

　　　　　　南海有我钟家在，生死同心共欢乐！……

　　　　［区英才抱着孩子上。

区英才　报告江书记，你有什么指示，就快谈吧！

江书记　怎么，小爱兵还没有交出去？

区英才　我宁肯带着民兵打一个月的夜操，也不想跟她解决一次矛盾！

江书记　要解决，同志，得板着你的性子去解决！全民皆兵，不只是让每个民兵拿上枪就算万事大吉了，主要的还要叫每一个人在思想上都有一杆枪！

区英才　噢，武装（指头）思想！

江书记　对！太平久了，容易叫人忘掉阶级敌人；安乐久了，容易叫人忘掉艰苦斗争！尤其是当前，美蒋匪帮可能派遣小股武装特务，来我们这一带沿海捣乱！

区英才　那太好啦，这么些年了，找他们还找不到哪，这回送上门儿来啦，来多少，消灭多少，照例不打收条！江书记，消灭这几个牛毛特务，我们包啦！

江书记　包啦？好，我这次正是来看看你们连到底怎么个包法！（孩子哭）总不能每个民兵都背着个孩子来包吧!

区英才　这……

　　　　[幕后阿螺声:"英才!英才!"

区英才　她又来啦!

江书记　和她好好地谈谈心嘛!

区英才　现在这么忙,哪有工夫和她谈心?

江书记　哎,越忙越要谈!

　　　　[阿螺叫英才声。

江书记　好,孩子交给我!

区英才　(一时不解)江书记你……

　　　　[阿螺叫英才声。

江书记　(挥手)我来试试看!

区英才　是!(躲下)

　　　　[阿螺上。

江书记　(抱着孩子,自言自语地数落着)哎哟,多漂亮的姑娘啊,双眼皮儿,俩酒窝儿,天下也真有这样狠心的爸爸和妈妈,把自己的女儿往码头上一扔,就不管啦!

阿　螺　(一愣)哎,她爸爸呢?

江书记　我也正在找他呀!

阿　螺　(伸手)给我!

江书记　(故意地)你是孩子的……

阿　螺　啊,邻居!

江书记　噢,邻居。他们这家子是怎么回事儿?

阿　螺　唉,她爸是民兵连长,整天忙;她妈说好今晚回娘家,明儿给孩子过生日,两公婆说得好好的,又梳洗又打扮,刚看他们出了门,不知怎么,说是来了个江书记,把事儿就给吵黄了。

江书记　这个江书记也太……

阿　螺　也太不通人情啦!

江书记　噢，那个江书记找她爸爸去干什么呢？

阿　螺　干什么？找他的人，除了装船卸船，就是民兵训练加备战！备战备战，老是备战，同志，你跟我讲讲，有人说这渔船都上了天……

江书记　渔船上了天！

阿　螺　啊，渔船哪！

江书记　噢，你说的是宇宙飞船上了天……

阿　螺　对，这宇——宙飞船都上了天，还要民兵有什么用？

江书记　要我说，它上它的天，可打仗还得靠人和人在地上打呀！你没听过毛主席号召咱们全民皆兵吗？

阿　螺　可是爱兵她阿爸都当了五六年的解放军啦！回家来也总该换换班儿啦吧！唉，就算不换班儿，也用不着总是站岗放哨……说什么，不要忘了，还有敌人！哼，敌人，她阿爸也没见过一个呀！就是我当民兵那时候……

江书记　你！

阿　螺　噢，就是爱兵她妈妈当民兵那时候，白天黑价，两眼瞪得像金鱼儿似地也没见过一个敌人的影儿！

　　　　〔钟好、甜女上岸。

甜　女　姐姐！

阿　螺　哎！

甜　女　你们在……

阿　螺　我们在，在谈……

江书记　谈心！

阿　螺　对，谈心！

甜　女　对，江书记，你是得好好地和我姐姐谈谈。

阿　螺　什么？他就是江书记？

甜　女　怎么，你们还不认识？

江书记　我们认识了，她是爱兵妈妈的邻居。（向阿螺）我请你给爱兵她妈妈捎个话儿：就说那个江书记真想叫秤老也不离铊，老公总也不离老婆，不过得等我们把吃人的妖魔鬼怪都消灭干净了再说！（摆手）钟好，甜女，我们先到你们连部去！

钟好
甜女 是！

[江书记、钟好、甜女下。

[区英才走出。

区英才　阿螺。（兴致勃勃地掏出一个小海螺）给爱兵的小海螺！

阿　螺　什么，你刚才躲在这儿？你，你，你们编着法儿来整我！

区英才　这怎么叫整你，这是帮助你认识认识你的那个——思想！

阿　螺　我的什么思想？

区英才　天下太平、万事大吉的麻痹思想！忘掉了世上还有吃人的妖魔鬼怪！

阿　螺　妖魔鬼怪！十来年啦，别说我，你也没见过什么妖魔鬼怪！

区英才　阿螺，我们没见过，也不能说没有啊！

阿　螺　有，有，一网撒下去能撑破网，满海全是！

区英才　阿螺！我本想照江书记嘱咐我的那样，板着性子给你好好地做做思想工作，不过我板不住！你又不是不知道我是个一点就响的渔炮脾气！再说我现在也没有时间和你闲磨牙啦！

阿　螺　什么，我还没有时间和你闲磨牙哪！喏！给你孩子，我走！

区英才　哪儿去！

阿　螺　回岛子找妈去！

区英才　好，你走你的吧！你不要以为我怕你，其实这是我疼你！也许这两年我疼过了头才得到这样的结果好，（背上孩子）孩子给我背着，我也照样执行任务。

阿　螺　英才！

区英才　阿螺，这两年你变了，从前你是个螺号，到处听得见你笑，你叫，在海上，在码头上，在打靶场上……怎么，这两年，你真的变成个海螺，钻进自己的小硬壳壳里去啦！阿螺，我们不能只顾个人。在海那边，那群吃人的妖魔鬼怪，连做梦都想来夺我们的江山，害我们的孩子！

阿　螺　夺我们的江山，害我们的孩子？

区英才　（深情似海地）普天下还有多少阶级的兄弟姐妹在受苦受难哪：阿螺，这两年你退出了民兵队伍，放下了枪，连思想里的那杆枪都放下啦！这样早晚你会吃大亏的！

阿　　螺　英才！

区英才　你上岛子去也好，过了这两天，我再去接你回来！

阿　　螺　给我，把孩子给我！（接过孩子）

区英才　阿螺，你到底想过来啦！

阿　　螺　（理屈词穷地）我什么也没想过来！过两天你也别去接，我们娘俩再也不回来啦！（下码头摇船而去）

区英才　阿螺，给爱兵带去，小海螺！

〔阿螺去远。

区英才　（掏出来一个红绳拴着的小螺号，与自己背着的大螺号相映成趣）唉，阿螺呀，阿螺！（把小螺号吹了一下，揣好，忙下）

〔稍顷，杨美娣悄然上场四望，轻声地唱着林望高唱的那支小调。

〔远处，林望高唱这支小调的声音越来越近。稍顷，上。

杨美娣　小林！

林望高　美娣！

杨美娣　等一会我们上东沙尾好好地谈谈！

林望高　东沙尾？……不好。

杨美娣　怎么不好？

林望高　那儿不好！

杨美娣　噢，又是什么军事秘密！

林望高　美娣……

杨美娣　我不听，我不听嘛！

林望高　东沙尾那儿新来了部队，一直到灯笼角，大军巡逻可严了，叫大军看见……

杨美娣　那怕什么，大军是保护我们的嘛！

林望高　那多不好意思……

杨美娣　那我就坐小艇到西沙尾去等你！

林望高　……坐小艇？

杨美娣　小林，今晚可要决定我俩的终身大事呀！

林望高　终身大事！

杨美娣　啊，小林，闭上眼，伸出手，接住！（递手表）

林望高　你的表，菊花牌的，好表！

杨美娣　比奥米加的还差得远哪。把你的给我！

林望高　我的表比奥米加的差得更远啦！

杨美娣　不，你的，就是最好的！千万别忘了，下了岗就来！

林望高　绝对忘不了！

　　　　[杨美娣下码头，摇船下。

林望高　（望着杨美娣背影，看表，笑眯眯地）终身大事！（高兴地又唱起那支小调）

　　　　[钟声响。

林望高　九点整，该换岗啦，走！……哎，还没交班儿哪，吃个批评可划不来！……哎，反正也下岗啦！

　　　　[林望高正欲下时，赤卫伯上。

赤卫伯　靓仔！

林望高　哎，正好，枪给你，你替我交班吧，我有急事儿！

赤卫伯　再急你还能急得过备战去？

林望高　备战备战，备而不战，你给我请个假吧！（忙跑下）

　　　　[螺号响了。

赤卫伯　哎呀，紧急集合！（边喊边走）靓仔！靓仔！（追下）

　　　　[螺号声大作。

　　　　[舞台灯光照射着一队集合好了的民兵，各行各业，不同服饰，有男有女，有老有少，个个都意气风发，精神抖擞。

钟　好　连长，我们班缺两个人……

区英才　谁？

钟好赤　卫伯和靓仔……

　　　　[江书记上。

江书记　这是一排吗？

区英才　　是。

江书记　　你们一排都是什么单位的呀?

区英才　　工、农、商、学,七十二行,各行各业都有。

江书记　　真有七十二行?

区英才　　我们正式算过:一共有十八行!

江书记　　噢!(指民兵甲)你是哪一行的?

民兵甲　　水产加工站的工人。

江书记　　噢,工人阶级。(指民兵乙)你哪?

民兵乙　　公社社员。

江书记　　农民。(指钟好、甜女)你们兄妹是渔民!好啊,打鱼的能手,民兵的骨干!(指民兵丙)你呢?

民兵丙　　售货员!首长,别看我们的商店小,那可真是:柴、米、油、盐、酱、醋、茶、糖、果、烟、酒、鱼、肉、虾……

江书记　　好,商业。(指民兵丁)你呢?

民兵丁　　搓麻绳的!

江书记　　手工业。(指女民兵甲)你呢?

女民兵　　保育员!

江书记　　好,你是儿童的保育者,又是儿童的保卫者,好嘛!(指民兵戊)你,我认识,茶楼大师傅!

民兵戊　　对,炊事员!(脱帽鞠躬,露出没理完的半边头发)

江书记　　你这是……

民兵己　　报告江书记,这是这么回事儿!我正在给他理发,刚好理了一半儿,外边海螺就响了。常言说得好:"军令如山",我们俩就一块背上武器跑来了!至于剩下的那一半嘛,等消灭了敌人,再消灭它也还不晚!

江书记　　不用问,你是理发员!(发现民兵队伍中一位半卸戏装、满脸油彩的女民兵乙)哎,也不用问了,演员!

女民兵乙　　不,我是渔民中心小学的教员。我们正在演戏哪,下边就该我出台了,刚好海螺号一响,来不及卸装就跑来了!

江书记	好啊,同志们,你们这次集合,做到了"召之即来"!
区英才	不,江书记,我们……(看了看钟好那个班)我们没做到"召之即来"!
江书记	怎么?
区英才	我们有两个民兵,召之没来!
江书记	噢!
区英才	这都怨我管理不严!……
钟　好	不,连长,这事怨我!
江书记	怎么?
钟　好	他俩都是我们班的。
江书记	谁?
钟　好	赤卫伯和靓仔!

　　[赤卫伯拉着林望高上。

赤卫伯	报告!
钟　好	你们俩!……
赤卫伯	我们俩误了卯啦!
林望高	没他什么事,赤卫伯是为了找我!
钟　好	为了找你!你干什么去啦!
区英才	唉,先入列吧!
江书记	先认识认识吧!
区英才	(向赤卫伯和林望高)这是江书记。(向江书记)他就叫靓仔!……
江书记	噢,(握手)难怪你叫"靓仔",是够"靓"的!干什么工作?
林望高	茶楼——(小声地)服——务——员!
区英才	大点声嘛!像个蚊子叫似的!
林望高	茶楼——服务员!
江书记	服务性行业,好得很嘛!先入列吧!(与赤卫伯握手)赤卫伯,你好啊!
赤卫伯	江书记,你好!
江书记	您今年多大岁数啦?
赤卫伯	还小哪,五十——八啦!

江书记　五十八啦！那您为什么还不退队呢？

赤卫伯　不能退呀江书记，三十五年前……我又要讲三十五年前啦，我就是要常给那些二十来岁就戴上手表的小青年儿讲一讲！

江书记　对！快讲讲！让我们都好好地听一听！

赤卫伯　三十五年前，我们成立了工农赤卫队，拿上了枪，那些土豪劣绅，就冲我们点头，哈腰，赔笑脸。冲什么？（指枪）冲这个！后来一丢下了它，给你点头，给你笑？叫你人头落地，卖儿卖女，家破人亡。他们靠什么？（指枪）靠这个！夏天里，美国佬、国民党动派叫唤了一大阵子，没敢乱闯，也是怕这个！他们最怕的还有一样，那就是毛主席叫我们实行的"全民皆兵"！枪是宝贝疙瘩呀！看，我这杆枪杆还是宣统元年的哪，都打上补丁啦，可我背上它，敌人照样害怕！谁要和我换，我还不干哪！为什么？这是我们大南港人民从单眼王那儿缴来的第一杆枪，创天下靠这个，保天下也得靠这个！

江书记　讲得好呀！

赤卫伯　可是有些小青年儿，看不到这是光荣！这是拿钱和手表都买不到的光荣。

区英才　我们不只看到光荣，还要想到责任！可就是，有人把它随便一扔，就离开了岗位！

林望高　我！我，我……

钟　好　咱们连的"召之即来"都叫你给"我"没啦，还"我"哪！

区英才　江书记，批评我吧！

江书记　批评什么？你们有两位同志来晚了，这是应该总结一下教训。可是绝大多数同志还是做到了"召之即来"呀！

区英才　江书记！

江书记　同志们！毛主席号召我们民兵"召之即来，来之能战，战之能胜"。区连长，我相信，你们会做到这三句话的。因为斗争的形势需要阿！同志们，阶级敌人没睡觉啊！我们这里越是万家欢腾，美蒋匪帮那里越是心急眼红！最近敌人可能有小股武装特务到我们沿海捣乱，你们要加倍地警惕呀！

区英才　放心吧，江书记。大南港这一带沿海我们民兵连包啦！

众　人　对！包啦！

江书记　嗯，别看敌人是小股偷袭，俗话说："大黄牛好牵，小老鼠难抓"呀！

区英才　"大黄牛好牵，小老鼠难抓"？！大黄牛也好，小老鼠也好，只要它敢来，我们就坚决、彻底、干净、全部地消灭它！

众　人　对！

　　　　[幕闭。

第二场

　　　　[当天深夜。
　　　　[在一只运送美蒋武装匪特的"渔船"上。
　　　　[大海茫茫。船上有伪装的渔具、渔网。舱内灯光幽暗。
　　　　[幕启："渔船"夜航。
　　　　[9号特务——"海鲨"小队行动组组长进舱报告。

9　号　报告侯代表，我们已经到达403号海域！（靠近耳边）我们距离大陆只剩下二十海里啦！

侯一光　灭灯航行！

9　号　是！灭灯航行！

侯一光　9号，把蓝台长叫来！

9　号　是，把蓝台长叫来。（下舱）
　　　　[78号打开小窗，伸出头来。

78　号　报告侯代表，花旗老板和老头子打来的电报！

侯一光　（接电报，念）"一、三、九小队即将登陆成功，望你'海鲨'小队不惜冒任何风险，花多大代价也要在今晚登上大陆去！违抗者，军法从事，杀勿赦！"（向78号）回电："一切遵命照办。"

78　号　是，"一切遵命照办！"（隐去）
　　　　[蓝继之上。

蓝继之　报告侯代表！

侯一光　蓝台长，快坐下，那个何司令怎么样啦！

蓝继之　一直是低头不语！

侯一光　嗯，他还在担心大陆上的民心向背哪！你去把广东反共救国军的大印拿来！

蓝继之　Yes，sir！（下）

侯一光　（向内舱）有请何司令、王副司令！

［何从、单眼王二人上。

侯一光　二位来了，快请坐。……我们就要分手啦，在这个神圣的时刻，我代表国防部向你们宣布："海鲨"队上校司令何从晋级为少将！中校副司令王中王晋级为上校！我恭喜你们，我庆贺你们，嗯，也可以说我嫉妒你们！

何　从　（诚惶诚恐）何从对党国有什么贡献，自到"海鲨"小队以来连升三级，我怎么敢受用这样高的军阶？太不敢当，太不敢当了！

侯一光　你当之无愧！蒋总统讲过，像你们这样的党国栋梁，过去重用不够，多有屈才，这次反攻大陆正是你们报效党国的好机会！你们是时代的宠儿，天之骄子，党国的中坚，反攻大陆的先行官，你们是中华民族的精华呀！

单眼王　此次行动，侯代表放心好了，"行八琅"①包在我的身上啦！这一带海边，四十岁以上的人"行八琅"做过我的部下！南海一带哪个不知我单眼王！只要我们一登上去，哼哼，从此天下又姓蒋啦！

［蓝继之持印盒上。

侯一光　时间不早了，这是广东反共救国军的大印，何将军，快接印吧！

何　从　……何从恐怕难以担当这样的重任吧！

［9号急上。

9　号　报告，前方发现一只小艇！

单眼王　把它干掉！

9　号　它用灯火向我们求救！

何　从　小心中了共军的诡计！

侯一光　把它——救上来！

---

① 粤语，相当于"所有"。

9　号	是，救上来！（下）
侯一光	管它是谁的船，救上来都有用。

　　[从船板垂向海面的绳梯爬上来两个人，他们是卫太利和杨美娣。

卫太利	你们是什么船？
9　号	我们是渔船。
卫太利	政府的？
9　号	祥顺股份有限公司的！
卫太利	噢，你们是外港渔船（向杨美娣）我们总算逃出来啦！
侯一光	你们从哪里来？
卫太利	大南港。
侯一光	到哪儿去？
卫太利	到外港。
侯一光	胡说，一定是共产党的探子！
卫太利	哎呀，老板别冤枉好人！
单眼王	你是——
卫太利	卫太利。你是——
单眼王	王中王！
杨美娣	王中王？
何　从	站长？
卫太利	是个穷苦力！就是打伤王大队长右眼的那个穷渔花子！
单眼王	我这回一定要报他伤我右眼之仇！
何　从	你们那里民众的生活怎么样？
卫太利	生活？
侯一光	（诱导地）你们的日子好过吗？
卫太利	我们的日子？唉，不好过呀！
侯一光	听，怨声载道，民怨沸腾！
何　从	民众的心情怎么样？
卫太利	心情？

侯一光　你们整天是不是提心吊胆地过日子？

卫太利　那可不我们这心里整天都是七上八下地……

何　从　民众心里都想什么呢？

卫太利　想……

侯一光　是不是都想我们早一天打回去呀？

卫太利　对，我们都想你们回去掌印哪！

何　从　回去掌印？

侯一光　定国安邦，重坐天下！

卫太利　对，我们再也不要冲着那帮穷鬼点头哈腰、赔笑脸啦！

何　从　变啦，真的变啦！

侯一光　当然变啦，这就是共党统治下的活见证！

何　从　侯代表，何从愿为党国效命！

侯一光　这就对啦。何将军不愧是党国栋梁呀！

杨美娣　姨夫，这次我本来还能拖来一个带枪的民兵，可惜到时候他没有来。不过我也从他那里知道了大南港两边新来了队伍！

侯一光　噢，图（看，判断）共军在大南港两翼有了新的布防？

杨美娣　嗯，从东沙尾到灯笼角这儿……（指图）

侯一光　这么说，我们必须改变原定在大南港侧翼登陆的计划，重新选择登陆地点！何司令……

何　从　共军在金星岛有没有设防？

杨美娣　没有。

侯一光　何司令，你怎么想？

何　从　我想，是不是先登金星岛，虚晃一枪，然后绕开大南港两翼，直插百花山！……（阐述理由）金星岛有王副司令的老部下，在那里可以找到船，混过共军耳目，安全上岸的！

侯一光　王副司令，你说呢？

单眼王　好！

侯一光　先登金星岛，后插百花山，好主意！行动组长9号！

［9号上。

9　　号　　Yes, sir！

侯一光　　游水到大南港探道！

9　　号　　Yes, sir！

侯一光　　明天上午十点半以前你如果赶不到金星岛，就直插百花山！

9　　号　　Yes, sir！（下）

何　从　　侯代表，你派人到大南港，这是……

侯一光　　你刚才讲得好，虚晃一枪嘛！

何　从　　（恍然地）好！

　　　　　［特务上。

特　务　　报告，前方就是内海！

侯一光　　什么地方？

特　务　　海图上没标出来，有三块礁石……

单眼王　　这里叫作——三杯酒！

侯一光　　三杯酒？

单眼王　　内外海在这里分界，风浪特大，老舵工过这里也得饮上三杯酒！

侯一光　　好一个三杯酒！何司令，你率领"海鲨"小队换乘橡皮艇登上金星岛！

　　　　　［一个浪头涌来。

何　从　　这儿的风浪太大！

侯一光　　我们就是要在这风大浪险的地方，在他们狂欢歌舞的时刻登上去！

何　从　　是！王副司令，请下达命令：全体换乘橡皮艇！

侯一光　　把卫太利留下，为下一批领航！

单眼王　　"行八琅"包在我单眼王身上了！美娣，走！（与杨美娣同下）

侯一光　　（拶住何从）老兄，我何尝不知道，这里的风大浪险。反攻复国嘛，就是要死里求生！……临别前我再介绍一个你未来的合作者，（打开小窗，78号露出头来）他是美国中央情报局亲手培养的 N. A. C. C. 的朋友，代号78。他率领后续小队，在这一带海面随时接应你们！

何　从　　有美国中央情报局作我们的后盾？

侯一光　所以你们是先行官嘛！何司令，记住：你们要心存领袖，志在党国，不成功——

何　从　便成仁！

〔一个浪头打来，群丑趴地。

〔幕闭。

第三场

〔翌晨。

〔大南港武装基干民兵连连部。

〔一幢临海的小白楼。

〔幕启：一夜的大风平息了，晨曦照进了民兵连部。

〔墙头挂着一个喇叭，在广播着节日的音乐。

〔电话铃响着。

区英才　（接电话）我是大南港基干民兵连，区英才……你是灯笼角指挥部？……江书记，您赶回去了？我向您报告，派出所刚转来一个情况，卫太利和杨美娣在昨天晚上外逃啦！……是，我们正在追查……对密切注意海上情况，随时报告。（放下电话）赤卫伯，你去把靓仔找来！

赤卫伯　哎！（下）

区英才　钟好，你和靓仔再好好地谈谈！

钟　好　现在这么忙，哪有工夫和他谈……

区英才　哎，越忙越要谈！

钟　好　连长，你能板得住性子和他谈？

区英才　板不住也得板。说不定"大光灯"的逃跑和靓仔有点什么关系！

〔甜女与二少先队员上。

甜　女　连长，我们从沙滩上挖出这么双玩意儿——看，大蛤蟆爪子！

区英才　水鬼鞋！

钟　好　哈，来啦！走！

区英才　哪儿去？

钟　好　抓水鬼去！

区英才　你留下和靓仔谈话！我和甜女他们分头去抓走！（与甜女分头下）

钟　好　连长！

　　　　[赤卫伯领林望高上。

钟　好　都是你，害得我们不能去。

林望高　我还想去呢。

钟　好　快给我稍息吧！……就是你真遇到特务，也得瞪着两眼把他放跑了！

林望高　你怎么这样说我？

钟　好　不这样说哪样说？"大光灯"是怎么跑的？

林望高　她跑了！？

赤卫伯　她跑了！

钟　好　昨晚上九点多钟，她和卫太利从西沙尾跑啦！

林望高　九点多？西沙尾？（看手表）

赤卫伯　（发现林望高戴一新表）哎！你这手表，怎么没过两天又换了一块？

林望高　你管？

赤卫伯　听我管早就好啦！你整天都在想什么？张口就是划不来！

钟　好　你和"大光灯"搞恋爱那才真叫划不来哪！

赤卫伯　"大光灯"是什么人，你知道不？你老子是怎么死的？是叫她公公骗去当猪仔，在香港活活给折磨死的！你六七岁的时候，十斤大米就卖给了人，睡在屋檐下，吃的猪狗食，连裤子都没得穿哪！现在解放了，日子过好了，你二十几岁就戴上手表了，怎么，把这些全都忘了！？

钟　好　哼，你还常常念叨：备战备战，备而不战，自找麻烦！我看你这思想和我姐阿螺都是一个根儿，太平麻痹，贪图安逸，才差点叫"大光灯"把你给拐跑了！

林望高　我可没想跟她跑……昨晚上，她是约过我到西沙尾去决定一件终身大事。

钟　好　看，是不！？

林望高　我以为她要和我结婚！

钟　好　什么！和她还结婚？

林望高　解放都十多年啦，我们都是社会主义啦，人不会变吗？

钟　好　那也要看她是真变还是假变！

赤卫伯　哼，这回她可是"真"的变啦！

林望高　这我可真是万万没有想到，不然，也不会叫她坐小艇从码头上出去！

钟　好　什么，还真是你放跑的？

林望高　处分我吧！

钟　好　当然要处分！赤卫伯，先押他禁闭！

赤卫伯　押禁闭？……这事儿得等连长回来再说。

钟　好　对！不过，枪你先别扛了！

林望高　什么，不叫我当民兵了？不！把枪给我！

钟　好　你不配当民兵了！昨天紧急集合你就给我们连抹了灰，今天又犯了这么大的错误！

林望高　（捂住头）这可真划不来呀！（蹲下）

　　　　［甜女匆匆地上。

甜　女　报告班长，我们请来个"大军"……

钟　好　请个大军干什么？

甜　女　这个"大军"穿的军装，颜色不对……说话口气……

卫太利　王大队长，她就是杨美娣！

单眼王　美娣！

杨美娣　姨——夫！我们跑出来就是要投奔你的呀！

单眼王　（向侯一光）这是我的人！

卫太利　王大队长，这是你的那把——

单　眼　王刀？……十几年了，它早就锈了吧？

卫太利　（从手杖中抽出刀来）我又给你磨亮啦！

单眼王　（接刀）刀啊刀，（朝空一劈）正好陪我回去，叫他们拿血来祭奠你！

　　　　［风浪打来，单眼王一个趔趄。

何　从　大南港共军有多少兵力？

卫太利　基干民兵连的一个排！

何　　从　什么武器？

卫太利　杂牌。

何　　从　弹药？

卫太利　不足。

何　　从　民兵的头目是谁？

卫太利　区英才。

何　　从　区英才，什么官？

卫太利　一个小小的民兵连长，当过几年的共军，才熬了个班长。

杨美娣　领头斗咱家渔栏就有他一个！

卫太利　现在是个搬运站站长。也不对味儿！

钟　　好　没看错？

甜　　女　没有错！我仔细地看过虎仔穿的戴的，和这个"大军"不一样！

钟　　好　快把他带上来！

赤卫伯　恐怕得先"请"上来！

钟　　好　对，请上来！

甜　　女　是，请！

　　　　　［上来的"大军"果然与解放军不同，细心的观众可以看出他就是9号。

钟　　好　快请坐。甜女冲茶！

9　　号　别客气，自家兄弟，解放军和民众是一家人嘛！

钟　　好　你是哪个单位的呀？

9　　号　8765部队，二营六连第三排第八班战士吴振强。这是通行证。（递）

钟　　好　你多大岁数了？

9　　号　三十整，西历一千九百三十二年生人。

甜　　女　什么？你这么大岁数还当战士？

钟　　好　唉，人家不兴是下放干部？

9　　号　对，我是下放干部。啊，不，我不是下放干部，我一没挨过斗争，二没有挨过整肃，怎么会下放呢？

钟　　好　噢！（示意）甜女，快倒茶！（趁9号接茶之际，夺枪在手）你别装了，什么斗争，什么整肃！

甜　女　（见9号掏出一物，连忙抢过）哟，这是什么洋玩意儿！

民兵丙　好像口红！

钟　好　怕是毒药！狗特务，……你是干什么来的？

9　号　我不知道！

甜　女　不讲？（举凳欲打）

9　号　（惶恐万状）你们要用刑罚？

钟　好　解放军讲宽大政策，你说实话，坦白从宽，（顿）抗拒就从——严（拉枪栓）

9　号　我讲，什么都讲，就是得先叫我睡一觉，什么都讲。我们在海上漂了两天两夜，昨天又是一宿，划艇、游水、困、困！

〔区英才早已登场，盯视着9号在耍赖，他不语地把那双水鬼鞋扔在地上，9号倏然起立。

区英才　你是从哪儿来的？

9　号　（被慑服地）报告长官，我是从台湾来的！

区英才　坐下讲！

9　号　是，坐下讲。

区英才　抽烟吧！

9　号　啊，我自己有，（指桌上被搜出的香烟盒）美国货，"发财"牌的。

区英才　这是中国货，"万里长征"牌的！你尝尝吧！

9　号　不敢当，不敢当！

区英才　抽吧！

9　号　谢谢长官！

区英才　什么长官！你们一共来了多少人？

9　号　二十六名。

区英才　现在什么地方？

9　号　我——不知道。

区英才　你是当兵的？

9　号　我是当官的。

区英才　什么官儿？

9　号　上尉行动组长。

区英才　一个上尉行动组长，连你们小队的行动都不知道，你是干什么吃的？

9　号　长官不要上火，我知道。

区英才　知道快讲！

9　号　是，知道快讲。我们预定的登陆地点就在你们大南港。

区英才　噢！

9　号　可是昨天晚上的东北风好大呀，把我们的橡皮船刮上了一个孤岛。

区英才　（拿出地图）什么地方？

9　号　（指）一个五角星状的岛子……

区英才　金星岛！你什么时候离开的？

9　号　五点整。

区英才　什么时候回去？

9　号　十点半钟以前。

区英才　胡说，这么快你就能回去？

9　号　这是真的，要不是这位大姐拦住了我，我早游回去了。不信？我在全台湾水上运动大会上当过万米殿军！（比出三个手指头）

区英才　还真是个水鬼要是你到时候回不去呢？

9　号　他们就不再等我，叫我自己到百花山去集合！

区英才　谁是你们的司令？！

9　号　何从……

区英才　何从？

9　号　是个少将。副司令是你们本地人，叫王中王……

众　人　单眼王？他回来了？

区英才　电台台长叫什么名？

9　号　电台台长，名字想不起来了，二十多岁，（指林望高）就像他这么个模样，长得挺"靓"！

林望高　（火气十足）你少拿特务比我！他叫什么名？

9　号　叫,你看!……噢,蓝继之!

区英才　蓝继之。

甜　女　蓝继之!

区英才　你刚才说,你们小队是叫风刮上了金星岛?

9　号　是的!

区英才　(大声地)把他带下去!

9　号　长官,我这可全是主动坦白的呀,我讲的可靠程度达百分之九十以上。

民兵丙　快走吧,又没盘点,谁给你算百分比?

区英才　站住!……我们的政策是坦白从宽,抗拒从严,我可以证明你刚才讲的是你坦白的。不过,里边要有一点假的,你可就是欺骗,不老实!带下去!

9　号　长官!我错了,是我记错了,别的全是真话,就有一点,我们昨天不是叫风刮到金星岛,是我们司令故意先在金星岛停一下!

区英才　干什么?

9　号　我不知道。

区英才　你可要老实坦白!

9　号　我真的不知道,我不敢拿脑袋开玩笑!

区英才　把他带下去!

〔民兵押9号下。

区英才　特务干什么故意停在金星岛呢?钟好,甜女,快去布置民兵注意监视海面!

〔钟好、甜女应下。众人亦随下。电话铃响!

区英才　(接电话)……江书记吗?……我是区英才,我向您报告个情况:我们刚刚抓到个特务,据他说,他们一共来了二十六个……他们原定登陆地点是我们大南港……现在停在金星岛。……据他讲,他们十点半钟就要离开那儿……是啊……是,封锁海面,密切监视敌人,有情况随时报告。(放下电话)敌人到底为什么故意要停在金星岛?有没有什么鬼把戏呦?……这与卫太利和"大光灯"外逃有没有关系?……

〔林望高走来。

林望高　连长,你,你枪毙了我吧!

区英才　怎么了!

林望高　班长扣了我的枪,还要押我的禁闭!

区英才　为什么?

林望高　我放跑了"大光灯"……

区英才　(火起)你放跑了"大光灯"!?

林望高　我不知道她要跑……

区英才　你要是知道还把她放跑了,那还了得!

林望高　那他们还,还说我要和"大光灯"一起跑!

区英才　你怎么说?

林望高　我没怎么说,我心想那不成了敌人啦?

区英才　敌人?同志,敌人的实力统计可都快把你给统计进去啦!说不定这帮特务还想在你身上打主意哪!

林望高　什么?那么说我林望高犯了大错误了!嘿,可真划不来呀!

区英才　要是你真能认识这次错误,往后改了,嗯,这还算划得来!

林望高　连长,那我,我还能当民兵吗?

〔区英才踱来踱去,终于走进屋去。

〔林望高担心地等待着。

区英才　(拿出林望高的枪来)靓仔,给你!

林望高　英才哥,你还信得过我!?

区英才　靓仔,我干吗信不过你?咱们是从小一起在海边捡海蛎子长大的穷哥儿们!咱俩手拉手在一个房檐底下要过饭,咱哥俩肩膀靠肩膀,脊梁靠脊梁暖着身子熬过三九天。咱俩都挨过单眼王的手杖;你忘了:咱俩的胳膊上还有单眼王一刀砍出的两条疤印呢!……

林望高　英才哥哥!

区英才　(指着林望高的枪)不过,这才几天?看你的枪都生了锈啦!你呀你,早就该狠劲儿地擦一擦啦!枪不擦锈,打不倒敌人;思想要是不"擦锈",那就会忘掉阶级斗争。忘掉它心不亮,眼不明,能把狐狸当成知心人,把穷哥儿们的实心话可就当成耳旁风啦!

林望高　（震动）英才哥哥，我，我犯了大错误啦！昨天晚上我向"大光灯"泄露了军事秘密！

区英才　什么秘密？

林望高　我不经心告诉了她，灯笼角新来了部队！

区英才　噢，怪不得敌人故意停在金星岛！

林望高　连长，（摘交手表）这是"大光灯"的表！你处分我吧！

区英才　你的错误是很严重！报了仇，忘了恨，翻了身，忘了本！思想锈得你连敌我都不分啦！不过只要全说出来，还是我们自己阶级的亲兄弟！先别讲处分，抓特务要紧！（递枪）给！

林望高　（接枪）连长，我一定抓个特务回来，才对得起你！（跑下）

区英才　（连忙看地图）嗯，明白了！特务知道了灯笼角的设防，故意停在金星岛，来个虚晃一枪！嗯！他们是想绕道钻进百花山！？

〔收音机里开始转播北京天安门国庆典礼的实况，广播员宣布时间。

区英才　还有十分钟，毛主席他老人家就要上天安门啦！……可我们怎么能在这个时候干瞪着眼睛叫敌人跑了呢？（拿起海螺号欲出）

〔钟好走进。

钟　好　报告连长，一大队出海打鱼在金星岛海面发现一只破坏了的橡皮船！

区英才　敌人破坏了橡皮船。嗯，那他们准是要在岛上找渔船哪！（打电话）要灯笼角指挥部！（向甜女）甜女！

甜　女　有！

区英才　快去准备船！

甜　女　是！（下）

区英才　（打电话）江书记吗？我是区英才！向您报告一个新的情况：敌人是故意停在金星岛，是想在那儿找船。对，绕开大南港。……我们请求立刻出发去金星岛……兵力？我带一排去。……是啊，敌人有二十多个。时间？他们原定十点半，不过他们橡皮艇已经破坏了，找不到船是走不了的！……对，明白了，敌人这不是孤立的行动！……啊？部队已经把其他登陆的几股敌人都包围啦？太好了！对，您放心安排全歼的部署吧！我们先行一步！（将螺号递

给钟好，钟好急下）……好，我保证完成任务！（放下电话）

[林望高急上。

林望高　报告连长，我也抓到了一个！

区英才　好，靓仔！

林望高　也是个冒牌的大军，单身一个人！东问西问地！

区英才　带上来！（急入内室）

[虎仔风尘仆仆地上。

虎　仔　同志，我们是一家人。

林望高　别装啦，谁和你是一家人？

虎　仔　同志，别误会！

林望高　误会不了，你这样的，我们刚才见过！连长！

[区英才携枪走出，虎仔抢先。

虎　仔　老班长！

区英才　虎仔！（向林望高）靓仔，这是邝大虎同志！

林望高　嘿，我……

[甜女急上。

甜　女　报告连长，船准备好了！

区英才　甜女，你快看谁来啦？

虎　仔　甜女！

甜　女　虎仔！哎，你怎么偏在这个时候回来……

虎　仔　这个时候？怎么了？

甜　女　我要出发！

虎　仔　那我也出发呀！

甜　女　我去抓特务！

虎　仔　抓特务，我也去呀！

甜　女　我是民兵，这是任务！

虎　仔　我是战士，这是职责。报告连长同志：解放军战士邝大虎在听你指挥！

区英才　好，我们正需要你哪。这是刚缴来的枪，背上它吧，邝大虎同志！

虎　仔　（精神奕奕地）是！连长同志！

　　　　［钟好上。

　　　　［外边是民兵的行列。虎仔、甜女、林望高均已入列。

钟　好　报告连长，基干民兵第一排全体集合完毕，等待出发！（得意地）连长，这回可真做到了"召之即来"呀！

　　　　［广播喇叭里正联播北京天安门国庆典礼的实况。

区英才　同志们，现在正好十点整！听，天安门的礼炮响啦！毛主席他老人家正在天安门上望着我们哪！我们一定要消灭这股敌人，向国庆节献礼！我们做到了"召之即来"，这不算甚么，我们还要"来之能战……"

众　人　"战之能胜"！

区英才　上船，朝金星岛前进！

　　　　［广播喇叭里响着《国歌》与礼炮声。

　　　　［幕闭。

第四场

　　　　［同前场。

　　　　［金星岛钟阿婆家。

　　　　［金星岛一角。悬崖下有一渗出的山泉小池，池边一渔家。

　　　　［渔家所住为一船形屋。原来这一带渔民祖祖辈辈都是住在海边的船上。新中国成立后，渔民才开始上岸起屋安家，初时只是把木船原封不动地搬到岸上打桩架屋。

　　　　［钟家的船形屋已数度改建，门比舱口大了许多。门前修上了水泥台阶，圆拱形的屋顶已经钉上了油毛毡。船首有一个小阁楼。船本身是双层叠楼式，颇具特点。

　　　　［船形屋首悬挂着一面五星红旗。

　　　　［幕启：优美动听的渔歌。

［舞台上呈现出一幅渔家妇女的风俗画：钟阿婆在织胶丝网，阿螺、海兰姑嫂二人在梳妆"绞脸"。

［渔民老汉、中年渔妇和渔家小姑娘背网携篓寒暄过场。

［阁楼下摆着一红漆描金小桌，上边摆着一架电池收音机。电台正在转播天安门国庆节实况。

［《东方红》乐曲。欢呼声："毛主席万岁！"

钟阿婆 听，毛主席在天安门上检阅哪！

阿　螺
海　兰　毛主席！毛主席！

［钟阿婆、阿螺、海兰围在收音机旁。

钟阿婆 （喃喃地）要是你阿爸还活着……

阿　螺 妈！

钟阿婆 唉！十多年啦，你阿爸就在今天，嗯，也是这么个早上，叫单眼王逼着出海送他逃香港，船行三杯酒，叫大风大浪给打翻了，再也没回来！（抹泪）

阿　螺 妈，今天是大喜的日子，哭，不好！

钟阿婆 对，妈不哭！

海　兰 今儿是国庆节！

阿　螺 小爱兵过生日！

钟阿婆 对。今儿虎仔上岛，妈不哭。哎，你们说，等以后虎仔和甜女成了亲，肯不肯在我们岛子上安家呀？

阿　螺 在岛子上安家！……妈，你叫人家住在哪儿啊？

钟阿婆 我有——楼啊！

阿　螺 噢！

钟阿婆 怎么，嫌不好？不管谁，只要算我钟家的人，就得先在我这船上住一住！叫他记着，我们祖祖辈辈都住在这船里头！……再说我还要盖真楼！

阿　螺 盖真楼！（学钟阿婆）还带花栏杆晒台的！……哼！你不是说，先公后私吗？盖楼！

钟阿婆 你少和我嚼舌头根子！妈不像你，那么多的私心！赶明儿快点回去，真下得了狠心，把家一扔就走啦？……快回去给英才赔个不是！

阿　螺　　我给他赔不是？谁给我赔不是？

钟阿婆　还要人家给你赔不是？阿螺！……这两年你越变越不像话啦！……昨晚来告状，说英才把你给骂了，我看骂得少，骂得轻，骂得还不够！

阿　螺　　妈，你……

钟阿婆　我还想骂你几句呢！英才他当民兵连长，你要好好帮助他，叫他一心一意地保护好咱们的好日子！前两年不就是你老在妈妈跟前夸他一心为集体，一心向着党吗？怎么？你和他成了亲，生了爱兵，过上了两天小日子，就想把英才给霸占起来，叫他一心只为家啦！？阿螺，我都替你害羞……你，你不像我们钟家的人！

阿　螺　　好，好，我走，我走！

钟陈婆　要走快走！

阿　螺　　我这就走！

海　兰　阿姐！

　　　　［阿螺携物下。

海　兰　妈！

钟阿婆　（转又心疼地）……妈今天的话说重啦？

海　兰　妈！

钟阿婆　妈从前太宠她啦，你阿螺姐，是妈拿眼泪喂大的！……不要紧，一会儿她就得回来。看，爱兵还没抱走嘛！

海　兰　妈！

钟阿婆　哎，海兰，快把鲳鱼做上，等会儿虎仔上岛，给他吃个新鲜儿！

海　兰　哎，妈！（下）

　　　　［钟阿婆老态龙钟地抱渔网唱渔歌下。

　　　　［稍顷，阿螺匆匆上。

阿　螺　　海兰！

　　　　［海兰上。

海　兰　回来啦！（向船形屋喊）妈！

阿　螺　海兰！

　　　　［钟阿婆上。

钟阿婆　回来啦，给英才赔了不是啦，这么快？
阿　螺　妈，我有正事！
钟阿婆　给英才赔不是就是最正的事儿！
阿　螺　妈，来了几个首长！
钟阿婆　首长？
阿　螺　（比划）啊！

　　　　［何从、蓝继之等人上场。何从穿便服，蓝继之穿黄军裤、白衬衣，挎着黄上衣。

阿　螺　你看！
钟阿婆　他们是哪儿来的？
阿　螺　说是大军来演习……
钟阿婆　噢！
何　从　阿婆，你好啊！……我们昨晚来演习，遇到了风，先在你们岛上停一停……这是（向蓝继之挥手）——蓝继之证明信。（指何从）这是我们的首长！
钟阿婆　噢，噢！……好啊，欢迎啊！海兰，快点去烧"功夫茶"！
海　兰　哎！（入内）
钟阿婆　首长来得正凑巧，我们刚烧上新打来的鲳鱼；第一鲳、第二鳗、第三马鲛郎，最靓啦！哪一位首长来我们金星岛，都得尝尝我做的鱼！阿螺快来帮我一下忙。我们去去就来！（下）

　　　　［阿螺随下。

何　从　这家人怎么样？
蓝继之　王副司令讲，这家是他的老部下。
何　从　老部下，太好了！噢，电报拍出去了吗？
蓝继之　是的！
何　从　回电怎么讲？
蓝继之　侯代表讲，78号率领的人马，黄昏前在三杯酒以南换乘橡皮艇！

何　　从　好！

　　　　　　［海兰端"功夫茶"茶具上场放好，又端着烧滚水的小铜壶，麻利地冲茶，洗杯，斟茶，递杯。

何　　从　谢谢，这位大嫂快请坐。

蓝继之　你快请坐，我们这位首长是……

何　　从　深入下层，了解情况来的！

海　　兰　好啊！

何　　从　政府工作怎么样啊？

海　　兰　好啊！

何　　从　你们的生活怎么样啊？

海　　兰　好啊！

何　　从　都是好，一点意见都没有？……有什么讲出来……

蓝继之　是啊，我们的首长都能给你们解决！

何　　从　谈谈嘛！别害怕！

海　　兰　没，没有啊！（连声退走，呼着）阿姐，阿姐！

　　　　　　［阿螺上。

阿　　螺　干什么，阿姐又没掉魂儿！

海　　兰　首长要听意见！

阿　　螺　没意见！

海　　兰　听口气，像是调查政府工作来啦！

阿　　螺　噢！

何　　从　这位大姐，来坐，来坐。谢谢你，把我们领到这儿来，又有"功夫茶"喝，又有鲳鱼吃！来，随便谈谈，有什么意见都可以谈，帮助党和政府改良工作嘛！

阿　　螺　意见嘛，没好多……

何　　从　有多少谈多少！

阿　　螺　首长，你说说，都太平这么些年啦，怎么还老是放哨，查海，打夜操啊？

何　　从　是啊，是啊……

阿　　螺　我们爱兵她阿爸……

何　　从　他叫……

阿　　螺　区英才！

何　　从　区英才，噢，你就是大南港民兵连长区英才的——呃，爱人？

阿　　螺　唉，什么爱人！他是我老公，我是他老婆！他呀一张嘴就是（学区英才）"同志们，我们不能光顾着自己的小家家儿，不能忘了在海那边，还有妖魔鬼怪！"

何　　从　妖魔鬼怪？

阿　　螺　啊，就是美国鬼子和国民党反动派！说什么他们连做梦都想夺我们的江山，害我们的孩子！唉，首长，你说说，哪儿有那么多妖魔鬼怪呀！

何　　从　呃，有，当然是有的……不过，我们也不必大惊小怪，草木皆兵嘛！

阿　　螺　草木皆兵？不，他说的是全民皆兵！唉，首长，有你们这么些大军保护着我们渔家，就算是还有一星半点的妖魔鬼怪，他敢来吗？他哪儿来这么大的狗胆子，是不是呢？！

何　　从　是，是，他们不敢，不敢！（笑）大姐，你们家有船吗？

阿　　螺　船，有啊！

何　　从　我们想借用一下。

阿　　螺　好说好说。

何　　从　麻烦你把我们摆到大陆上去！

阿　　螺　噢！

何　　从　我们给船钱！

阿　　螺　唉，大军坐船我们不要钱！

何　　从　那怎么成，解放军的纪律严明嘛！

阿　　螺　我正好也要回去，顺脚么，要什么钱？首长到了岸上给我们爱兵她阿爸好好地开开窍比什么都强。

　　　　　［钟阿婆端鱿鱼、五加皮酒上。

钟阿婆　谈什么谈得这么热乎？

海　　兰　啊！首长在问意见。

钟阿婆　噢，首长，这叫深入下层，调查——研究！好事儿嘛！阿螺你……

阿　　螺　首长要用船，船有点漏水，我去堵一堵。（下）

钟阿婆　船？……首长，你们是怎么来的呀？

何　从　我们是坐船来的！

钟阿婆　船哪？

何　从　出了点毛病！

钟阿婆　噢！……阿螺的那条小破船，怎么行？首长，先坐会儿，我给你去搞条大船来！

何　从　噢！那可太好了，我们一定要重重奖赏，啊！奖励你们！

钟阿婆　唉，说到哪儿去啦，支援大军是我们的本分！来，先喝口五加皮就着烤鱿鱼。鲤鱼头、鱿鱼尾，最美啦！等会儿还得吃顿鲳鱼才能走！

何　从　阿婆，我们还有急事儿……

钟阿婆　空心肚子坐船不行，一定要吃饱了才能走，来，快喝。首长，不是来调查研究吗？正好，咱们一块好好谈谈！

何　从　呃，对，谈谈！阿婆你有什么意见都可以谈一谈！你们的生活还不算好嘛，困难也还很多嘛，就拿这房子来说吧……

钟阿婆　房子？唉，我们早就不该住这样的房子啦！

何　从　是啊，是啊！打来的贵重鱼，都叫政府低价收去了，哪儿还有余钱盖房子！

钟阿婆　不，钱，我们有。我们是想盖座楼，带花栏杆晒台的！可是工委江书记讲，钢条、水泥要先用在公家建设上，先拨点砖瓦木料盖平房。我说呀，那就先住这个吧！什么时候公家的事办完了，再给咱们盖楼也不晚嘛！

何　从　啊，您说的是这个！难道你们一点别的困难也没有啦？

钟阿婆　今年的困难比起往年来，算得了什么？

何　从　噢，往年怎么个困难法？

钟阿婆　在六年里头，我家死过两个人，一个是我的大儿子，一个是我的男人！

何　从　都是怎么死的？

钟阿婆　我的大儿子是活活饿死的！

何　从　饿死的？是不是口粮不够吃？

钟阿婆　不够吃？没得吃！吃雷公屎吃死的！

何　从　阿婆，（仿佛遇到了知己）您受了苦啦！您男人是怎么死的？

钟阿婆	我的男人是叫人逼着出海，在三杯酒，遇着大风，淹死了！
何　从	在三杯酒淹死了？唉，这都是——强迫命令害死人哪！阿婆，我们就是替您锄苦根儿来了！您想想，这是谁害得您这样苦，您再多讲讲！
钟阿婆	谁害得我？谁？
何　从	谁？
钟阿婆	就是那下到十八层地狱死也不得逃生的国民党反动派！
何　从	什么？
钟阿婆	要不是他们放进日本仔，癸未年闹大旱，我大儿子怎么会饿死；要不是他们拉夫出海，己丑年我男人怎么会淹死！
何　从	噢，癸未、己丑……一九四三、四九年，噢，这是从前的事啦？
钟阿婆	可不是从前的事，现在哪儿有这事啊！哎，首长，听说国民党反动派那些臭鱼烂虾还想"反攻大陆"呢！
何　从	是啊，是啊！
蓝继之	是啊！
钟阿婆	那我们可早准备好了！你们看——
何　从	干什么？
钟阿婆	欢迎他们哪！（掂起一杆鱼叉）
何　从	鱼叉！？
钟阿婆	叉那些臭鱼烂虾！首长信不信？
何　从	信，信，信！
钟阿婆	哎呀，鱼！（急下）
何　从	（向蓝继之）这儿不是我们落脚的地方！也不像王副司令的老部下！……"民怨沸腾，怨声载道"，吹牛皮，车大炮！……他们的生活并不坏！
蓝继之	这我倒看不出！
何　从	蓝台长，你没有看过从前的渔民！现在他们的生活真是好多了！
蓝继之	这我不感兴趣……不过这个老太婆还给我们做鲳鱼吃，对我们还算热心！
何　从	她越热心我越害怕！她是把我们当成共产党的首长才这样热心的！要是她们知道我们是什么人，就不是这样热心了，而是拿鱼叉——来对付我们！……

不过，区英才的老婆，倒是我们的一个帮手！像这样的娘儿们，在大陆上未必就是一个！我们赶快插上去，还有希望！

[钟阿婆、海兰上场听到了尾音。

钟阿婆　首长，先别着急，还差一把火哪！

何　从　（一惊）什么？

钟阿婆　锅里的鱼呀！

何　从　啊，噢，鱼！……不，阿婆，我们任务紧急，实在不能再等了，我们马上要走！

钟阿婆　马上要走？

何　从　我这儿有上等补品高丽参，留着给您老补养身体！这儿是根金钗，送给大嫂作纪念！

钟阿婆　（一惊）你们……可真是"好心"的"首长"啊！……海兰，快去搞条大船，（向海兰作手势）一定要把他们平平安安地送到大陆上去！

海　兰　（会意地）哎！（下）

钟阿婆　首长，先等等，不忙嘛！

何　从　啊！

钟阿婆　你还没见过我这一家子人哪！（进屋）

[钟阿婆出，拿出个相片框子。

钟阿婆　你看，这是我的大女儿、大女婿——阿螺和英才；这是我的儿子和儿媳——钟好和海兰；这是我的二女儿叫甜女，这是她的对象叫虎仔，是大军；这是我的外孙女叫爱兵……我们这家人现在的生活嘛，真是紫皮甘蔗蘸荔枝蜜，香甜上边加香甜哪！

何　从　（应付地）香甜，香甜！

钟阿婆　来，再喝一杯！不急。哎呀，（故作神秘地）来，来，来！（拉住何从）我们渔家还编了这么个歌，你听！（故意磨时间地唱）黄连苦来甘蔗甜，黄连苦来甘蔗甜，旧社会倒比黄连苦，甘蔗哪有新社会甜！……

[单眼王突然上场，尾随着杨美娣等人。

单眼王　何司令，你还跟这个老乞婆废话？（把海兰拉上台来推倒在地）看！

钟阿婆　海兰！

海　兰　妈!

何　从　她不是去弄船?

单眼王　她是去给共党报信的!

钟阿婆　单眼王!

单眼王　你认得我?噢,你的男人是我的老部下,给我驶过船!

钟阿婆　给你卖过命!

单眼王　人哪?

钟阿婆　死啦!

单眼王　你还活着!

钟阿婆　等着给你收尸哪!

单眼王　(声色俱厉)这回该我给你收尸啦!(看见了红旗)挂共产党的旗!你们这帮穷鬼想靠着共产党坐江山,啥,这真是白天做大梦!你老爷王中王又回来啦!(拔刀)把旗给我拔下来!

　　　　[一随从特务欲上拔旗,被钟阿婆用鱼叉吓倒。

钟阿婆　住手!这面五星红旗,就是我们渔家的命根子,你想拔下来,爪子长得还短点儿!

单眼王　(一刀劈去)啊!

　　　　[海兰双手托住,不知她从哪里来的勇气和力量,用牙咬住单眼王拿刀的手。

单眼王　臭娘儿们!(刀落地,踢倒海兰)抓起来!

何　从　王副司令,我们要赶快离开这儿!(看表)时间已经来不及了,9号还没回来,我们三个人先……

单眼王
蓝继之　(不约而同地)去香港!

何　从　好!

　　　　[特务上。

特　务　报告,那个娘儿们把船修好了!

　　　　[幕后传来阿螺的渔歌声。

何　从　好。把她俩快先带下去!

[特务捆推钟阿婆、海兰二人下场。
[阿螺上。

阿　螺　修好了，修好了！

何　从　麻烦大姐啦。

阿　螺　没什么。哎，等等。

何　从　怎么……

阿　螺　我还得背上我的小爱兵哪！

何　从　噢，噢！

阿　螺　（入船形屋喊）海兰！海兰！（抱孩子出）哎，人哪？

何　从　大姐，我们有公事，不能再耽误啦！

阿　螺　公事儿……

单眼王　是呀！

阿　螺　啊！（认出）你们不是大军？

蓝继之　我们是自由世界的大军！

阿　螺　什么？啊，还真有妖魔鬼怪！

单眼王　把孩子抢过来！

[杨美娣抢过孩子。

阿　螺　还我的孩子！

何　从　大姐，我们是好来好散！只要把我们送到了地方，孩子一定奉还！这儿是块金砖，送给你的孩子打个长命锁吧！

单眼王　真金的！

阿　螺　（百感交集地）长命锁？

何　从　怎么样？

阿　螺　呸！

单眼王　你不答应，我就把她从这儿扔下去！

阿　螺　（狂叫着）还我的孩子！

蓝继之　（掏枪）去不去？说！

何　从　去不去？讲！

阿　螺　（扑了上去）不！

　　　　[海螺号、枪声突然响了。

何　从　什么？

单眼王　听枪响，是群烂民兵。这儿我熟，快跟我上望夫崖！

何　从　望夫崖？走！蓝台长，快带上电台！（蓝继之下）

单眼王　把那两个娘儿们也带走！（下）

　　　　[稍顷。钟好带民兵小组冲锋过场。

　　　　[区英才、虎仔、甜女、赤卫伯等人急上。

甜　女　妈！阿姐！

区英才　（拾起爱兵的那顶童帽，仿佛像听到了她的哭声）爱兵她……（摸出那个小海螺，五内俱焚。镇定一下，发现特务扔下的"发财"牌烟卷盒，再摸了一下冲茶的小铜壶）看样子，是敌人把妈妈她们绑走了！他们走得还不远，跑不了！（吹小喇叭）钟好！

钟　好　（跑出）有！

区英才　带挺机枪，抢占制高点！

钟　好　是！（挥手）走！

民兵己　连长，有我这挺机关枪，就足够给他们剃光头的了！

区英才　剃头的人不少，可不要一下子都突突出去！

民兵己　是！（下）

区英才　一班长！带人向左搜索！

民兵丙　同志们走，跟特务们算账去！（下）

区英才　三班长，带人向右搜索！那边草深，注意敌人！

民兵戊　没问题，给他个连锅端哪！

区英才　哎，我可要活的！

民兵戊　好，给他来个生吞海蛎子！（下）

区英才　赤卫伯，从前单眼王到金星岛，常爱藏在什么地方？

赤卫伯　只要他来一准藏在望夫崖上公婆洞！

区英才　望夫崖！

赤卫伯　那儿可是个天险，下边就是没底的深海呀！

区英才　那儿可是好守不好攻啊！

赤卫伯　对，中间全是锯齿狼牙的礁石！

区英才　走！我们从中间直插上去！

虎　仔　连长，你留在这儿指挥，我去！

区英才　不，我应该像当年赤卫队的指挥那样，站在前面，对吧，赤卫伯？

赤卫伯　对，是这样的！

甜　女　赤卫伯！

赤卫伯　哎，不对，不是这样的。

甜　女　连长，你留在这儿，我和虎仔去！

区英才　甜女，听命令！你和靓仔留在这儿，不能叫敌人从这儿跑了。

甜　女　咔喳这几条草鱼，我们包啦！

区英才　哎，咔喳容易，要抓活的还要靠政治，"大黄牛好牵，小老鼠难抓"嘛！……子弹够吗？

甜　女　不铺张浪费，再搭配点渔炮，（示渔炮）收拾这几个臭鱼烂虾足够啦！

林望高　连长，带我去吧，考验考验我，不要把我留在这后方——划不来！

区英才　又是划不来！这儿没后方，靓仔留下听甜女指挥！

林望高　连长！

区英才　这就是考验！虎仔，赤卫伯，（拔枪）跟我攀登天险——望夫崖！

　　　　〔区英才率领他们下。场上只剩甜女、林望高。

林望高　甜女，我们干什么守在这儿？

甜　女　干什么？

林望高　咱们也上望夫崖呀！

甜　女　是啊！望夫崖好守不好攻，连长他们人少……有危险！

林望高　那咱们快走，还赶得上！

甜　女　站住！听命令！

　　　　〔渔家老汉手持斧子跑上，中年渔妇、渔家小姑娘紧紧尾随着。

渔　翁　甜女，泉水边儿有特务！

甜　女　阿公，你们先躲在那一边儿！

林望高　那咱们就打吧！

甜　女　先别忙！连长不是叫咱们来点政治吗？先喊话！

林望高　怎么个喊法？

甜　女　这样喊——哎呀不成；我的嗓门太小。嗯，我小声念叨，你大声喊！

林望高　对！

甜　女　快投降吧，投降才有出路！

林望高　快投降吧，投降才有出路！

甜　女　解放军宽待俘虏，缴枪不杀！

林望高　解放军宽待俘虏，缴枪不杀！

　　　　[传来枪响。

甜　女　喝，还真不"自觉"！打俩渔炮给他们尝尝！（边点渔炮边向林望高）靓仔，我打炮，你喊话！

林望高　对！赶快缴枪吧，再不缴枪，老子开炮啦！

　　　　[甜女点燃渔炮扔出，爆炸。

　　　　[内声："解放军，别开炮，投降啦！"

林望高　投降啦！

甜　女　叫他们把枪放下。

林望高　把枪放下！

　　　　[内复诵声。

甜　女　他们人多，咱们俩不好对付呀！（向林望高）叫他们一个一个地走出来！

林望高　对。（喊）一个一个地走出来！

　　　　[内复诵声。

甜　女　拍着巴掌！

林望高　拍着巴掌！

　　　　[内复诵声。

甜　女　阿公，快出来押特务！

　　　　[特务等双手拍掌，过场。

　　　　〔林望高在里边发现了"大光灯"。

林望高　你！

杨美娣　小林！

林望高　呔，"大光灯"！（拉栓欲击发）

甜　女　靓仔！

　　　　〔最后上来的是蓝继之。

蓝继之　（上场一看，失望地）你们不是解放军？……Goddam！① 活见鬼！一群老百姓，哼，民兵！

林望高　你瞧不起我们民兵？是不是你还要尝点我们民兵的厉害？走！

蓝继之　我，我要见你们的指挥官。

甜　女　（整装，神气十足地）我就是这儿的指挥官！

蓝继之　（大吃一惊）你？

甜　女　林望高同志，把他们押下去交给我们的司令部！

林望高　是，指挥官同志！走！

渔民们　走！（押特务下）

甜　女　（较为沉着老练地）你是从什么地方来的？

蓝继之　台湾哪！

甜　女　你叫什么名字？

蓝继之　季兰。

甜　女　干什么的？

蓝继之　电台记者。

甜　女　电台……记者？

蓝继之　（放肆地）记者，你不懂？就是这个，这个记者嘛！

甜　女　不准动！（端详）二十来岁……噢，（一喝）蓝继之！

蓝继之　Yes，sir！啊，你喊谁？

甜　女　我喊你哪，装什么糊涂？蓝继之，你还要不要命啦？

---

① Goddam——美国俗语，讨厌的。

蓝继之　我为什么不要命呢？

甜　女　要命还不快讲实话？

蓝继之　我是少校台长蓝继之！

甜　女　少校台长？……那你的电台，还有那个电报码子都放在什么地方啦？

蓝继之　我，不知道！

甜　女　一个少校台长，连你混饭吃的家伙放在哪儿都不知道，你是干什么吃的？

蓝继之　我，我知道，都在那边剑麻丛里。

　　　　［林望高匆忙地上。

林望高　唉！甜女同志，刚才下船，我没当心，叫"大光灯"跳海跑啦！嘿，这回可真划不来！

甜　女　跑不了，靓仔，你先看好这个家伙，跟着他去找电台……（跑下）

蓝继之　她是你们的指挥官？够刺激！

林望高　别废话，快去找电台！

蓝继之　是的，同——志！

林望高　谁和你是同志？

蓝继之　是的，电台就在那边的剑麻丛里，我可以将功折罪了吧？（欲走）

林望高　站住！

蓝继之　噢，你是嫌不够！（解开腰中纱布带）这儿有光洋，金砖……还有钻石戒指，奥米加牌的手表！

林望高　奥米加牌的手表？嗯，好表！

蓝继之　还有上等补品高丽参！

林望高　好药！

蓝继之　只要你放走我，回香港，去美国，从此洗手再也不干这一行啦。趁着没有第三者在场，快收下，咱俩交个朋友吧！

林望高　交个朋友？

蓝继之　啊！

林望高　咱们俩！

蓝继之　啊！

林望高　你把这些全给我?

蓝继之　Yes，sir!

林望高　我把你放走?

蓝继之　OK!

林望高　（把蓝继之手中财物打落在地，狠狠地）呸!

蓝继之　解放军不打人不骂人!

林望高　你比打我骂我还厉害!你把我当成什么人?把我当成黑了心的资产阶级?……见钱眼开，为了贪图安逸，连自己的祖坟都能刨了!?……你把我林望高看成能和你们交朋友，那是你们白长了眼睛，看错了人!

蓝继之　是的，是的，你说得对!……有生以来，还是第一次有人敢这样地教训我，够刺激!世界上居然有你们这样的人，不可理解。（恍然）你不是民兵，你是一个解放军!（欲收财物）

林望高　站住!向前两步!这些金银财物，要交公处理。这条纱布带子嘛，还是有用的，把手背起来，先委屈你一下吧!（捆蓝继之）

蓝继之　这是可以理解的!

林望高　走!（牵蓝继之）

蓝继之　（一惊）干什么?

林望高　找电台!

蓝继之　噢，是的，是的!这是完全可以理解的。

〔林望高、蓝继之下。

〔钟好扶钟阿婆、海兰，阿螺抱孩子上场。

钟　好　妈，你们受了苦啦!

〔甜女急上。

甜　女　妈，你们回来了!

钟阿婆　多亏英才他们来得快呀!

〔阿螺抱着爱兵无语地走进了船形屋……

甜　女　妈，我们把这边的狗特务都咔嚓干净啦，连"大光灯"也没跑掉!

〔林望高携电台和金银财物包上。

林望高　她没跑掉，太好了！甜女，我把电台起出来啦！那个台长也押到船上去啦！（交金银财物包）这是缴来的金银财物！

钟　好　靓仔！我的好同志！（伸手）

林望高　钟好！（握手）我的好班长！

　　　　［赤卫伯急上。风雷急。

赤卫伯　班长！

钟　好　出了什么事儿？

赤卫伯　区连长他……

钟　好　他怎么啦！

赤卫伯　他刚追到公婆洞，一梭子就打倒了三个特务。这时候，单眼王一看大事不好，就要跳海逃跑，连长刚要追，旁边的特务打来一枪，伤了他的右臂，枪就掉在了地上。

众　人　连长哪？

赤卫伯　他不顾山高水深，也不顾右臂挂彩，从望夫崖上……

众　人　怎么样？

赤卫伯　追下了大海！

甜　女　虎仔呢？

赤卫伯　也追下去了！

钟　好　赤卫伯，你说这该怎么办？

众　人　（向赤卫伯）怎么办？

赤卫伯　这会儿最当紧的是马上派人报告江书记，报告大军！

钟　好　我去！赤卫伯，这儿就全交给你啦！

赤卫伯　放心吧，班长！

　　　　［海兰递桨，目送钟好下。

赤卫伯　（向民兵）你们快去封锁海面！

　　　　［阿螺从船形屋走出。

阿　螺　怎么啦？出了什么事儿？妈，出了什么事儿？

钟阿婆　阿螺！

赤卫伯　这是连长的枪!

阿　螺　人哪!

赤卫伯　英才他真是个好样的,他为抓那两个特务头子,从望夫崖上追下了大海!

阿　螺　(抓起枪来,朝望夫崖方向)英——才!

钟阿婆　阿螺!

阿　螺　妈!

钟阿婆　抓敌人要紧!

阿　螺　(扑向钟阿婆)妈,不能叫那两个妖魔鬼怪跑啦!

赤卫伯　对,派船出海!

甜　女　往哪儿去找啊!?

赤卫伯　北风,退潮。

钟阿婆　他们从望夫崖跳下去,一准又是顺着水道,朝南漂到那儿去啦!

众　人　哪儿?

钟阿婆　三——杯——酒!

林望高　三杯酒,那个鬼地方,风大浪险,老辈子讲话,好汉也难过三杯酒啊!

钟阿婆　我老婆子算不得什么好汉,今天偏偏要过过这个三杯酒!出船,我来掌舵!

甜　女　妈,我去!

林望高　钟妈妈,我也去!

赤卫伯　咱们一起去!

钟阿婆　好!

海　兰　(手持木桨)妈,我也去!

钟阿婆　海兰,你的身子!

海　兰　妈!你又讲这个了,要是不把狗特务抓干净,海兰就是多生一个孩子又有什么用?

钟阿婆　对!

阿　螺　(背好孩子)妈,能叫我也去吗?

钟阿婆　阿螺!

阿　螺　都怪我的私心重,瞎了眼,把鬼领进了家,害得英才和虎仔……妈,我求求你，我要找回英才和虎仔，我要捉住单眼王和那个姓何的。收我上船吧，（跪）我的好妈妈！

钟阿婆 （为阿螺擦泪）我的好阿螺，是我钟家的人。起来！（挽起阿螺，仰望苍天）

阿　螺 （递酒）妈！

钟阿婆 （豪饮，把余酒洒在地上，挥手）孩子们，上船！

[海涛翻滚，声似雷吼。

[幕闭。

第五场

[近黄昏。

[三杯酒。

[茫茫大海中三块礁石的一块较大者。

[幕启：波浪滔天，大海在咆哮。

[歌声——

　　　　啊！

　　　　三杯酒，

　　　　十人见了十人愁。

　　　　风旋浪卷船难走，

　　　　好汉也难过三杯酒！

　　　　三杯酒，

　　　　千年万年你不朽，

　　　　大海朝你撞一撞，

　　　　你朝大海吼三吼！

[稍顷。区英才登上了礁石。

区英才 （忍住伤痛，挣扎着望了望茫茫的大海）三——杯——酒！（摸身上，武器不在了，站起逡巡，疲惫地倒在岩石旁）

　　　　　〔片刻，单眼王、何从二人登上了礁石。

何　　从　（狼狈不堪，余悸未已）刚才，那个共党不会追来吧？
单眼王　追，他正在阎王殿，追小鬼哪！
何　　从　唉，我们，也落到了这个绝境！
单眼王　绝境？
　　　　　〔马达声响。
单眼王　船！
何　　从　我们的？
单眼王　我们的！
何　　从　78号他们来啦？
单眼王　来啦！
何　　从　（呼救）哎——哎呀！他们看不见我们！
单眼王　我到那第二杯酒，把他们招呼过来！
何　　从　好，快去快来！
单眼王　"行八琅"（粤语，相当于"所有"）包在我单眼王身上啦！（下）
何　　从　78号他们来了！（冻得打个冷战，掏烟，已湿，扔掉，又掏出那颗"大印"）掌印坐天下，还能登上去吗？（摇了摇头）回台湾！（又掏出塑料管）氰化钾！烈性毒药！……（恐怖地）不成功，便成仁！……生路在哪儿呢？……（希望渺茫地）唉！
区英才　（醒转）什么人？
何　　从　（一惊）弟兄，别误会，我就是你们的少将司令何从！
区英才　干什么来了？
何　　从　接应你们！（回头认出）啊！你——
区英才　不许动！
何　　从　我不动！（镇静地）不过，你也动不了啦！我们的船来啦，你当了我们的战俘啦！
　　　　　〔马达声越来越近。
何　　从　现在你的面前只有一条光明大道！

区英才　噢!

何　从　跟着我们走!

区英才　啊!

何　从　给我们带路,直上百花山。

区英才　啥!

何　从　带到了地方,我们还可以给你奖赏!

区英才　喝!

何　从　怎么样?

区英才　可惜呀,上不去!

何　从　什么?

区英才　你刚才也不是没尝到滋味儿。看,现在弄得丢盔卸甲,剩下个光杆老将!怎么,还不服气?

何　从　我,我们可以从别的地方,插上去!

区英才　什么地方你们也上不去!

何　从　怎么?

区英才　到处是人民的江山,到处是人民的武装,你们还想回来再骑在我们头上?哼!办不到!不过,上门儿送礼嘛,我们还是鼓掌欢迎。说心里话,我还真怕你们再也不来啦,那我们就该停工待料啦!

何　从　(语塞)那,那……我们就回台湾!

区英才　什么,回台湾?

何　从　嗯,我们还要把你也带上!去台湾!

区英才　台湾——我是要去的!

何　从　太好啦!只要你跟着我们去台湾,归顺了我们,我可以授你一个——少校!

区英才　少校!

何　从　啊!我以我少将司令的人格担保,少校!

区英才　去台湾当官儿?哼!

何　从　怎么?你不想当官?那你想干什么?

区英才　消灭你们!

何　　从　啊！

区英才　和台湾人民一起消灭你们！你还想回台湾？先别说，你现在还回不去台湾……就算你能跑回台湾，你这个小模样儿怎么向你的美国主子、特务头子们交账呢？

何　　从　这……

区英才　你自己的命能不能担保啊？

何　　从　这……

区英才　你兜里的烈性毒药氰化钾，回到台湾该用上了吧？

何　　从　（反射地摸了摸口袋，好像毒蛇咬了他一下，连忙把手躲开）这……

区英才　嗯，我倒可以给你指出一条光明大道！

何　　从　啊？

区英才　跟着我们走！

何　　从　噢！

区英才　我可以担保，给你……

何　　从　什么？

区英才　活命！我以一个普通民兵的人格担保，给你活命。

何　　从　活命？

区英才　立大功，我们还可以给你奖励哪！

何　　从　我？……跟着共产党，还有我这样人的生路？

区英才　有！

何　　从　真的？

区英才　有一个伟人这样讲过：放下武器，停止抵抗，是你们的唯一生路！

何　　从　唯一生路？……谁，谁讲的？

区英才　毛——主——席！

何　　从　（一震）毛……

区英才　你好好地想想吧！我记得他老人家还讲过这样的话："为人民利益而死，就比泰山还重；替法西斯卖力，替剥削人民和压迫人民的人去死，就比鸿毛还轻。"鸿毛，懂吗？

何　从　我懂，我当然懂！……我这个堂堂的少将司令（矜持地）用不着你来给我洗脑筋！

区英才　算了吧，别装啦，你要觉得这话对，就照着办；你要是还想玩命，那就再玩一次！不过，你们早晚都得被消灭！这儿是我们祖国的岛屿，四下里都是我们的船，正在搜查你们，你们跑不了啦！

［何从谛听，仿佛听到了无数的马达声在远处响着。

区英才　我们的人就要来啦！

［近处人声。

何　从　你们的人就要来啦，我们的人已经来啦！

［单眼王、78号、卫太利等人上。

单眼王　何司令，他们带来了侯代表的命令！

78　号　（递命令）何司令！

何　从　78号。（接命令）"你等无能，贻误军机，本拟法办，望戴罪立功，乘船绕道插上百花山，临阵动摇者，杀勿赦！"杀勿赦！？

单眼王　何司令，快上船再讲！

何　从　对！

区英才　站住！

单眼王　你！

卫太利　他就是那个姓区的苦力，共党的民兵连长！

何　从　噢，他就是那个区英才？

卫太利　对！

单眼王　我正要找你算账哪！

区英才　我也正要找你算老账哪！

单眼王　老子毙了你！（子弹上膛）

区英才　怎么，要开枪。（连连招手）好，来、来、来！朝这儿打！

何　从　（忙制止）他们的船正在搜查我们，枪声一打响，正好给他们当了向导！

单眼王　嘿，差点又上了你的当！你这小穷鬼！哼，十多年前，你打伤了我的右眼，后悔当初我没杀光了你们！

区英才　杀光了我们，从前谁去养活你们？杀光了我们，今天谁来消灭你们？

单眼王　我砸死你！

何　从　抓活的，还有用处！

单眼王　对，带走！（向卫太利挥手）

　　　　[卫太利上前，被区英才一击倒地。78号上去。

　　　　[区英才与78号格斗。区英才把78号制住。

区英才　带走我？哼，除非你们能把三杯酒搬走！

何　从　难道你就不怕死？

区英才　（笑）死比泰山还重！

何　从　可，可你有妻儿老小我刚刚还亲自和你的夫人谈过话，她还请我多多地开导开导你！

区英才　她要是知道你们是谁，你就知道她会怎么开导你啦！

何　从　这个我还不知道，不过，我知道她决不希望你做这样的无谓牺牲……你死了，她们可就成了孤儿寡妇啦！

区英才　我死了？（轻声朝观众的方向）阿螺，爱兵！你们会替我来消灭他们的！

　　　　[远处传来阿螺的呼叫声："英——才！"

区英才　看，我们的船开来啦！

何　从　共产党的船？

　　　　[特务上。

特　务　发现共军两艘炮艇！

何　从　（大惊失色）炮艇！？

　　　　[炮响。

单眼王　活见鬼！

78号　上船快走！

区英才　不要动，想活命的听我讲！

何　从　（向区英才）对，刚才那个伟人是怎么说的？你再讲讲！

区英才　放下武器，停止抵抗，是你们的唯一生路！

单眼王　（向何从）什么！你？何司令，临阵动摇者，杀无赦！

〔双方正欲火并时，突然一梭子弹打来。

78　号　上来啦！

何　从　是解放军！（忙躲入岩石后）

众　人　（如闻霹雳）解放军，解放军！（作鸟兽散）

单眼王　唔怕！唔怕！看我单眼王双枪厉害！（掏双枪埋伏好。）

〔区英才扑向单眼王，二人搏斗。

〔区英才空手夺枪，将单眼王击中。

〔虎仔闯上，横扫一梭子，击毙单眼王。

虎　仔　（发现石缝中何从）什么人？

何　从　（举手缴枪）报告。我，我是这位长官的俘虏！

虎　仔　你？

何　从　我，我早就有意归顺祖国！

虎　仔　你早就有意？

区英才　（笑）只要归顺，早晚都欢迎，不过，你要向你的部下喊话。

〔虎仔督促何从喊话。

何　从　是的，喊话。我是你们的司令何从！快投降吧，投降是你们的唯一生路！（喊着下）

〔甜女、钟阿婆、林望高、赤卫伯等上。

众　人　英才！

区英才　你们都来了，快去抓敌人！

甜　女　对。阿妈照顾好连长！同志们，跟我来！（边喊边跑下）缴枪不杀！

〔众人随下。

钟阿婆　英才！伤！（包扎）

区英才　好妈妈！

〔海兰上。

区英才　海兰也来啦！

海　兰　阿螺姐也来啦！（叫）阿螺姐，英才哥在这儿呢！

〔阿螺背孩子持鱼叉上。

阿　螺　英——才！（大恸）

区英才　阿螺，不要吵醒了小爱兵嘛！

阿　螺　（饮泣）英才，叫我说什么好呢？

区英才　什么都不用说啦！你们娘儿俩来到这儿，比说什么都强啊！今儿是国庆节，嗯，还有家庆节。咱们全家都到这儿过节来啦！

阿　螺　（解孩子给区英才，好像与第一场一样）给你！（欲下）

钟阿婆　干什么？

阿　螺　抓妖魔鬼怪去！

钟阿婆　阿螺，快照顾好英才！

区英才　妈，让她去吧。

阿　螺　妈，先公后私！（一拢头发，恢复了当年飒爽的英姿，响亮地）海兰，跟我来！（边跑边喊）缴枪不杀！（下）

海　兰　缴枪不杀！（跟着追下）

　　　　［林望高急上。

林望高　报告连长，我们把卫太利抓住啦！

　　　　［赤卫伯押卫太利过场。

赤卫伯　我老给你讲，别乱说乱动吧，不听话嘛；不听众人言，恶果在眼前吧！

钟阿婆　（把手杖扔在卫太利的面前）卫太利，你再磨刀吧，好给你们自己修棺材！

林望高　连长，我这回算认清啦，一条小鱼掀不起大浪，可是它还想掀哪！

赤卫伯　掀，就用这个（拍了一下那支枪）消灭它！

　　　　［阿螺、海兰持鱼叉，抓78号上。

阿　螺　快走！

78　号　我投降，我投降！报告长官，我的手枪里没子弹，枪没上膛，没上膛！

区英才　阿螺！海兰！好啊，你们抓了个美国牌的大特务！

钟阿婆　我的好孩子们哪！

　　　　［何从随虎仔上。

虎　仔　报告连长，都抓干净啦！

何　从　报告长官，何从率领"海鲨"小队人员共二十八名，（交印）全体报到。

虎　仔　无一漏网！

阿　螺　（发现何从，冲上前去）你！（将何从推倒在地，举起鱼叉向何从叉去。）

何　从　（连忙爬起呼救）长官救命！

区英才　何从，这回你总该知道她用什么开导你了吧！

　　　　［钟好上。

钟　好　报告连长，江书记带着船队赶来啦！狗特务的运输船叫大军同志几炮就打沉啦，别的几股特务也都叫大军同志抓光啦！鱼鳖虾蟹，一个也没漏网！

众　人　（欢呼）好！啊！

区英才　吹响螺号，集合！

　　　　［江书记登场，后随公安部队战士、海军战士各一人。

江书记　同志们！

区英才　江书记！

江书记　你们打得好啊！你们这次真正地做到了"召之即来，来之能战，战之能胜"啊！同志们，由于你们的行动迅速，英勇顽强，取得了这次全歼美蒋匪特的伟大胜利！

　　　　［众人欢呼。

区英才　这都是毛主席"全民皆兵"思想的伟大胜利！

　　　　［众人欢呼。

江书记　同志们，上炮艇，返航！

　　　　［晚霞映照着区英才的英雄形象。他的身旁是背着孩子的阿螺，她手持鱼叉英勇地站立着。那一边是英雄的妈妈——钟阿婆。后边是英雄的群像，好似一道钢铁长城，捍卫着滚滚的南海！

　　　　［一声螺号，汽笛响应。大海在沸腾！

　　　　［幕闭。

　　　　［剧终。

（剧本版本：《赵寰剧作选》，1964年原广州军区政治部战士话剧团首演）

· 话剧卷 ·

羊城曙光

编剧：林　骥（执笔）　许显良　李子占　关俭良

人物表

（以出场先后为序）

苏　炳　　男，36岁，岭南酒店总管事

福　嫂　　女，30岁，岭南酒店楼面工人，同心会骨干

侯小姐　　女，23岁，交际花

郭容奇　　女，22岁，岭南酒店工人，郭虎门的妹妹，艇家女

张　威　　男，46岁，岭南酒店水电工，参加过省港大罢工和广州起义。地下党员，同心会会长

孙丽丽　　女，25岁，岭南酒店会计，同心会骨干

阿　牛　　男，24岁，岭南酒店电梯工人，同心会骨干

李爱华　　女，24岁，岭南酒店秘书，华侨子弟，地下党员

司徒万里　男，72岁，岭南股份公司董事长

马仁甫　　男，45岁，岭南酒店经理

郭虎门　　男，30岁，保安中队副，地下党员

关　彪　　男，38岁，国民党保安中队长

赵　四　　男，45岁，自湖南逃亡来的镇长

高永光　　男，50多岁，我沿江秘密指挥部负责人

高　岳　　男，70多岁，住客，警备司令的老丈人

伤兵、乞丐、报童、群众、电厂工人、码头工人、三轮车工人、学生、解放军战士、保安队员、特务若干人

序

[雄壮的音乐声起。

[幕前朗诵,并在纱幕上出现字幕:一九四九年,解放战争在全国范围内取得了一个又一个的伟大胜利。五月,我人民解放军渡过长江解放了南京,摧毁了蒋家王朝。继以日行百里的速度挥师南下,直捣国民党盘踞的老巢广州。十月一日,中华人民共和国宣告成立。以叶剑英将军为首的中共中央华南分局发表了《告广东同胞书》,号召广东人民紧急动员起来,拿出最大的力量迎接人民解放军,解放全广东,解放全中国。广州人民积极响应叶剑英将军的号召,以战斗的姿态迎来了古老羊城的灿烂曙光。

[字幕特写:"羊城曙光"。

第一场

[十月上旬。

[广州岭南大酒店大厅。

[珠江边上一座华丽的酒店大厅内,门口可见绵延的楼房。有形形色色的广告,厅内左边近门处有柜台,上有电话机。台左是一套高级的沙发椅,右边是柚木楼梯,旁边有电梯。梯门上有圆形的指示钟。

[幕启:店门外一片混乱,店外有伤兵在游荡。乞丐行乞,警察吹着哨子追捕行人,还有小贩在叫卖,擦皮鞋的小孩在替客人擦鞋,店内旅客来去匆匆,有赶乘飞机的,有买不到车票返回来的。苏炳在柜台招呼来去客人,他一身黑胶绸,五短身材,典型的广东流氓相。

[报童上。

报　童　卖报!卖报!请看国军退守曲江,曲江失守。请看欧阳驹市长去职,李扬敬接任广州市市长。请看观音山凶杀案，一年轻少女惨死，最新电影《荡妇卡门》，《木乃伊复活》，卖报！卖报！《越华报》！《国华报》！

［一伤兵进店欲讨钱，苏炳拦。

苏　炳　去！去！

伤　兵　老子是救国功臣，你想怎么样？

［伤兵举拐杖欲打，苏炳无奈走开，伤兵向一坐在沙发上的旅客讨钱。

伤　兵　先生，行行好，帮个忙，我是个残废军人。（忙掏残废证）这一点不假，上面还有蒋总裁的大照片呢。

旅　客　你怎么拿你们的蒋总裁来行乞。

伤　兵　他妈的，我们为他打生打死，残废了就一脚踢开。他倒好，天天大鱼大肉，我们可没吃的了。先生，行行好吧！

［旅客掏钱给伤兵。

伤　兵　谢谢！（走到苏炳处）哼！

［伤兵神气地下。

［苏炳按了一下铃，不一会跑出两个穿蓝衣的力夫，一老一少。

老力夫　苏管事。

苏　炳　给这位先生送行李到八楼。

［年青的力夫扛起大箱子进电梯。苏炳看见，忙跑过来。

苏　炳　出来！出来！（年青的力夫走出来）电梯是你们这些臭苦力坐的吗？（挥鸡毛扫就打）赶快爬楼梯，客人上了楼，你们不到就别想拿工钱。

老力夫　（已扛起另一重箱子）苏管事，他新来，不懂得规矩。（对年青力夫）走吧！我来店十年了，还没坐过一回电梯呢。

［两人扛行李上楼，旅客进电梯内。

［福嫂抱着孩子进店。这是一个硬朗的劳动妇女。

苏　炳　福嫂，你今天可是迟到了三分钟，要扣你手震钱（广州方言，即小费）的。

［一工友上，向苏炳交账本。

福　嫂　苏管事，今天实在没办法，孩子没人照看。

苏　炳　连小孩都带进店。走！你可以回家抱孩子嘛。

福　嫂　苏管事！

苏　炳　谁不知道岭南的店规严格！让董事长和新来的马经理看见，你准倒霉。

　　　　［福嫂无奈，抱婴孩出。少顷，空手回店。

工　友　福嫂，你的孩子呢？

福　嫂　没办法，只好放在店门口的垃圾箱旁边，求卖王老吉凉茶的老大爷给我照看一下。唉！

　　　　［福嫂下，工友跟下。

　　　　［稍会，侯小姐上，这是个妖里妖气的交际花。

侯小姐　苏管事！

苏　炳　侯小姐，你不是到香港去吗？怎么又回来了？黄大少爷他……

侯小姐　别说了，没良心的，带着个新欢到香港去了。我只好又回来了。

苏　炳　黄大少真是无情无义，怎么能扔下你不管，自己跑到香港去呢？

侯小姐　别说那么多了，快给我开个房。

苏　炳　好！好！

侯小姐　我住八楼老房子。

苏　炳　小姐，八楼没吉（空）房了。

侯小姐　什么，都住满了？

苏　炳　先住二楼吧。

　　　　［郭容奇擦着楼梯上，她是一个具有南方水上人特色的少女，个子不高，蛋形的脸，肤色有点黑，大大的眼睛，留着一条长辫子。

苏　炳　容妹，送侯小姐开206房。

　　　　［郭上前帮忙提起侯小姐一个不大的箱子。

郭容奇　小姐，请上吧！

侯小姐　（见郭容奇提箱子）哎！放下，放下！

　　　　［侯小姐夺，不小心箱子落地。撒了满地东西，其中一圆盒里滚出几颗珠子来，侯小姐大惊。三人忙拾起地上的东西。苏炳看见珠子，垂涎欲滴。

苏　炳　（拾起交侯）小姐，这么漂亮的珍珠，价值连城呀！罕见！罕见！

侯小姐　（气极，拿起一条鸡毛扫打容奇）贱人，万家奴，死鸭仔，我打死你！

郭容奇　（委屈）是你自己弄翻的。

侯小姐　还顶嘴，死妹丁。

苏　炳　容妹，快向侯小姐认罪赔不是。

侯小姐　跪下来。

郭容奇　（哭）不是我弄翻的。

侯小姐　老娘今天到不了香港，还窝着一肚子气呢。（举起鸡毛扫欲打）

　　　　[张威上，他身材高大，浓眉方脸，留着络腮胡子，器宇轩昂。

张　威　（一把托住侯的手）住手！

侯小姐　（疼痛无比）哎哟！你！

张　威　不准打骂工友。

苏　炳　张威师傅，你一个水电工，管我们旅业部的事情，楼面鸭仔——少管这一层。

张　威　苏管事，容妹没日没夜干活，吃也吃不饱，客人无理打骂，你嫌火候不够，还加大电压。你想把容妹往死里打呀！

侯小姐　一个鸭仔，万家奴，死了算少只蚂蚁。

张　威　你说什么？

苏　炳　大只（广州方言，即大个儿）威，我劝你少管闲事。

　　　　[孙丽丽、阿牛等从电梯出来。孙丽丽，一个长得很漂亮的女性，乍一接触，觉得她热情、开朗。阿牛是一个壮实的小伙子。

孙丽丽　这不是闲事，谁无理打骂工友，我们工人同心会要管，张威伯是我们的会长。

苏　炳　孙会计，孙小姐，这儿没你的事。

孙丽丽　鬼头炳，你别欺负人。

苏　炳　你！（欲打孙丽丽）

阿　牛　你敢！

　　　　[李爱华匆匆上。她身材苗条，穿着素色旗袍，戴着眼镜。显得很斯文，富有教养。

李爱华　你们吵什么？董事长和马经理下来了。

孙丽丽　李秘书，你怕，我才不怕。

苏　炳　（找台阶下）侯小姐，看在李秘书的分上，饶了这个新来的蛋家妹一回吧，走，我领你开房去。

侯小姐　哼！

［两人悻悻上楼。

阿　牛　容妹！

郭容奇　阿牛哥！

孙丽丽　别害怕，容妹！（同情地）看她把你打的……走，我送你回家休息。

郭容奇　家？！（哭）

阿　牛　容妹，你怎么又哭了？

孙丽丽　容妹，你这是……

阿　牛　我听她说，她家里早没人了，唯一的哥哥十多年前被拉猪仔兵，至今下落不明。

郭容奇　阿牛哥，你别说了。

［传来舞场怪声怪气的爵士音乐声。

孙丽丽　醉生梦死，跳吧！看还能疯狂到什么时候？

李爱华　工友们！走吧！干活去吧！祸从口中出。

［众下。李爱华在场，似乎在等什么人。

［少顷，董事长司徒万里、经理马仁甫和苏炳上，司徒万里略胖，气色很好，虽老仍有精神。马仁甫是高瘦子，长长的脸，是一个显得很深沉，不大好捉摸的人。

司徒万里　阿华，刚才发生什么事？

李爱华　哦！一点小事情。

马仁甫　一定是工友们又在闹事？

苏　炳　他妈的，现在的工人越来越不好管了。

司徒万里　是呀，现在的工人是难搞一些。

苏　炳　我看呀，不听话的就不发工钱，开除。董事长，你不是常说找一百条狗难，找一百个工人还不容易吗？

马仁甫　这话有点背时了，现在潮流不同了，你看我们店里的同心会也越来越活跃了。连我们的会计小姐孙丽丽也和工人站在一起，当了职工同心会的宣传委员。

苏　炳　干脆把她开除算了。

马仁甫　你懂什么。苏炳，你这个当管事的要懂得爱护工友，今后不准打骂工友。

[一伤兵持手枪突然从楼梯逃下，手里拿着一个女人的小提包，侯小姐追上。

侯小姐　抓住他！抓住他！

伤　兵　（掏枪）都不许动！

[众人愕然，伤兵乘人不防，迅速逃走。

侯小姐　（追到门口）警察，警察！哎呀！鬼影都没有。

马仁甫　这是怎么回事？

侯小姐　哎呀，刚才我进了房，一关门正要休息，突然从床底下爬出一个人，把我吓死了，他抢了我的小提包，就夺门而逃。天啊，我里头还有不少钱。（哭）

司徒万里　苏管事，这是怎么搞的？

苏　炳　我不知道。

侯小姐　不行，我得赶快报警察局去。（匆匆下）

[外面报童上。

报　童　最新消息，请看银行裁员三百名。请看中大教授在教育部门前拍卖。新闻、新闻，莉莉金铺昨夜被洗劫一空。南方酒店被一群伤兵白日抢劫。卖报……

司徒万里　真是乱糟糟的。（一职员上）

职　员　董事长，枪支运回来了，现在各店铺都想买枪，可不容易呀！（两力夫抬一大一小木箱上）

马仁甫　（不安）司徒老……

司徒万里　这是为了应付目前这动乱时世，以防有人进店抢劫，我们岭南股份公司所属各店都要配备一些武器。

李爱华　董事长，照老规矩，这批枪是不是……

司徒万里　交给张威他们。

李爱华　（对力夫）走！枪抬去同心会。

马仁甫　等一等，董事长，枪既然买回来了，交给同心会恐怕……

司徒万里　张威是我的老店员了，抗战时期，在护店方面立过功……

马仁甫　　我知道张威师傅是店里一个功臣，可是同心会里人们出出进进，怕不安全，不到万不得已的时候，这批枪是不是先保管起来？

司徒万里　那让李秘书先管起来吧！

马仁甫　　这事就不必让李秘书操心了，让苏管事管起来行了。

李爱华　　见到那么多枪，我还有点怕呢。就让苏炳管吧。

司徒万里　好吧！必要时就分发下去。

马仁甫　　苏管事，去吧，要小心谨慎。

苏　炳　　是！（苏炳领众人把枪支抬下）

司徒万里　我和马经理到银行去一趟，有事可来找我。仁甫，走吧！

　　　　　〔司徒万里、马仁甫走到门口，门口有人撒传单，行人纷纷捡起，警察追打。一过路人退到酒店里，拿起传单念。

路　人　　叶剑英将军告广东同胞书。

李爱华　　这是共产党的宣传，警察来了。

　　　　　〔路人扔下传单离去，司徒万里拾起放进了口袋。二人下。
　　　　　〔少顷，报童上。

报　童　　卖报！《越华报》！小姐，要报纸吧！

　　　　　〔报童走近李爱华。

报　童　　从游击区来了一位同志要接关系，来人姓郭，白帽，米黄色西服，手里拿着一份《越华报》，联系暗号是……

　　　　　〔报童与李爱华耳语。

李爱华　　好！（交给一捆传单）这是今天印出的《告广东同胞书》，马上散发出去。要注意安全。

报　童　　知道了。（下）

　　　　　〔李爱华在柜台拿过册子看。少顷，苏炳上。

苏　炳　　李秘书！

李爱华　　今天的房都卖光了？

苏　炳　　这些天是大出大进，来的人多，走的也多，再多房子也不够卖。

李爱华　　现在确实是乱。苏管事，枪都放好了？

苏　炳　放好了！

李爱华　现在枪支难买，黑市要价很高，放在哪里都要小心，当心一些人起坏主意。枪要出什么事，就难向董事长交代了。

苏　炳　我已经锁好在地牢里，万无一失。

李爱华　这就好了！

　　　　［侯小姐上。

苏　炳　侯小姐，到警察局报案了？

侯小姐　报了，有什么用，叫我怎么办呀！我可是没有钱了，房钱都交不起。我一天还要开销几百块呀！

苏　炳　侯小姐，你不是还有不少的藏货吗？那些珠宝……

侯小姐　你别想。

苏　炳　那几颗珍珠，我看每颗都值上万元，我给你找个好顾主，脱手一两颗，够你用一辈子。

侯小姐　这……

苏　炳　你喊没钱，龙王爷喊没水，谁相信？

侯小姐　不行！一会我还找董事长，要店里赔我的损失。

　　　　［侯小姐下。

苏　炳　真神气，那几颗珍珠还不是骗那个花花公子黄大少爷的。

　　　　［传来报童的叫卖报声，李爱华听到后焦急地想支开苏炳。

李爱华　苏管事，请你去告诉司库，马上把今天买枪的钱送去。这是董事长吩咐的。

苏　炳　好！当当跑腿没关系。（下）

　　　　［少顷，郭虎门进店。郭虎门，中等身材，国字口面，显得英气勃勃。

李爱华　先生，请坐。

郭虎门　这家店真是岭南第一家呀！

李爱华　虚有其表呀！

郭虎门　我要租个房。

李爱华　不知先生喜欢什么房子？

郭虎门　向东的，我早上起床喜欢晒太阳，不然就浑身没劲。

李爱华　801号房吧。

郭虎门　好！

李爱华　你是老郭同志，我姓李。

郭虎门　我从游击区回来，刚到广州。

　　　　〔苏炳上。

苏　炳　李秘书，听你吩咐了。

李爱华　谢谢！

苏　炳　这是……

李爱华　这是我的表哥。这是苏管事，店里最能干的人。

苏　炳　李秘书过誉了。

郭虎门　啊！苏管事，来，抽根烟。

　　　　〔递烟给苏。

李爱华　表哥，你什么时候抽起烟来了？以前你是不抽烟的。

郭虎门　真没办法，有人说不会抽烟不懂得捞世界。苏管事，你说呢？

李爱华　抽烟的人总有理由的。

苏　炳　嘻！这句话对，男人有几个不抽烟的。

　　　　〔电梯门开。

李爱华　表哥，我们上去坐一坐，好久不见了，姨妈好吧！

郭虎门　好！好！

　　　　〔两人进电梯。

苏　炳　表哥？

　　　　〔郭容奇上，见苏炳，想躲。

苏　炳　容妹！

郭容奇　苏管事。

苏　炳　你怕我干什么？其实我是为你好，不然你早就给董事长炒鱿鱼卷铺盖走了。

郭容奇　（惊恐地望苏）这……

苏　炳　你别怕，你告诉我，你们在同心会一天到晚搞什么？

郭容奇　（不语）

苏　炳　告诉我会有好处的。

郭容奇　（不语）

苏　炳　以后你不要再参加什么职工同心会的活动了，听到了没有？不然就要开除你了。

郭容奇　唉！

苏　炳　不要跟阿牛这牛王仔在一起，他尽捣乱，迟早没好结果的。

郭容奇　（不满）这……

苏　炳　你真笨，阿牛整天待在麻雀笼有什么出息，你没有听人说：嫁着旅店仔，白衫有得洗，肚饿有得抵，越穷越见鬼。要找男人也找个有钱一点的嘛！年纪大点没关系，容妹，以后我……

郭容奇　（惊）李秘书吩咐我给董事长房间冲开水。

　　　　［容奇急下。

苏　炳　（想了想）阿三！

　　　　［一伙计上。

伙　计　苏管事，什么事？

苏　炳　你看住档口，我上去看看。表哥来了！

伙　计　好！

第二场

　　　　［紧接上场。
　　　　［岭南股份公司董事长室。
　　　　［一豪华客厅，有门通卧室。窗外面临珠江。背景是高耸的爱群大厦。
　　　　［幕启：李爱华引郭虎门上。

李爱华　这是董事长的客厅。请！

郭虎门　董事长的客厅？

李爱华　董事长是我的远房亲戚，我当他的秘书，这里很安全，一会负责同志就会来见你。

郭虎门　刚从游击区回到家乡，真恨不得马上就投入战斗。

李爱华　老郭同志，你是广州人？

郭虎门　老广州，老珠江了。我原来是珠江上的艇家人。（望着窗外）对这条珠江，我太熟悉了，它淌尽了我们祖祖辈辈多少血和泪，我父亲的血流在珠江，母亲惨死在珠江，冤死在大天二的黑枪下。唯一的妹妹也因为当初我被国民党拉猪仔兵时失散在珠江。我们水上人的冤和仇，珠江就是个见证。

　　　　［门外敲门声。

李爱华　进来。（郭容奇进屋）

郭容奇　李秘书，我给董事长冲开水。

李爱华　好！

　　　　［郭容奇冲开水，郭虎门望着她，若有所思，郭容奇不好意思，低下头来，冲完出去。

李爱华　（望着郭容奇背影）这也是一个一家人把血泪洒尽在珠江的艇家女。这里的老板喜欢找水上人的女儿来做工。因为蹲惯了，好擦地板。老板要她们把酒店擦得像她们的花艇一样洁净。但她们常常拿不到工钱，还受到无理的打骂。真可怜。

郭虎门　（愤愤地）这种现象将一去不复返了。

李爱华　（望望门外）张威同志来了。

　　　　［张威带着水电工全副工具上。

李爱华　张伯，这是郭虎门同志！（在门口看风）

郭虎门　（握张的手）你是负责同志？

张　威　不！高永光同志让我来见你，今后由我跟你直接联系。

郭虎门　好。现在广州的情况怎么样？

张　威　（环视四周，低声地）以叶剑英将军为第一书记的中共中央华南分局成立了，十月一日在赣州发表了中共中央华南分局告广东同胞书。广州沸腾起来了。（递一传单给郭）

郭虎门　这上面还有叶剑英将军的照片呢。

张　威　叶将军还像当年一样神采奕奕。

郭虎门　你认识叶将军？

张　威　广州起义的时候，我们工人赤卫队和叶团长一起战斗过呢，现在他又回来了。

郭虎门　（念）"亲爱的广东同胞们：人民解放军的大军已经进入广东，大家动员起来，拿出我们最大的力量迎接人民解放军，解放全广东、解放全中国。"太好了。

张　威　叶剑英将军还号召我们紧急动员起来，很好地保护工厂、矿山、铁路、公路、桥梁、机器，要我们支援解放战争，彻底扫除残敌……敌人在撤退之前是要进行疯狂破坏和捣乱的。我们一定要做好发动群众保卫城市的工作，这是现在一切工作的中心。老高同志领导的沿江指挥部已经成立。

郭虎门　张威同志，那我的工作？

张　威　一切都安排好了，听说你在游击区当过连长。

郭虎门　是，打仗还可以，搞秘密工作没什么经验。

张　威　还让你去抓枪杆子。

郭虎门　抓枪杆子？

张　威　我们通过打进敌人保安总队的同志的关系，给你弄到一份任命书，到沿江保安中队当个中队副。马上就去上任。

〔郭虎门接过任命书。

〔李爱华示意有人。

〔少顷，苏炳上，到处张望。郭虎门悠然自得地坐在沙发上看报。张威站在椅子上修壁灯。

李爱华　张师傅，修好了没有？

张　威　好了！哎，苏管事，劳驾你打一下开关。

〔苏炳无奈，开灯掣，灯亮。

张　威　好！谢谢！

李爱华　苏管事，有事？

苏　炳　没什么，我看看董事长回来了没有？

郭虎门　表妹，董事长怎么还不回来？我恐怕等不了啦。

李爱华　一定是在银行有事缠上了，苏管事，你说呢？

苏　炳　是，是，你们坐。

　　　　　［苏炳疑惑地下。

张　威　郭虎门同志，你的任务很艰巨，掌握好敌人的情况，关系到保卫沿江一带的工厂、楼房的安全，我们沿江的重点是保护好电厂和这幢楼房。大军已选定这里作为制高点，以便控制珠江面，歼灭逃跑的大小舰艇。这幢楼房目标大，很可能已经有特务在活动，没重要事不要来，我们会设法跟你联系。这都是老高同志的指示。

郭虎门　好。

李爱华　张伯，今天进店这批枪让苏炳控制起来了。

张　成　老高同志要我们设法搞过来，支援珠江电厂。组织上尽一切力量先武装好珠江电厂自卫队。我先走了。

　　　　　［张威下。

　　　　　［郭虎门坐在沙发上，正要起来，侯小姐上。

侯小姐　李秘书！董事长在吗？

李爱华　找董事长有什么事？

侯小姐　我进房间被抢了东西，我找店里赔。

李爱华　董事长没回来呢。

侯小姐　那，我等他。

　　　　　［侯小姐坐在沙发上，见郭虎门便上下打量起来。

侯小姐　先生，借个火。

　　　　　［郭虎门不动声色递过打火机。

侯小姐　哎呀！你的戒指真漂亮，在哪儿买的？

郭虎门　（有点厌恶）小姐，你……

李爱华　侯小姐！这是董事长的客人。

侯小姐　（更加兴致勃勃）董事长的客人。（故作多情地）这位先生好像在哪儿见过，很面熟。

郭虎门　（哭笑不得）是吗？我怎么一点印象都没有呢？

侯小姐　你呀！是贵人善忘，花多眼乱了吧？（故作状）你想想……

　　　　　［苏炳上。

苏　炳　董事长还没回来？

李爱华　有要事跟我说也一样。

苏　炳　李秘书，你这位表哥很少见面。

李爱华　他一向在军队供职，很少到广州来。

苏　炳　先生现在……

郭虎门　我即将到保安队走马上任，苏管事，是不是先向你报个到。

苏　炳　哪里，哪里。

李爱华　他即将到保安队任中队副。

苏　炳　中队副？

郭虎门　(转念一想)啊，侯小姐，我倒想起来了，胜利后那年我到广州，在先施公司的舞厅里，咱们跳过舞。

侯小姐　是吗？怪不得我一见面就觉得面熟。

郭虎门　这么说，我们是老朋友了。

侯小姐　对！老朋友了。

李爱华　巧，真是太巧了。

郭虎门　侯小姐，几年不见，你真是越来越年轻漂亮了！李秘书，我不等董事长了，反正以后在广州，见面的机会多得很。侯小姐，我们一块到蛇王满去吃龙虎凤。我请客。

侯小姐　不必破费了。

郭虎门　吃完饭今晚再到先施公司跳舞去。表妹，你也来。

李爱华　你们老朋友见面多谈谈。

郭虎门　侯小姐，走吧！

　　　　〔侯忙上前挽住郭的手。

郭虎门　苏管事！回见。

苏　炳　郭队副！回见。

　　　　〔李爱华送郭虎门、侯小姐下。

苏　炳　臭婊子，一天没男人都活不下去。一对单料铜煲一烧就热。

　　　　〔苏炳下。

　　　　　　[少顷，司徒万里上，他满腹忧虑。偷偷地打开传单看，然后放下传单，长叹一口气。张威上。

张　威　　董事长，你也看《告广东同胞书》？

司徒万里　刚才在路上捡到的，看看也没什么。张师傅，枪已经买回来了？

张　威　　董事长，是不是像抗战时那样，把工人护店队组织起来，以应付这局面？

司徒万里　你们不是有个同心会吗？我本来要把枪交给你们的，可是马经理……

张　威　　马经理是一向支持我们同心会的。

司徒万里　他这个人呀……

张　威　　董事长，我看你近来好像心事重重。

司徒万里　张威师傅，你是我多年的老店员了，不瞒你说，眼下的政局叫人担忧，国民党腐败才导致今日的下场。可是共产党的主张……

张　威　　听说叶剑英在《告广东同胞书》上都讲了。

司徒万里　是呀！叶剑英要工商界人士安心照常营业，恢复生产。可是……

张　威　　司徒老，你老在广州实业界德高望重，颇有影响。我想，谁也不会对你怎么样的。我听说，北平、上海解放后共产党对工商界的政策很得人心呀。

司徒万里　啊，照你说，我的资金不用转到国外去。

张　威　　大可不必。

司徒万里　老张师傅，今后有什么消息跟我通通气，酒店还要靠众工友撑持。你我也算是了解的，特别是抗战那时，我是很感激你的，不是你的话，日本人和汉奸放的定时炸弹一响，这间豪华大酒店顷刻就化为乌有了。

张　威　　那时候有良心的中国人都会这样做的。现在这批枪……

司徒万里　我一定要马经理赶紧交给你们。

　　　　　　[传来汽车刹车声。

张　威　　董事长，我干活去了。

　　　　　　[张威下。

　　　　　　[少顷，马仁甫上。外面传来警车声。

马仁甫　　司徒老，今天的事总叫人担心，这批枪支进店不安全呀！

司徒万里　你没看这几天的报纸，兵荒马乱。盗贼多如牛毛，加上一群没人管的伤兵到处作案，今天本店又发生抢劫案，岭南公司有十多间店铺，要是有匪徒抢劫，没几支家伙才不安全呢。

马仁甫　这枪要落在共产党手里，会惹出祸来的。

司徒万里　店里有共产党？

马仁甫　很难说呀，我来店里不久，从迹象看来，同心会里有共产党的色彩。

司徒万里　（不以为然）你说是什么颜色？老兄，这些是时髦的东西，这个年头，哪间店里都有五颜六色的工会组织，不见得都是共产党吧？

马仁甫　谁出主意买枪的？

司徒万里　（更不以为然）这也不是什么新鲜事，抗战时我就买过一回，后来以为太平了，卖了。谁知眼下更动荡，阿华提醒我多次，我让她去办的。

马仁甫　李爱华？李秘书她……

司徒万里　你怀疑她吗？哈哈！阿华是我内人家的远房亲戚。父母在南洋经营小本生意，抗战后期是她父母送她回来追随我办实业的。她是一个书生，不懂政治。

马仁甫　原来是这样。

司徒万里　老弟，你也太费心了，一会疑这个，一会猜那个，你不像一个办实业的经理，你应该到警察局去当个密探。

马仁甫　司徒老别见怪，我只不过随便说说，如今经商也要观测政治风云。眼下政局不妙，广州危在旦夕，店里要有共产党也好呀，也为将来找条退路。

司徒万里　我不需要什么退路。

马仁甫　近日来，广州不少资方人员移居港澳，你老是不是也去避一避。

司徒万里　我都七十多了，谁能拿我怎么样？广州有我多年经营的心血，一个实业家离开他的产业，狗屁不如。这岭南公司十多间店铺我都能搬走？仁甫呀，枪还是早点发下去，满街的兵痞实在叫人担心。

马仁甫　不必太焦虑，我让苏炳管好，留来应付不测就可以了。

司徒万里　你呀，大惊小怪。（司徒万里说完，径直入房）

马仁甫　老糊涂！

　　　　〔苏炳上。

苏　炳　马经理，关彪中队长来了。

[保安中队长关彪上。这是一个粗俗的军人。

关　彪　　马专员！

马仁甫　　嘘！

关　彪　　哦！马经理，叶肇司令给你的信。（马仁甫接过信）

[赵四上。一个獐头鼠目落难小官吏。

赵　四　　苏管事。

苏　炳　　你又来干什么？

马仁甫　　这是？

苏　炳　　我的姐夫赵四，原来是湖南岳阳的一个镇长。

赵　四　　我是在共军攻下岳阳后逃出来的。共产党真可怕，我差点没命了，共产党共产共妻……

苏　炳　　去去！别打扰马经理。

赵　四　　苏老弟，到广州我一个人也不认识，你要设法给我弄一笔钱到香港去。

苏　炳　　姐夫，你以为我发财了？走吧。

赵　四　　苏老弟，你不能见死不救呀！

苏　炳　　（推开）先回去吧！（细声地）乱世出英雄嘛！现在值钱的东西多得很，你就不会再想想别的办法。

赵　四　　别的办法？还有什么办法。你看我口袋一个钱也没有了。（掏口袋，发现一张纸）这，（念）"向全国进军命令：奋勇前进"。

关　彪　　（打了赵四一个耳光）他妈的还念。

赵　四　　（踉跄几步）这共产党的传单怎么到我口袋里来了？

关　彪　　滚出去，赵镇长。

苏　炳　　快走吧！（苏炳推赵四下）

关　彪　　共产党越来越猖狂了，在广州到处散发传单。

马仁甫　　叶剑英还发表了什么《告广东同胞书》，要广东的共产党策划内应。广州的共产党还到处搞武装，在沿江还成立了指挥部。这个指挥部到现在我们连影子还摸不着。万一他们得逞，就会打乱我们整个撤退前的计划。叶肇司令命令我们这个特别行动组要尽快摸清共产党的沿江秘密指挥部，授权

　　　　我一个人直接指挥你这个中队。
关　彪　说怎么干吧。你马专员一声令下，我关彪一个中队人马就可以炸平沿江。
马仁甫　关彪中队长，这种事情办早了会激起公愤自找死路，晚了又怕干不了。所以撤退的关口正是你大显身手的时候。干完你们可以坐炮艇去香港，共军又没有海军追击。
关　彪　我不走，共军来了，我们上山打游击。
马仁甫　你到底是个有识之士，在这国难当头，蒋总司令正需要你这样忠于党国的栋梁。
关　彪　马专员过奖！
马仁甫　眼下军事上一败涂地，失败是肯定了。他们要占领广州。我们不会甘心的，也要搞得共产党日夜不宁。哼！
关　彪　你到岭南酒店一个多月了，有什么发现？早就听说这儿是共产党的联络点，说不定这里也是共产党的一个地下印刷所，为什么不抓他几个？
马仁甫　疑点倒是不少，拿不到真凭实据，随便抓个把人有什么用？你们那里听说要来个新队副？
关　彪　是总队派下来的。
马仁甫　没有充分了解他的底细之前，有些事不能让他知道……
苏　炳　经理。有人发现孙丽丽把会计室的蜡纸和油印工具抱到同心会去了。
马仁甫　抱到同心会？
关　彪　啊！把她抓起来审问。
马仁甫　不，这是一条线头，紧紧抓住，摸清同心会的面目，搞出共产党的秘密指挥部来。
苏、关　秘密指挥部？
马仁甫　人是要抓的，但要抓得巧妙。
苏　炳　把张威、孙丽丽抓起来，他们群龙无首，这帮万家奴就要不出威风来了。
马仁甫　张威？他是董事长的红人，这种人若是共产党肯定是个硬骨头，最多将他打死，是不会有什么好处的。苏炳，酒店不是常常因为旅客丢东西而抓人吗？
苏　炳　是呀！

马仁甫　既然你姐夫赵四没钱去香港，就成全他吧。（和苏炳耳语）怎么样？

苏　炳　马经理高明，这叫雷公打豆腐，拣软的来劈。

马仁甫　（狞笑）这就看你的了。一定要打开这个缺口。

第三场

［接上场。

［岭南酒店八楼。

［舞台分两部分，右边小部分是个密室，有一套沙发椅。一墙之隔的台左原是个杂物间，现在是酒店工人同心会。有门与外面相通。杂物间正面还有门窗，可见背景的高楼大厦。

［幕启：深夜，在一黄豆大的油灯下，李爱华和福嫂在印传单。少顷，张威和工友甲提一个皮箱上。

李爱华　张伯，枪搞到了？

张　威　嗯！长枪运不出来，短枪都拿来了，整整一大箱。

　　　　（众人拿枪看）拿着枪，我就想起了当年在东江打日本仔时的情景啦！（轻轻地哼着）"我地系（广州方言，即我们是）人民嘅（广州方言，谓的）武装，就系人民嘅希望，枪杆握在手，仇恨记在胸膛……"

工友甲　刚才我们开了箱子，拿出短枪，又把几筒石湾瓷碗装回去，等苏炳打开一看，还以为抬错人家的箱子呢。

福　嫂　张伯想得真妙，《告广东同胞书》也印完了。

李爱华　明天一散出去，敌人又是一片慌乱。

福　嫂　枪先藏在里面夹墙。

张　威　这里人出出进进，目标太大。

李爱华　那锁进我的保险柜里去。

张　威　也好！我们马上想办法转移出去。

　　　　［众人下，灯暗。右边灯亮。苏炳引赵四上。

苏　炳	等一会侯小姐就拿珍珠来，今天看你的手运了。
赵　四	我怕失手。
苏　炳	镇定点，骗个女人都没本事。告诉你，错过这个机会，就没办法的了。膏药带来了没有？
赵　四	带来了。
苏　炳	快贴在茶几底板里面。
赵　四	事成后，二一分作五。
苏　炳	还没种树，就想吃果，一会再说。

〔侯小姐拿着小珠宝盒子上。

侯小姐	苏管事。
苏　炳	这是诚实珠宝商店赵先生，他愿出高价买进你的宝珠。
赵　四	嘻嘻，侯小姐，是不是拿来见识见识。
侯小姐	好，我也考考你的眼力。

〔赵四和侯小姐坐在椅子上，侯小姐小飞翼翼地打开包好的珠子。

赵　四	（赞不绝口）哎呀！好货，好货，真开眼界了。圆度色泽都是一流的，给一流的价钱，每颗一万元港币。
侯小姐	嘻，算你诚实珠宝店识货。
苏　炳	小姐，我苏炳介绍的还有错，来，抽根烟。
侯小姐	谢谢。

〔侯小姐接烟的时候，赵四手疾眼快把一颗珍珠贴在茶几底下的膏药上。

赵　四	两颗珠子都卖吧。我给你开两万港币的"飞天仄"，哪间银行都可提取的支票。
侯小姐	我是三颗珠子。
赵　四	两颗珠子。
侯小姐	（急看盒子）什么？只有两颗？我明明是三颗珠子的。
赵　四	是两颗嘛，谁也没拿你的。
苏　炳	你有没有记错？
侯小姐	废话，自己的东西会记错？
苏　炳	你们谈清楚呀！君子离台三尺，我一直没有走近你们。

赵　四　小姐不相信，你搜好了，我也一步没离开，我穿的是长褂子，揣进口袋你也会看见呀。

[侯小姐急搜赵四身，到处寻找，都没发现珠子。急得要哭了。

苏　炳　小姐，你是不是在房里或什么地方丢了，回去找找看。

侯小姐　（无奈，哭着回房）你们真害人。

[侯小姐下，苏炳急从茶几板底取出珠子，狡黠地笑了。

苏　炳　嘻！动了动脑子，捞得个珠子。

赵　四　那我？

苏　炳　姐夫，看在亲戚份上，这个……（伸开五个手指）

赵　四　好，二一分作五。

苏　炳　五是五，五百。

赵　四　说好二一分作五的，五千。

苏　炳　没我，你一分钱也别想得到，五百都给多了：你快走，千万别露了馅。

赵　四　唉！这么点钱……

苏　炳　那就另想办法吧。（推赵下）

[苏炳得意洋洋，走过同心会门口，见到郭容奇在擦桌子，顿起邪心，忙整理头发衣衫。

苏　炳　嘻嘻，容妹。

郭容奇　苏管事。

苏　炳　你呀，真是勤快，一天到晚没日没夜地干活。

郭容奇　习惯了，没什么。

苏　炳　这个月我多分一份手震钱给你，买件衣服漂漂亮亮。

郭容奇　苏管事。

苏　炳　本来好端端的一个女儿家，何必穿得那么土气！

郭容奇　你……

苏　炳　（以为动心）嘻嘻，怪我以前关照你不够，日后有什么事找我。

郭容奇　多谢你！

苏　炳　容妹，到我房里来一趟，好吗？

郭容奇　什么事？
苏　炳　当然是好事。我是个光棍，你也没嫁人……（说完动手动脚）
郭容奇　（惊）你不要这样，不要这样。
苏　炳　没关系的。我们都是自由人嘛。我哪一点不比那个牛仔强呀？
郭容奇　（急哭了）我不，我不。
　　　　[苏炳拉拉扯扯。容妹惊跑，苏炳追。阿牛突然出现在门口，苏炳冲过去，撞了阿牛。
阿　牛　（见状气极，一掌推开苏炳）干什么？鬼头炳。
苏　炳　啊！你……嘻嘻，阿牛，你开你的电梯，我们谈自由……
阿　牛　我打死你这鬼头炳。
　　　　[郭容奇拉着阿牛。
苏　炳　你这个牛精仔！
　　　　[一伙计上。
伙　计　（小声地）苏管事，不好了，短枪都不见了。箱里装了一箱瓷碗。
苏　炳　（大惊）什么？！
伙　计　你快去看看。
苏　炳　走！
　　　　[苏炳下，郭容奇哭。
阿　牛　容妹，别哭。
郭容奇　我……
阿　牛　他们要再欺负你，我就跟他们拼命。
郭容奇　阿牛哥，你不要得罪那些有钱有势的人，他们会害你的。
阿　牛　你就是胆小，被人欺负都不敢出声，以前你还来参加同心会，苏炳一吓唬你就不敢来……
郭容奇　我怕连累你们。
阿　牛　不用怕，以后你多来同心会，和大家在一起，多听张威伯讲道理，那你就不怕他们了。容妹，你今天就不要走了，参加同心会活动吧。
郭容奇　好。

［稍会。福嫂和几个工友上。

福　嫂　你们两个先到了，阿牛真有办法。

一工友　福嫂，我刚才下去，你的孩子又哭了，你还这么乐。

福　嫂　不乐，要整天愁死呀。没关系，那卖王老吉凉茶的老伯是张伯的同乡。张伯去请他帮我看孩子。那老伯可好心了，有时他还帮我抱抱呢。也快熬出头来了。

阿牛福　福嫂有福，遇上恩人。

福　嫂　牛精仔，哪有你福气大，遇到爱哭的。你呀，就是要叫容妹哭两场才能治住你。
　　　　［众人笑，张伯上。

张　威　大家这么高兴。

工友乙　张伯，今天容妹也来了。

张　威　容妹，跟大家在一起就有依靠了。

工友甲　孙会计还没来上识字课，我提议让我们的会长唱一段粤曲，表示对容妹的欢迎。

张　威　唉，别拿我老头子开心。

阿　牛　对，同心会嘛，同心同乐。

工友乙　会长带头娱乐，义不容辞。

张　威　（豪爽地）好！我唱一段大喉。先声明：我这豆沙喉好似杀鸡的声音一样难听的。

众　　　好。
　　　　［张威激情地唱一段粤曲，边唱边做，惟妙惟肖，逗起阵阵笑声。郭容奇也被这欢乐的气氛感染，不时与阿牛交换喜悦的目光。唱完众人鼓掌叫好。

福　嫂　我说嘛！姜还是老的辣。

老工人　阿威这支大喉，有韵够味，比得上当今熊飞影。

张　威　出丑出丑。工友们，今天我捡到一张传单。（大家围着看）

阿　牛　中共中央华南分局写给我们的《告广东同胞书》："中国人民二十一年来的革命战争，广东人民都英勇地参加了，而且曾经站在最光荣的前线。在最近三年的解放战争中，广东人民也英勇地起来配合全国解放军，和蒋介石匪徒进行了坚决的战斗……"

张　威　叶剑英将军是华南分局第一书记，对我们广东人民评价很高。

阿　牛　这次迎接大军，我们一定做得更好才行。

福　嫂　牛仔这回可讲对了。

张　威　在我们店里，大家一条心，就能做不少工作。我们同心会要把更多的工友团结起来，阿牛今天做出了成绩，容妹不是回来了吗？

　　　　［众笑。

　　　　［一工友发现孙丽丽来，稍会，孙丽丽进同心会。

工友甲　孙老师，就等你来上识字课了。

孙丽丽　（直走到张威面前，神秘地）张伯，我把会计室的油印扫、钢板、蜡纸都拿回来了。

张　威　（谨慎）拿这个干什么？

孙丽丽　那天阿牛不是提议大家印传单吗？

阿　牛　好呀，孙大姐说干就干，我支持，就印这张。

郭容奇　阿牛哥。

张　威　传单大家都见到了，那是捡来的。最近警察抓了不少人，我看还是谨慎些好。

阿　牛　（感到突然）张伯！

张　威　本来也没什么，万一被他们误会就麻烦了。

孙丽丽　（不满）我才不怕他们抓呢，要革命嘛，还能怕死？

　　　　［福嫂正要劝两人。

张　威　（岔开）孙老师，大家等着你教识字。

工友甲　鬼头炳来了。

　　　　［张威示意孙丽丽收起油印工具，众工友坐好。

张　威　孙老师，你上课吧。

孙丽丽　好，我们现在上识字课。

　　　　［孙丽丽随即在黑板上写上了"劳动"二字。

孙丽丽　大家跟我念：劳动。

众　　　劳动。

　　　　［苏炳探头出来。

孙丽丽　我们工友靠打工，就是靠劳动吃饭。可是有些人，不用劳动，过寄生虫生活，衣来伸手，饭来张口，有些人当老板的走狗，也不劳动，整天汪汪叫，乱咬人，靠主人的施舍来过活。

苏　炳　孙会计，你别指着和尚骂秃驴，告诉你们，现在是非常时期，你们整天集会是违法的。

张　威　苏管事，同心会的活动是马经理认可的。工友们在一块认认字学点时事也是马经理倡导的。

苏　炳　这是马经理的官样文章。

孙丽丽　来，我们继续学认字。

〔孙丽丽再教两个字。众跟着念、写。苏炳到处东张西望，突然发现柜子门没关好。孙丽丽觉察，想挡住。苏炳过去推开孙，一把打开柜子，拿出油印工具。

苏　炳　孙小姐，这是什么？

〔孙丽丽一时语塞。

苏　炳　说！这是什么？（逼近孙）

张　威　（漫不经心地）我还以为什么东西，大惊小怪。

苏　炳　（回过头来）大只威，张会长，这是干什么用的？

张　威　这是同心会印剧本用的。你没听到我们整天35231的八音响吗？

孙丽丽　（被张威点醒）鬼头炳，你不知道我在同心会排戏吗？

苏　炳　孙小姐，你是个知书识礼的人，你还是好好待在你的写字台旁，别招惹是非。

孙丽丽　我的行为要你管，鬼头炳，你也管得太宽了。

阿　牛　管事管事，不管天不管地，专管拉屎放屁。

苏　炳　（气极）大水牛。

阿　牛　鬼头炳。

苏　炳　牛精仔。

阿　牛　神台猫屎——神憎鬼厌。

苏　炳　野蛮牛。（火）我打死你。

阿　牛　（毫不退让）试试看。

〔苏炳见到不断在拉阿牛衣衫的郭容奇，便走过去。

苏　炳　容妹，你参加同心会了，好嘛，这些东西是干什么用的？说。

郭容奇　（颤颤地）做戏用的。

苏　炳　好呀！我看你们是拿来印共产党的传单。

　　　　［众惊。

福　嫂　（不在乎地）啊！我们一天到晚叠床单、铺床单。

苏　炳　什么？传单？

福　嫂　我们每天都要收拾房间，还能不叠床单？

　　　　［众大笑，苏气极。

孙丽丽　捕风捉影，无事生非。

苏　炳　警告你们，这些东西今后——不准带进酒店，谁违法就送警察局以共产党罪名论处。

　　　　［欲拿油印工具出。

孙丽丽　你放下。

苏　炳　我要交给马经理。

　　　　［苏炳下。

孙丽丽　真气人，我也找马经理去。

　　　　［孙丽丽下，张威想拦没拦住。

郭容奇　阿牛哥，张伯，这可怎么办？

张　威　阿牛，今后不论做什么事，未经同心会研究，不要自作主张。（转向大家）不要紧的，只要我们全店一百多工友拧成一股绳，就什么都不怕。好，今天就活动到这里，有事再通知大家。

　　　　［各人分头下。剩下张威、阿牛在场算账。少顷，马仁甫手拿油印工具进来。

马仁甫　张威师傅。

张　威　马经理，找我有事？

马仁甫　没有什么，来看看你们。

张　威　如果是电灯、水喉坏了，尽管吩咐。其他重活有什么要做的，只要我拿得下来……

马仁甫　张威师傅，不要这么说，酒店能够维持得下来，全靠众工友的支撑。劳工神圣确实不是一句空话，我很赞成，尤其像你这样一位老师傅……

张　威　我是一个打工仔，粗人，能替大家办点事就办点事。

　　　　　（转对阿牛）阿牛，那两笔账赶快结算了，龙仔的阿婆病在床上没钱买药，赶快把钱送去，帮她把药抓了。

阿　牛　哎！（把账本和余钱收进抽屉下）

张　威　（转对马，捉摸对方来意）马经理，坐。

马仁甫　（坐下）我自来店以后，早想找工友们谈谈心。可是公务在身，抽不出时间。刚才听说苏炳把你们同心会的油印工具拿了回去，我很生气，特地给你们送回来。既然同心会借了这东西，肯定有用得着的地方，你们尽管用。（放回油印工具）以后还有什么需要店方帮忙的，尽管提出来，只要能做到，我们一定尽力办。

张　威　（坦然）谢谢马经理关照，同心会有时要印个歌呀戏呀的，倒是需要油印工具用用，不过既然苏管事……

马仁甫　苏炳是个三教九流，偷呃（广州方言，即骗）拐骗样样全，他太不称职，是个废物，我正考虑辞掉他。

张　威　（警惕）苏管事是能干的，这旅店上上下下……

马仁甫　我很清楚他，（严肃地）所以我还特地来找你商量。

张　威　找我商量？

马仁甫　你是老工人，行为端庄，人缘好，办事干练，工友们都信得过你。我想把你提为全店的管事，当我的助手，我自然可以少操很多心。你呢，工钱可以多几倍，将来也有个前途……

张　威　（哈哈大笑）马经理不要跟我开玩笑，我这个水电工只懂得安装电灯，修水龙头，升官发财跟我这个人是无缘的。马经理，你一定要辞掉苏管事，还是另请高明吧。

马仁甫　当然，当然，这不能勉强，不过你可以考虑。

张　威　不必了。

马仁甫　（故作神秘地）老张呀，你可能对我不了解，我也是个两袖清风身无一文的无产者。这家酒店经理一个多月前因害怕大军南下辞职到香港去了，我是受聘来代管的。我年轻的时候也参加过北伐军，轰轰烈烈干了一场，后来又参加了广州起义……起义失败了，才干起这些不时髦的职业来。

张　威　马经理参加过广州暴动？

马仁甫　是呀。你也参加了？

张　威　我那时在香港当海员。

马仁甫　那时年青，热血沸腾呀。

张　威　读书人都爱说这个话。

马仁甫　后来，抗战我还搞过进步团体工作。

张　威　马经理的经历真不平凡呀。

马仁甫　（以为张受感染）想起我马仁甫一向追随进步潮流，今天眼看国民党土崩瓦解大势已去，很想找个人来表白自己的心迹，跟共产党合作，为解放广州出点力。

张　威　（故作紧张）马经理，隔墙有耳，你说这话可要当心呀！

马仁甫　这是顺当今潮流而已。

张　威　顺当今潮流？你可知道，现在这个潮流提共产党是要杀头的。好了，我去修水龙头了。（下）

马仁甫　（自觉没趣）好。

　　　　〔张威径直走了。

　　　　〔马仁甫沉吟片刻，欲下，苏炳上。

苏　炳　马经理。找了半天，一点枪的影子也没有。

马仁甫　送回来的时候你打开箱子看了没有？

苏　炳　来不及。会不会在码头上换错了箱了？

马仁甫　嗯！不能想得那么简单。旅店连续几天出事，能没问题？（沉吟）这事暂不张扬，一定要一步步查清楚。

苏　炳　那油印工具？

马仁甫　你做了一件蠢事，打草惊蛇，现在人家不要了。你怎么没头没脑的，应该懂得放长线才能钓到大鱼。

　　　　〔侯小姐大闹上。

侯小姐　哎呀！马经理，我在店里不见宝珠了，是一颗合浦名珠，价值十万美元的。

马仁甫　胡说什么？

侯小姐　真的不见了。苏管事，都是你介绍的好门道。你赔我，赔我。

苏　炳　你别乱咬人。

侯小姐　你当经理的管不管，我是在酒店不见的，我要店里赔。

马仁甫　侯小姐，抓贼抓赃，没证据不能乱诬赖人。

侯小姐　好呀，你们都欺负我，我被抢了手提包，又丢了珍珠，你叫我怎么活啊？
　　　　（哭）

　　　　〔侯小姐下。

马仁甫　苏炳，通知关彪了？

苏　炳　通知了。

马仁甫　关彪来了告诉他，抓到人之后，由他秘密审讯，要绝对保密。要让侯小姐咬死这桩案件。

苏　炳　好！

　　　　〔苏炳下，马接着下。

　　　　〔阿牛上，坐在桌旁写字。郭容奇上。

郭容奇　阿牛哥，衣服补好了。

阿　牛　谢谢，容妹，这两个字会了吗？

郭容奇　劳……动。

阿　牛　会写吗？

　　　　〔郭容奇点点头。

阿　牛　容妹，你应该多来同心会，你看今天同心会多有意思，又学会了识字，又懂得道理，但你前些天连同心会也不敢来。

郭容奇　我……

阿　牛　你呀，就是胆小，所以给人家欺负。

郭容奇　我命不好，生来就受苦。

阿　牛　不要信什么命。要想过好日子，就要靠斗争。告诉你，全中国很多地方都解放了，穷苦人翻了身做主人。那里的穷人再也不受经理资本家的气，地主恶霸也不敢欺负他们了。

郭容奇　真的？

阿　牛　（无比激动地）我们广州也快解放了。

郭容奇　我们广州也快解放了?

阿　牛　是呀,共产党、毛主席领导的中国人民解放军已经过了长江,到了广东,广州很快就解放了,我们也快解放了。

郭容奇　我们……也快……解放了……

阿　牛　那时我们扬眉吐气,再不受那些乌龟王八蛋的气。

郭容奇　苏炳那坏蛋再不敢欺负人了。

阿　牛　那时候,我们工人到处受尊重,团结起来,管理好我们的酒店,建设好我们的国家。

郭容奇　我们参加同心会就不用怕了。

阿　牛　那时候,你还可以进正规学校读书,将来你戴上个眼镜,插支钢笔来教我们识字。

郭容奇　(破涕为笑) 阿牛哥,你真会逗乐。

阿　牛　到那时候,我陪你到报馆登报,登满满一大版. 将你哥哥找回来。

郭容奇　我哥哥……

阿　牛　找到你哥哥,兄妹就可以重逢了。

郭容奇　好呀,我问我哥哥,你认识我吗?

阿　牛　(学) 你是谁呀?

郭容奇　我是容妹呀。

阿　牛　(学) 我是虎仔哥。

郭容奇　虎仔哥,你知道我是多想念你呀,是呀,我很想念我哥哥呀,我哥哥……(禁不住伤心起来) 还不知在不在人世呢? (哭)

阿　牛　(不知如何是好) 容妹……

郭容奇　他叫什么名字我都不知道,只记得我小时候叫他虎仔哥。

阿　牛　那,那就登……登上郭虎仔哥呗。容妹,解放了,只要我们登报纸,一定会找到,就登它一版报纸那么大,你哥哥一眼就看见。

郭容奇　阿牛哥,我真想我哥哥。我记得小时候,妈妈领着我们划着小船,我在船头唱歌,哥哥就在船尾跟着唱,朦胧月色照珠江,一只破艇甚凄凉,经不住风来又怕雨,水上人仔泪汪汪……

阿　牛　容妹，你一定会找到哥哥的。

郭容奇　阿牛哥，你真好。

阿　牛　还有，为了迎接解放，我们同心会工友还准备做面红旗。

郭容奇　做红旗？

阿　牛　到时候，我们举着红旗迎接大军。

　　　　［关彪领几个保安队士兵上。

关　彪　哪一个是郭容奇？

　　　　［阿牛、容妹愕然。苏炳上。

苏　炳　关彪中队长，什么事，她就是容奇。

关　彪　把她抓起来。（匪兵抓容妹）

阿　牛　你们为什么抓人？

关　彪　侯小姐丢失宝珠，告到警察局去了。

郭容奇　我……我没拿客人的东西。（哭）

苏　炳　（装做好心）到警察局自然会清楚。你别怕。

　　　　［孙丽丽闻声来。

孙丽丽　你们白天绑架人，还有王法吗？

关　彪　孙小姐，你也被告了。侯小姐丢东西的时候，你也有嫌疑，带走。

孙丽丽　你们——强盗！

　　　　［苏炳拦住阿牛，关彪等人拉郭、孙下。

　　　　［张威等人闻声上。

阿　牛　这样无缘无故抓人，我们到警察局抗议去。

福　嫂　当侍仔就是苦，喊打就打，喊抓就抓，到时查清放出来也挨了一身痛，吃了眼前亏。

阿　牛　找董事长、经理去。他们不出面保人我们就罢工。

　　　　［司徒万里、马仁甫、苏炳上。

工友乙　他们来了。

张　威　董事长，你看这事怎么办？

司徒万里　这事我知道，毫无根据抓人是不符合法律手续的。仁甫呀，你是不是去了解一下。

马仁甫　本人对孙会计和容妹的遭遇深表同情，大家相信警方会明断是非的。

　　　　［外面工友甲推赵四上。

工友甲　抓到贼了。走！

赵　四　苏炳！

苏　炳　这是干什么？

工友甲　这个家伙钻进了704号房偷王县长的手枪，给我们抓住了。

马仁甫　什么？偷枪？苏炳，这是怎么回事？

苏　炳　这……

张　威　这不是苏管事的姐夫吗？原来是你纵容他在店内为非作歹的。偷枪一定是有企图的。

赵　四　不，我手头没钱，阿炳说现在黑市的枪价格很高，很抢手……

张　威　什么？是苏管事教你偷枪的？

苏　炳　你，你胡说……

　　　　［侯小姐上。

侯小姐　贼在哪里？贼在哪里？（认出赵四）吓，原来是你，还我珍珠！还我珍珠！

阿　牛　珍珠也是他偷的？

侯小姐　是苏管事串通他来骗我的珍珠。

福　嫂　苏炳，你们还嫁祸给孙会计和容妹。

侯小姐　他还要我一口咬定是孙会计和容妹偷的。

阿　牛　揍死他们。

赵　四　不是我，珍珠在苏炳那里。他才给我五百元。

侯小姐　（一把抓苏炳）你真是个鬼头炳。还我珍珠。董事长，马经理，你们给我做主。

苏　炳　马经理！

马仁甫　（打了苏一个耳光）混蛋！

张　威　董事长、马经理，看来侯小姐并没有告到警方，是有人串通警方来陷害我们同心会的工友。这样的时候，劳资双方应减少摩擦才是。我们同心会的工友还以身家性命来保护店内财产不受盗贼抢劫，而苏管事却引贼入屋骗住客珍珠、偷枪。如果店方不主持公道恐怕人心难服呀！

马仁甫　本经理一定伸张正义，把赵四押去交警方处理。苏炳，马上把珍珠还给侯小姐。

［工友甲推赵四下。

苏　炳　这……

马仁甫　拿出来！

［苏炳无奈把珍珠还给侯小姐。

侯小姐　谢谢马经理。

马仁甫　从现在起，苏炳不能再当我的总管事了，我请张威师傅当总管事。

［众人愕然。

马仁甫　司徒老，你看。

司徒万里　真是乱糟糟，胡闹！

［司徒万里下。

马仁甫　张威师傅，非君莫属啊！助仁甫一臂之力吧。

张　威　我是个老粗，不会舞文弄墨，恐怕力不从心。如果马经理信得过我的话，我这个张飞也学学拿绣花针吧。

马仁甫　张威师傅痛快。

张　威　我这个管事管的第一件事，要求店方把受冤屈的孙会计、容妹接回来。

马仁甫　好！我马上去警察局要人。（下）

工友丙　马经理真是个好人！

工友甲　资本家的心，落井下石怕你不死，几时听过夜送寒衣。

阿　牛　（不解）张……张……张管事！

［有人笑。

福　嫂　我看他们偷鸡不成蚀把米。

一老工人　阿威，这个时候当管事不是个好事呀！

张　威　（笑了笑）任凭风浪起，稳坐钓鱼船。

第四场

　　[紧接前场。
　　[保安队秘密审讯室。
　　[场上有桌椅。显得阴森、恐怖。
　　[幕启，关彪等人在场。
　　[幕内传出一阵阵打骂声。

关　彪　　先去带那个疍家妹上来。

士　兵　　是。（下）

　　[稍会，郭容奇上，她不断地抽泣，显得有些害怕。

关　彪　　郭容奇，你老老实实说，有没有偷客人的珍珠？

郭容奇　（抽泣）我是个清清白白的人，怎么会手脚不干净。

关　彪　　侯小姐把你们俩给告了，快说，拿了没有？

郭容奇　我……没拿，孙会计也没拿，你们别冤枉好人。

关　彪　　他妈的，还想串通不认账，替孙会计包庇，告诉你，孙会计早就招了。

郭容奇　（愕然）不会的，招了也拿不出珍珠还给侯小姐。我们都没拿，别骗我。

关　彪　　死鸭仔，不招我就打死你，说不说？

郭容奇　（惊恐地摇摇头）我没偷。

　　[关彪挥起皮鞭就打，郭容奇挣扎。

郭容奇　我没偷，没偷就是没偷，打死了也没得赔你们。

关　彪　　你敢顶嘴，妈的，看你皮肉硬还是我的鞭子硬？说！

郭容奇　（哭泣不止）

关　彪　　（停了下来）好，我再问你一件事，你们同心会都干些什么？

郭容奇　（微微一怔）唱唱粤曲，认认字，有些工友学打太极拳。

关　彪　　谁问你这些，同心会有没有印过传单，你见到枪没有？

郭容奇　什么？枪？

关　彪　　枪，你们店里的枪是谁偷了？

郭容奇　我不知道。

关　彪　什么,你不说。

郭容奇　我在同心会只跟孙会计认认字,别的我都不知道。

关　彪　好呀,你封口了。我问你,同心会里有没有共产党?不说我就枪毙你。

郭容奇　(不语)

关　彪　说呀,他妈的,都说你胆小软弱,你的嘴比夹万还难开。给我拉下去打。

　　　　[士兵拉郭下。
　　　　[郭虎门身穿保安队服突然进来。

郭虎门　大哥。

关　彪　你怎么来了?

郭虎门　(拉过一边)大哥,军饷老领不到,又有两个弟兄开小差了,队里骂声连天呀,不得不来找你老兄了。

关　彪　他娘的,管派我们卖命,不管粮饷吃饭。

郭虎门　可不是,大官们不管,咱们难做。

关　彪　一会我跟姓马的说说,再不给,老子打开营房门让弟兄们各走各的路。

郭虎门　姓马的,哪个姓马的?

关　彪　这,老弟,不要你知道的,你就别多管了。

　　　　[一士兵将郭容奇推出来,郭容奇昏倒。

郭虎门　这是……

关　彪　岭南酒店的一个疍家妹。郭容奇。

郭虎门　(脱口而出)郭容奇?!

关　彪　你认识她?

郭虎门　(上前辨认,认出是自己的妹妹)她……在岭南酒店见过。怎么,招了没有?

关　彪　打昏了过去,什么也没说。

　　　　[郭容奇挣扎起。

郭容奇　打吧!你们打吧!

郭虎门　嚷嚷什么?我问你,你家里还有什么人,为什么要偷珍珠?

郭容奇　就剩我一个人了,我也不想活在这世上了。你们比杀害我妈妈、抓走我哥哥的大天二、国民党兵还要狠毒。

郭虎门 （强忍着愤怒）胡说什么。

关　彪 他妈的，来人呀！

[两士兵上。

关　彪 拉下去打！

郭虎门 等一等。大哥，光打不是办法，这些贱骨头还都有骨气的。这也许是个吃软不吃硬的，先带下去让她好好想想，还想不想活。这个世道要死，还不那么容易呢。

[两士兵押郭容奇下。

郭虎门 大哥，这两天还是给士兵上爆破知识课？

关　彪 抓紧点，要不到时连这个雷管也不会点。养兵千日，用在一朝，等马专员把行动计划制定好，我们就干他娘的。

郭虎门 啊，那我走了。

[郭虎门正欲出去，一士兵上报告。

士　兵 马经理到。

郭虎门 马经理！马专员？

[马仁甫上，两人见面，马一怔。

马仁甫 是你？！

郭虎门 马经理。

马仁甫 哦！我是来保释她们的，珍珠案已经查清了。

郭虎门 好！我有事先走一步了。（下）

马仁甫 他怎么来了？

关　彪 领不到粮饷，告状来了，马专员……

马仁甫 你审问得怎么样？

关　彪 那个疍家妹被打昏了，可什么也没说。

马仁甫 孙丽丽呢？

关　彪 也是一样。

马仁甫 我亲自跟她谈。

关　彪　你？！

马仁甫　她是我在岭南酒店物色的一个对象，我准备跟她摊牌，这位小姐，是经不起刑罚的。

关　彪　好，看你的，我去带人。

〔关彪等下。

〔少顷，孙丽丽上。

马仁甫　孙小姐。

孙丽丽　是你？！

马仁甫　奇怪吗？

孙丽丽　哦！原来你们追查珍珠案是假的。

马仁甫　孙小姐真聪明，珍珠案已经破了，是苏炳作的案。

孙丽丽　流氓。

马仁甫　孙小姐，你的精神我很敬佩，我需要在岭南酒店物色一些将来的合作者。第一个就选中你，你应该明白我是干什么的。

孙丽丽　你看错人了。

马仁甫　没看错，你看，我是为你好，我这小本上记住了你这一个多月来的过激言词，随便挑两条，也够坐牢的条件。你知道广州很快守不住了，在撤退前，当局对待政治犯是毫不留情的……

孙丽丽　愚蠢。

马仁甫　这是我职业的特点，不这样不行呀。

孙丽丽　可是你们马上就要失败了。

马仁甫　不要以为国民党就此完了，退出大陆还可以到香港、海南、台湾，国共两党胜负未卜。孙小姐，我可以谈谈我知道的人生旅途上的教训，我有一位同学是个才华出众的人，大革命时期，他以为革命来了，参加了北伐，还参加了广州暴乱，可是后来怎么样呢？时局变了，他被我抓住了，我再三劝他改变信仰，可他执迷不悟，就这样变成我的刀下鬼。

孙丽丽　原来你早就是个刽子手。

马仁甫　可是孙小姐，你是不是准备以身殉什么主义，埋葬自己如花似玉的青春年华呢，恐怕你没有这个勇气吧？

孙丽丽　你想要我干什么？

马仁甫　识时务者为俊杰，孙小姐是个聪明人，回同心会去，把他们的活动搞清楚，不瞒你说，店里丢了一批短枪，是不是同心会……

孙丽丽　什么？

马仁甫　共产党要策划工人起来，什么护厂、护店，叶剑英还发了《告广东同胞书》，我们店里很可能有共产党活动，印传单搞武装……

孙丽丽　你要我回同心会去当内奸，出卖工人？

马仁甫　对你这个会计小姐，他们还是有戒心的，你拿了油印工具去却没领你的情，说明他们对你还不相信嘛！

　　　　〔孙丽丽气极，突然打了马仁甫一个耳光。

孙丽丽　你和苏炳都是一批混蛋。

　　　　〔士兵冲出。

马仁甫　你……拉下去，给我打。

孙丽丽　慢。（掏出一张蓝色派司，转身打电话）OSS，哈罗！我是K13。（转身细声地说）是！是！马专员，请你回话。

马仁甫　（接过电话）我是仁甫，什么？！是你们的人？误会了，是，是，好。

　　　　〔放下电话。示意士兵下。

马仁甫　孙小姐，真对不起，为什么不早说明呢？

孙丽丽　难道你把干这一行的规矩忘了吗？

马仁甫　佩服！佩服！你的任务？

孙丽丽　我比你早来酒店两个月，我是唱红脸戏的，准备长期待下去。这次油印工具的事，就坏在你们的手上。

马仁甫　那是误会，误会。今后我们两系统的人应该精诚合作，共同挽回我们在军事上的损失，看来你我的使命都是一样的，更应不分彼此。

孙丽丽　（不语）

马仁甫　特别是店里失了枪，他们要是搞出去了，给共产党虎上添翼。我们要通过枪的事件查出共产党的沿江秘密指挥部来。

孙丽丽　我注意了很久，805号房姓高的很可疑。

马仁甫　那是新加坡银行驻广州代表。难道……这件事不得不求助于你，你比我们更有利。

孙丽丽　（不语）

马仁甫　看在党国的利益上……

孙丽丽　我还得请示我的上峰。

马仁甫　好，好，我看你先去换换衣服吧。

孙丽丽　哈哈，你们的皮鞭不是会使共产党更相信我吗？还是把我放到郭容奇那里，我们一块光荣出狱。

马仁甫　高见！高见！

孙丽丽　（突然转了脸）你们这帮禽兽，打死我也不说。

马仁甫　来人呀！把她押下去。

　　　　〔士兵押孙丽丽下，孙丽丽边走边骂。

　　　　〔马仁甫感慨。关彪上。

马仁甫　把她们放了。

关　彪　是！

第五场

　　　　〔次日晚上。

　　　　〔河南尾，张威家。

　　　　〔舞台一边是张威家，一间简陋、破旧的木屋，另外一边是一块空地，有电灯杉，斑驳杂乱的广告到处张贴，舞台后是一条江堤，对面高楼林立，霓虹灯凄凄清清无力地闪着。

　　　　〔幕启：郭容奇躺在床上，阿牛在看着她。

　　　　〔外面不时传来一两声冷枪。

　　　　〔警车呼啸而过的声音。

[小贩的叫喊声："艇仔粥""八宝糖粥""南乳肉",一老头挑担打着竹梆叫着："淮山化苡米冬瓜盅"过场,瞎子算命先生拉着二胡过场。

[屋内光亮、容妹醒来。

阿　牛　容妹。

郭容奇　阿牛哥,这是……

阿　牛　容妹,你的伤没好,快躺下,这是张伯的家。

郭容奇　(感激地)张伯!

[张威从外面回来。

张　威　容妹。

郭容奇　张伯,阿牛哥,他们不是查珍珠,他们要追查传单,追查枪,抓共产党。我什么都没说。

张　威　容妹,你做得对。皮鞭刑罚会使人屈服,也能使一个弱者变得坚强起来。穷人越是怕这班强盗,他们就越是要欺负你。过去,你妈妈没得罪大天二,大天二却把她杀害了,把艇抢走了。你哥哥也没得罪国民党反动派,又给拉猪仔兵拉走了,现在还不知道死活。你来店里本想老老实实地干活,他们又是打,又是骂。容妹,不能怕他们,要跟他们斗呀!

阿　牛　容妹,张伯说得对,是要跟他们斗。

郭容奇　现在我什么都不怕了。

张　威　容妹,我告诉你一个好消息,你哥哥找到了。

郭容奇　什么?!张伯,你说什么?

张　威　你哥哥找到了,我还见过。

郭容奇　你还见过?他在哪儿?

张　威　他在和我们一起战斗,他见到你了,你也见过他。

郭容奇　呀!我哥哥!我见过他了……

[郭容奇激动得直流泪。

阿　牛　容妹!你……

[卖冬瓜盅的老头的梆子声。接着,电厂工人、码头工人、三轮车工人、学生代表上。敲门。

张　　威　　是自己人。

　　　　　　［卖冬瓜盅老头的梆子声。

　　　　　　［张威开门，众进屋。

张　　威　　同志们都来了。

　　　　　　［众人坐好。

张　　威　　今晚沿江统一行动，指挥部老高同志委托我和大家在这里碰个头，准备统一行动。大家谈谈情况。

码头工人　　码头上一切都准备好了，今天大批逃亡香港的人登船，可是船都被破坏了，码头上那些太太、小姐、大官们吵得不亦乐乎，可热闹了。我们队伍随时可以拉出去，武器以大刀、竹杠为主，有小部分枪支。

学　　生　　我们学生护校队组织好了，还准备了大批标语、彩旗。

三轮车工人　我们也全部准备好了，一声令下就可以战斗。

电厂工人　　我们珠江电厂工人护厂队也掌握了部分武装。但厂里的特务活动很猖狂，他们可能强行下手。我们已经把厂内的敌人盯死了，就怕厂外面的亡命之徒再来，那情况就会复杂了。

张　　威　　我们已经搞到了敌人要破坏电厂的计划，领导上已经采取有力措施重点保护电厂。现在的任务是要牵制敌人的几个保安队，尽量减轻电厂工人的压力。

电厂工人　　那太好了。

张　　威　　另外，指挥部已经搞到一批枪支，有些已经转移到河边埋了起来。岭南酒店还有一批短枪，全部给电厂工人自卫队，岭南酒店特务盯得很紧，现在工友们进出店都要搜身，今晚有两位同志负责转移枪的任务，顺利的话，一会儿运到这里来。

电厂工人　　谢谢酒店同志对我们的大力支持。

张　　威　　我们都是一个目的，保卫好广州。同志们，解放军已经逼近广州，曙光就要照耀古老的羊城了。黎明的前夕，将是最黑暗的时刻，敌人疯狂的大破坏也就要开始了。

众　　　　　我们有决心与敌人决一死战。

张　　威　　越是接近胜利，越要沉着，冷静。阿牛，你送同志们离开这儿。

［阿牛送众出。

张　威　（对电厂工人）我们到江边去,我把位置告诉你,然后你们自己把枪起出来。

电厂工人　好!

［张威等下,郭容奇送走众人后把门关好。

［少顷,郭虎门穿便服上。敲门。

［郭容奇惊,慢慢上前开门。郭虎门进屋。

郭虎门　是你?!

郭容奇　你找……

郭虎门　我找张威师傅。

郭容奇　张威师傅!他不在。

郭虎门　（打量着）你叫郭容奇吧!

郭容奇　（惊奇）啊!

郭虎门　艇家人没个固定的住处,船漂到哪儿,在哪儿出生,就取哪儿的名字。我知道你是在容奇出生的。

郭容奇　你怎么知道?（细细打量,郭虎门拿开墨镜,郭容奇认出,大惊）你!你原来是个便衣!

郭虎门　容妹!

郭容奇　我在保安队见过你,你快滚出去,你闯进我家干什么,滚出去!

郭虎门　容妹!

郭容奇　你再不出去,我大声喊人来了,快滚。

［郭容奇急,拿长板凳欲打。

郭虎门　（急拦）容妹,我是虎仔哥,是你哥哥呀!

郭容奇　（一怔,呆住了）虎仔哥?我哥哥?

郭虎门　是呀!妹妹!

［郭虎门走近容妹,容妹突然惊醒。

郭容奇　你别骗我,你是个国民党官,放我回来跟着来抓人,你快滚出去。不然我喊了!

郭虎门　（急了）别喊!别喊!你不相信,我坐在这里等张师傅回来好了。

郭容奇　哎呀！你一定是带了很多特务来，不行，你不走，我走，让我出去。

郭虎门　不，你不能出去。

郭容奇　放开我，你这狗特务。

　　　　〔郭容奇冲出，刚好张威与阿牛上。

郭容奇　他……你们快走。

郭虎门　老张，容妹不相信我。

　　　　〔张威明白内情，走向郭虎门。

张　威　老郭，你不是还记得唱那首咸水歌的吗？

郭容奇　咸水歌？

郭虎门　对，她经常在船头唱，我在船尾跟着她唱。我还记得……

郭虎门　（唱）　朦胧月色照珠江，

　　　　　　　　一只破艇甚凄怆，

　　　　　　　　经不起风来又怕雨，

　　　　　　　　水上人仔泪汪汪。

　　　　〔歌声勾起郭容奇满腹心事，不由自主地，含着泪水轻轻地和着他唱。

　　　　　　　　艇家好似鱼胆苦，

　　　　　　　　盼只盼呀，

　　　　　　　　何日驱散雾茫茫。

郭容奇　你……

郭虎门　记得那一年，妹妹才八岁，我们在江里抓了一条大鲤鱼，兄妹俩可高兴了，准备做一顿鲜美的鱼汤给妈妈吃，可是被一个过路的大天二看见了，他动手就抢，我气不过，咬了他的手，他掏出枪就要开枪。妈妈见到忙推开我猛扑过来，子弹没打中我，我们的妈妈却倒在地上了。大天二打死了妈妈抢了鱼，又烧了我们的艇就走了。我和妹妹抱着妈妈把眼都哭肿了……

郭容奇　妈妈！（扑向郭虎门）哥哥！

郭虎门　我们兄妹俩到了广州寻找舅舅，可是在天字码头我给国民党拉了猪仔兵，后来我跑了，就参加了游击队。

郭容奇　哥哥！

[众人上，激动不已。

郭虎门　容妹，哥哥离开这些年来，你受苦了。
张　威　她呀，盼望见到哥哥，连眼泪都流光了。
阿　牛　容妹，看你，找到哥哥还哭。（说完自己也抹眼泪）
郭容奇　我……高兴呢。
张　威　你们兄妹团圆，广州马上就要解放，应该高兴呀。
郭虎门　是呀，张伯说得对，我们受苦受难的水上人要翻身了。
郭容奇　哎，可惜我们妈妈没活到今天。
郭虎门　是呀，要是我们爸爸看到今天，他也会高兴的。
郭容奇　爸爸！
郭虎门　我们爸爸是个老海员，参加过广州起义，在你快要出生的时候，他就牺牲了，他的英灵在红花岗上鼓舞着我们后一辈人起来战斗。
张　威　你父亲是在广州起义中牺牲的？是个老海员？
郭虎门　是呀！
张　威　他叫什么？
郭虎门　郭阿强。
张　威　原来你们就是郭阿强师傅的孩子。
郭虎门　你认识我爸爸？
张　威　你等等。（张威忙进屋，拿出一个红布包。打开，是一支旧手枪）
郭虎门　手枪。
张　威　这是郭阿强师傅的遗物。
郭虎门　我爸爸的！张威同志。
张　威　我和你爸爸是难兄难弟呀！那一年，我们一起在香港当海员，我们一起参加了省港大罢工，一起回到了广州。一九二七年十二月，我们跟着张太雷同志、叶剑英同志举行了广州起义，在攻打伪公安局那一仗，你爸爸拿着这支枪，领着我们冲了进去，把红旗插上了伪公安局……
阿　牛　后来呢？
张　威　后来，起义失败了，阿强师傅在观音山保卫战中负了重伤，他在牺牲前，把这支枪交给了我,对我说:"这支枪为革命立过功,将来要让后一代拿着它,打出一个新广州来。"说完就……

郭容奇 爸爸!

张　威 我们掩埋好同伴的尸体,跟着徐向前同志撤到东江。我们广州的共产党人一代一代的跟反动派斗下去。我们坚信,革命一定会胜利,大革命的摇篮广州,总有一天会再响起革命的枪声,插上鲜艳的红旗。红花岗上长眠的烈士们,你们的父亲阿强师傅,总有一天人们悼念他们的花圈会像潮水般涌来的。

郭容奇 张伯,哥哥!把爸爸这支枪给我吧,我要拿起它来战斗。

张　威
郭虎门 (高兴地)好呀!

〔郭容奇珍重地接过枪。

郭虎门 张威同志,敌人保安队的部署有新的变化。

张　威 我们研究研究。

〔少顷,李爱华、福嫂上。

李爱华 张伯,苏炳他们盯得死死的,枪无法转移出来,怎么办?

福　嫂 真急死人了。

阿　牛 先把苏炳干掉。

张　威 不能莽撞。必要的时候,郭队副亲自去取枪。

郭虎门 好!我带人去取。

〔有一保安队员上。敲门。

郭虎门 自己人。

〔郭虎门出,保安队员与他耳语后匆匆离去。郭急进屋。

郭虎门 不好了!有一个和老高联系过的人被捕,可能危及老高的安全。

张　威 (大惊)什么?!老高同志今晚还在店内。

郭虎门 那太危险了。

张　威 这个时候老高同志要出什么事,会严重影响我们整个行动计划的。

张　威 我赶紧回店,以防万一。

第六场

［翌晨。

［岭南酒店805号房客厅。

［厅内陈设讲究。左边有门通卧室。窗外面临珠江。

［幕启：场上无人，张威穿白工作服，匆匆上。敲卧室门。

张　威　老高，高先生。

［高永光出。

高永光　老张，有事？

张　威　昨天来联系的人，出店以后被捕了。

高永光　（惊）哦！

张　威　据郭虎门报告。此人可能危及你的安全。

高永光　我收拾一下，马上离店。

张　威　来不及了，我进店的时候已经发现有形迹可疑的人。

高永光　老张，万一我出事，指挥部的担子你挑起来。

张　威　唔！

［张与高耳语。高点头。

张　威　你先躲进壁柜里去。

［传来警车声，张送高永光进内。

［少顷，福嫂领高岳上。一个老态龙钟的老人，耳聋口吃。张威迎出。

福　嫂　张管事，客人来了。

张　威　好，你忙吧。

［福嫂下。

张　威　高老先生。这是本店最舒适的房间。光线好，安静，通爽凉快。

高　岳　好，好，张管事有心。我原来住的房间太吵了，吵得我整夜睡不着。

张　威　你老人家要求换房，这房子客人一走就收拾给您老了。

高　岳　好！谢谢！

张　威　来！我带你看看这房子的设备。

　　　　〔张威领高岳进屋。少顷，复出。

张　威　不知你老还有什么吩咐！

高　岳　张管事，你给我打听打听，什么时候有船去新加坡。

张　威　你老要到新加坡？

高　岳　国内太乱了，我儿子在新加坡银行做事，还是去那儿好。

张　威　听说你女婿在警备司令部当大官，你老不到他那里去享清福？

高　岳　他那里人来人往。我跟他不合，用不着投靠他。这里安静、省心。

张　威　好！你老先歇一会儿。

　　　　〔张威闻到有脚步声，急下。

　　　　〔高岳在厅内闭目养神。

　　　　〔少顷，关彪领两士兵上。

关　彪　（上下打量着）你是住在这儿的？

高　岳　（慢吞吞地睁开眼睛）是啊！

关　彪　你姓什么？

高　岳　（不满对方的无礼，慢慢又闭上眼睛）哼！

关　彪　我问你姓什么？

高　岳　你老太爷姓高。

关　彪　姓高？干什么的？

高　岳　到新加坡去。

关　彪　新加坡？你去不了啦！站起来。

高　岳　干什么？

关　彪　站起来，死老鬼，别装糊涂！（对士兵）进去给我搜！

高　岳　（突然跳起）站住！

关　彪　搜！

高　岳　（冲过去，对欲进房的士兵一拐杖打去）谁敢进我的卧室。

关　彪　他妈的，先把他给我捆起来。

高　岳　谁敢动动你高老太爷，我剥了你们的皮。

　　　　　［士兵欲动手，这时张威上。

张　威　干什么？干什么？
关　彪　张管事，你不用管。
张　威　关队长，高先生可是个有来头、有身份的人。
关　彪　为了这个有来头有身份的人物，我们跑断了腿，累折了腰，想不到搞风搞雨的原来是这么个老不死。
高　岳　（没听清）张管事，他说什么？
张　威　他……他说要抓你这个老不死。
高　岳　他妈的，看一会儿老子把你们一个个抓起来枪毙。
关　彪　老东西，别高兴得太早，现在还是我们的天下。抓起来！
高　岳　（怒极）我打死你这条狗。
　　　　　［关彪不备，高岳一拐杖打去。两士兵冲上，把高岳扭住。
张　威　这！这不能抓！不能抓！高老太爷发起火来可不是好玩的。
　　　　　［高岳突然嚎哭起来，边哭边骂。
　　　　　［马仁甫、苏炳等上。
张　威　马经理，你来看看，关队长又来无缘无故抓人，我来晚一步，看这事……
关　彪　我们在抓共产党。
马仁甫　店里有共产党吗？
高　岳　（认出）你不是马仁甫吗？
马仁甫　（走向高岳）你是……
高　岳　你在警备司令部当科长的时候，经常到我女婿家来的。
马仁甫　什么？你是警备司令部李副司令的老丈人。（一惊）你们是怎么搞的。
关　彪　（大惊）这……
高　岳　你怎么到这儿当经理来了。
马仁甫　（尴尬地）我早脱离政界，经商多年了。张管事！高老先生是住这儿的吗？
张　威　是的。
马仁甫　什么时候搬进来的？
张　威　今早。

马仁甫　这大概是张管事"特别"照顾的吧。

张　威　哦！高老太爷对他原住的房间不满意，多次提出换房，昨天这房子客人走了，我才请他迁进来的。

马仁甫　这房子客人昨天走了？

张　威　昨天中午办了退房手续。

　　　　［马仁甫示意苏炳下。

关　彪　张管事，原来客人已经离店，你为什么不早说？

张　威　我怎么知道你找谁？我再三申明高老先生是个有身份的人，可你们不听。

高　岳　你们这班狗，真是瞎了眼，你老太爷像共产党吗？

马仁甫　关队长，你们不要总没事找事，这房子你都搜遍了？找到共产党没有？

关　彪　我们再进去搜！

高　岳　站住！不许搜，无礼透顶，荒唐。

马仁甫　老太爷，他们不相信，让他们看看好了。

高　岳　不行，有什么好看的，我的住房不能让这些狗东西随便进出的。我刚从卧室出来，有没有共产党我不知道？你老太爷好欺负的？

　　　　［苏炳上。拿来册子，交给马仁甫。

苏　炳　（细声地）是昨天中午退的房。

马仁甫　关队长，看起来是你的不对了。你们要找的人早走了。（指册子）

关　彪　（听出话来）好！高老太爷。我关彪是个军人，服从命令是天职，今日冒犯了老太爷，请多多包涵。

高　岳　无理取闹，一群废物。

　　　　［关彪率士兵下。

马仁甫　（烦躁地）高老，仁甫还有事，你好好休息吧！

　　　　［马仁甫等人下。

张　威　高老太爷，让你受惊了，真对不起。你还没用过早餐呢，我领你到餐厅去。

高　岳　谢谢！谢谢！

　　　　［张威领高岳下。

　　　　［少顷，李爱华拿着一套衣服上，进卧室。

　　　　［李爱华复出，在门口警戒着。
　　　　［高永光换了中式打扮，挂着长胡子出来。
高永光　你是李爱华同志?
李爱华　嗯！那班狗走了。
高永光　我到一号码头，有事让老张来找我，告诉他，一切按原计划行动。
李爱华　好！我掩护你出店!
　　　　［二人下。

第七场

　　　　［一九四九年十月十四日。
　　　　［岭南酒店。
　　　　［同第三场。
　　　　［幕启：同心会内，工友们忙着做迎大军的准备工作。绣红旗，做袖章等，一片忙碌。少顷，工友们下，场上剩下福嫂。
　　　　［张威上。
张　威　李秘书来了吗?
福　嫂　没有，哎！枪是现在运走吗?
张　威　我已经通知李秘书将枪转移到这里来了。
　　　　［李秘书与工友甲提着皮箱上。
李爱华　张伯，枪拿来了，郭队副来了吗?
张　威　没有，约好这个时间来的。
　　　　［阿牛匆匆上。
阿　牛　张伯，我看到苏炳带人上楼来了。
张　伯　你再去看看，先把枪藏在夹墙里。
　　　　［众人搬开柜子，把枪藏在柜子后面夹墙里。
张　威　李秘书，你再打个电话跟郭队副联系一下。

[众下。同心会灯暗，密室灯亮。

[马仁甫，孙丽丽在密谈。

孙丽丽　你们的事做得太出色了。来店那么久，一个共产党也没抓到，好不容易前天盯了个共产党，从他口中查出了805号房姓高的大头目，又给你们这班废物放跑了。

马仁甫　半夜审讯的结果，怎么他们知道得那么快。

孙丽丽　丢枪的事到现在也没影子。

马仁甫　听苏炳说，他曾经告诉过李爱华枪放在地牢里的。

孙丽丽　李爱华？

马仁甫　这个人太可疑了。

孙丽丽　我看岭南店早就是共产党的老窝了。不然姓高的大头目能在这里住得下去。为什么不给他来个一锅端。

马仁甫　现在来不及了。共军已开始入城，没力量收拾他们了，店里同心会势力大呀！

孙丽丽　那也可以抓他一两个。给他们点颜色看看。还要让关彪提前炸电厂，给共党留下一片黑暗。

马仁甫　（点头）唔！

[密室灯暗。同心会灯亮。

[福嫂、李爱华上。

李爱华　福嫂，那些臂章……

福　嫂　都准备好了，什么时候发？

李爱华　马上发，我已叫阿牛来取。

[阿牛上。

阿　牛　李秘书，什么事？

李爱华　把臂章发给护店队的工友们。今天敌人活动很猖狂，一定要百倍警惕。

阿　牛　知道了。（下）

李爱华　福嫂，你马上组织好楼面的工友。

[福嫂下。李爱华正坐下想写什么，苏炳带两特务上，将李爱华绑走。刚好一工友撞上，特务威吓工友。众下。

工　友　糟了，我找张威伯去。

　　　　［少顷，孙丽丽上。她四处窥测后进同心会。

孙丽丽　枪一定还没转移。

　　　　［孙丽丽到处搜索，突然她发现柜子有点异样，用力搬开柜子，发现皮箱。知道是枪。

孙丽丽　原来在这儿。

　　　　［外面传来人声，她迅速挪好柜子，想了想，坐下写东西。

　　　　［少顷，张威、福嫂、阿牛、郭容奇等陆陆续续进同心会。

郭容奇　孙大姐，你早来了。

孙丽丽　张伯，我拟些标语欢迎大军好吗？

张　威　唔。在座都是同心会的骨干，告诉大家一个好消息，大军就要进城了。

　　　　［众人激动不已。

郭容奇　张伯，五星红旗也绣好了。

　　　　［众人深情地抚摸红旗。

张　威　这面红旗，是共产党、毛主席领导我们劳动人民跟反动派斗了二十八年得来的，是革命先烈的鲜血把它染红的，我们要让它升起来，迎接亲人解放军。

孙丽丽　张伯，哪怕上刀山，下火海，只剩下一个人，也要战斗到底。

　　　　［传来隆隆炮声。

阿　牛　炮声。

福　嫂　这是解放军的炮声。

阿　牛　张伯，我们利用董事长买的那批枪，马上武装起来，公开跟敌人干。

孙丽丽　董事长那里有一支航空曲（手枪），我去偷来。

郭容奇　孙大姐，你要当心呀。

孙丽丽　我不怕，董事长是个糊涂虫，我要拿起枪跟反动派斗。快解放了，多么令人兴奋呀！我虽然不是共产党，但我是个年轻人，希望能为解放广州尽一分力量，哪怕是流尽最后一滴血，献出我二十五岁的宝贵青春年华，也是无上的光荣呀！

　　　　［孙丽丽说完就往外走。

张　威　我们准备一些标语，欢迎人民解放军。

　　　　〔众人围在一起，有人裁纸，有人准备笔墨。

　　　　〔少顷，一工友气冲冲上。

工友甲　张伯，有特务来了。

阿　牛　揍死这些狗娘养的。

张　威　（思考片刻，走到柜子里，拿出一张红纸来）大家有零钱先放在这里。

　　　　〔众人掏钱放在红纸里。张威包好，放在柜里，示意众人躲开。

　　　　〔少顷，小特务丙、丁上，踢开门。

特务丙　咦！怎么没人了？！搜。

　　　　〔两人乱翻一气，推动柜子。

特务丁　怎么没有呀！

特务丙　再搜！

　　　　〔特务丙打开柜子发现红纸包。

特务丙　在这儿。

　　　　〔特务丁忙用枪指着柜子，特务丙一把拉下红包，叮叮当当钱撒了一地。

二　人　（喜）是钱？

　　　　〔二人忙捡钱，捡完，特务丙抢过特务丁的。

特务丙　小子，别见钱眼开，快搜枪。

　　　　〔突然阿牛在外面大喝一声："抓贼呀！"众工友持棍棒蜂拥而上，举棍就打。

阿　牛　你们大白天进同心会抢劫，该当何罪？

特务丙　你别乱说（急往口袋塞钱，钱掉地上）。

阿　牛　这是什么？

特务丁　这是我的钱。

阿　牛　什么？这是同心会一百多工友捐出来的费用，你们来偷还想抵赖。

福　嫂　打死这两条狗。

　　　　〔众人乘机打，特务恼羞成怒。

特务丙　我开枪了。

阿　牛　有种朝老子打。

特务丁　别，经理不让开枪。

张　威　是经理让你们来的?

特务丙　是，哎呀，不是。

张　威　马经理知道你们来偷钱，饶得了你们?

特务丁　我们是来搜枪的。

张　威　搜着了没有?

特务丙　张管事，你们快交出来。

阿　牛　再在这儿胡言乱语，就打死你们。

福　嫂　滚!

张　威　以后再来偷东西，别怪工友们不客气。

　　　　　[两特务无奈欲下，苏炳上。

　　　　　[苏炳拦住二人回去，两人向苏炳告状。

苏　炳　好呀，发疯发出面了，大只威竟敢打我们的人，快把枪交出来。

张　威　苏炳，到这儿要枪，你找错地方了。枪准是让你和赵四偷去卖了。

苏　炳　大只威，张管事，枪在哪儿我很清楚，搬开柜子，搜!

　　　　　[特务搬开柜子，发现枪。

特务丙　手枪在这儿。

　　　　　[众人骚动。

苏　炳　好呀! 都不许动。谁动我就先打死谁。

　　　　　[众人紧张，这时郭虎门领着两个士兵上。

郭虎门　他妈的，苏炳，你这个王八蛋，你把李秘书抓起来了，不看僧面看佛面，你知道李秘书和我的关系吗?

苏　炳　郭队副，李秘书有共产党嫌疑……

郭虎门　放屁! 有什么证据?

苏　炳　这!

郭虎门　李秘书是董事长的亲戚，从南洋回来的华侨，会是共产党? 笑话，你打容妹的主意不成，又想要新花样。告诉你，你敢动李秘书一根毫毛，我拆你这副狗骨头。

苏　炳　你！

郭虎门　怎么样？

苏　炳　一会咱们再说，我现在搜枪抓共产党要紧。

郭虎门　你他妈又胡说八道，店里的枪是李秘书经手买回来给工友护店的，我清楚得很，今天关彪中队长要我来取这批枪，防止落在真共产党手里，（对士兵）拿过来！

　　　　［两士兵要拿枪。

苏　炳　不行，这枪是我们的。

郭虎门　（掏枪）你要干什么？

张　威　哎！你们别打，别打。苏炳不给枪让我们护店，我们才不管呢。你们千万别打。

郭虎门　张管事，这儿没有你们的事，走开。

　　　　［众人乘机下。

苏　炳　这……

郭虎门　把枪拿过来。

　　　　［两士兵夺过那箱枪。

苏　炳　郭队副，你放跑了共产党，你……

郭虎门　我也是共产党，对吗？蠢货。我要赶回队里去，你不放出李秘书，一会再找你算账，走！

　　　　［郭等人下。

苏　炳　哎哎！

　　　　［苏炳无奈望着众离去。

苏　炳　哎哟！他妈的。（片刻）张威他们一定要取那箱长枪了，快下地牢去，追！

　　　　［三人急下，切光。

第八场

　　　　［紧接上场。

［酒店大厅。

［同第一场，街上，堤边已筑起工事，叠起沙包。

［幕启：炮声阵阵，冷枪啾啾，张威领着众人上。工人们手里拿着各种各样的武器。张威指挥众人警卫着各处。

工人甲　张伯，鬼头炳跟踪来了。

张　威　把他干掉。

［众人隐蔽，苏炳领特务丙上，到处东张西望，工人们突然冲出，把他们捆起。

张　威　李秘书关在哪里？

苏　炳　我不知道。

阿　牛　不说我一刀捅死你。

苏　炳　在……在锅炉旁。

阿　牛　我去把李秘书救出来。

［阿牛下。

苏　炳　你们别神气，关彪已经接到命令炸毁电厂，炸弹一响，全部人马就扑到店来，你们一个也走不了。

张　威　我们巴不得他早点来呢，把这条狗关进煤仓去。

［工人甲等拉苏炳下。

［稍顷，高永光上，张威示意工友看风。

张　威　老高同志，你怎么到这儿来了，危险呀！

高永光　我带来的码头工人自卫队，已经化装埋伏在沿江一带了。郭虎门已经把枪安全送到电厂工人手里。

张　威　太好了。

高永光　从街上迹象来看，敌人可能提前行动。我已经让郭虎门再去打听了。

［郭虎门急上。

郭虎门　老高，马仁甫命令关彪提前行动，强行炸毁电厂。

高永光　哦！敌人想抢到我们的前面去。现在要把关彪引进店内，打乱敌人的部署。

郭虎门　可是关彪很狡猾，只听马仁甫一个人指挥。

高永光　（思索片刻）张威同志，你看……

张　　威　　要利用马仁甫，让马仁甫把关彪调进来。他说过要找共产党合作的。

高永光　　就这么办。

张　　威　　我去请他来。

郭虎门　　他要是不来呢？

张　　威　　他已经明白我们是干什么的。他不敢不来。店里我们的力量强呀！

　　　　　　［张威上楼，高永光吩咐郭虎门出去警戒，郭虎门下。

　　　　　　［阿牛和李爱华上。

高永光　　李爱华同志。

李爱华　　幸亏工友们把我救出来。

　　　　　　［众人与李爱华握手。

　　　　　　［片刻，张威下来，马仁甫随后。

张　　威　　马经理来了。马经理，你说过要找共产党，这是共产党的负责同志。

马仁甫　　啊！久仰，久仰。

高永光　　听说马经理是个深明大义的人，我们非常高兴，眼下国民党就完了。

马经理　　腐败透顶，自然不可收拾，我是拥护共产党的。

张　　威　　对！马经理一向支持我们工会，是个愿意追随进步的人。

高永光　　那我们就更好谈了。

马仁甫　　有什么事要我马仁甫帮忙，一定效犬马之劳。

高永光　　大军马上就要进城，为了迎接大军，我们要在岭南酒店作为迎接大军进城的指挥所，挂起大标语，准备燃放五十米长的东莞炮仗，还要升起中华人民共和国的国旗——五星红旗。

司徒万里　（上）什么，不行！这样目标太大了。

马仁甫　　哦！好，我马某人同意，这是我们店的光荣，一定尽力。

司徒万里　这样会毁掉我的店的。

马仁甫　　司徒老，现在不是考虑财产的时候。

高永光　　我们指挥所的首长马上就到，事关大局，希望你和工友们配合。

马仁甫　　一定，一定。我让苏炳他们不要闹事，工友们都听张管事的，张威师傅组织好就行了。

高永光　　太感谢了，张管事，我们上楼去看看地形。
张　威　　好。
　　　　　［众上楼。
　　　　　［场上剩下马仁甫、司徒万里。马四处张望，即奔电话机。
司徒万里　你又出什么花样？
马仁甫　　我让关彪马上来接客。
司徒万里　什么？你真是个当警察的。关彪来一打起来，我的店就完了。
马仁甫　　是你把共产党引进来的。
　　　　　［马仁甫拿起电话机，又放下。
马仁甫　　唔，不行，还是珠江电厂目标重要。
　　　　　［马正想出店，郭虎门从外面进来。
郭虎门　　马经理、董事长，我们发现有共产党进店来了。
司徒万里　已经上楼去了。要打，你们到外边打吧，不要毁了我的酒店呀！
郭虎门　　什么？我马上打电话让关彪队长带全队人马来。
　　　　　［走向电话机。
马仁甫　　（急）你……
郭虎门　　马经理，这是我职守所在。
马仁甫　　哦！对。
郭虎门　　（拿起电话）关队长吗？我是郭虎门。岭南酒店有共产党活动，人数很多，马上来……什么？
　　　　　［电话里关彪声音："没有上级命令，不能随意出动，你马上回来一块去执行任务。"
　　　　　［马仁甫得意的神色。
郭虎门　　这是马经理告诉我的。
　　　　　［电话声："你让马经理接电话。"
郭虎门　　好！你等等。（对马）马经理，你来打才行呀！关彪只听你一个人的。
马仁甫　　什么？你！
　　　　　［张威、高永光等冲出。

张　威　马经理，事不宜迟呀！快打电话吧。

马仁甫　这！你们要干什么？

张　威　你说，岭南酒店发现地下党首脑人物，要关彪率全队人马来。

马仁甫　别误会了，我是……

高永光　马专员，别装糊涂了。

阿　牛　你要不要脑袋，说错一个字我就砍你一刀。

马仁甫　（无奈）我……好！（打电话）关彪吗？我是马仁甫，岭南酒店发现地下党首脑人物，你马上率全队人马来。

　　　　〔孙丽丽刚下来，见状大吃一惊。

司徒万里　阿华，你们这样，会毁了我的店的。

李爱华　这儿没有你的事，你歇歇去吧。

　　　　〔司徒万里吵吵嚷嚷下。

张　威　把他捆起来，锁进小阁楼上去。

孙丽丽　马仁甫，装得挺好，原来也是个坏蛋。（容妹押马仁甫下）

张　威　孙会计，你觉得奇怪？

孙丽丽　怨我没有看出来，知人知面不知心，张伯，我把董事长的航空曲偷来了。

一士兵　（进厅）关彪带保安队的人马来了。

孙丽丽　啊！

高永光　我带领码头工人封锁门口，消灭外面的残匪，你准备关门打狗。

　　　　〔高永光等下。

张　威　大家赶紧隐蔽起来，放他们进来。

　　　　〔众人埋伏好，孙丽丽无奈也跟着隐蔽。
　　　　〔少顷，关彪带保安队上。

关　彪　他妈的，怎么一个人也没有，冲上楼去。

　　　　〔匪兵鱼贯而入。
　　　　〔门口的工人自卫队冲入。
　　　　〔少顷，里面枪声大作，有士兵逃到门口被击毙，福嫂用刀追匪兵过场。
　　　　关彪逃下，到电梯旁。

关　彪　他妈的，姓马的让我们来挨打……

　　　　[阿牛从电梯出来，砍死关彪，拉入电梯，开走。

　　　　[舞台转暗，小阁楼灯亮，马仁甫被捆住龟缩一旁蠢蠢欲动，郭容奇持手枪不许他动。

　　　　[舞台上一个黑影闪过，孙丽丽登上阁楼。

郭容奇　孙大姐。

孙丽丽　容妹！张伯叫你去。

郭容奇　（犹疑）叫我去？

孙丽丽　马上把红旗拿上去，准备升起红旗迎接大军。

郭容奇　哎！

　　　　[郭即下阁楼。

马仁甫　快，给我松绑。

孙丽丽　哦！

　　　　[郭容奇出大厅，正欲登楼想起什么事。

郭容奇　不行，阿牛哥吩咐过什么情况下都不准离开岗位的。

　　　　[郭容奇折回小阁楼，看到孙丽丽给马仁甫松绑，大吃一惊。

郭容奇　你！

孙丽丽　（也惊）啊！

郭容奇　（奔出喊）张伯！张伯！

马仁甫　你手上有枪，先干掉她。

　　　　[孙丽丽追到大厅，开枪击中郭容奇。

郭容奇　（回过头来）你！败类！（回击一枪）

孙丽丽　（被打伤手）哎呀！去你的。（再打一枪，郭容奇倒地）

　　　　[马仁甫奔出，拿过郭容奇的枪。

孙丽丽　你快跑，你的被捕对我将来的潜伏很不利。

　　　　[马仁甫慌忙乱窜。

马仁甫　不行，到处都有人。

孙丽丽　呀！

马仁甫　糟了，冲不出去了。

孙丽丽　（惶恐的脸，突然变得可怕，毅然地向马仁甫开枪）对不起了。

马仁甫　（中弹，瞪得大大的眼）你……

孙丽丽　不能让你这软骨头坏了我的事。

　　　　［孙丽丽再击一枪，马仁甫倒地。

　　　　［突然阿牛从电梯出来。

阿　牛　孙会计，这……

孙丽丽　阿牛，容妹牺牲了！（哭）

阿　牛　什么？容妹！

　　　　［两人扑向郭容奇。

阿　牛　容妹，容妹，你醒醒！醒醒呀！

　　　　［郭容奇微微睁开眼睛，看到阿牛。

郭容奇　阿——牛——哥……

　　　　［孙丽丽紧张，郭看到孙，挣扎起。

郭容奇　（怒向孙丽丽）你……

　　　　［阿牛不解地注视孙丽丽，孙惊，郭容奇气绝。

阿　牛　容妹！容妹！

孙丽丽　（哭）容妹！容妹！

　　　　［两人哭，郭虎门、张威等人上，见状大惊。

张　威　这……

孙丽丽　马仁甫挣脱了绳子，抢容妹的枪，打伤了我的手，打死了容妹，我把他打死了。

郭虎门　妹妹！妹妹！我们胜利了，你……

　　　　［众人悲泣。

郭虎门　（从郭容奇怀里掏出红旗）这面红旗染上了你的鲜血。

　　　　［众人静默。

张　威　容妹，你是怎么死的呀？你……一个穷苦的孩子，眼泪伴着你长大成人，在和反动派的斗争中，你坚强起来了，拿起了父亲留下来的武器，勇敢投入战斗。你继承了父亲的革命精神，你天天盼着解放，盼着和哥哥团圆，可是你……这面庄严的红旗，染上你青春的热血呀！

[众人悲泣。

阿　牛　我们一定为容妹报仇！

郭虎门　（接过红旗）郭容奇同志为了保卫城市，迎接解放，流尽了最后一滴血。我们一定继承烈士的遗志。阿牛，把红旗升起来，迎接叶剑英将军和陈赓将军的部队进城。

[切光。

尾　声

[紧接上场。
[岭南酒店大厅。
[同上场。厅中挂着两条大标语："中国共产党万岁！""毛主席万岁！"
[幕启：工友们在兴高采烈准备欢迎大军入城。敲着锣鼓，手里拿着旗子。一工友拿着两个大头娃娃来，孙丽丽一把抢过一个戴了起来。

张　威　工友们，一会儿欢迎大军，我们的锣鼓要敲得响些。

工　友　保证没问题。

郭虎门　老高同志来了！

[高永光从外面进来，与众握手。

高永光　同志们，我们用鲜血赢得了这座美丽城市的解放，我们还要用鲜血来保卫她，建设她。

张　威　是呀！拿枪的敌人被消灭以后，不拿枪的敌人，伪装起来的敌人，挥舞着红旗的敌人还存在。就拿我们店里发生的事来看，斗争还会是很激烈的。

高永光　但具有光荣传统的广州人民，一定能够发扬革命精神，建设好新广州，建设好新中国。

阿　牛　大军来了！

［众人尽情欢呼，门口可见解放军队伍在行进。

［雄壮的解放军进行曲响起。

［幕在音乐声中闭。

［剧终。

（剧本版本：《林骥作选集——行色匆匆》，1977年广州话剧团首演）

· 话剧卷 ·

急流

（根据林经嘉同名小说改编）

编剧：许宏盛

人物表

丁　一　　男，五十二岁，南华农机厂党委书记
何雪菲　　女，四十岁左右，财务科副科长，丁一的前妻
官淑玉　　女，约五十岁，丁一现在的妻子
刘　裕　　男，约六十岁，南华农机厂厂长
包连义　　男，五十多岁，南华农机厂党委副书记
殷秋菊　　女，三十余岁，党委办公室秘书
宇文刚　　男，约三十岁，厂长助理
苏定海　　男，五十多岁，南华市市委书记
文志远　　男，三十余岁，南华厂的车间主任，后当厂长助理，何雪菲现在的丈夫
马师傅　　男，老工人
小　马　　马师傅的儿子，青年工人
副厂长、女出纳、老工人，及若干工人群众

时间　1980年至1983年
地点　南华市

第一场

［某天上午。第五车间与厂部办公楼之间的空地。
［听得见稀稀落落的机器声，汽锤沉重的撞击声。

［一列火车吼叫着急驰而过，顷刻之间，便去得很远。

［幕后忽然爆发出一阵哄笑声，几个青年工人粗野地笑着、喊着，推着部小平板车猛冲了出来。站在车上的小马紧紧扶着车把，吓得面如土色。他伺机跳下了车，其他青工立即左右堵截。

宇文刚　赶快爬！爬！

青工甲　小马，乖乖地爬吧！（忍不住笑）学狗爬，哈！

宇文刚　（威胁地）你爬不爬？

小　马　好好，我爬，爬……（爬了几步）

［青工甲得意忘形地跃到小马的背上，被小马猛地掀了下来。众大笑。

小　马　这行了吧？

青工甲　不行，还得爬！

青工乙　小马，你该知道不爬的后果啊！

小　马　又来这一套了！别耍流氓好不好……

［众突然一拥而上，擒住小马。周围有人呐喊助威，小马拼命挣扎。

［殷秋菊上。

殷秋菊　别闹了！你们别闹了！

［众不理她。

殷秋菊　（向观众）咳！上班打打闹闹不干活，在我们厂可是家常便饭。谁去管？谁敢管？现在谁怕谁呀！（下）

［马师傅上。

马师傅　干什么？你们干什么？

宇文刚　老马师傅，我们要让你儿子凉快凉快。

小　马　他们要扒我的裤子，爸爸！

［众笑。小马乘机挣出重围。

马师傅　瞧，你们这哪儿像个工人？快回车间干活去吧。

青工乙　干什么活呀，老马师傅？

青工甲　老马师傅，这个月咱还有没有奖金发呀？

［文志远与何雪菲上。文志远见状，正欲绕路而走。

小　马　　哟，文主任来了！

青工甲　　文主任，你来得正好，大伙想问问这个月有没有奖金发？

文志远　　我怎么知道？

青工甲　　你老婆是厂里的财务科长，你会不知道？

青工乙　　（指着何雪菲）你文主任是公不离婆，秤不离砣的，你会不知道？

　　　　　［众大笑。

文志远　　哎哎，你们别胡说！她是财务科长，我这是领着她来审核我们车间的大修计划的。

青工乙　　文主任，你就别解释了！

何雪菲　　真拿你们没办法。走！（与文志远同下）

马师傅　　（对众）别闹了！没活干，还想发奖金？年纪轻轻的，抓紧时间看看书，学习学习。要为自己的前途着想嘛！

　　　　　［丁一上。他远远地站着，不声不响。

青工甲　　老马师傅，前途前途，有钱就图；理想理想，有利才想嘛。

马师傅　　混账话！

宇文刚　　谁混账？谁把工厂搞成这么乱，那才叫混账！

青工乙　　宇文刚，真高见！

　　　　　［众呼应，起哄。

　　　　　［刘裕出现在后面。

刘　裕　　别闹了！什么高见低见，混账混蛋的，骂谁呢？在这个时候能把厂子搞成这样就算不错了。谁要是有本事。让他来试试。哎，老丁，别转了，到办公室来，咱们聊聊。

丁　一　　不了，我再转转。

　　　　　［刘裕下。

青工乙　　嘿！老刘头发什么邪火？

宇文刚　　丁书记，听说这几次党委会上，你在跟刘厂长斗法？结果如何？

众　　　　对，你说说！

丁　一　　先不说这个。我问你们，参加改革试点的问题，你们车间讨论了没有？

青工甲　讨论了。

丁　一　怎么样？赞成还是反对？

马师傅　我反对。丁书记，眼下能给厂里找点活干就比什么都强。你呀，别出那么多歪点子了，没用！走，都回车间干活去。

　　　　［文志远上。

文志远　走吧，回车间去吧！

宇文刚　走！

　　　　［众下。

文志远　丁书记，这您都看见了，生产任务吃不饱，一个月就十来天的活，人一闲下来就打打闹闹，这有什么办法？

丁　一　唔，年轻人，精力旺盛嘛。文主任，你对改革怎么看？

文志远　我？我是想，改一改，总比不改强。

丁　一　我看，你们车间的年轻人积极性很高。改革试点一铺开，我就拿你这个车间当试点，怎么样？

文志远　这……我还有点事，我……（下）

　　　　［殷秋菊上。

殷秋菊　（向观众，指指丁一）他总算有点空了。唉，要想找他签个字办点事，就得跟着他满工厂转。他呀，最近总是这样，走走，看看，不声不响。可是，看来，他要挑事了。看看他的眼神，就像一头正在寻找猎物的老鹰，深藏不露的时候，正酝酿着一个大的行动。等着瞧吧……（转对丁一）丁书记，请你签个字。

丁　一　（在一份文件上签了字）小殷，财务科的那个科长姓什么？

殷秋菊　姓何，何科长。

丁　一　我叫他们搞的经济测算表，为什么还不送来？

殷秋菊　我早就通知她了，还没送来吗？何科长可不是这么办事的人啊。

丁　一　叫她马上来见我。

殷秋菊　好。（下）

　　　　［小马、宇文刚同上。

丁 一　　宇文刚，等我一下。

宇文刚　找我？……小马，你先走。

　　　　[小马唱着歌下。

丁 一　　小伙子，你这个技术能手想不想当一名管理能手？

宇文刚　管理能手？

丁 一　　对，改革搞起来以后，我准备成立个 TQC 办公室。

宇文刚　TQC？

丁 一　　知道什么是 TQC 吗？

宇文刚　T——全面，Q——质量，C——管理——全面质量管理。

丁 一　　完全正确。这个办公室一成立，就由你来挑头，怎么样？

宇文刚　我？我怕干不了。

丁 一　　你干得了！小伙子，我可是对你做过调查的。你是我们厂连续四年的超产能手、技术标兵。业余时间还学过齿轮学、技术管理学，对吧？要是我没有看错的话，你还是这帮年轻人的精神领袖嘛。

宇文刚　怎么见得？

丁 一　　刚才起哄，是不是你指挥的？哈哈！

宇文刚　丁书记，你看看我们这个厂子，就像一台转动不灵的烂机器。你是想让我充当润滑油的角色吧？

丁 一　　不，不是润滑油，是传动轴。

宇文刚　传动轴？

丁 一　　是的，强有力的传动轴！

宇文刚　那动力呢？

丁 一　　我给！

宇文刚　（停了一下）好，我试试看。

丁 一　　说定了！小伙子，你马上帮我办两件事：第一，制定全厂的生产质量管理条例；第二，我准备撒出一批人到全国各地去找饭吃，你马上到销售科去查一查，把全国各地和我们厂有联系的单位列一份清单给我送来。

宇文刚　我这就去办，今晚交到你手。

丁　一　　好。等等，这事暂时不能公开，严密点。

宇文刚　知道了。（下）

　　　　　［何雪菲上。

何雪菲　丁书记，找我吗？

丁　一　　（回头一看，愕然）你……雪菲？

何雪菲　（苦笑了一下）我就是你要找的那个何科长。

丁　一　　噢！原来是你……你怎么会在这儿？

何雪菲　海面再宽，也有撞船的时候。我调到这儿已经六年了。

丁　一　　这么说，那封匿名信是你写的？

何雪菲　（一愣）怎么，你没有认出我的笔迹？

丁　一　　没有。没认出来。说实在的，我在转业等待分配的时候，有好几个单位供我选择，可一接到那封信，警告我千万别到这南华厂来，这反倒坚定了我来的决心了。

何雪菲　那么，以后我们就以素不相识的同志的身份相处吧。

丁　一　　这倒是个明智的办法。小红她怎么样？还好吗？

何雪菲　小红她挺好。

丁　一　　那你呢？这几年——

何雪菲　我说，关于我个人的生活情况，请你不要打听。（停了一阵）谈工作吧。

丁　一　　好的，谈工作！（掏出一份文件）省里正要组织八家企业参加经济体制改革的试点，采取的形式是"以税代利，自负盈亏"。请你根据这个方案马上做出各种经济测算。

何雪菲　殷秘书已经告诉过我了。（盯住他）怎么，你真的准备参加改革的试点？

丁　一　　要看到你的测算结果，才能做出最后的决定。

何雪菲　（沉默了一会）测算的结果，你什么时候要？

丁　一　　越快越好，今天务必交到我手里。

何雪菲　好吧。（欲下，忽又回头，压低声音）我做测算表的事，请你千万不要告诉别人。

丁　一　　（愣了一下）……好吧，一言为定！

[刘裕、包连义上。

何雪菲　（点点头）刘厂长！包书记！（匆匆下）

包连义　老丁，市委的通知你看了吧？要派一个党委委员去党校学习半年，你说派谁去？

丁　一　明天上午的党委会一块研究，来得及吧？

包连义　明天——还可以。

刘　裕　老丁，明天开会的议题——

丁　一　研究决定是否参加改革的试点啊，不是已经通知了吧？

刘　裕　是通知了。可是，自负盈亏的问题，昨天的党委扩大会议上不是专门讨论过了？几乎是一致反对的嘛。

丁　一　那要看有没有道理。

刘　裕　（耐心地）我说老丁，这改革嘛，中央和省里的精神都是对的。可你刚来不久，对厂里的情况还不了解，有些事情不是光凭我们的主观愿望就能办到的。

包连义　老刘说得对。自负盈亏是什么新鲜玩意儿？那也叫改革？那是那些公社厂呀、街道厂呀，那些杂七杂八的杂牌军才搞的。我们是堂堂的国营大厂，也要搞自负盈亏？那还不是倒退呀？老丁，咱们千万不要自己降低自己的身份。再说搞这些玩意儿，搞好了没奖，打破了，要赔的。

刘　裕　老丁，这个厂是我一手建起来的，干了十几年了，一直是稳稳当当的。你倒好，一来就想赶时髦玩新潮啊。这可是直接关系到全厂一千多人的饭碗，不是开玩笑的！

包连义　是啊！

丁　一　我想过了。我想，我们这个厂要想有点起色，就必须要置之死地而后生。

刘　裕　就怕真死了，这口气再也缓不过来。

丁　一　现在是一口什么样的气？半死不活的，都快奄奄一息了！

刘　裕　你急什么？等着吧，等到国家的任务一下达，我一按电钮，机器照样转。

丁　一　那等到哪天算哪站？

刘　裕　老丁，你是党委书记，刚才那乱糟糟的场面你都看见了吧？我说呀，你还是多抓一抓思想政治工作吧，生产问题嘛，有我这个厂长，你就不用多操心了。

丁　一　我不抓空头政治。把这个厂的生产搞上去，彻底改变这个厂的面貌，这就是我的政治。

刘　裕　那么说，你真的要搞"自负盈亏"了？到时候全厂乱了套怎么办？

丁　一　现在就不乱么？现在是乱得毫无道理！

刘　裕　那好吧，那就让它乱个够！（转身就走）

丁　一　那明天的党委会……

刘　裕　（停住）我认为没有开的必要！

丁　一　（冲动地）老刘！……

　　　　［冷场。

包连义　（调解地）老丁，咱们再商量商量。

丁　一　老刘，这样行不行，把全厂职工大会改在明天开。反正我们要解决生产任务不饱满的问题嘛。明天这个大会你来主持，我做动员。怎么样？

刘　裕　（犹豫了一下）好吧，那就开吧。

　　　　［收光。

第二场

　　　　［当天晚上，丁一的宿舍里。
　　　　［殷秋菊出现。

殷秋菊　本来嘛，这生产和经营管理的事情，应该是厂长管的，书记干嘛要插手呢？可是，厂长要稳稳当当地守摊子，书记却很不安分，总有一种探求和冒险的欲望。这两个人放在一起，能不发生碰撞吗？丁一发现，一种相当顽固的保守意识和惰性，存在于许多人的灵魂深处，并且织成了一张严密的、无形的网，往往使你寸步难行。他是下决心要整治一下这种惰性的。看吧，丁一正在调兵遣将加紧部署了！（隐去）

　　　　［丁一在灯下翻阅着材料。
　　　　［稍顷，何雪菲上。

丁　一　　哦！请进，请进来！

何雪菲　（进了门）等急了吧？项目太多了，刚刚搞完——这是省府的文件；——这是测算表。

丁　一　　（接过文件和测算表）好，好……坐，坐一会儿！……（走到桌前，专心地翻阅着表格）

〔何雪菲没有坐，拘谨地站在一旁，暗暗地打量着房间里的一切。她看见椅子上堆满了书、报杂物，便习惯地随手收拾着。

丁　一　　（转过头来）我说——

何雪菲　（连忙缩手，低下了头）啊？……

丁　一　　（小声地）对不起，这太乱了，我还是过去的老毛病……我说，这份测算表做得太漂亮了。真没想到，几年不见，你都成了财务专家了。

何雪菲　丁一，你非得要参加改革试点不可么？有没有把握？

丁　一　　带兵打仗，有七分把握，指挥员就该下决心了。看了你的测算结果，我有八成把握了。

何雪菲　测算了又有什么用？听说刘厂长他们是坚决反对的。

丁　一　　盲目的反对，毫无道理。

何雪菲　可是，你得明白，搞自负盈亏确实要冒很大的风险。

丁　一　　我有这个思想准备。

何雪菲　你呀，还是那个脾气。

丁　一　　你不是说过吗？我这个人啊，喜欢制造自我危机。

何雪菲　那好，那你千万不要把我拉到你的嫡系部队里去。

丁　一　　你这是什么话？这是工作。你是财务科长，我是党委书记。

何雪菲　"党委书记"！你怎么就不想想前几任党委书记怎么会干不下去的？你刚来，不了解这个厂的复杂情况。什么派性，什么地方主义，都绞在一起，谁都说不清楚。可是关键还是你们领导之间的问题，我可不想卷进这个漩涡里去。对了，我做测算表的事你可千万不要告诉别人。

丁　一　　哈哈！

何雪菲　你笑什么？

丁　一　　你呀！……好，我不会告诉别人的。哎，你能不能再帮我画一张盈亏测算图，把盈亏平衡点、盈利区、亏损区，都用图线标明了，那就更加一目了然了。

何雪菲　　我已经画好了。（从提包里拿出图表交给丁一，犹豫了一下，再把一张照片递给他）丁一……

丁　一　　这是——

何雪菲　　小红的照片。

丁　一　　都长这么大了！……长得可越来越像你了……（陷入了凝想）

　　　　　〔场灯渐暗。

　　　　　〔隐隐传来小红幼年时的画外音："妈妈！……爸爸！……"

　　　　　〔只留两个光圈落在互相背向着的丁一与何雪菲的身上。一只红色的气球悬浮在他们的面前。

何雪菲　　（怨恨地）你从来就不管孩子，你对这个家一点感情也没有。"政治"！"政治"！几年的坐牢生活给你的教训还不够吗？你太热衷于政治了，整天让我为你担惊受怕的，我受不了！我告诉你，我讨厌政治，我要过安宁的家庭生活。懂吗你？……你说话呀！……你这个人呀，太自私了！

丁　一　　什么叫自私？是你大还是整个社会大？

何雪菲　　社会是什么组成的？社会是由许许多多小小的"我"组成的！

丁　一　　你开口就是"我"。你为什么总那么郁郁寡欢？为什么那样的多愁善感？就因为整天想着"我""我""我"！批评了你好多年，你就是改不了！

何雪菲　　我怎么了？我就是我，我不想改变我自己。你后悔当初找上我了是不是？你要是厌烦了的话，我们大可不必再一起生活下去！

丁　一　　你这是什么意思？

何雪菲　　什么意思！大路朝天，一人半边，你走你的，我走我的！

丁　一　　离婚？你冷静点！你吓唬谁呀？我是怕你吓唬的人吗？

何雪菲　　你不怕，你以为我就怕？你以为我离开你就活不下去了？

丁　一　　你是说，我离开了你就活不下去了吧？

何雪菲　　那好，那我就带着孩子走。咱们一刀两断！

丁　一　　你……

［"砰"的一声，气球爆裂。

［灯骤灭。

［孩子的哭声，撕裂人心。

［殷秋菊出现。

殷秋菊　阴差阳错，有什么法子！一支浪漫的圆舞曲，把两个迥然不同的个性卷进同一个和谐的旋律，而锅碗瓢盆的碰撞，却使金属和瓷器发出各自不同的声响。唉！那些个"过来人"啊，你们为什么不早点把这个真理告诉给天真烂漫的年轻人呢？（隐到幕后）

［灯复亮。一切又归于宁静。

［虫声唧唧，有几声蛙鸣。

丁　一　（仍然拿着小红的照片）我不是个好父亲，大概也不是个好丈夫。雪菲，我们分手匆忙，过去很多事情都没有来得及说清楚……

何雪菲　别说了，都已经过去了。

丁　一　小红她上学了吧？

何雪菲　三年级了。

丁　一　我真想见见她！

何雪菲　小红只知道她现在的爸爸。丁一，我希望你不要再打搅她的生活了。

丁　一　唔……（内疚地）雪菲，过去的那些年，委屈你了。

［门外响起官淑玉的喊声："老丁！老丁！"

丁　一　噢？……（忙走过去）

［官淑玉提着行李进来。她年近五十，举止斯文，显得端庄而贤惠。

官淑玉　（笑了）想不到吧？……快帮我拿啊！……拿这件！这件！

丁　一　（接过行李）怎么不先来个电话？

官淑玉　要不要再发个新闻公报？哈！……（发现何雪菲）哟，你这儿有客人？

丁　一　噢，我介绍一下，这是我爱人官淑玉，这是——

何雪菲　我是何雪菲。

官淑玉　（一怔）何……

丁　一　她是我们厂的财务科长，第一次到我们家里来。

官淑玉　哦……你请坐，喝点水。

何雪菲　不、不，你们忙吧，我先回去了，家里还有点事。（对丁）图表有什么问题你再找我，我先走了。（匆匆下）

丁　一　你看，带这么多东西，也不早通知一声，我好去接你嘛。哦，你还没吃饭吧？我马上去买！

官淑玉　我，吃过了——在火车上。（边说边从旅行袋里拿出一包东西）哎，今天什么日子？

丁　一　（有点心神不定）……啊？什么日子？

官淑玉　你的生日！这是给你买的生日蛋糕。

丁　一　（恍然大悟）噢！谢谢！

官淑玉　（抖开一件衣服）这是风衣。这是烟——少抽点！

丁　一　好，好。

官淑玉　这是水果。这是你爱喝的乌龙茶。还给你带了些药。（把药放到桌子上，偶然发现桌上的照片）

丁　一　（比试着衣服）这衣服挺合身的……（发觉对方没有反应，敏感地）哦，这是小红。都长这么大了。

官淑玉　（突然地）何雪菲干嘛来了？

丁　一　我准备参加改革的试点，请她做一份测算图表给我送来，顺便带来了这张照片。大家同在一个厂里，有这么些工作上的联系，也是很自然的。

官淑玉　（沉默半晌）我说老丁，你还是实在一点，调回广州去吧。昨晚我去找过王副主任，他答应了给你安排个好位置。你就跟我回去落实一下吧。

丁　一　咳！这事你也该预先跟我商量一下嘛！

官淑玉　你呀，前几天回广州休假的时候，叫你去找王副主任谈调动，你却向他提出什么要参加省里改革的试点。

丁　一　哦，跟人家久没见面，先扯扯别的嘛。

官淑玉　我知道，那个试点一期就是三年，两期就是六年。你还想不想调广州？还要不要这个家呀？

丁　一　（打了个呵欠）怎么不呢？我不是听从你的意见，把家都安在广州了吗？

官淑玉　你是把它当作旅馆，当个驻穗联络站！（怜惜地）唉！你的白头发又多了！……也是的，老婆孩子没一个在身边，生活没人照顾，这么大年纪了，还去饭堂吃那些冷菜冷饭，还要自己洗衣服！

丁　一　你没看到我身体很好吗？五十多岁的人长白头发，有什么值得大惊小怪的。

官淑玉　是啊，你已经五十三岁了，所以我才这么焦急。现在调省里还有人要，再拖几年，人也老了，谁还愿意要一个老头去领退休金？

丁　一　怎么就想到退休金啦？现在就嫌我老啦？嘻嘻！

官淑玉　日子想起来长，过起来短。你别不服老，一转眼就上六十啦！……（停了一阵）唉，最近也不知道为什么，总觉着闷，闷死了！

丁　一　（关切地）怎么啦。身体有毛病？

官淑玉　（摇摇头）不是。

丁　一　那为什么？

官淑玉　不知道。不过，你想想，一副肚肠挂两头，一半在天南，一半在海北，……玲玲又是住校的，小明一下了班，又得去上夜大学，家里常常就剩我一个人。怪了，那屋子变得又黑，又冷，又空！……

丁　一　是啊，太寂寞了！你不如调到这儿来，这儿会很热闹的！

官淑玉　那孩子们呢？

　　　　〔冷场。

官淑玉　说实在的，我倒没什么。可是，你参加改革是要得罪人，吃力不讨好的，何苦呢？再说，何雪菲又在这儿，你就不怕别人的闲言碎语？

丁　一　这些我都想过了，也许真像你说的那样老了吧，最近我经常有一种紧迫感，总想加倍努力地工作。我在这里搞改革，困难重重，阻力远远超出了我的预料。这几天刚有了点头绪，马上就要短兵相接了，难道你忍心让我在这个时候调到广州去？淑玉，这几年我在工作上一直得到你的支持，现在，我更希望能够得到你的谅解，让我在这儿干到底吧！

官淑玉　你呀，别忘了广州还有你的家。（拿着行李进内间）

　　　　〔宇文刚上。

宇文刚　丁书记，这是你要的大红纸；这是产品管理条例；这是全国各地齿轮产品的用户的地址。

丁　一　好。

宇文刚　还有，你不是说准备放一批人出去"找饭吃"吗？

丁　一　嘘！这事暂时不能公开！

宇文刚　我知道！我想把这个行动发展成一个完整的战役。出去的人，都要完成三项任务——宣传，征求订货，收集当地的市场信息。这是我起草的计划。

丁　一　（高兴地）好啊，你的思路很宽啊！

宇文刚　可是，刘厂长那里肯定是通不过的。

丁　一　不要紧。小伙子，我是当兵的出身，军事上有句要诀，叫作"两军相逢勇者胜"！

宇文刚　那明天大会怎么开？

丁　一　来，咱们琢磨一下！

　　　　［切光。

第三场

　　　　［第二天上午。大礼堂的主席台。
　　　　［殷秋菊出现。

殷秋菊　弓既然举起，就要射出有力的箭，船既然开出，岂能害怕急流与漩涡。

　　　　［灯亮。后面一排桌椅坐着几位厂的领导。有人抬出一张讲台，放在正中。殷秋菊过去帮忙拉电线，装麦克风。

殷秋菊　（调试着麦克风，拍打了几下）喂，喂……请大家坐好，大会马上就要开始了……（突然提高声调）喂喂，外面的同志请赶快进场，大会马上就要开始了……

刘　裕　（坐到主席台前）安静！大家安静！……同志们，今天我们开个全厂职工大会。在党的十一届三中全会精神鼓舞下，全国工业形势是好的。但是，现在国民经济正在调整，农机生产任务还不足。就是在这种情况下，我们厂！

1980 年提前两个月完成了全年的生产任务。我们还要争取明年来个开门红！……（鼓掌）现在……现在请丁书记做动员，欢迎！

丁　一　（拿着纸卷，健步上前）同志们，我是第一次在全厂大会上讲话。我先介绍一下，我姓丁，名一，连名带姓一共三划。好记。当初，我到这个厂，夸过海口，说我丁一有言在先，三年干不好，就卷包袱，三十六计，走为上计……后来，有人将我的军，说，你调到哪儿都是个十四级干部，都有个官儿当，怕什么？……（停了一阵，然后骤然提高声调）说得好！逃跑不是大丈夫！同志们，今天，我重新宣布：三年干不好，我丁一，请也不走，撵也不走，赖在这里啦——就地免职，降三级工资！

　　　　［全场肃静。

丁　一　看起来有人不相信，口说无凭，立书为据！（双手一抖，把大红纸刷地展开）

　　　　［发出一阵座椅的噼啪声。人们纷纷注视着红纸上方三个黄色的大字：军令状。

　　　　［有一略带胆怯的掌声。立即，掌声席卷了整个会场。

丁　一　（红光满面，雄姿英发）同志们，有书为据还不够，再加上有人为证，就更保险了。今天，各位厂领导都在场，我请他们为我做证人，在这军令状上签个大名，大家说好不好？

　　　　［"好——！"一千多人异口同声地喊。

　　　　［坐在台上的厂领导们毫无思想准备，互相顾盼。

　　　　［丁一向幕后略一招手，殷秋菊便笑盈盈地把笔墨送到讲台上来。

丁　一　首先，我请刘厂长为我作证。请——

刘　裕　（脑子里茫然一片）要我？……好，好……（意识不清地走向讲台）

　　　　［扩音器响起雄壮的《运动员进行曲》，群情欢跃激扬。

刘　裕　（收缩着身躯，签下了名字）……完了，写完了。

丁　一　谢谢！——现在，我请包连义同志给我作证。

包连义　（热血沸腾，摸了摸头上的光荣疤）好咧！……让我想起了打辽沈战役的誓师大会——英雄啊老丁，英雄！（雄赳赳、气昂昂地走过去，提起笔，蘸满墨，运足气，很费劲地签下了有力而难看的三个字，然后，握了握丁一的手）老丁，看你的了！

丁　一　谢谢！——现在，继续请——

一副厂长　（用手掌一挡，站起来，发出浑浊的声音）呃——我看，有他们两位做代表就行了嘛，啊？哈哈哈……

丁　一　那好吧！（转对大家）衷心感谢同志们对我的信任。现在，既然我对本厂承担了如此重大的责任，那么顺理成章，我要求全体职工充分尊重我的权力——与我的责任相应的权力。同志们，大工业生产具有高度的集中性和同步化的显著特征，因此，指挥大工业生产也必须做到高度的集中统一。决不能政出多门，必须一个号令贯到底！

[“咣当”一声，茶杯盖从刘裕的手中滑落。

丁　一　同志们，今天，我先发个紧急号令——全厂职工动员起来，想办法去拉关系，找活儿来干，开展一个征求订货的群众运动。同志们，你们谁有亲戚朋友在外地工作的，尤其是在农机行业工作的，都写信去问一问，要不要齿轮，我们有优质齿轮供应，还有别的产品。随信寄去我们厂的产品目录，还有优质品证书的影印件。只要信函联系有了眉目，厂里就派你出公差去当面洽谈。不管你是干部还是工人，不论你联系上的单位在哪个省，除台湾外，东北可以去，新疆可以去，必要的话，西藏也可以去！

[掀起一阵跃跃欲试的声浪。

[副厂长侧着身子向刘裕问了些什么。

刘　裕　（愤懑地摇摇头，接着——）哎，老丁！老丁！……

丁　一　（转过头去）啊？

刘　裕　（压低声音）你这个想法，是不是研究研究再说？

丁　一　（一摆手）不用了。（回过头来）同志们，我再宣布一个重要的决定。大家知道，省里准备组织八家企业参加改革的试点，经过仔细核算，我们厂参加这个试点是完全有条件的，多数职工也有这个要求。现在，我正式宣布——我们厂，从今天起，就正式参加"以税代利，自负盈亏"的改革试点了！

[会场一下子像炸了锅，群众议论纷纷。

刘　裕　（忍无可忍，蓦地站起来）老丁！老丁！……让我说两句！让我说两句！……（匆匆走向讲台）

丁　一　……你说什么？（待他走近，突然对着麦克风）同志们，散会！

[“呵——！”人声、座椅的噼啪声、广播音乐声混成了一片。

[刘裕还愣在那里。宇文刚和殷秋菊出来搬麦克风，收电线。

[马师傅跌跌撞撞地从观众席里走出来。

马师傅　（一路吼叫着，走上主席台）喂！喂！"自负盈亏"算是个什么玩意儿！丁书记，你说说清楚！你说说清楚！

[小马从后面追上去。

小　马　（拉住他）爸，你疯啦！这么多人看着……

马师傅　（甩开他）你走开！……丁书记，你搞"自负盈亏"，是吧？跟着来的，就是要搞个人的工时定额罗，搞超产奖励罗，搞硬打硬的按劳取酬罗，是不是？那以前为什么不搞？我们年轻力壮的时候为什么不搞？我们这一拨人义务劳动拼命干了几十年啦！工资没多少，生活没改善，临老了，你还铁着心肠让我们喝碗冻粥？简直是混账！……

小　马　你胡说些什么！快走！快走！

宇文刚　马师傅，你身体不好，别激动嘛。去休息一会儿！去休息一会儿！（拉着他走）

马师傅　（仍在吼叫）就是混账！混账！……（被小马和宇文刚拖下）

丁　一　（一直沉默着）老刘，刚才你——说什么来着？

刘　裕　（瞪了他一眼）哼！你好好听听群众的意见吧！……（气呼呼地走回原来的位置，抓起烟盒、火柴，往口袋里一塞，要走了，猛又回头，狠狠对着丁一）去党校学习，别再派人了，我去！

[众相继下。只剩刘裕在场。

刘　裕　（对观众）瞧瞧，瞧瞧，连话都不让我说了，简直就像当年解放军支左的架势。我这个厂长真是小媳妇拿钥匙，当家作不了主。党委会上不听我的意见，大会上宣布什么，预先也不跟我商量，只有他说了算。想把我从厂长位置上赶走？没门！你们大家说说……得，会散了，人也走了，我说了也没用。好吧，丁一，你搞吧，看这厂里乱成什么样吧，我就先让他乱个够！

[切光。

第四场

［十几天后的一个上午。财务科的办公室。

［殷秋菊出现。

殷秋菊　十几天过去了，厂里派出去的一百多人陆续都有了回音，找回来了一百多万元的订货单。丁书记这一招实在很见效。可是，要想办成一件事可没那么容易，刘厂长和他手下的一帮人，可不是善男信女啊！（退场）

［灯亮。

［何雪菲坐在办公桌前。一群职工在等着领款。他们很兴奋，互相打听着——

甲　"你上哪儿？"

乙　"云南的曲靖。我大舅子在农机局当头，我跑这一趟，可以稳拿它四、五万块的订货。"

甲　"石林就在曲靖啊。哈，让你捞着了，你可以去看看阿诗玛了！"

乙　"那当然，顺路嘛。"

［小马上。

小　马　老大，你们去哪儿？

甲　小马，你也出差？去哪儿？

小　马　我去牡丹江。

乙　你去那旮瘩干啥呀！

［文志远从外面挤了进来，煞有介事地走到何雪菲身边。

小　马　哟！文主任。

文志远　雪菲。

何雪菲　志远，带孩子看病了吗？

文志远　看了，没什么，又把他送回幼儿园了。你早饭还没吃吧？

何雪菲　工作还忙不过来，算了，不吃了。

文志远　你这么忙，看来下了班也回不去，孩子还是我接吧。

甲　　文主任，你真不愧是个模范丈夫！敬礼！

　　　〔文志远匆匆下。

　　　〔宇文刚上。

宇文刚　（扬着一张批条）领钱！领钱！……何科长，快给我钱，我得马上走！

何雪菲　出纳员到银行提款去了，等等吧。喏，这都是等着领钱的。

甲　　哈，小宇，你别迟来先上岸呀，轮着来吧！

宇文刚　我这是十万火急啊。我们马上要到山东去办大事。

乙　　什么事？

宇文刚　嘿！这事要是办成了，那可不得了！

甲　　（欢叫起来）财神到啦！财神到啦！……

　　　〔众欢呼，随即让开一条路。女出纳拿着沉甸甸的提包，笑盈盈地上。

何雪菲　（马上坐到办公桌前）批条！拿批条来！

　　　〔众一齐涌过去："三百！""五百！""三百五！"

何雪菲　瞧，叫我先办哪一个？排队吧！排队吧！

宇文刚　（向众）让我先办好不好？真是十万火急的！

何雪菲　你要多少？

宇文刚　——两千！两千！

何雪菲　要那么多？

宇文刚　一个小组五个人，丁书记亲自批的！

何雪菲　太多了。给你开张支票，自己到银行去提。

宇文刚　唉，又得跑一趟！

　　　〔刘裕急上。

甲　　哟！刘大厂长回来了！（深深地一鞠躬）

刘　裕　你们领钱都干什么去呀？

乙　　出差呀。

刘　裕　你们出差？上哪儿？

乙　　我到云南的曲靖。刘厂长，听说您老喜欢阿诗玛，那我给您带个阿诗玛回来！

甲　　　　刘厂长，我听说您老喜欢吃辣的，我给你带罐"金勾豆瓣酱"。

刘　裕　　（逐个收缴他们借款单）拿来！……拿来！……拿来呀！……（把单据塞到提包里）

　　　　　〔众愕然。

刘　裕　　谁让你们这样搞的？简直是胡来！（指着门口）到外面去！都到外面去！

乙　　　　昨天还放人的，今天就不行了？真是政策多变，朝令夕改！

宇文刚　　刘厂长，这是丁书记亲自动员大家出去的！你看，才十来天的工夫，就找到一百多万的订货了。

刘　裕　　你也要出去？上哪儿去？

宇文刚　　到山东去。全国的汽车配件订货会议正在济南召开，我们可以争取接受大批量的军用汽车变速箱的长期订货，经济效益是相当高的！

刘　裕　　这更是胡闹！我们是农字号的，属农机部的定点厂！如果偏离了办厂方向，那可是个政治问题！

宇文刚　　现在农机生产的国家计划下不来，难道我们就这么坐在"正确办厂方向"上等死？接受这批变速箱的订货，是机不可失，时不再来的呀！

刘　裕　　我现在没工夫和你胡扯，你们先到外面去。……到外面去！

　　　　　〔众无可奈何，退到门口，但仍不肯离去。

宇文刚　　（忿忿不平）那我找丁书记去！（扭头跑下）

刘　裕　　（对何雪菲）你怎么搞的？十天不到就放了一百多号人出去。总共花了多少钱？

何雪菲　　暂付了三万多。

刘　裕　　嘿！你有多少管理费？他们又不是供销人员，你这不是拿国家的钱让他们去游山玩水？

何雪菲　　这是丁书记亲自在大会上宣布的，你也在场听着的呀！

刘　裕　　（更火了）那是他自作主张！我还没开口呢！他老丁是部队作战处长出身，只会"纸上谈兵"，他懂财经纪律吗？你当时就应该抵制，免得领导犯错误嘛！再说，这么大的事情，你也不来请示我一下，我还是厂长不？

何雪菲　　你去党校学习了，是丁书记布置的任务。

刘　裕　去党校学习我也还是厂长！你财务科归厂长管还是归书记管？

何雪菲　（没好气地）你亲自找丁书记说呀，你们领导上先统一意见，免得我们小鱼小虾夹在中间难做人哪！

刘　裕　（暴怒）谁叫你夹在中间？何科长，过去你就像算盘珠子一样，怎么拨就怎么动，一直是规规矩矩，照章办事的，可是现在，你跟丁一怎么配合得这么默契？

何雪菲　（突然像触了电）你这是什么意思？

刘　裕　外面的闲言碎语都听到了吧？我看，最好还是不要把个人关系和工作关系混在一起吧。

何雪菲　这完全是两码事！

刘　裕　别冲动嘛，冷静些。文志远现在还不知道内情吧？那就好。千万不能让他知道，否则就很麻烦了。

　　　　[何雪菲脸色刷白，发木发呆。

　　　　[丁一与宇文刚上。

丁　一　你回来了？老刘，你不是去学习了吗？

刘　裕　我是特意赶回来的。

丁　一　家里的事你就别操心了，你安心学去吧！

刘　裕　我本来打算不管，可是财政局要向我追究责任！也要向何雪菲追究责任。

丁　一　有那么严重？

刘　裕　财政局的李局长说：你们突然放了那么多人出去游山玩水，花国家的钱就这么慷慨，简直是胡来！

丁　一　都游山玩水去啦？

刘　裕　六车间就有一个毛小英、一个李炳坤，结伴到杭州西湖白白转了一圈！

丁　一　就这两个？

刘　裕　还不够典型吗？

丁　一　哦，准备怎样处置我们？

刘　裕　立刻停止借款放人；已经出去了的，除了正式的供销人员外，其他一律要马上回厂。另外，要把已经出去的一百多人的职务、借款情况、出差目的地、上半年企业管理费，特别是差旅费严重超支的情况，造一份表，盖上财务科的章，直接送给李局长！

[群众哄动："怎么啦？这犯法啦？"

"哈，大概还得立案审查哪！"

"他妈的！自己不干，也不许别人干，这当的什么官！"

"这叫'吃社会主义'的官！"

宇文刚　哎哎，大家别吵，别吵，静一静嘛！

[众静下来，都把目光转向了丁一。

丁　一　（沉默了一阵，果断地一扬手）放！借钱给他们！

[众欢呼，涌向何雪菲。

何雪菲　等一等，我负不了这个责任。

丁　一　（对宇文刚）拿张纸来！

[宇文刚准备好纸、笔。

丁　一　替我写上——"财务科：凡经厂经营部批准外出推销产品的职工，均予借款出差。"

[宇文刚写好。

丁　一　（在纸上签上名，交给何雪菲，然后对刘裕）费心了，回党校专心学习吧。财政局追究起来，我会承担一切的。

刘　裕　（笑了笑）那好吧，但愿不需要我提前回到厂里来。

丁　一　（也笑了笑）放心！地球会照样转的。

刘　裕　（把收缴的领款单一甩）再见！（悻悻地下）

丁　一　（对何雪菲）上半年的企管费，一分钱也不要超计划，超出部分，留在下半年的有关项目开支。

[何雪菲点点头。人们把她团团围住。

[宇文刚和其他领到款的人陆陆续续、高高兴兴地走了。

[包连义气喘吁吁地上。

包连义　老丁！（把他拉到一边，严重地）又出事啦！第五车间有几名青工旷工聚赌，给派出所当场抓了去。

丁　一　人呢?

包连义　还在派出所。我已经叫小吴去领了。

丁　一　这事车间主任知道吗?

包连义　文志远?我到处找他都没找着。

丁　一　要抓住这个事例,对全厂职工进行一次法纪教育!

　　　　[文志远拿着一份盒饭上。

包连义　文主任!

文志远　(冷不防)啊?

包连义　上哪儿去了?

文志远　还没上班她就忙上了,到现在还没吃呢。

包连义　还吃哪,你们车间好几个人吃官司了!

文志远　(一怔)出了什么事?

包连义　——旷工聚赌!你还糊里糊涂哩!

文志远　(慌了)那那……我马上去看看!

丁　一　文志远,你是怎么搞的?

文志远　怎么搞的?我早说了,我不会管人,也管不了人,可偏偏就让我当个车间主任。

丁　一　你听着,从现在起,你那个车间主任的职务,我给你撤了!去,先把人领回来!

文志远　(一时傻了眼)……撤了?就这样撤了?那那……(把盒饭胡乱地塞给何雪菲)我得看看去!……(失魂落魄地下)

丁　一　(愣了一下,走向何雪菲)他是……

何雪菲　(咬着嘴唇,把目光挪开,头埋到了胸前)……他是我爱人!(匆匆锁上抽屉,默不作声地走了)

包连义　(卷着烟)唉,这文志远啊,本来是个人才,可就是放错了地方。

丁　一　怎么回事?

包连义　人家是个工程师,只懂技术,不懂管理。老刘光看中他老实,听话,就硬把他安在车间里当了个主任!

丁　一　是呀,用人不当,人才也会变成庸才!

包连义　家务太重了——是我邻居，我知道——家里没老人，两个小孩都还小。别的不说，光是接送那大姑娘小红上小学，每天就得来回跑四趟。晚上还得管她的功课呢。

丁　一　都是文志远管的？

包连义　可不是？那小的上幼儿园，也得一早一晚去接送，那本来是何雪菲的任务嘛。

丁　一　厂里怎么不办起个幼儿园？行政科是怎么搞的？

包连义　那科长的儿子大了，可没孙子。

丁　一　唉，这批中层干部，实在没几个顶用的。

包连义　你还蒙在鼓里呀？那中层干部里，属老刘这条线的就占了压倒多数！现在老刘不是"火"了吗？他们也得跟着"火"呀。现在八个车间就有六个陆续停了产，工人们处于无政府状态，像散兵游勇似的在厂区宿舍、在市区各个角落游荡，军心全散了。

丁　一　唉！太乱了！太乱了！

包连义　哈，人家的策略，就是"先让你乱个够"，以后才由他来收拾局面。你前面的五任党委书记，就是这样给弄走的。

丁　一　好啊，乱吧，我快刀不怕斩不了乱麻！（霍地站起来）我就要来个"以乱整乱"！——老包，这是我草拟的一份任免名单，这几天你请了病假，没来得及征求你的意见。

包连义　（接过名单，惊讶地）哟，换那么多？

丁　一　只有这样才能指挥得动。

包连义　那么——哎，我前几天提的小陈、小顾他们那几个，是不是也一起安排上去？

丁　一　晚一步再考虑吧。

包连义　怎么，都不行？

丁　一　听到了一些反映。

包连义　什么反映？哦，无非就是说，跟我的关系密切一点是不是？这算什么毛病？

丁　一　还是再考虑一段吧。

包连义　老丁，你也不要听了风就是雨的。人嘛，总会有点小毛病，就看你提出的这批人吧，当中也不是没问题的。比如说这余小京，好打扮，爱跳舞，人也太嫩了。还有这宇文刚，又不是党员，可你把他提上来当厂长助理了！

丁　　一　（烦了）哎哟！我说老包，不要总是从老观点出发。中央不是提出干部要"四化"吗？你看这些人哪个不符合这"四化"的？

包连义　（扯大了嗓门）你别拿中央的政策来压我。压我也不怕！现在开口"大老粗"不行，闭口"万金油"不行。我们厂领导哪一个符合"四化"？你老丁也缺一张大学文凭。我老包是"大老粗"，你老丁也是"万金油"。咱们都不行，都得下台？就那些小毛孩，"四眼佬"行？我说干脆思想解放到底，让他们来当厂长、书记试试看，保证还没我这两下子扒拉得开！

丁　　一　（脱口而出）我们的最高权限只能提厂长助理，至于副厂长以上的嘛，是有些不大适应形势的需要，我们也要有自知之明。不过，这得由市委去考察了。

包连义　（眼睛发红，青筋凸现）好啊！你丁一瞧不起我，我也瞧不起你！你自高自大，独裁、霸道，什么都要你说了算。我老包偏不买你的账！我声明，你这个提干名单，我不同意！……（怒气冲冲往外走，一到门口，忽又转回身）我告病休息！从今天开始，你爱怎么搞就怎么搞去吧！

丁　　一　（强力抑制着，手里一盒刚开口的香烟已经被捏成了一团，异常平静地）好的，老包同志，你思想不通的时候，能够让开一条路，这是对我的一种支持，我应该感谢你。我丁一也是明人说明话，什么时候你思想通了，病也好了，就什么时候开始工作吧。你休息期间，工资照领，奖金照发，待遇不变。

包连义　（感到了侮辱，瞪着发红的两眼，两片嘴唇颤动了好一会儿）行，行，行啊！……（掉头就走）

　　　　　　［司机上。

包连义　（一把拉住他）正好！给我开车——到市委，告状去！

司　　机　（没有动）丁书记要出去！

包连义　我现在就要出去！

司　　机　他先要的车。

包连义　我比他先走！

司　　机　殷秘书说，要优先保证主要领导的工作用车。

包连义　（猛然咆哮）我这个"次要领导"现在命令你！你开不开？

司　机　（愕然，望望沉默着的丁一，既胆怯，又嘴硬）我反正要得罪一个，不是得罪你，就是得罪丁书记。

包连义　嘀！真是墙倒众人推，你小子也是个势利眼！听着，我老包用不了这车，谁也甭想再用它，我现在就把它封掉！（愤愤然下）

司　机　（急了）哎哎，包书记……

丁　一　既然他要告状，就开车送他去！

司　机　（左右为难）这、这……

丁　一　叫你开车去！

司　机　咳！……（跑下）

　　　　〔丁一靠在椅子上，闭着眼睛，让绷得太紧的神经稍为松弛一下。
　　　　〔殷秋菊上。

殷秋菊　丁书记！市委的苏定海书记来电话，请你马上到飞机场去一趟。

丁　一　（预感不祥）哦，都告到市委去了！……

殷秋菊　您怎么啦？您不舒服？喏，您先喝杯水……

丁　一　不，不要。……这份任免名单，请你马上通知下去。

殷秋菊　包书记也同意了？是不是再等一等？

丁　一　（摇摇头，深沉地）不要等了。我军令状立了，保证下了，自负盈亏也搞起来了。也就是说，已经是背水陈兵，破釜沉舟，绝无退路了！……（停了一下）这份名单，通知下去吧。

殷秋菊　丁书记——

丁　一　（命令地）通知下去！

　　　　〔切光。

第五场

　　　　〔紧接前场。机场候机室。
　　　　〔殷秋菊出现。

殷秋菊　这些年，告状成风了。不做事的，专整做事的。往往是一个人做事，就有三个人反对，有五个人调查，十个人散布流言蜚语。万一真有点失误，那就更容易中箭落马。丁一啊丁一，在前面等待着你的，将会是什么？

　　　　［殷秋菊隐去。

　　　　［听得见飞机起降的轰鸣声。

　　　　［苏定海板着脸，盯住沉默着的丁一。

苏定海　（看了看表）快起飞了！……我给你归纳的"五大罪状"，你还有什么话说？

丁　一　（小声地）要撤我的职？

苏定海　干不好，就要撤！

丁　一　干好，干不好，有没有个标准？

苏定海　那一大叠告你的状纸，说明了什么？

丁　一　说明了我们的社会，有一种很不正常的现象！

苏定海　呵？

丁　一　不是吗？南华厂年年亏损没人告状，领导严重官僚主义没人告状，而要干点实事的，却会招来许许多多的非难。你说，这正常吗？

苏定海　不要为自己开脱！搞改革也要发扬民主嘛。上次有人告你的状，我已经提醒过你——要民主，不要独裁！

丁　一　（坦然地）我们厂的那个领导班子你是知道的，楚河汉界，泾渭分明，永远不会有个统一的意见。如果我不采取一些断然措施——大概就是你说的独裁吧——我怎么开展工作？

苏定海　总可以民主一点嘛！

丁　一　民主？我看，中国的老百姓目前还不会"民主"，只会"大民主"。

苏定海　（一愣）你这是什么话！

丁　一　这是大实话。中国是有封建专制的"优良"传统的。中国的老百姓至今仍然习惯于"寄希望于明主"——英明的明，主人的主；而不习惯于自己来民主。假如突然太多的民主降临到他们的头上，他们反而会承受不起。

苏定海　当然，我说的民主也不是无章法的无政府主义。目前群众还没有很好地掌握民主的程序，这需要逐步训练。

丁　一　（骤然升高了调门）但是改革却是当务之急，刻不容缓！根据目前的实际情况，用民主的方法搞改革，将会被无休止的清谈，和无原则的牵扯迁延时日，在时间上我们已经没有本钱啦。而用那种所谓"独裁"的方式推行改革，则有如顺水推舟，急流勇进，一泻千里！这两年贯彻农村新经济政策，不就是用这种办法取得成功的吗？因此说，为了今后的民主，现在必须有一定程度的"独裁"——这就是辩证法，也可以叫作"以毒攻毒"！

苏定海　你的"以毒攻毒"走得太远了吧？

丁　一　我已经立下了军令状，考核期为三年。现在刚刚过了大半年，就要评定我的功过，是否为时太早了？

苏定海　你的意思是，成者为王，败者为寇？

丁　一　不，实践是检验真理的标准，而实践需要一定的时间。给我三年，"秋后算账"！

苏定海　跟谁算？你是资本家？工厂是你的？把工厂搞垮了你赔得起？降你三级工资有多少钱？

丁　一　经济上赔不起，可以追究我刑事责任，上法庭！

苏定海　上法庭？你开玩笑！……太不严肃了！

丁　一　（沉默了一下，捏紧了拳头）军中无戏言！

苏定海　（反而愣住了，突然提高声调）你在干什么？在赌博？你的赌注越押越大！你有百分之百的把握？简直是赌红了眼！（背过身去，努力让自己平静下来）

〔长时间的冷场。

〔丁一慢慢坐下来。台上的灯光逐渐收缩，只留一个光圈落在丁一的身上。

丁　一　（自言自语地）百分之百的把握——谁敢说这句话？赌博——是有点像。但是我干吗非赌不可？我干了几十年革命，还没过过安稳的日子。如今年过半百了，如果我平平庸庸地工作，多享受一点，谁敢说我半句？如今我放弃了大城市大机关，离开了家人，惹得老两口之间有怨恨，猫在这山区基层里整天操心劳神，还要冒个人的风险去搞改革，为的是什么？纵观历史几千年，尽管哪一次历史性的改革都推动了历史的进步，都福荫了当代人和后代人，但他们的命运怎么样？不是一个个被充军、流放、坐牢、杀头、车裂了吗？

历史对于改革者的报应是多么不公平啊！难道时至二十世纪八十年代的今天，人们总结了那么多历史经验教训，却还能容忍这种不公平继续下去，允许历史的悲剧重演吗？太不公平了！佛争一炷香，人争一口气。我咽不下这口气，我不忿！为了这个不忿，我就要继续干下去，继续去冒风险！如果把这个也叫作"赌博"的话，我就要去赌这个博！……"赌红了眼"——是我自己愿意的吗？是逼出来的！……赌注越押越大——为了什么？还不就是为了那三年——那不是可以享尽人间荣华富贵的三年，而是要去完成一个改革周期的三年，去操心劳碌办好办活一个企业的三年啊！就为了争得这么一个三年，还得把个人利益作为赌注押下去。这公平吗？这难道不是很可悲的吗？

[一个光圈从苏定海身上亮起。他望着丁一，思索着什么。

丁 一　（慢慢抬起头）苏书记，我只有一个请求——暂时不要挪动我的位置，让我放开手脚，干满三年！

苏定海　（慢慢走过来，不知道是告诫还是鼓励）丁一同志，你——好自为之！

[收光。

第六场

[一年后的某天傍晚。全厂的庆功宴会上。

[殷秋菊出现。

殷秋菊　一年过去了！在这一年里，丁一以泰山压顶的气势，指挥着全厂上下，进行了背水的决战。这半死不活的南华厂，终于时来运转了！在改革当中所取得的卓著成效，使南华厂成了南华市的一颗明珠，丁一成了南华市的令人瞩目的英雄。记者来采访，兄弟单位来取经，上级主管机关来开现场会，高级领导人来视察，三分之一的职工提升了一级工资……，全厂上下，皆大欢喜，一片欢腾！

[幕后响起振奋人心的鞭炮声和一片"呵呵"的欢呼声。

殷秋菊　看，全厂的立功人员，以及各个车间、科室的代表参加的庆功宴已经进入了高潮！

〔摄影机的闪光灯频频闪亮，"呵呵"声一阵阵地爆发，这是摆首桌酒席的地方。在"庆功宴会"的横幅下面，挂满各式各样的奖旗和奖状。

刘　裕　来来，咱们敬丁书记一杯！

众　　　好，干了！干了！

丁　一　一起干！（一仰脖子，喝干了）

〔何雪菲与马师傅上，

何雪菲　我代表财务科敬各位领导一杯！

马师傅　我代表四车间敬各位领导一杯！

丁　一　谢谢！谢谢！……（走过来）马师傅，您身体怎么样了？

马师傅　好了！出院好几天了。丁书记，我这场病厂里花了四五千块钱，才把我这条老命捡了回来，真多亏了你呀！来，我敬你一杯！

丁　一　马师傅，你悠着点。

马师傅　没关系！今天高兴，多喝一杯。……你看看，才一年的工夫，这厂里的变化！这改革就是好啊！想当初，我还骂过你，让你下不了台，我糊涂，我老马糊涂！

丁　一　不说这个。我敬你老人家一杯！

〔小马厨师打扮端菜盘上。

小　马　白切鸡来罗！

〔众起筷。

包连义　（夹起鸡头，出其不意，猛地放进丁一的碗里）嘻嘻！这个鸡头给丁书记！

丁　一　（从碗里夹起鸡头，忽地放进刘裕的碗里）该你来！

刘　裕　哎哎，这个鸡头，谁的功最大，就该谁吃。（一手抢过丁一的碗，把鸡头重又放到丁一碗里）

〔众一齐呼叫："老丁吃！老丁吃！……"

丁　一　（无奈，皱着眉头在啃）没辙，皮包骨的！

包连义　（笑眯了眼）宁为鸡头，不为凤尾。老丁，你在这儿当我们的鸡头挺好的！

刘　裕　哪里，你不准人家高升啦？

文志远　真的，丁书记高升去当"凤尾"，还不如在这儿当"鸡头"。这叫用其所长。当"鸡头"最重要的是两条：能决策和会用人。丁书记就很会用人。这一点，我深有体会。要不是把我这个车间主任撤了，我的技术专长也就发挥不了。

宇文刚　丁书记虽然没上过大学，可他知识面很广，思想很宽，是个通才。

丁　一　（显得很兴奋）什么通才？搞军事还可以，搞工业我是个新手。不过，我学东西还不算太慢，不是吹牛，不管哪一门，只要我下决心钻它两年，就……嘿嘿！

刘　裕　哪里要两年？丁书记转业才一年多，可是要说起企业管理知识来，我们在座的谁能比得上？就连文工程师，我看也远远比不上丁书记！

〔众附和着："比不上！比不上！"

包连义　我说老丁，你咋这么快就成了搞工业的内行？按说你和我都一样，都是当兵出身的呀！

副厂长　这你就不清楚了。我们当的是扛大枪的步兵，他可是空军作战处长，又培训又自学，学过了高等数学、统计学、运筹学，还有什么空气动力学、流体力学、气象学……

文志远　关键在于有魄力！

丁　一　我哪谈得上什么"魄力"？我的工作方法常常是简单粗暴的。（斜着眼）不过——嘿嘿！办企业跟带兵打仗一样，就是要做到令必行，禁必止。有时还要敢于——决断！（拳头在桌子上一击，杯盘发出刺耳的碰撞声）

刘　裕　（冷不防吓了一跳，很不自然地）这倒是！这倒是！

宇文刚　（头脑发热了）对，其实就是要独裁！我最近注意报纸上介绍全国各地搞改革成功的企业领导人，个个都是敢想敢干、大刀阔斧式的铁腕人物，连外号也都叫"赵大胆"、"李大炮"、王大什么的。所以我一直在想，这是什么道理呢？是不是搞改革就必须独裁，不独裁就改革不起来？理论上我没搞清楚，但统计学告诉我，这是一个普遍现象。包括我们的丁书记，也是个独裁型的改革者！

丁　一　（得意地）理论上是不是叫"以毒攻毒"？哈，小伙子肯动脑筋，以后咱们研究研究这个问题。

包连义　（拍拍宇文刚的肩膀）小伙子得了老丁的真传啦！

刘　裕　要不怎么叫他"丁二"！

殷秋菊　哎，说"独裁"恐怕用词不当吧。其实，丁书记也很注意发挥一班人的作用的。我就听丁书记分析过每一位领导的优点。

［殷向丁一示意。

丁　一　（猛省了）哦！对、对，小殷说得对，如果不是大家共同努力，我一个人三头六臂也不行。比如说——老吕！老吕就像个总管家，我有许多粗心疏忽的地方，都是他提醒我的。可以说，我在前面"快刀斩乱麻"，他在后面不断地为我"擦屁股"，真是默默无闻地做了大贡献！我提议，应该特别敬老吕一杯！（举杯起立，深情地望着他）

副厂长　（急忙摆手）哪里哪里！我是个副手，就应该为主要领导分忧！

包连义　（把他拉起来）这不行，不行，老丁站着等你啦！

副厂长　那那……我换一杯葡萄酒！（与丁碰碰杯）

丁　一　干了！（一仰脖子，放下杯，咂咂嘴，就又开口了）老包是个痛快人，心直口快，有啥说啥……

包连义　（连忙打断）我是个土包子，没文化，态度粗暴水平低。我知道那些小青年背后都叫我"草包"。哈哈！

丁　一　我就喜欢你这样的人。光明磊落，不搞阴谋诡计，当面锣、对面鼓，有话就说，有屁就放，思想通了，就什么也不计较了。这样的人好相处，今后咱们还要这样真诚……

包连义　（迫不及待地）我老包听着真顺耳！来，咱正副书记对饮一杯。来来，痛快点，你老丁也是个痛快人！

丁　一　干——（又是一饮而尽）

殷秋菊　（递过去一盘小菜）喏，酸萝卜！——你已经第十杯了。

丁　一　没关系，高兴嘛！（赶紧吃了几口酸菜，又夹了一大块肉送进嘴里，边嚼边说）老文呢，是个标准化的知识分子，一心钻研技术，与世无争。搞管理不行，搞技术可是顶呱呱的。负责3.5y汽车变速箱的试制，搞得又快又好。我看你今年去考个高级工程师，没，没问题！

刘　裕　现在是一看年龄，二看文凭。我们都不行了，就看你们的啦！

包连义　现在是知识分子吃香，你们要准备挑大梁啦！

文志远　（赶紧谦虚几句）哎，不敢当！不敢当！这浑身的书生气，怎么敢挑大梁呢？

丁　一　——我说老刘嘛，是个厂长，厂长嘛，是一厂之长……（脑袋像灌满了浆糊，目光呆滞，直愣愣地望着刘裕）这个这个……老刘当了好长时间的厂长了，是个老厂长……

刘　裕　（非常尴尬，赶紧接上去）是啊，是啊，我是厂里的开国元勋，算起来已经是六朝元老了，先后跟六个书记搭过档。哈，在这六位书记当中，我跟老丁合作得最好，成绩也最大。因此我们才有今天这个庆功宴。来吧，老丁，咱俩应该干一杯！

　　［丁一有点怯意，眨巴着眼，坐着没有动。

殷秋菊　（赶忙过去拿走他的酒杯）行了，留着以后喝吧。你们看，其他桌都散得差不多了。

丁　一　对对，老刘，改天我请你喝两瓶。

刘　裕　（缠住不放）改天是改天。今天咱还没对过，这一杯非喝不可！

宇文刚　来，咱们最后干一杯！

丁　一　好，全满上！全满上！……干！

　　［众干杯。

　　［"老丁英雄海量！""全厂喝酒冠军！"众人一边起哄着，一边推开座椅离席。

丁　一　（起身想走，却站不稳，索性坐下，大喊一声）回来！……

　　［众见势不妙，一个个乖乖走回原位。殷秋菊赶紧打来半碗饭，副厂长拿酸萝卜，何雪菲盛了碗汤让宇文刚送到丁一面前。

丁　一　都回来！坐下！

文志远　（小心地）呃——我家里两个孩子没人照顾，我是不是先回去了？

丁　一　好，你先回去！……唉！人到中年不容易！

　　［文志远悄悄向何雪菲打个招呼，退下。

丁　一　来！喝酒吹牛。光喝酒，不吹牛哪行！（一把抓住刘裕的手腕）酒后出真言嘛！……趁着酒兴，谈谈心，来个"交心通气会"也好嘛！

刘　裕　（浑身不自在）是的，是的，这"交心"，"通气"……谈谈心嘛！

包连义　（随口解释）也就是常说的，过"民主生活"！

丁　一　对对，民主，民主，充分发扬民主，爱怎么说就怎么说！

　　　　［冷场。场上的人全部僵止不动。

　　　　［灯光收缩，只余一个光圈落在刘裕的身上。

刘　裕　（自语地）糟了！你没见他刚才，一点评到我就卡了壳，说明了他对我并没有什么好印象。

殷秋菊　（换了一副超凡入圣的神态，慢慢走到刘裕的身边）怎么，害怕了？其实，这也没什么大不了的。

刘　裕　不，可不能这么说，因为如今的丁一，已经不是去年那个四面楚歌的丁一了。他以一个成功的改革者形象，成了南华市的风云人物，在省里和部里已经相当出名。人们把丁一看成是能够使他们提工资的好领导，一个天才的企业家，一个大智大勇，能逢凶化吉，有回天之力的英雄！

殷秋菊　也就是说，如今的丁一，已经是一个无可争议的英雄，一个比你强得多的强者了？

刘　裕　那当然！如果我还像过去那样与丁一做对头，那还不等于鸡蛋碰石头？即使不作对头，只要丁一公开贬低我几句，也足以使我蒙受到难以弥补的损失！

殷秋菊　那你应该怎么办？

刘　裕　是呀，怎么办？他已经摆出一副"酒后吐真言"的架势，要"交心通气"，要过"民主生活"呀！他是否要跟我秋后算账？唉，怎么才能堵住他这张可怕的嘴呢？

殷秋菊　那是堵不住的！

刘　裕　与其"堵"，不如"疏"——对了！干脆来个骄兵之计，使他酒后出狂言！

　　　　［灯复亮。人们恢复正常的状态。

刘　裕　哈！我说老丁，我对你真是甘拜下风，服了！去年你力排众议要参加自负盈亏的试点，可以说是单枪匹马搞改革。你真是独具慧眼哪！你应该给大家讲讲，你为什么能够看得那么远，干得那么准呢？

丁　一　（得意地仰靠在椅背上，呼出两口热气）那个，已经过去了，不值得一提。不

	过，我来了一年多，也算打了两个漂亮仗。尤其是第二仗，搞自负盈亏，那叫"置之死地而后生"！就这一招，我们已经在改革的行列中抢先一步啦！
包连义	（赞叹着）高见！高见！我真是五体投地了！
刘　裕	老丁站得高，看得远哪！
副厂长	老丁真是深谋远虑！
宇文刚	丁书记已经把我们带到全国改革的前列了！
丁　一	（越发得意，昏沉沉的脑袋摇动得更厉害）不是我酒后狂言，其实，这两个战役，不过是我丁一小试锋芒而已。我还要组织第三个战役，那是更大的战役！（神秘地）搞什么呢？到时候再说，现在还不能公开。
众	（急切地）哎，说来听听嘛……让大家有个思想准备呀！……说吧！……说吧！……
丁　一	（又得意地笑了两声，然后一挥手）告诉你们吧！第三个战役就是联营。联营——这是经济体制改革的又一个必然趋势。这一步我们也要抢在前面，趁现在调整时期，把那些没活干的、有活也干不了的、半生不死的同行业工厂联合起来。嘿嘿，联合是说好听话，其实就是把他们吃掉、消化掉！
殷秋菊	哟，您的胃口真大！你能吞得下、消化得了吗？你是酒喝多了吧？
丁　一	（突然脸一沉）你懂什么！下一个回合，该不是你来当我的对立面吧？
殷秋菊	（猝不及防）这……（自知没趣，低着头走开）
包连义	（圆场地）哎，没事，没事，开开玩笑罢了。老丁，说下去呀！
众	是呀，说下去！说下去！
丁　一	（兴致又来了）我说呀，到那时，我们就不是只有千把名职工、千把万固定资产的一个区区小厂了，而是一个有几千人、上万人的跨地区、跨省份的，雄踞于汽车和农机两大行业之间的南华机械联营公司。哈哈，整顿——自负盈亏——联营，统称"三大战役"。打完这"三大战役"，就奠定了"百万雄师过大江"的……的的的……全全胜局面啦！我丁一这一生的事业，也就……哈哈哈！
刘　裕	高！实在是高！到那时候……太妙了！太妙了！
包连义	到那时候，你老刘就可以坐在那规模宏大的南华机械联营公司董事长的宝座

上，神气十足，八面威风……哈哈哈！

刘　裕　你起码也是个副董事长啊。你最能咋呼，就负责"公共关系"这一摊！

包连义　哪里！"公关"得要女的管。——小殷，你当"公关小姐"！

殷秋菊　嘿！你们一个个都酒精中毒了！

宇文刚　唉，说实在的，丁书记真是个高瞻远瞩、胆识过人的改革家！

丁　一　（已经得意忘形了）改革家！哈哈，大家都有份儿，都是改革家！不是我丁一酒后狂言，我只不过是这场改革的策动者，或者叫作统帅而已。而你们诸位，也都大大地有功！——（忽然发现站在斜对面的何雪菲，眼睛一亮）就说搞自负盈亏吧，我在做决策的时候，就得到了何雪菲的帮助。我不懂财务，她给我算账。你们把功劳记在我头上，可她是个无名英雄！本来嘛，这是个……是个秘密，我和她有秘密的协定……哈哈哈！

何雪菲　（急欲制止）你……

丁　一　（还在信口开河）秘密……哈哈……有意思！你们都想不到吧？我所以最后决定到这儿来，还要归功于何雪菲的一封神秘的来信，神秘极了！我根本想不到这里还有一个何雪菲……（睨着她）……哈哈哈！

何雪菲　（快要哭出来了）丁书记，你喝醉了！……（掩着面，飞也似地逃了下去）

　　　　［暗转。

　　　　［一个光圈照见失魂落魄的何雪菲。

何雪菲　（扶着墙，喃喃自语）……啊！我提心吊胆，警惕了一年多的事情，到底还是发生了！咳，我还怎么在这儿待下去？……该死的丁一！讨厌的酒精！……（转过身来）可是，雪菲，难道你能够否认在丁一身上确实有一种吸引你的魅力吗？……我不否认，不过那仅仅是一种英雄的魅力。也许，就是这种魅力才使我无时无刻不感觉到他的存在。

　　　　［朦胧中，丁一远远地出现了。

丁　一　（声音仿佛从太空中传来）雪菲，请你原谅，我可不是有意再一次闯进你的生活。

何雪菲　我可又一次掉进你的生活圈了！

丁　一　我也感觉得出来，你又在不断地窥探着我的思想，还关心着我的命运，担忧我的风险，庆幸着我的成功，并且，还处处在为我的成功暗暗地出力。

何雪菲　（惊讶地）你感觉到了？

丁　一　是的。我还感觉到，我们的命运又在共同事业的征途上，重新连结在一起！

何雪菲　你真的认为你的成功包含着我的一份贡献，就像刚才所说的那样？

丁　一　真的！是真的！

何雪菲　（笑了，涌出了两行热泪）啊！谢谢！……我终于找回了我曾经失落了的东西！

丁　一　你曾经失落了什么？

何雪菲　过去，当我跟你生活得太贴近的时候，我不理解你的思想，不关心你的命运，我只想远远的逃离你的生活圈。后来，我远离了你，我才真正感到你的价值。现在，当我被你掀起的飓风卷进去的时候，我也感到了我自己存在的价值。真的，我感受到了，也体验到了！

丁　一　是一种自我满足的体验？

何雪菲　是的！

丁　一　是一种高尚的体验？

何雪菲　是的！是的！

丁　一　是一种幸福的体验吗？

何雪菲　是的！是一种……幸福的体验！

丁　一　这是不是……复萌了的爱情？

何雪菲　呵，不！（像被猛蜇了一下）这是事业！事业是事业，爱情是爱情！……但是，这两者却常常搅在一起！……

　　　　〔丁一消失。

何雪菲　咦，我们在这儿胡言乱语些什么呀？如今，一个家庭已经分解并重新组合成两个新的家庭。我们的行为，或者，哪怕仅仅是一些念头，已经必须向更多的人负责，我现在关心的只是他的事业——对，我们共同的事业！丁一啊丁一，庆功宴上你那番肆无忌惮的谈吐让我难堪，也真让我为你担忧。难道你没感觉到，成功的喜悦已经把你推进一种自我膨胀的氛围之中吗？

　　　　〔收光。

第七场

［一年后，某天上午。厂党委办公室。

［殷秋菊出现。

殷秋菊 自从庆功宴以后，一年过去了。省内省外五家工厂千方百计攀上了南华厂，开展了大规模的联营活动。丁一的第三个战役虽然打响了。可是这一回，丁一阴沟翻船了！

［电话铃响了一阵又一阵。殷秋菊忙去接电话。

殷秋菊 喂喂，哪里？……对，我就是。丁书记出差去了，你说吧！……什么？大部分产品都不合格？……知道了。

［另一部电话又响。

殷秋菊 （忙去接）喂，是我要的长途。……什么？百分之八十五的产品都要作废次品处理？你们是怎么搞的！……好的，知道了！

［刘裕上。

刘　裕 怎么啦，这个厂？

殷秋菊 五家联营厂三家都出了问题。

刘　裕 广西和粤中那两家呢？

殷秋菊 丁书记和宇文刚带领几个技术骨干到那儿救急去了，到现在还没有音讯。

刘　裕 你看，这可是联营数额最大的两家厂啊，要真的像传说的那样，我们可真的要全线崩溃了！

殷秋菊 这就像五条绞索套在我们脖子上一样，有什么法子呢？——请你签个字——我说，这次联营搞得太急了。

刘　裕 丁书记什么时候回来？

殷秋菊 我已经给他挂了长途了。

刘　裕 你让他马上回来！

殷秋菊 怎么啦？

刘　裕　看看，这是银行催我们还贷款的通知，要是再不还的话，他们就要强制扣还贷款了。

殷秋菊　那我们厂不是要关门了吗？

刘　裕　是呀是呀，所以才叫丁书记马上回来嘛。

殷秋菊　那我再挂个加急长途！（挂电话）

［包连义匆匆上。

包连义　老刘！老刘！你看，这是怎么啦？才两三天工夫，这请调报告就来了二十几份。真是树倒猢狲散了。这些人也太没良心了！

刘　裕　老包，这也难怪，现在几家联营厂都出了问题，眼看着我们厂就要被拖垮了。眼下有三个车间生产直线下降，有五个车间连奖金都发不出去了。这能不离心离德吗？

殷秋菊　你们看，这是今天的南华报，已经将我们一军了。

刘　裕　（接过报纸）"南华农机厂向何处去"……老包，你看看！

包连义　哼，落井下石！

刘　裕　老包，现在我们最要紧的，是要千方百计保住自己的厂啊！你看吧，今年肯定是个大亏损，栽了这个跟斗，要想恢复元气，起码得两三年啊！这联营总是要搞的，这是发展趋势。可是我们对几个联营厂就是不摸底、不了解嘛！

殷秋菊　刘厂长，这些意见，当初你就该向丁书记提出来。

刘　裕　当初？我提了也没用。说实话，我就没胆量干这种事，去抢出那个什么改革的风头！我早就说了，还是稳稳当当，循规蹈矩的好，小心能驶万年船嘛！

包连义　我说老刘，事到如今，你还说这些，顶个屁用！

刘　裕　好好，不说了，不说了。现在我们大家都得兜着点。对了，老包，我们不是准备开个稳定军心、鼓舞士气的大会吗？我给团委、工会说了，让他们找几个小青年，准备几个文艺节目，活跃活跃气氛。我现在就把他们叫到这儿来，演给咱俩看看。

［打开通话器的开关。

刘　裕　是工会吗？……小马吗？

［小马的声音："我就是。"

刘　裕　我叫你准备的文艺节目，准备得怎么样了？

〔小马的声音："我们正在排呢。不过，大家都不乐意！"

刘　裕　这是任务！小马，你们马上到党委办公室来，包书记也在，你们演给我们看看。（不容对方再说，关上开关）

包连义　我说老刘，事到如今，你还搞什么文艺节目！

刘　裕　老包，这你就不明白了。这个动员大会我准备邀请电台、电视台和各家报社的记者参加。对了，特别是要请银行负责同志参加，来看看我们全厂干部、职工的斗志和精神。这样，就是催我们还贷款也不会催得那么急了！

包连义　你别糊弄人了，谁相信呀！

刘　裕　老包，在大风大浪面前，我们当领导的就是要沉得住气！

〔电话铃响。

殷秋菊　（接电话）喂？是我要的长途。麻烦你找一下南华厂的丁书记听电话。……什么？……谢谢！好，再见。

刘　裕　怎么啦？

殷秋菊　丁书记一早就启程了，很快就会回来。

刘　裕　好，好。

包连义　好，老丁回来就好了。

〔小马、工人乙、女出纳上。

小　马　刘厂长，这节目不行的，怎么演呀？

刘　裕　这是任务！来来来，演给大家看看……老包，看看！……开始！

小　马　（对女出纳）报幕。

女出纳　第一个节目，配乐诗朗诵：《火》。

〔音乐起，小马跳起迪斯科。

小　马　（对女出纳）你跳呀！……（朗诵）——火！火！火！

女出纳　——火！火！火！

小　马　——左面是火！

女出纳　——右面是火！

小　马　——前面是火！

女出纳	——后面也是火!
小　马	——有了丁书记,
女出纳	——就有人来救火!
小　马	——哈!哈!哈!
女出纳	——急!急!急!
小　马	——联营出问题,
女出纳	——八面来告急。
小　马	——你们别着慌,
女出纳	——你们别焦急,
小　马	——有了丁书记,
女出纳	——自然有妙计!
刘　裕	……先这样!先这样!接着来。
女出纳	第二个节目,男女声小合唱——《甜蜜的事业》主题歌。

〔众唱。走调,不合拍,显得很滑稽。

〔丁一风尘仆仆地上。

包连义　老丁回来了,别唱了!

刘　裕　老丁!……小马你们回去再准备准备。这包烟你们拿去抽吧。

小　马　不了,你自己抽吧。(与女出纳等下)

刘　裕　(急步趋前)老丁,粤中那个厂到底怎么样?

丁　一　情况很不妙!整批产品都达不到质量标准,随机抽样检验不合格,有意抽样检验也不合格,产品精度整整差了一个级别。

刘　裕　当初他们试制不是合格的吗?

丁　一　那是他们集中了全厂的技术尖子,用最好的机床精雕细刻磨出来的。

包连义　我们不是已经派人帮忙了吗?

丁　一　帮不上。他们缺乏关键性的检验设备,根本谈不上质量控制。

刘　裕　他们怎么弄虚作假去害人害己呢。这样的厂领导就该撤职!

〔宇文刚提着行李,精神疲惫地上。

包连义　哟!你怎么一个人回来了?

刘　裕　来来来，坐，坐……广西的那个厂怎么样？

丁　一　不用问了，是我叫他回来的。那个厂和粤中厂一个样。（打开通话器的开关）财务科……是何雪菲吗？我是丁一。请你核算一下，如果五个联营厂的产品都打成废次品处理的话，我们要亏损多少？

〔何雪菲的声音："已经全部核算过了，大概要亏损四百万，如果处理不出去，亏损还要大。"

刘　裕　那我们厂就该破产了！

丁　一　（关上开关）我也就真该上法庭了。

〔电话铃响。刘裕接电话。

刘　裕　喂，哪里？……市委苏书记？……哦，老丁刚回来！（把话筒递给丁一）

丁　一　（接电话）苏书记！我是丁一。……是的，五个联营厂都有问题。……什么报纸？不知道。……

〔刘裕忙把《南华报》递给他。

丁　一　哦，现在看到了。……是的，我马上就去向您汇报。再见。

刘　裕　怎么，市委问罪下来了？

包连义　什么？向你老丁问罪？凭什么？你老丁是没日没夜的埋头苦干，没有功劳也有苦劳，没有苦劳也有疲劳嘛！

丁　一　别说了老包，厂子搞成这个样子，我是要负主要责任的。立下的军令状，也该兑现了。

刘　裕　老丁，我们也有责任。

宇文刚　丁书记，我建议一不做二不休，来个集中兵力打歼灭战，把文总、张工、陈工几员大将都抽出来，集中力量，一个厂一个厂地去攻克质量关和技术关。

殷秋菊　这样做能行吗？

丁　一　（努力思索着）唔……好！就这么定了！马上集中全厂骨干，调动一切后备力量去打攻坚战。老刘，我在家坐镇，你带宇文刚出去……

殷秋菊　（急了）丁书记！……我看，我们还是不要把脚陷得太深了吧。

丁　一　你说什么？

殷秋菊　把我们的技术骨干都抽走了，大本营不是空了吗？

宇文刚　厂里有丁书记坐镇，乱不了！

殷秋菊　现在乱得还不够吗？仔细想想，还有没有潜伏着的危机？我看呀，这搞联营本来就是……

丁　一　（打断地）联营怎么了？你对联营有看法吗？

殷秋菊　搞联营是正确的。可像我们这种缺乏科学和民主的做法，肯定会出问题。

丁　一　（勃然）你早干嘛去了？现在当什么事后诸葛，发什么议论？

殷秋菊　我早就跟你说过了，你听不进去嘛！

丁　一　那么说是我丁一压制你了？我丁一是封建家长？我丁一是暴君？

殷秋菊　（差不多哭了）我没有这样说……咳！我干嘛要多嘴？我早就该知道，小秘书参政是没有好结果的，我干嘛要多嘴？算我没说好了！

丁　一　别说了！回来再研究。（拎起皮包，转身就走）

刘　裕　哎呀，这还贷款的问题还没有解决哪！（下）

包连义　还有这请调报告……（下）

　　　　［殷秋菊低下头，抽泣着。

宇文刚　小殷，你也别难过。丁书记的脾气就是直来直去，一着急就容易冒火，事后就没事的。

殷秋菊　我倒不是考虑我自己。坦白说吧，我真担心，他这样滑下去，后果会是不堪设想的。

宇文刚　是啊，小殷，等丁书记冷静下来，你再好好跟他谈一谈。

　　　　［马师傅急上。

马师傅　丁书记！丁书记！……丁书记呢？

宇文刚　丁书记出去了。您坐。

马师傅　小殷，我听说，几家联营厂都出了问题，大亏损了？

殷秋菊　是有点问题。

马师傅　我还听说，工厂连工资都快发不出去了？

殷秋菊　问题还没那么严重。

马师傅　哎呀，总归是有问题嘛！这下子，可真够丁书记受的了。说实在的，本事再大的人也难免会出点差错的。宇文刚，告诉丁书记，让他挺住！让他挺住！

宇文刚　丁书记一定会挺住的。

　　　　[文志远上。

文志远　（向宇文刚）丁书记要找我？

宇文刚　是的，他刚出去了。有件要紧的事想跟你商量一下。你坐。

宇文刚　什么事？

马师傅　（还在唠叨）要依我说呀，没什么了不起的，大不了还干我们老本行，搞农机。小殷，我告诉你，现在农村富裕了，需要大批的拖拉机。这不，老家刚给我来了封信，让我帮他们买拖拉机。他们还以为咱们还生产拖拉机零件呢。

殷秋菊　（忽然）等一等！老马师傅，你等一等！我这里也有几份资料……（看资料）对呀！前几年由于农机市场相当萧条，咱们才把重点转向汽车行业上来。现在农村经济好转了，农机行业是不是也会跟着兴旺了起来？

宇文刚　（也兴奋起来）对啊！对啊！

殷秋菊　我们能不能把产品改造一下呢？……宇文刚，那儿家联营厂不都是搞通用齿轮的吗？能不能想办法改造一下，变成农机齿轮？

宇文刚　可精密度足足差了一个级别。

殷秋菊　这也符合农机的要求啊！

宇文刚　文总，你看——

文志远　看看图纸，研究一下。（认真看图纸）唔，可以，可以！在这几道工序上处理一下，经过改造，还是很有希望的。

宇文刚　（高兴得跳起来）太好了！要真是这样，咱们的产品不就有销路了吗？

殷秋菊　太好了，要是真的这样的话，咱们厂也就有救了。

宇文刚　小殷，请张工、陈工马上来和文总一块研究研究好不好？

殷秋菊　对对！……哦，要不要先给市委挂个电话，找丁书记汇报一下？

宇文刚　好！（打电话）请找一下南华厂的丁书记……丁书记，那批产品已经有了改造的方案了！

文志远　（凑前去）丁书记，快回来吧！

宇文刚　我们等着你！

　　　　[暗转。

殷秋菊　（对观众）丁书记赶回工厂以后，马上组织了技术攻关，经过几天几夜的艰苦奋战，终于挽回败局了！（下）

〔灯亮。场上无人。稍顷，丁一、宇文刚同上。

丁　一　（仍然很兴奋，边走边说）……尽快通知各个联营厂，产品改造一批，就马上发出一批……对了，铁路运输部门一定要及早打通关节！

宇文刚　没问题，一切都会好起来的。丁书记，你这几天几夜也没合眼，快歇会吧。

丁　一　（就近一坐，仰靠在椅背上，长长地呼出了一口气）哦！这一回可真是大难不死啊！

宇文刚　是啊，这一次多亏小殷出了这个主意呀！

丁　一　（一愕）什么？谁的主意？

宇文刚　小殷啊！

丁　一　小殷？她怎么一点声色都不露？

宇文刚　她是个幕后策划者！

丁　一　那该给她记功啊。

宇文刚　丁书记，该不该给她记功，你可看着办了。

〔殷秋菊拿着一盘早点上。

殷秋菊　都还没吃早点吧？

丁　一　小殷啊，这次真该好好地感谢你！

殷秋菊　谢我？我有什么好谢的？

〔宇文刚不声不响地出去了。

丁　一　我还要为你记功。

殷秋菊　不，不，我不值得记功。

丁　一　小殷啊，前两天我对你的态度太粗暴了，很对不起，可再别生我这个老头子的气了。你一直在我身边工作，我的毛病你看得最清楚，有什么意见，都坦率地给我提出来，不要有顾虑。

殷秋菊　我没什么好说的。

丁　一　不，那天的话你就没说完嘛。对了，你说什么"潜伏着的危机"，那指的是什么？……你说呀！

殷秋菊　（沉默了一阵）好，那我就说了。

丁　一　好。

殷秋菊　前几天我说的那几句话，可能有意无意的损害了你一贯正确的形象，所以你才那么反感。

丁　一　你是这样认为的？

殷秋菊　是的。这一年多来，人们已经把你当作神一样崇拜，在群众中关于你的传说，已经涂上神话的色彩了！

丁　一　（急辩）我自己可从来没有这样想！

殷秋菊　这种感觉你早就有了！来自四面八方的歌功颂德，使你觉得自己"伟大"了起来，不知不觉变得总想维护住自己的面子，听到不同的意见就显得很不耐烦。一再的独裁而且一再的胜利，使自信的丁书记变得更为自信了。事无大小，越来越喜欢即时表态，而没有多用一点时间去跟其他人商量。

丁　一　我不也经常征求别人的意见吗？

殷秋菊　可是，你已经很难听到不同的意见啦。人们已经越来越习惯于依赖你，依赖你去为他们做出各种各样的决策。因为你的决策是正确的，搞自负盈亏就是最典型的例子。全厂一千三百个脑袋，唯有你的脑袋最优秀。如此优秀的脑袋做出的决策，能有错吗？人们岂敢随便怀疑？即使有点怀疑吧，又岂敢随便乱说。

丁　一　说下去！说下去！

殷秋菊　好，恕我直言。我是说，一个单位的命运完全取决于某一个人，这是很不保险的！再说，假设你丁书记也搞错了一次呢？尤其是缺乏民主、科学的决策，是更加容易翻船的！

丁　一　（猛然一震）什么？你刚才说的，再说一遍！

殷秋菊　我说，一个单位的命运完全取决于某一个人，这是很不保险的！

〔丁一苦苦思索着。

〔响起丁一的画外音："一个单位的命运完全取决于某一个人，那是很不保险的……"

〔灯渐暗。画外音不断重复着。

殷秋菊　（对观众）这句话，使丁一产生了强烈的震动。他在努力思考，他在挖掘它的深刻的内涵。几年来，他不是以所谓"独裁"的手段去"以毒攻毒"，从而取得一个又一个的胜利，建立起高而又高的个人威信的吗？那么现在，他又在想些什么呢？此刻的丁一，真是心潮澎湃，思绪万千啊！

　　　　［收光。

第八场

　　　　［一个月以后，厂区的一角。
　　　　［殷秋菊出现。

殷秋菊　一个月过去了，南华厂终于克服了重重困难，反败为胜了。为此，全厂干部和职工越发离不开丁书记。人们更加信赖他，崇拜他，把他看成是可遇而不可求的英明领导。可是，这一切，倒使丁一越发感到内疚和不安。（退场）

　　　　［丁一坐在一隅沉思。
　　　　［广播的声音："南华市广播电台，现在报告新闻：本台记者李小丹报道，南华农机厂党委书记丁一力挽狂澜，回天有术，在短短半个月时间里，扭亏为盈，上缴国家税利大幅度增长。今年以来，这个厂由于对主客观条件缺乏科学的分析，在条件不成熟的情况下急于开拓联营业务，致使全厂一度陷入极其困难的境地。但是，在优秀共产党员、厂党委书记丁一同志的带领下，全厂职工团结一致，艰苦奋斗，克服了种种困难，终于……"
　　　　［周围响起阵阵的鞭炮声。刘裕、包连义上。

刘　裕　老丁，你在这儿？找得我好苦啊！

丁　一　怎么了？

刘　裕　人逢喜事精神爽啊！喏，这是今天的《南华报》，你看看！刚才广播你听到了吗？我们今年又是先进单位，上光荣榜了！

包连义　你老丁也成了全省的劳动模范！（举起酒瓶）看，吴川大曲，南乳花生……对了，老刘家正在吃炒田螺，走！咱们一块去喝两盅，庆贺庆贺！老刘啊，今年咱们厂的庆功宴可不能在饭堂开了,那多寒碜!咱们啊,要把新开张的新侨酒店的宴会厅都包下来,四十桌不够,来五十桌。把市委的领导请来,还有电台、电视台、各报社的记者以及咱们的各兄弟协作单位都请来!老丁带上大红花,还有咱们这未来的南华机械联营总公司董事长老刘,一块上台祝酒致词。今年咱们得来点新鲜玩意儿,要乐队奏乐,时髦点儿。咱们就是要撑足它,摆弄够它,这才能赶上如今改革的时代新潮流!

刘　裕　哈哈!老丁,你看,咱老包再也不能叫"草包"了,整个公关专家的形象嘛!既有公关小姐滴水不漏的、非常细致的一面,又有大企业家的风度和气魄呀!

包连义　老刘,我们那儿赶得上老丁啊,老丁那是反败为胜、起死回生!那本事才叫神了呢,全厂上下都佩服得五体投地!

丁　一　唉!我真不明白,联营失误是我一手造成的,挽回败局是群众的智慧,现在怎么把功劳都归到我头上了?

包连义　老丁,俗话说,火车跑得快,全靠车头带,这是颠扑不破的真理!……听,周围的鞭炮放得多热闹啊!

刘　裕　是啊,这锣鼓鞭炮都响到一块了!老丁啊!我们是应该庆贺庆贺了!……咦,老丁怎么了?大家都高高兴兴的,怎么就你一副忧国忧民的样子?是不是想老婆了?老包,他老伴不是要调到咱们南华市来吗?你得认真安排妥当啊!——老丁,你呀,就在这儿安家落户了,好好干下去吧!

丁　一　这事你们就别张罗了,是她调来还是我走,还不一定呢。

刘　裕　什么?你要调走?有没有搞错呀?

包连义　别开玩笑了!

丁　一　不是玩笑。最近我一直在想,难道这个厂就离不开我丁一吗?

刘　裕　(认真起来了)老丁,你真的得走?是不是领导把你调到更高的位置上去?您高升了?

丁　一　没这回事。

包连义　那是你自己不想干了?

刘　裕　这么说,你是要退下来?

丁　一　有这个可能。

刘　裕　你要是退下来，那我们往哪搁呀？老丁，现在我们干得正顺手，要退下来，领导和群众能答应吗？你怎么不想想这严重的后果！

丁　一　老刘，老包，关于领导班子年轻化的问题，你们二位到底怎么想的？

刘　裕　又来了！又来了！这道理是对的，可就是不现实。按照这个文件的精神办，我们厂的领导班子还有谁能留下？

包连义　你看看这些年，还不是咱们这班老头子带领南华厂取得先进的呀！我们都退下来，谁来接班？

丁　一　由新一代的来接班呀，殷秋菊、宇文刚不都是好苗子吗？

刘　裕　老丁，这可要慎重考虑考虑。我看我们还是好好合作下去吧。再说现在大家都在观望，一级看一级，市委还没动呢，我们着啥急呀。等他两年再说吧。

包连义　就是嘛，等等吧。

丁　一　我的意见，不等了，别人怎么样咱们不管，咱们厂的领导带头退！

包连义　老丁，通了可以退，可是，我们不通！……不行！我去找苏书记！（下）

刘　裕　老包，你先上我家去。老丁啊，你再认真考虑考虑吧，在这种时候能退下来吗？（下）

丁　一　（自语地）"能退下来吗？""能退下来吗？"……为什么就不能退下来？如果我带头退呢？

〔丁一的另一个声音："你想过没有？丁一，这三年，正是施展你平生抱负的黄金岁月，再往前几步，你就可以达到人生辉煌的顶峰。这种时候从汹涌的潮头上退下来，这种巨大的痛苦你能忍受得住吗？'出师未捷身先死，长使英雄泪满襟'啊！"

〔灯渐暗。

〔殷秋菊出现。

殷秋菊　在改革的激流中，丁一发现了一代脱颖而出的新人。他清醒地意识到，如果自己再继续干下去，将会有意无意地亲手扼杀一些不该扼杀的东西。那将是十分可怕的。时间不等人，是该快刀斩乱麻了。退！带头退！丁一的气魄就是大。退！这也是一场战斗，这也需要勇气和魄力，而且需要更大的勇气和魄力。丁一就这样拿定了主意。

［灯渐亮。

［何雪菲骑着自行车匆匆而过。

丁　一　　雪菲？

何雪菲　　丁一！你怎么在这儿？

丁　一　　出来转转。你怎么还没回家？

何雪菲　　小儿子生病住了医院，刚给他送了点汤。

丁　一　　真够你辛苦的了。

何雪菲　　丁一，庆功宴以后，我们一直还没有好好地谈谈。

丁　一　　那次庆功宴可让你难堪了！

何雪菲　　我和志远早就不介意了。我想问你一件事。这几天，下面议论纷纷，说你要调走，这是真的吗？

丁　一　　是真的。我已经给市委打了报告了。不过不是调走，是引退。

何雪菲　　什么？引退？这是为什么？

丁　一　　我这样做，是有充分的理由的。

何雪菲　　我真不明白，你怎么会有这种打算呢？如果仅仅是因为上次的失误而引退，那可不是你丁一的脾气。说实在的，前一段工作，我只是为你捏一把汗。可是现在，最困难的时刻已经过去了，你怎么……丁一，你不应该走，大家离不开你。（难过地）谁也不愿意你离开！

丁　一　　为什么？

何雪菲　　你应该明白，如果你真要引退的话，会是个什么样的局面呢？大家都会感到彷徨无主，这个厂也许就会陷于瘫痪！

丁　一　　而这一点，正是让我最痛心的地方。雪菲呀，你好像理解我，但似乎又不真正地理解。

何雪菲　　（声音很小）可惜，我理解得太晚了！

［一个停顿。

丁　一　　（回过头，定定地望着她）……是的，都太晚了！可是现在……这就够了！我感谢你，雪菲，我感谢你！（头一低，停了一阵，忽然地）咦，你哭了？

你干吗要哭？……难道我又在什么地方伤害了你？

何雪菲　（强忍着眼泪，痛苦地摇着头）不是，不是！……（毫无目的地走了几步）哦，我该走了！我得走了！……（蓦地回头）丁一，难道你就这样走了吗？

丁　一　我……我还有什么事情没有了结？

何雪菲　不，你听我说！我只是想，以前失去了的，已经无法补偿了；现在所能做到的，就是不再妨碍你的事业，而且更希望你，不要在登上高峰之前，骤然退却！

丁　一　说实话，当初我调到这个厂来，根本就没想到"退却"这两个字。可是最近，厂里厂外发生的种种事情，使我想起了很多很多。"一个单位的命运完全取决于某一个人的存在与否，那是很不保险的"，这句话深深地震撼了我，使我想起了把我们民族引向灾难的那段历史。雪菲，你想过没有？现在全厂上下越来越依赖我，他们把对未来生活的美好愿望都寄托在我一个人身上。可万一我再失误一次呢？无可挽回的失误一次呢？那会是个什么局面？那时候，就是把我丁一打入十八层地狱，也无法向全厂谢罪呀！我由此而想起前人的一个训导：急流勇退！

何雪菲　急流勇退？

丁　一　是的。一代人有一代人的责任，像我这个"独裁"型的，一旦完成了自己的历史使命，就应该当机立断把位子让出来，让给那些更有文化，更有民主精神的人来接班，这样，我们的改革事业才会一代一代的传下去。我所以选择引退，就是想完成这么一种历史的使命。毕竟，我们每个人都应该对历史负责啊！

何雪菲　你想得很深，也许我永远也不可能真正的理解。可是丁一，离开了你所热爱的事业，你会感到痛苦的！

丁　一　我想通了。我这个人啊，天生不会逍遥自在。我自信能把未来的日子安排得很充实。放心吧！

何雪菲　你这个人啊，一旦决定要做什么事情，就谁也挡不住。那么，约个时间到我家见见小红吧，这也是志远的意思。

丁　一　谢谢你！不过我想，小红是你和文总一手抚养大的。文总才是她真正的父亲。我就不打搅小红了。

何雪菲　（凄然地）丁一，还是去吧！也许以后我们很难再见面了。

丁　一　不，"海面再宽，也还会有撞船的时候"，哈哈！

　　　　［宇文刚与众工人急上。

宇文刚　丁书记，你真的要走？

工人甲　丁书记，听说你要调走，是真的吗？

宇文刚　丁书记，你这是为什么呀？

众　　　丁书记，你可不能走啊！

　　　　［小马上。

小　马　丁书记！……（回头）爸爸，丁书记在这儿！

　　　　［马师傅颤巍巍地上。

马师傅　丁书记！丁书记！你为什么要走啊？是谁要把你调走啊！

丁　一　马师傅，没人把我调走，是我自己要走的！

马师傅　什么？丁书记，你嫌弃我们了？看不起我们了？这到底是为什么呀？……是的，我老马骂过你，让你下不了台，可我知错了呀，丁书记！我知错了呀！要不我再给你赔礼，给你道歉。我老马给你跪下了！（猝然跪下）

丁　一　（惊愕地）马师傅，你这是干什么呀？你起来！

马师傅　不，你不答应，我不起来。

丁　一　（极其痛苦）马师傅，你起来！你起来！你站起来！

马师傅　你不能走啊！丁书记！

　　　　［众帮忙扶起马师傅。

丁　一　（自语地）……看着这一双双期待着的眼睛，我是多么感动，多么不安，多么庆幸，又是多么内疚啊！这三年来，他们和我同甘共苦，共同奋斗，创建了英雄的业绩，也分享了胜利的喜悦。可在他们身上，在继承了中华民族的光荣传统的同时，也因袭了沉重的精神负担。但是，我相信，随着改革的进一步深入发展，他们会知道自己的力量，会挣脱那千百年来束缚着他们的精神枷锁，会自己起来主宰自己的命运的！

　　　　［剧终。

（剧本版本：《南粤剧作》1986年第2期，广东话剧院实验剧团首演）

·话剧卷·

恨海奇光

（根据童恩正短篇小说《珊瑚岛上的死光》改编）

编剧：许宏盛

人物表

马太博士　　　男，华人，原名胡明理、研究激光的物理学家
丽　娜　　　　女，马太博士的女儿
赵　谦　　　　男，华人，马太博士的同学、高能物理学家
陈天虹　　　　男，华人，青年物理学家、赵谦教授的助手
梅　林　　　　女，马太博士的妻子
福田教授　　　男，日本人，马太的老师
布莱恩　　　　男，欧洲洛菲尔公司的副经理，马太的老同学
罗约瑟　　　　男，华人，马太博士的助手
阿　芒　　　　男，马来人，马太博士的仆人，哑巴
沙布诺夫　　　男，海军上校，某大国部级导弹驱逐舰的舰长
霍　根　　　　男，洛菲尔公司的高级职员
男记者　　　　男，太空时代报记者
女记者　　　　女，太空时代报记者
肥胖的欧洲人
赌徒
应召女郎
赌场里的捧场者
赌场里的大汉
男女科学家各一名
某大国水兵若干
蒙面汉三人

时间　二十世纪末

地点　南美洲某滨海城市

第一场　劫　难

〔可能发生在二十世纪末。某天晚上。

〔南美洲某滨海城市，赵谦教授的私人实验室内。周围是黑魆魆的高层建筑的阴影。在阴影笼罩下的实验室，有门通往赵谦教授的书房。透过落地长窗，可见森森的庭院。

〔时已深夜，庭院里的露天舞会还在进行，彩灯明灭，舞影翩跹，充满眷恋之情的乐曲阵阵传来，一片迷离虚幻。

〔赵谦挽着陈天虹的手。上。

赵　谦　（激动地）来吧，来吧，由他们玩个够吧，我们俩总得坐下来好好谈谈。（揿揿电钮，窗帘自动闭上）你坐，坐下来呀！……行李收拾好了吗？

天　虹　收拾好了。

赵　谦　飞机票呢？

天　虹　订好了，明天上午七点半，到香港去的班机。

赵　谦　嗯，早上七点半起飞，越过太平洋，……那么，明天晚上你就可以到达香港，后天一早，就可以回到广州了。

天　虹　是的，赵老师。

赵　谦　天虹，你的同事都舍不得你离开啊！他们安排的这个舞会，既是为了庆祝高压原子电池的研制成功，又是为了欢送你回国去的。

天　虹　（感情地）其实，我也舍不得离开这里，尤其是您，这十多年来对我的辛勤培养，我……（闪着泪花）赵老师，我太感激了！

赵　谦　别这样说！你应该回去，回祖国去！（站起来，来回走了几步）天虹，我们都是海外孤儿，树高千丈，叶落归根，我们祖先劳动生息的土地，每时每刻都在向我们发出召唤啊！如果我再年轻一点，或者没有家庭牵累，我也会回去的。你应该回去!（有些伤感）不过,我们这一分别,恐怕就很难,很难……

天　虹　不不,老师,我们会见面的,我一有机会就来看你,哪一天您回国讲学的时候,我们就更可以见面了!

赵　谦　唉!我老了,老了!……（走过去,打开保险柜,拿出一迭图纸资料,郑重地）这是高压原子电池的全套图纸和技术资料,你把它带回国去。（声音嘶哑了）这是我一辈子心血的结晶,我要把它作为最后的礼物,献给我的亲爱的祖国!

天　虹　（深深感动）赵老师,祖国和人民,一定会感谢您!

赵　谦　（感慨地）不过,我最感遗憾的,是我的一位老同学,老朋友!

天　虹　（好奇地）老师,你说谁?

赵　谦　他是世界有名的激光专家胡明理!

天　虹　胡明理?他现在在哪儿?

赵　谦　失踪了!十年前,我们共同制定了一个研制高能激光掘进机的计划。我负责能源部分,也就是今天试验成功的高效原子电池;他负责研制高能激光器本身。可惜计划刚刚订出来不久,他就突然失踪了!

天　虹　怎么失踪的?

赵　谦　（一摆手）不谈了吧,我心里难过!哦——（从抽屉里拿出一把金钥匙）我在大学念书的时候,跟胡明理共同合作,取得一项新的发明,学校就奖给了我们每人一把金钥匙。现在,我把它送给你,留个永久的纪念吧!

天　虹　谢谢老师!我一定永久珍藏!

　　　　［电视电话机发出讯号。

　　　　［赵谦拿起话筒。电视屏幕出现白人女仆的形象。

赵　谦　什么事?

女　仆　教授先生,欧洲洛菲尔公司的一位副总经理要求见您。

赵　谦　（厌烦地）又是那个洛菲尔公司!我不是告诉过你,今晚上我不接待外面的任何客人吗?

女　仆　他们待在门房不肯走,说有重要的事情……

赵　谦　我知道！他们已经派人来过好几回了。你告诉他，我这个高压原子电池的专利权，从来就没有出卖的打算！

女　仆　好的。祝您晚安！

　　　　〔赵谦放下话筒。屏幕的影像消失。

天　虹　老师，这洛菲尔公司为什么对您的高压原子电池特别感兴趣？

赵　谦　你不知道，最近有位专栏作家写文章揭露，这家公司是受某个超级大国暗中操纵的。

天　虹　（惊愕地）您说的是"北极熊"？

赵　谦　是的，他们想要得到我这高压原子电池的秘密，好利用来制造最新式的杀人武器。

天　虹　那可千万不能让他们得到这个秘密啊！

赵　谦　当然！当然！

　　　　〔电话又响了。

赵　谦　又是门房打来的，不理它！（拿起图纸资料）天虹，我已经亲自到本地政府有关部门办理了技术转让手续，你明天就可以把它带走。

　　　　〔女仆上。

女　仆　教授先生，那位洛菲尔公司的副总经理，说是你过去的老同学，一定要跟您见见面。

赵　谦　他叫什么名？

女　仆　布莱恩。

赵　谦　（一惊）什么？布莱恩？他怎么会……不见！不见！

　　　　〔布莱恩和一名公司职员突然闯进来。

布莱恩　啊哟哟！我的老同学！啊哟哟！（摇着他的肩膀）您瞧瞧，您仔细瞧瞧！你认不出来吗？我是布莱恩，布莱恩！啊哟哟！（热情地拥抱着赵谦）三十年了！三十年了！想不到三十年后，我们竟然在南美洲的这个漂亮的滨海城市意外地相逢了，真幸运！幸运极了！……呵！你还是老样子，只不过是添了几根白发，多了几条皱纹罢了，啊哟哟！啧啧！

赵　谦　（走开，淡淡地）你也是老样子，依然是那样的……热情，不拘小节！

布莱恩　是的是的，也许这就是我从娘胎里带来的一种天性——好激动，并且一激动起来就……"不拘小节"——一百年也改不了，哈哈！……怎么，刚才没来得及等到您的允许就闯了进来，不会见怪吧，老同学？哈哈！……噢，忘记了介绍——这是我们公司的助理，密斯脱霍根。

[霍根微笑鞠躬。

赵　谦　好久没有听到你的消息了，今天怎么突然……

布莱恩　噢！我一直是在欧洲的洛菲尔公司服务，只是很少到这儿来罢了。最近听说您发明了一种高压原子电池，我是特地前来向您祝贺的！（偶然发现放在茶几上的图纸资料，一把抓起来）哎！这就是您的最新发明高压原子电池的设计图纸吗？

赵　谦　呃——这是个普普通通的设计。

布莱恩　（贪婪地翻阅着）……普普通通，仅仅是……普普通通……啊哟！上帝太不公平了，他怎么把绝顶聪明的脑袋仅仅给了赵谦先生一个人，而我们呢，差不多都是些傻瓜！霍根先生，您知道吗？这可是一个空前伟大的发明！这个小型高压原子电池的特点，是能在很短的时间内放出极大能量，因此在军事上、工业上，以及宇宙航行等等方面，都有着不可估量的实用前途。我敢打赌，在二十世纪八十年代里，世界上不可能再有比这更伟大的发明了，绝对不可能！

霍　根　布莱恩先生，您说的全都是事实！

赵　谦　对不起，我可承受不起两位先生的恭维。我是微不足道的。设计图纸请还给我！（伸手要拿）

布莱恩　（把图纸藏在身后）不不不，您是一位誉满全球的核物理学家，实实在在的，当之无愧的。我只是个道道地地的商人，我只会看行情，做生意。坦率地说吧，今天晚上我来拜访您，除了叙叙旧情以外，还想做成一笔数目非常可观的生意，假如您乐意跟我们合作的话。

霍　根　坦率地说，也就是关于购买高压原子电池的专利问题。我们公司虽然几次派人跟您洽谈，也许因为在价钱方面还没有达到您的要求，所以直到目前为止，还没得到您的谅解。

赵　谦　我早就说过，我从来没有打算出卖这个专利。

霍　根　教授先生，您的意思我们完全理解，一项耗费心血的伟大发明，从您的立场上来说，当然是希望能够换取最高的代价，这个，我们已经充分考虑到了。因此，我们可以出一千五百万美元！

布莱恩　（愤慨地）什么？什么？一千五百万？看来，只有那些不学无术的蠢材，才能出这样低的价钱，我说两千五百万！两千五百万！

霍　根　（瞪大眼睛，完全呆住了）啊？……

布莱恩　怎么样？我的老同学，这个价钱可以吗？

赵　谦　（略顿）这个价钱是不算低，（指着布莱恩手里拿着的图纸）不过，你出这样高的价钱，就为了买这个吗？

布莱恩　（一愣）什么？这不是高压原子电池的图纸？

赵　谦　（趁势把图纸夺回来）这是什么图纸，跟您毫无关系，反正，我现在什么都不卖。

布莱恩　（发急了）那么，刚刚您所说的，"这个价钱是不算低"，那就是说，您已经同意了，我们就应该马上成交，我们英国人办事向来都是很干脆，讲信用……

赵　谦　不！你不是英国人！

布莱恩　（一惊）什么？你说什么？

赵　谦　（笑笑）我说你不是英国人，三十年前你就隐瞒了你的国籍！

布莱恩　（暴跳）你住嘴！我不许你诽谤，不许你污辱我的人格！我要控告！……（很快就冷静下来）哦！我知道你是在开玩笑，算了，还是谈谈我们这笔生意吧！

赵　谦　没有什么可谈的，（对女仆）送客！

女　仆　请吧，先生们！

布莱恩　（威胁地）赵谦先生，我希望您慎重考虑！

赵　谦　天虹，我们出去跳舞去！

布莱恩　（突然发现了什么）天虹？你就是要回中国去的陈天虹？

天　虹　哼，你们的消息真灵通！

布莱恩　陈先生，您为什么要回中国去？假如您不愿意待在这个实验室，那么，我们特别聘请您到我们的公司服务，我们可以给很高的薪金，可以给很好的工作条件。

天　虹　（厉声地）布莱恩先生，请马上离开这里！

布莱恩　（很尴尬）非常遗憾！非常遗憾！（向大家微微鞠躬，下）

　　　　［霍根随下。女仆同时跟下。

天　虹　老师，您不舒服？

赵　谦　（摇头。看看表，突然）十二点了，舞会就要结束了，天虹，你跟大家告别去！

天　虹　好的。老师，您也该早点休息了！

赵　谦　嗯。设计图纸你拿去吧。

天　虹　（接过图纸）明天见！（欲下）

赵　谦　等一等！为了安全起见，这份图纸还是放在我的保险柜里，明天一早你再来拿吧。

天　虹　好的。（把图纸交还给赵谦）

　　　　［暗转。

　　　　［暗转后，夜深人静。赵谦独自一人在灯下伏案工作。

　　　　［黑暗的角落里，突然闪出三个蒙面汉。一个在门口警戒，另外两个从背后慢慢靠近赵谦。

甲　　　不许动！

乙　　　举起手来！

赵　谦　对不起，我身上没钱。

甲　　　谁要你的钱！把高压原子电池的图纸交出来！

赵　谦　我已经交给别人了。

甲　　　少废话！

乙　　　（持枪威胁）打开保险柜！

赵　谦　（停了一阵，毅然转身，拨动号码盘，打开保险柜）自己拿吧。

　　　　［甲急不可待，把手伸进柜里。

［赵谦迅速按了柜门上的一个暗钮，只见柜里火光一闪，资料全部烧毁。警铃同时响声大作。

甲　　（赶忙缩手）妈的！全部烧毁了！

乙　　（用拳猛击赵谦）混蛋！

甲　　把他干掉！

　　　［乙向赵谦连开两枪。赵谦倒地。

　　　［蒙面汉迅速退下。

　　　［稍顿。陈天虹推门急上。

天　虹　赵老师！赵老师！……（扶起赵谦）

　　　［赵谦不语。

天　虹　（拨电话。荧光屏上出现警官的形象）警察局！警察局！这里发生凶杀案！

警　官　什么地点？

天　虹　乔治大街，一〇八号，赵谦教授的私人实验室。

警　官　好！我们马上派人来！（影像消失）

天　虹　（拨另一个号码，荧光屏上出现值班护士的形象）这里发生凶杀案，请立即派救护车来。地点是——乔治大街，一〇八号！

护　士　马上就来！（影像消失）

天　虹　（放下话筒，摇摇赵谦）赵老师！赵老师！我是天虹！我是天虹！

赵　谦　（吃力地睁开眼睛）……图纸……烧毁了……

天　虹　赵老师，你觉得怎么样？

赵　谦　别管我……快到我的卧室，把原子电池的样品拿来！……快去！

　　　［陈跑进卧室，拿出一个密封皮包。

赵　谦　孩子，你只有把……电池样品……带回祖国……

天　虹　（哭了）我知道！我知道！

赵　谦　现在，你是世界上……唯一的……掌握这项秘密的人……他们的注意力，已经集中在你的身上……你必须尽快……秘密离开……不要坐班机……坐，坐我的私人飞机……晨星号……（倒下）

天　虹　赵老师！赵老师！……（远处传来警车和救护车的声音）

天　虹　　（哭喊）赵老师！……

　　　　　[幕落。

第二场　死神的火焰

　　　　　[次日的晚上。
　　　　　[太平洋海面，一艘P级驱逐舰的前甲板上。
　　　　　[蓝色的夜空缀着几颗晶亮的星星。布莱恩与沙布诺夫坐在轻便椅上喝着茶。

沙布诺夫　我说，伊凡诺维奇——

布莱恩　　沙布诺夫上校，请记住，我是洛菲尔公司的副总经理布莱恩！

沙布诺夫　得了，别在我这儿故弄玄虚了！我说伊凡诺维奇，今晚上你是到这儿来亲自督战的啰？

布莱恩　　不，我只是对"晨星号"飞机特别关注！

沙布诺夫　放心吧，老弟！那个陈天虹，今晚要不是给我们活捉了，就一定会连同他那高压原子电池的秘密，永远沉没在海底！

布莱恩　　有十分的把握吗？

沙布诺夫　（一笑）待会儿你开开眼界吧！

　　　　　[报务员上。

报务员　　报告，小熊发来电报！

沙布诺夫　（接过来，念）"晨星号已经秘密提前起飞，据报，起飞的时间是——下午六时正"！……

布莱恩　　（跳起来）已经起飞一个多小时了，"小熊"为什么到现在才发来电报？蠢驴！都是蠢驴！……沙布诺夫上校，请马上采取紧急措施！

沙布诺夫　（对报务员一挥手）下去。

　　　　　[报务员下。

沙布诺夫　（按安装在手表里的微型通话器）命令！对空警戒雷达，打向四号方向，注意搜索目标！

声　音　　对空雷达知道！

沙布诺夫　伊凡诺维奇，根据你们的情报，"晨星号"有没有反雷达的装置？

布莱恩　　那只是一架高速的民用飞机，不可能有反雷达装置。

沙布诺夫　准确吗？

布莱恩　　这一点很准确！

声　音　　对空雷达报告！四号方向，发现双引擎飞机，洞！批一架，方位——两拐洞洞；距离——五百五十；高度，——九千五百！

沙布诺夫　（对通话器）全体注意！进入一级战备！各就各位！

声　音　　报告！一号准备完毕！……两号准备完毕！……三号准备完毕！……四号准备完毕！……

沙布诺夫　打向四号！接受雷达诸元，捕捉目标！（稍停）红外对空导弹，准备击发！

布莱恩　　（一惊）怎么？你准备使用导弹？

沙布诺夫　是的，我们的导弹，是采用红外线跟踪的制导方法的，保证百发百中！

布莱恩　　不行啊，沙布诺夫上校，你们这艘 P 级驱逐舰在这片海域上演习，早就引起全世界的注意，假如现在发射导弹把"晨星号"打下来，人们立刻就会把"晨星号"的被击落，跟赵谦的被暗杀一起联系起来，那么，我们洛菲尔公司的政治背景就会彻底暴露，我们今后将会无法开展工作了！

沙布诺夫　对不起，这并不属于我们考虑的范围，我们的任务，只是奉命把"晨星号"击落！

布莱恩　　可是，你必须把事情办得漂亮、不露痕迹。你应该使用我给你们安装的新式武器——死神的火焰！

沙布诺夫　不，你们那种空间放电仪是很难瞄准的。

布莱恩　　怕什么？"晨星号"没有任何反击的能力，一次打不一中，可以再来第二次，第三次……

沙布诺夫　噢，你是说，使用"死神的火焰"进行攻击，就可以让别人认为它是遭到自然雷电的攻击而被摧毁的？

布莱恩　　是的是的，这可以减少许多的麻烦。

沙布诺夫　哼，你真是一只狐狸！好吧，试试看吧！

声　　音　　对空雷达报告！四号方向，目标方位——二八三五；距离——一五〇；高低角——十五度五。

沙布诺夫　注意！"死神的火焰"，"死神的火焰"！准备击发！准备击发！……放！

　　　　　［远处天空，电光一闪，一声霹雳，震耳欲聋。

沙布诺夫　观察员！观察员！报告攻击结果！

声　　音　　观察员报告——偏左十个密位，目标远离！目标远离！

沙布诺夫　（焦急地，瞪了布莱恩一眼）你看，你看！……命令！追踪目标，继续攻击！……放！

　　　　　［夜空中又一个霹雷。

沙布诺夫　观察员！观察员！……

声　　音　　观察员报告——目标击中！……目标下坠！……目标坠入海底！……

　　　　　［布莱恩兴奋地走过来——

沙布诺夫　（继续下令）命令！直升飞机——洞一号，洞两号，洞三号，马上起飞，低空搜索下坠目标；派人潜水，寻找漏网人员，找到高压原子电池。发现情况，立即报告！

声　　音　　洞一号明白！……洞两号明白！……洞三号明白！……

　　　　　［三架直升飞机相继起飞。

布莱恩　　沙布诺夫！（扑过去，拥抱他）我的好兄弟！好兄弟！……

沙布诺夫　得了！得了！……

布莱恩　　啊哟哟！我们几次的合作，都是无可挑剔，非常圆满，极其成功的！来，咱们痛痛快快地干一杯！

沙布诺夫　不，现在还是临战状态。请原谅！

布莱恩　　那么，我替你干了！（一饮而尽）

沙布诺夫　（对通话器）直升飞机，报告搜索情况！

声　　音　　洞一号报告："晨星号"残骸已经找到，但机舱内外没有尸体；没有发现原子电池。洞两号报告：附近海面，没有发现漏网人员。洞三号报告：没有发现漏网人员！

布莱恩　　（急了）沙布诺夫上校，您应该尽到应尽的责任！

沙布诺夫　（咆哮起来）继续搜索！继续搜索！

　　　　　［幕落。

第三场　寂寞的灵魂

　　　　　［三天后的傍晚。
　　　　　［马太博士岛。
　　　　　［左边有一个造型轻巧的门廊，上面攀缘着一些绿色的藤萝；湖畔的空地上，有几块突兀的珊瑚礁，几丛热带花卉点缀在其间；湖对岸的环形礁上，有弯弯的椰树在晚风中摇曳；环形礁外，便是茫茫的大海。
　　　　　［幕启。丽娜独坐在瑚边的礁石上钓鱼。

丽　　娜　（忽然站起来，扔下钓竿，向幕后呼喊）阿芒！阿芒！……快！快！有鲨鱼！快拿些牛肉罐头来，快呀！

　　　　　［阿芒捧着几个罐头上。他是个五十来岁的马来人，穿着一身白帆布上衣，动作迟缓。

丽　　娜　阿芒，你看，礁石边上的那一条最大，起码有八、九公尺长！……你看，那副绿幽幽的小眼睛多残忍！两排雪白锋利的牙齿，好像要把世界上所有的动物一口就吞下去似的！（打了一个寒噤）

　　　　　［阿芒打开一个罐头，递给她。

丽　　娜　（把肉扔到海里去）哟！抢得多凶！……一口就没了！……阿芒，你来扔！

　　　　　［阿芒摆摆手，表示要走。

丽　　娜　（有点扫兴）好吧，你回去吧。

　　　　　［阿芒微微鞠躬，下。
　　　　　［丽娜继续喂鲨鱼。
　　　　　［罗约瑟从门廊里下来。这是个二十余岁的华人，窄窄的脑门，头发浓密，粗眉小眼，嘴角经常挂着一丝讥讽的微笑，弄不清他是在讥讽自己，还是在嘲笑别人。现在，他是一副颓唐的样子。他有所等待地望着远处的天

空，不久，又失望地低下了头。

罗约瑟　（发现丽娜）丽娜！你又在喂鲨鱼？

丽　娜　（天真地）约瑟，你快来看呀！

罗约瑟　丽娜，我真不明白，你怎么会养成这样的一种癖好！

丽　娜　（笑）是的，连我自己也弄不明白。对于这种消遣，我是又害怕，又喜欢！

罗约瑟　你大概是要追求一种刺激吧！

丽　娜　（把一团牛肉递给他）来，你也来试试！

罗约瑟　得了吧！我正担心哪天我一不小心掉下了水，一口就给它吞掉了呢！

丽　娜　哈，你从小就是个胆小鬼！

罗约瑟　不是胆小，这是不值得，我长这么大了，连一天快活的日子都还没过过呢！

丽　娜　你尽可以快活些呀，像我现在，喂鲨鱼的时候就很快活！

罗约瑟　（苦笑了一下望望天空）……布莱恩的飞机怎么还不来！……（稍停）丽娜，我马上要走了！

丽　娜　（仍顾着喂鲨鱼）这不好了，你成天盼着去旅游，现在不是可以满足了？

罗约瑟　可这一去就起码半个月！

丽　娜　半年也不要紧，反正你头痛呀，神经衰弱呀，一个多月都没有工作了……哟！好厉害，这条小鲨鱼一跳就是几尺高！

罗约瑟　（可怜地）你不想跟我道道别？

丽　娜　哈！我的话还不够多吗？

罗约瑟　（耐不住了，一把抓住她的手）丽娜，你怎么总是这样不冷不热的，我受不了，真受不了啊！

丽　娜　（一缩手，眨眨眼睛）你怎么啦？又在发烧？

罗约瑟　（哀求地）我说丽娜，答应我吧，陪我一块旅游去！我只希望我们一起走进万花筒一样的世界，共同领略一下人生各种各样的乐趣；而在人地生疏的旅途中，自然需要我们彼此之间命运相连。一路上你照应我，我照应你，你的心和我的心，自然而然就融成一体了！跟我走吧，丽娜！不然的话，我孤独的一个人，不知道会在什么时候，突然寂寞得死去了的！

丽　娜　（笑笑）又在说胡话了！布莱恩的飞机不是马上就要来了吗？快收拾行李去吧！

罗约瑟　我的行李早收拾好了，只是等你……

丽　娜　（耸耸肩）我早说过，我对这样的旅游，毫无兴趣！

罗约瑟　你会有兴趣的，丽娜，你试一试！你没听布莱恩说，那日本东京银座的夜总会，一定会使你眼花缭乱，如醉如狂的；菲律宾的新旧交融的三宝颜市，可真是男女青年度蜜月的胜地；法国蒙特卡罗的轮盘赌场上，那一双双血红血红的眼睛，那一条条青筋突现、痉挛抽搐着的手指，会让你紧张得连气都透不过来；还有西班牙的斗牛表演，那才是一种真正的刺激呢！（拦腰抱着她）走吧，丽娜，收拾行李，跟你父亲告别去！

丽　娜　（一惊）你干什么？……（严肃地）约瑟，别这样，我一向对你是很尊重的！

罗约瑟　这种尊重只是一堵墙！

丽　娜　那么……你放手！

罗约瑟　（抱得更紧）你不答应，我死也不会放！

丽　娜　（用力挣扎）你走开，走开呀！

罗约瑟　我不走，不会走！

丽　娜　（要哭了）我要告诉我爸爸：

罗约瑟　告诉谁也没用！

丽　娜　（哀求地）你走开呀！

罗约瑟　不，不！

丽　娜　你……（停了一下，猛然一推）你走开！

　　　　〔罗约瑟被摔到老远。

丽　娜　（余怒未息，拾起罐头壳，向罗约瑟扔去）该死的！……

罗约瑟　不走！……不走！……还不走！……

　　　　〔罗约瑟左右躲闪，突然趴下，不动了。

丽　娜　（喘息了一会儿，整理整理衣裙，平静地，走过去，拉着他的手）起来吧，可怜的东西！

罗约瑟　（垂着头，无力地，靠在礁石上）好吧，咱们正正经经谈一谈。

丽　娜　说吧，我听着呢！

罗约瑟　你可怜我吗？

丽　娜　　是的，刚才你这副样子，很可怜！

罗约瑟　　你快活吗？

丽　娜　　为什么不快活？

罗约瑟　　是真的？

丽　娜　　真的。

罗约瑟　　（叫起来）不，你在欺骗你自己！你说你可怜我，还不如可怜可怜你自己吧！在太平洋上这样一个与世隔绝的孤岛里，你，跟你的父亲，还有阿芒和我，我们都是被二十世纪八十年代的文明世界所抛弃，所遗忘了的寂寞的灵魂啊！

丽　娜　　（吃惊地）约瑟，难道你真的这样想？

罗约瑟　　不是吗？我们天天在水下工厂和实验室里埋头工作，可你能看见我们工作的意义吗？一天忙完了，拖着疲惫的身子回到寝室，连一点点起码的消遣都没有。在这与世独立的孤岛上，没有欢乐，也没有痛苦，有的只是空虚和无聊，我常常想哭，想大声呼喊，可被抛弃、被遗忘了的寂寞灵魂的哭声，是谁也不会听见，不会听见的！（掩着面）

丽　娜　　这只是你个人的感受！

罗约瑟　　不，你的感受也是同样，就像是半夜里听着风暴和海啸，感到整个小岛都在往下沉，往下沉——我们的生活就是这样，只不过你不敢正视现实，不敢稍为理智一点来想想现在的处境罢了。

丽　娜　　我当然想过，我想我应该努力实现我父亲的理想，勤勤恳恳，利用科学来为人类做出贡献！

罗约瑟　　你父亲？我说穿了吧，他以为他是个普罗米修斯，为给人类带来光明而忍受着苦难；而你呢，以为自己是个小天使，那么圣洁，那么纯真，那么快活，并且充满自我牺牲的精神，其实通通都是自欺欺人！布莱恩是个什么东西？你父亲待他比亲兄弟还亲，其实是个骗子，我敢说，是个如假包换的政治骗子！

丽　娜　　（惊骇地）什么？约瑟，你再说一遍！

罗约瑟　　（诡秘地）不，既然你害怕知道真情，我也不如装作傻瓜。你们都在愚弄着自己，把自己闭锁在一个虚幻的小天地里，可怜巴巴地活着，毫无意义地活着！

丽　娜　你住口！你胡说！……这不可能，不可能！

罗约瑟　我说的可是千真万确！

丽　娜　你简直是个无赖！我要告诉我爸爸！

罗约瑟　你可以告诉他，直截了当地告诉他，让他明明白白地知道自己又一次地受骗，而且这一次整整被骗了十年，十年哪！（狞笑）假如你不必担心他过度刺激，心脏病发作而突然死去的话，那么你就去说呀！跟他说呀！

丽　娜　太可怕了！你这个人……太可怕了！

［远处传来飞机的引擎声。

罗约瑟　（抬头）哦，布莱恩的飞机来了！……（很焦急，轻柔地）丽娜，跟我走吧，一路上我可以把我的心掏出来给你看一看，我为的全是你呀！

丽　娜　你既然如此厌恶这个环境，那你一个人走吧，永远也不要回来！

罗约瑟　可是我离不开你呀，丽娜！假如你长得丑陋不堪那还好些，可你为什么偏偏会有一双迷人的眼睛，还有这苗条的身材和曲线的美——薄薄的衣裳给风一吹，简直就是希腊神话里的海伦，把我的灵魂都给勾去了！我不能没有你呀，丽娜！

丽　娜　（愤愤地）简直是个疯子！

罗约瑟　（拉着她的手）一块走吧！我们一块盘算盘算，一块去寻找真正的幸福！

丽　娜　（甩开他）你给我滚开！

［一个冷场。

罗约瑟　（绝望地）那么——没希望了！……（自言自语）与其这样生活下去一辈子，还不如找一块可以随意放纵的地方，过一阵狂风暴雨式的生活，然后痛痛快快地死去！（一回头恶狠狠地）既然你不肯让我得到幸福，我也绝对不会让你得到幸福的，你等着瞧吧！

［布莱恩上。

布莱恩　（非常洒脱）你们好哇！

罗约瑟　哦，您好，布莱恩先生！

布莱恩　　在互相道别吗？年轻人，小心啊，感情太浓会变成一条无形的锁链的！哈哈！

罗约瑟　　（赔着笑）布莱恩先生，我终于盼到您来了！

布莱恩　　哦哦，很抱歉！很抱歉！最近实在太忙，所以耽误了十几天才来接你！不过不要紧，时间有的是，你这一回可以去更多的地方，尽量开开眼界。丽娜小姐，你愿意一块儿去吗？

丽　娜　　谢谢！我有点不舒服！

布莱恩　　那就太遗憾了，下一回吧，啊？（看看表）约瑟先生，快去拿行李，我们今晚就得赶到菲律宾。

罗约瑟　　好的。（走进寝室）

　　　　　[马太博士上。这是个五十余岁的华人，广额高鼻，眼睛深陷，却炯炯有神。他的头发已经斑白，身材不高；动作轻盈。穿一件白色的工作服，显然是刚刚停下手里的工作。

布莱恩　　（热情地）啊哟哟！我亲爱的马太博士，你怎么连晚饭后的休息时间都不放过？不行啊，上年纪的人，总得注意注意休息！丽娜，你得管管你爸爸哟！

马太博士　没关系，工作顺利的时候，总舍不得马上就放下来，老习惯了，怎么样，老朋友，一切都好吗？

布莱恩　　好！好！因为不想打扰您的工作，我就不敢常来。

马太博士　（指指罗约瑟的寝室）这一回，你让那位年轻人等得好苦哟！

布莱恩　　我已经向他道歉了，最近实在太忙……

马太博士　没关系！没关系！去玩儿嘛，晚去几天有什么要紧？

布莱恩　　对了，我的老朋友，我什么时候可以看到奇迹的出现啊？

马太博士　您是说我的研究项目？快了，下一次您再来的时候，大概就可以完成了。

布莱恩　　（急切地）假如我过几天就来——

马太博士　（很有信心地）您来吧！

布莱恩　　太好了！太好了！比我预计的时间要提前好几个月呢！我下一次来，一定带上一瓶窖藏百年以上的法国斧头牌白兰地，跟你尽情地痛饮！我将代表洛菲尔公司全体同人——不不，我要代表全世界一切爱好和平的人们，最最热烈地祝贺您的伟大发明的——伟大成功!

丽　　娜　　布莱恩先生,假如试验失败了呢?

布莱恩　　(一愣)不,这不可能,这一点,我完全相信您的父亲!

丽　　娜　　(盯着他)可能有很多事情,我父亲是完全没有料到的!

布莱恩　　您这话什么意思?

丽　　娜　　这——没什么,我只是认为,对于我们的前途,不能太过乐观!

布莱恩　　丽娜小姐,您今天怎么啦?难道有些什么事情,引起.您的怀疑?

丽　　娜　　(直截了当)我是有点怀疑!

布莱恩　　你——

马太博士　　(圆场)噢,丽娜说的也有道理,对于搞科学实验来说,宁可把困难估计得更多一些,要有失败一百次,一千次,一万次的思想准备!

布莱恩　　(有些不祥的预感,郑重地)不过——老朋友,我还是希望您以最大的努力,争取在最短的时间内,获得试验的成功,这是我们的总经理道威尔先生特别要我向您转达的!

〔罗约瑟提着旅行袋上。

罗约瑟　　布莱恩先生,我准备好了。

布莱恩　　好,咱们走吧!老朋友,再见!丽娜小姐再见!

罗约瑟　　老师,再见!

马太博士　　(挚爱地)孩子,你这一回出去,换换环境,可能对你的病会有些好处,不过,你千万不能过于放纵啊!

罗约瑟　　(点点头)我知道!……(略停)丽娜,请你好好记住我刚才的话,再见!(与布莱恩同下)

马太博士　　(挥手相送。一回头——)丽娜,你怎么啦?……你干吗哭了?你舍不得他们?你想跟他们一道去?……啊哟,你快说呀!……(大声喊)约瑟!约瑟!……

丽　　娜　　(急了)不不,别喊!你别喊!……(擦眼泪)我没事,没事的!

马太博士　　那么,我们回去吧!

丽　　娜　　嗯。

[直升飞机发动了，起飞了，去远了——

马太博士　孩子，你好像有什么心事？

丽　　娜　没有，我只是——爸爸，您工作了一整天，你太累了！

马太博士　我没什么，这风吹得好舒服！来，在这儿坐一会儿。（坐到礁石上）

[丽娜温顺地，倚在他的膝下。

马太博士　孩子，再过几天，你就该满二十了吧？

丽　　娜　是的，妈妈离开了我们，也快十年了！

马太博士　（凄然地）是啊，十年了！你妈妈要是还活着，你就不会太寂寞了！

丽　　娜　不不，我现在跟您在一起，是不会感到寂寞的！

马太博士　（突然）丽娜，你告诉我，刚才你为什么哭？

丽　　娜　我是……（低下头）不知道！

马太博士　你有什么委屈，你尽管告诉我！

丽　　娜　没有，真的没有！

马太博士　（无奈）唉，当爸爸的，就是很难知道女孩子的心事！

丽　　娜　（急了）爸爸，你别以为我——

马太博士　你喜欢罗约瑟？

丽　　娜　不不，我看见他就讨厌！我发誓……哦，不谈这些了，爸爸，你也该回去休息了！

马太博士　不，还是要谈谈！

丽　　娜　回去吧，风越来越大了，海水都发黑了！……（突然）爸爸，您看——那是个什么？

马太博士　（朝她指的方向）是个人！在海里挣扎着，一定是遇难的！

丽　　娜　（惊骇地）糟了！有鲨鱼！……鲨鱼朝他游去了！爸爸，快救人！……阿芒呢？（叫喊）阿芒！阿芒……怎么办哪？爸爸！爸爸！

马太博士　（决然地）你快躲开，我试一试我的激光器！（急下）

丽　　娜　（朝他下场的方向）快呀！爸爸！快呀！……（一转身，拿起牛肉罐头，拼命往海里扔）过来！过来！……过来吃呀！……过来……

[阿芒跑上。赶快帮她扔牛肉。

　　　　　［一束强光射向海面，强光到处，海水噼啪作响，腾起阵阵烟雾。

丽　　娜　（在黑暗中叫喊）对准鲨鱼！对准鲨鱼！……

　　　　　［幕落。

第四场　密封包之谜

　　　　　［三天后的早晨。
　　　　　［罗约瑟的寝室里。
　　　　　［室内陈设华美。墙上挂着罗约瑟的半身照片，以及一幅从画报上裁下来的西方美人照。显眼的地方，还有一个原子剂量辐射仪。四周看不见明显的门，只是两边墙上装有一排电眼。床前灯柜上，有一个超高频加热恒温盘。幕启。
　　　　　［早晨的阳光照在低垂的窗帘上。周围很静，听得见外面传来海浪拍岸的声音。陈天虹穿着睡衣，昏睡在床上。
　　　　　［左边的一道暗门自动开了，马太博士与丽娜上。

丽　　娜　还没有睡醒哪！已经三天三夜了！

马太博士　那是过度疲劳！

　　　　　［丽娜拿起一条小棉签，撩撩陈天虹的鼻孔。
　　　　　［陈天虹毫无反应。

马太博士　丽娜！丽娜！别——由他睡吧！

丽　　娜　唉，好吧，那就让他睡上一个月吧！

马太博士　（偶然发现）丽娜，你看，这原子辐射剂量仪的数字怎么会增加了？

丽　　娜　是啊，难道这个人带着有放射性的物品？检查看看！

马太博士　不，别人的东西，别乱动！吃早餐去吧，吃过早餐。再来给他换换药。

丽　　娜　你也得来，我一个人很难替他翻身。

马太博士　好吧。

　　　　　［两人同下。门自动闭上。

　　　　　［稍顷，陈天虹渐渐苏醒。他发现处在陌生的环境，一惊，正欲跃起，但觉伤口作痛，浑身无力，仍然瘫软在床上。他发现恒温盘里的食物，抓起来就吃，感到稍为有点力气了，便慢慢下床，撩开窗帘看了看。想推开窗门，但推不动。

天　虹　（大声喊）有人吗？……有人吗？……
　　　　　［没有人回答。
　　　　　［他走近左边墙壁，按着一个个电眼，但毫无反应。他又走近另一面墙，按按其中一个电眼，墙上忽然出现一个指示灯，指示灯箭头朝上指着。俄顷，一道暗门自动开了，原来是一部电梯的进口，他不待思索，一脚便跨了进去，门又闭上。指示灯的箭头变成朝下的方向。指示灯熄灭。
　　　　　［左门开了，马太博士与丽娜上。丽娜手里捧着纱布药物。

马太博士　咦，人呢？
丽　娜　奇怪，跑外面去啦？
马太博士　不可能，这道门他开不了。
丽　娜　见鬼了！
马太博士　难道下了电梯，到水下工厂去了？
丽　娜　那可糟了！他没有经过机器人的识别，守在通道上的机器人，一定会把他打死的！爸爸，你快去看看！
　　　　　［警报器忽然响声大作。
丽　娜　啊哟！他完了！完蛋了！……
　　　　　［马太博士急忙打开遥控电视。屏幕上立刻出现一个惊险的镜头——在机器的轰鸣声中，两个机器人紧紧抓住陈天虹，把他拖到一个压力机的底模上，巨大的土模，带着隆隆的响声，正朝陈天虹的头顶压来，陈天虹惊恐万状，拼命挣扎，大声呼救。
马太博士　（急朝屏幕喊）匹普！墨利！赶快住手！住手！
丽　娜　赶快住手！……
　　　　　［机器人松开手，陈天虹随即从底模上跳出来，人刚离开，上模已经在身后压下来了。

马太博士　马上把客人送回到 B 302 室。

　　　　　［机器人把陈天虹扶起，送走。马太博士关上电视。

丽　　娜　（舒了一口气）好险哪！再晚一步，他就没命了！

　　　　　［电梯的门开了，机器人把陈天虹送了出来，然后再乘电梯下。

马太博士　你是什么人？

天　　虹　我姓陈，是个教师。

马太博士　教师？教哪一门的？

天　　虹　教的是——音乐。

马太博士　原子音乐吗？

天　　虹　原子音乐？没听说过。我只懂一点电子音乐。

马太博士　你怎么掉到海里去的？

天　　虹　我有事要从南美洲到香港去，中途不小心，从船上落水了。先生，是你把我从海里救起来的吗？

马太博士　是的。

天　　虹　刚才也是你及时救了我？

马太博士　是的。

天　　虹　请问贵姓？

马太博士　我叫马太。

天　　虹　这是什么地方？

马太博士　原来是个无名小岛，后来因为我住在这儿，有人就随便把它叫作"马太博士岛"。

天　　虹　马太博士，我真感谢您！

马太博士　不用感谢了，你安心在这儿养好伤，再过几天，等我的一位助手休假回来的时候，我就用飞机把你送走。但是，我希望你在这岛上不要随便走动！

天　　虹　为什么？

马太博士　这岛上全是科学设备，你一个人乱走，很容易出危险。

丽　　娜　刚才的事你没有忘记吧？我们都替你捏了一把汗！

天　　虹　这位是——

马太博士　我的女儿，丽娜。

天　虹　（微微鞠躬）丽娜小姐！……这岛上就是你们两个人？

马太博士　不，还有我的一位助手，和一个仆人。

天　虹　马太博士，你们是搞什么研究的？

马太博士　对不起，我没有时间满足你的好奇心，我得马上开始工作了。（欲下）

天　虹　（叫住他）——马太博士！我保证以后不再走近你的实验设备，但我希望能够自由进出这个房间。

马太博士　（停了一阵）可以的。丽娜，你给他换药以后，就教会他开门吧。（下）

丽　娜　陈先生，来换药吧。

天　虹　麻烦你了。

　　　　〔丽娜给他换药。

天　虹　请问，我脱险几天了？

丽　娜　三天三夜了！

天　虹　真对不起，给你们添了许多麻烦！

丽　娜　（笑笑）没关系，你难得到这儿来一趟！

天　虹　以后有机会再来，欢迎吗？

丽　娜　当然欢迎，但在一般情况下，你是来不了的。

天　虹　是啊，这个地方太神秘了！

丽　娜　这倒不见得。

天　虹　这是谁住的房子？

丽　娜　我父亲的助手罗约瑟。

天　虹　这衣服也是他的？

丽　娜　是的。

天　虹　（突然想起）我身上带着的东西呢？……一个黑色的密封包，你看见吗？

丽　娜　密封包？

天　虹　对对，我是用皮带把它紧紧捆在身上的！

丽　娜　你连性命都差点保不住了，难道它比你的性命还重要？

天　虹　是的，这是朋友托我带的，一件非常贵重的物品！

丽　娜　你把它弄丢了呢?

天　虹　(很焦急)那就太对不起朋友了!并且更对不起……丽娜小姐,能替我找回来吗?

丽　娜　你得说明里面装的是什么,这才好找啊。

天　虹　(很为难)这……连我都没打开看过!

丽　娜　没看过?假如是一种危险品呢?

天　虹　不是危险品!

丽　娜　是鸦片烟?

天　虹　不是的!

丽　娜　那一定是别的违禁品了!

天　虹　不不,那是……

丽　娜　那是什么?

天　虹　我也不知道。

丽　娜　这样看来,你的来历,恐怕比我们这个小岛还要神秘!

天　虹　这……(哀求地)丽娜小姐,你不能给帮帮忙吗?

丽　娜　这个忙,我帮不上。

天　虹　(忍不住了,勃然)你们到底是些什么人?

丽　娜　(毫不示弱)你又到底是个什么人?

天　虹　你们待人很不坦率!

丽　娜　你待人就很坦率吗?

天　虹　你们把我救上来,难道仅仅是为了抢夺我的财物?

丽　娜　胡说!你当我们是海盗吗?

天　虹　这很难说。

丽　娜　(气极)没良心的家伙,真不该把你救上来!

天　虹　你把东西还给我,我立刻就离开这儿!

丽　娜　哈!你怎么离开?

天　虹　我跳回到大海里去!

丽　娜　你不要命啦?

天　虹　为了完成朋友的委托，我宁愿不要自己的性命！

丽　娜　那好！（按按电钮，壁橱打开了）喏，东西全在这儿，拿走吧！

天　虹　（急步趋前，一手拿起密封包，辨认了一下）谢谢！丽娜小姐！……请开门，让我走吧！

丽　娜　你真的要走？

天　虹　我是说话算数的。

丽　娜　（放声大笑）傻瓜！我是在跟你开玩笑，你倒认真起来了！（把他推到椅子上）快坐下，把绷带结好！

天　虹　（不好意思地）刚才，我是太焦急了，所以……

丽　娜　看来，你对待朋友的委托，倒是很尽责的。

天　虹　（笑了笑，让她结绷带）丽娜小姐，你们在这岛上住了多久了？

丽　娜　快十年了。

天　虹　（试探地）你们不会感到……有点寂寞？

丽　娜　我们的工作很忙。

天　虹　你们怎么到这儿来？

丽　娜　问我父亲吧，我也说不清楚。你是要到香港探亲？

天　虹　不，我老实告诉你吧，我是要回祖国去的。

丽　娜　你父母都在国内？

天　虹　不是。我回去工作。

丽　娜　为什么？

天　虹　（停了一下）因为……我是黄河的儿女，我是炎黄的子孙啊！我虽然出生在国外，但从少年时代开始，欣欣向荣的祖国就强烈地吸引着我。我如饥似渴地阅读着祖国的各种报刊杂志，祖国壮丽的河山，令我无比的神往，祖国的每一项新成就，都在我心底里引起了无穷的喜悦，无限的憧憬，因此我就下定决心回国去，为祖国的繁荣昌盛而贡献出自己的青春！

丽　娜　（受感动了）原来是这样！你的前途……很有希望！

天　虹　（稍停）丽娜小姐，你不是要教会我开门吗？

丽　娜　来吧！（领陈天虹走近左墙）把你的右手举到电眼前面。

　　　　　［天虹举起右手。丽娜按了电眼下面一排数字，电眼闪烁着，一道道光线在陈天虹的手掌上扫描。

丽　娜　以后你要开门，只要把手举到识别机前面就可以了。

天　虹　好的。

丽　娜　我得去工作了，你好好休息吧。这儿有电视机，无聊的时候，可以看看电视节目。

天　虹　谢谢您，费心了！

丽　娜　再见！（下）

　　　　　［陈天虹呆坐了一会，感到有点无聊，随手打开电视机。电视屏幕亮了，一个广播员正口沫横飞地播讲——"……亲爱的观众，陈天虹的神秘失踪，是一个非常难解，非常令人感兴趣的谜！有关方面已经采取措施，去努力解开这个谜，相信在不久的将来，陈天虹的下落就一定会……"
　　　　　［陈天虹惴惴不安地看着。
　　　　　［丽娜突然出现在门口，她捧着一盘早点。

丽　娜　陈先生——

天　虹　（一惊）啊？……（连忙关上电视）

丽　娜　请用早餐！

天　虹　（望着她）……谢谢！

　　　　　［幕落。

第五场　礁湖惊梦

　　　　　［数天后的夜晚。
　　　　　［礁湖畔。景同第三幕。幕启。
　　　　　［月色迷茫，海面银光泛泛，周围一片清幽。阿芒坐在礁湖边上弹着吉他琴，琴声忧郁，丽娜披着一头刚洗过的黑发，穿一身洁白的衣裳，斜倚在礁石上，听着动人的琴音。

[陈天虹从台阶上慢慢走下来，他显然是被琴音所吸引。

[一曲告终。

天　虹　弹得真好！

丽　娜　噢！是陈先生！……您也喜欢这种曲调？

天　虹　是的，尤其是印尼民歌，我更喜欢。

丽　娜　为什么？

天　虹　我生在印尼呀，我本来是印尼华侨，九岁那年，我才跟随父亲到南美洲去的。

丽　娜　你能给我们唱一首吗？

天　虹　唱不好，试试看吧。

丽　娜　（很高兴）阿芒，把琴拿来！

[阿芒恭谨地，把琴递给陈天虹。

天　虹　（调调琴弦，停了一阵，边弹边唱——）

　　　　　　莎丽楠蒂，亲爱的姑娘。

　　　　　　你为什么两眼泪汪汪？

　　　　　　亲爱的爸爸，亲爱的妈妈，

　　　　　　是尘埃吹进了我的眼睛，

　　　　　　亲爱的爸爸，亲爱的妈妈，

　　　　　　是尘埃吹进了我的眼睛……

[丽娜听得出神。阿芒突然掩面哭泣。

天　虹　（惊诧地）阿芒，你怎么啦？怎么啦？

[阿芒哭得更伤心，双手朝空抓了几下，一回头，跑下去了。

天　虹　阿芒！……（望着他的背影，愣住了）

丽　娜　您的歌声，触动起他的心事了。

天　虹　为什么？

丽　娜　（长叹了一声）唉，他是个不幸的人！

天　虹　真的吗？

丽　娜　他年轻的时候，在印尼的马鲁古岛——他的故乡，他爱上了一个美丽的姑娘；姑娘对他也是倾心相爱的。但姑娘的父母却有一种宗教信仰的偏见，说什么也不肯答应他们的婚事。他们连秘密相会都不可能了，阿芒只好每天晚上走到小河边，在月光下弹起了吉他琴，唱起哀伤的歌。一天又一天，一年又一年，阿芒把嗓子都唱哑了，姑娘也因为过分的忧郁，而在一个细雨朦胧的夜晚突然地死去，从此阿芒万念俱灰！这痛苦的灵魂，终于在一个没有阳光的早晨，悄悄背起了吉他，踏上泥泞的小路，离开故乡，到处飘泊……

[长时间的停顿。

丽　娜　（小声）你怎么啦？

天　虹　（揉揉眼睛）哦，没什么……这是一个动人的故事！

丽　娜　那么你说，阿芒的爱情悲剧，根源究竟在哪里呢？是信仰的不同？是父母的反对？还是别的什么？

天　虹　我说不好，不过，假如换了另外一种情形——如果他们把爱情，跟改造社会的崇高理想结合起来，他们也许会更有勇气。

丽　娜　（思索着）……也就是说，爱情就不仅仅是谋求一般的所谓个人幸福，而是在为改造社会而奋斗的征途上，彼此之间在精神上、感情上的一种最珍贵的联系，勇气就从这里而来，就可以冲破一切艰难困苦和各种的阻力，即使是终于失败了，也可以获得另一种方式的幸福，可以到达一种崇高的境界——陈先生，您说得太好了，太好了！

天　虹　不，您的理解更加透彻。看来，您对这个问题是想过很多的。

丽　娜　（掠过一抹暗影）是的，想过很多，很多……

天　虹　（觉察了）那你——将来一定很幸福！

丽　娜　（一阵隐痛）不不，你别笑语我，我没有理想，完全没有！……（痛楚地）我建立不起来自己的理想！

天　虹　（惊异地）你不是在努力地工作，用科学来造福人类吗？

丽　娜　（摇摇头）那只是……虚幻的！（停了一阵以后）陈先生假如说，有一个人，她有一种对崇高的向往，有献身的渴望，可是她找不到值得为其献身的理想，那她该怎么办？怎么办呢？

天　虹　那就去找啊，总会找到的！（指着远方）从这西北方向望过去，那明亮的北斗星的下面，就是她的祖国。假如孤岛的生活使她感到毫无意义。那她为什

　　　　么不回国去呢？为祖国的昌盛繁荣而献身，那就是最崇高的理想啊！
丽　娜　可她对祖国的一切很不熟悉。
天　虹　很快就可以熟悉的！
丽　娜　（试探地）你愿意领她回去吗？
天　虹　当然愿意！
丽　娜　你愿意指导她生活一辈子？
天　虹　指导谈不上，倒是可以互相照应。
丽　娜　她照应不好对方呢？
天　虹　只要她有那份心！
丽　娜　心——是有的！
天　虹　那就一切都好办！
丽　娜　你说的是真话？
天　虹　（握住她的手）真的！真的！
丽　娜　（慌乱地）噢！……我太……太……（羞涩地，把手一抽，跑下去了，一条纱巾留在他的手里）
天　虹　丽娜！……（捧着纱巾，望着她的背影）
　　　　〔音乐起，自远而近——

　　　　　　多么可惜呀，多可惜呀，多可惜！
　　　　　　眼看姑娘走远了，多可惜呀，多可惜！
　　　　　　多么可惜呀，多可惜呀，多可惜！
　　　　　　眼看姑娘走远了，多可惜呀，多可惜！……

　　　　〔音乐渐远。
天　虹　（沉浸在一种奇异的感觉里）……啊！这是一个童话的世界！（走进寝室）
　　　　〔舞台渐暗，只有陈天虹的寝室里透出一圈黄色的灯光。
　　　　〔稍顷，丽娜独上，深情地凝望着屋里的灯光。
　　　　〔灯灭了。她仍然呆呆伫立。
　　　　〔她发现旁边的吉他琴，拿起来，轻轻抚弄，然后斜倚在礁石上，闭上眼睛……

[月色渐暗。

["莎丽楠蒂"的旋律隐隐出现。

[陈天虹从台阶慢慢走下来。丽娜抬头，惊喜地望着他。

天　虹　（轻声地）丽娜，你怎么还在这儿？

丽　娜　（低下头）嗯！……

天　虹　（慢慢扶起她）来，我们散散步！

[丽娜顺从地，跟着他。

[夜的天空格外蓝，星星显得更明亮，在音乐声中，两人缓缓而行，互相依傍，情意绵绵。

[音乐骤止，一片死寂，黑暗角落里突然闪出罗约瑟。

丽　娜　（叫起来）啊！……

天　虹　这是谁？

丽　娜　罗约瑟！

天　虹　别理他！

罗约瑟　（一阵怪笑）哈哈哈！姓陈的，你认识布莱恩吗？是布莱恩叫我来收拾你！……（突然掏出手枪）

丽　娜　（护着陈天虹）你要干什么？

天　虹　丽娜，咱们走！

罗约瑟　不许动！（突然开枪）

[天虹应声而倒。

丽　娜　（惊呼）天虹！天虹！……

罗约瑟　（走过来，恶狠狠地）哼，既然你不肯让我得到幸福，我也绝对不会让你得到幸福的！跟我走！

丽　娜　流氓！无赖！（用力打他的耳光）

罗约瑟　（硬拖着她）跟我走！跟我走！

丽　娜　（一只手死死抓住礁石的一角，拼命挣扎）放开我！放开我！……

[罗约瑟将丽娜按倒在礁石上，双手掐住她的喉咙。

丽　娜　（喊叫）放开我！放开我！……噢！……救命！……救命……

[舞台全暗。丽娜仍在黑暗中呼喊。

[灯复亮。只有丽娜一个人,挣扎着,说着梦话。

[陈天虹闻声而上。

天　虹　（发现她）丽娜!你醒醒!你醒醒!快醒醒啊!
丽　娜　（睁开眼睛,惊悸地）天虹!你没什么吧?没什么吧?
天　虹　我不是好好的?
丽　娜　那个人呢?
天　虹　你说谁?
丽　娜　（眼里还汪着泪水）噢!我做了一场梦!

[幕落。

第六场　狭路相逢

[两天后的早晨。

[马太博士岛的一块空地上。

[天气晴朗。一把蓝白相间的太阳伞的下面,陈天虹坐在藤椅上喝咖啡,远眺太平洋。

[马太博士穿着白色工作服,戴着遮光眼镜,急步而上。他把遮光眼镜推到额头上,做了一次深呼吸。他的脸色,显得兴奋而疲倦。

天　虹　（发现他）早上好!马太博士!
马太博士　早上好!
天　虹　你又是一夜没睡?
马太博士　实验刚刚结束。
天　虹　成功了?
马太博士　（坐下）初步的。

[阿芒捧出一个托盘。托盘上放着一个奶油蛋糕,一瓶葡萄酒,周围插着十支红蜡烛。

天　虹　　马太博士，今天是您的生日？

马太博士　不是。我的阿芒是最能体贴人的。每当我结束一项研究工作，他就要为我做一个蛋糕。

天　虹　　（数数蜡烛）呵，今天你已经完成第十项研究了。祝贺你！

马太博士　（笑笑，斟了三杯酒，一杯给天虹，另一杯给阿芒）阿芒，我的一切成果，都有你的一份辛劳，我今天愿意当着客人，表示我的感谢！干杯！

〔三人干了杯，阿芒充满感情地望着马太博士，双手交叉贴在胸前，深深鞠躬，然后退下。

天　虹　　（试探地）马太博士，看来你的研究项目是保密的？

马太博士　不，科学是属于全人类的，对我来说没有什么秘密可保，只是跟我订了合同的公司，从商业上的角度来说，是要求适当的保密。

天　虹　　公司？什么公司？

马太博士　那是一家民用公司。

〔冷场。

天　虹　　马太博士，你今天研究成功的，是不是那天为了救我的命，而用来打死鲨鱼的那种武器？

马太博士　（生气地）武器？我生平最恨武器，我这岛上没有武器！

天　虹　　啊，请原谅！我只是不明白，那鲨鱼是怎么死掉的？

马太博士　它是被激光射死的！

天　虹　　（惊奇地）激光器？有这样大能量的激光器吗？

马太博士　就是我今天初步完成的高能激光器。它射出的光束，可以在很远的距离，把坚硬的岩石和金属直接地熔化。有了这种激光器，人类凿穿地下的岩层，将比快刀切奶油还要容易！

天　虹　　（惊叹）威力这么强大的激光器，应该说是完全成功的，你为什么要说初步成功呢？

马太博士　因为它要有巨大的电源，要有非常笨重的附加设备。在这个问题没有解决以前，就谈不上实用。我知道我的一位老朋友，正在致力于这方面的研究。

天　虹　　你的老朋友？他是谁？

马太博士　他是——

　　　　　［丽娜穿着工作服，匆匆上。

丽　娜　爸爸！爸爸！我从远程摄像机里，发现了一架直升飞机，正朝着我们这儿飞过来——（指着远处）来了！来了！看见没有？

马太博士　可能是罗约瑟他们回来了。陈先生，你可以乘这架飞机回去了。

丽　娜　不，罗约瑟不会那么快回来！这几天，我已经好几次发现附近有飞机！

马太博士　为什么不告诉我？

丽　娜　我怕打扰了你。

马太博士　陈先生，也许这是专门找你来的。

天　虹　不会的，我到这儿来以后，没有跟任何人联系过！

马太博士　这就奇怪了！

丽　娜　来了！越来越近了！

天　虹　（有些焦急）马太博士，我是不是……暂时避一避！还有，这飞机既然来历不明，为了避免麻烦，我请求你，无论如何不要将我暴露，可以吗？

马太博士　好吧，丽娜，你跟陈先生到里面去，我来对付他们。

丽　娜　不，我要留在这儿，看看究竟是什么人！

马太博士　好吧，好吧，陈先生，你快进去吧！

　　　　　［陈迅速下。

　　　　　［飞机轰鸣，就停在头顶上。

　　　　　［飞机放下一条软梯，一个中年男子爬下来，又一个中年女子爬下来。两个人一上一下停在软梯上。

马太博士　（喝问）你们是什么人？

男记者　先生，对不起！我们是太空时报的记者，我们要寻找一个人的下落！

女记者　一个年轻的中国人——

男记者　是个科学家，半个月以前，他驾驶了一架民用飞机经过附近空域——

女记者　不知道什么原因，这架飞机突然失踪！

男记者　这个事件震动了整个新闻界——

女记者　我们希望尽快弄清事情的真相！

男记者　　希望能够得到您的帮助！提供一些可靠的细节！（欲下到地面）

马太博士　不要下来！对不起，你们所要了解的情况，我们一无所知！

丽　　娜　我们从来不关心外界的事情！

男记者　　呃——小姐，你们能不能稍为回忆一下，半个月前的一个晚上——

女记者　　天空晴朗，万里无云，是最好的飞行气候！

男记者　　可是突然发生神秘的雷电……（又欲下地）

马太博士　别下来！很遗憾，这些事情我们毫不了解，请你们回去吧！

男记者　　那么，你能不能谈谈关于这个小岛的环境，比如说，这个潮汐发电站，还有各种各样的无线电天线……

女记者　　更主要的是，你们是干什么的？

马太博士　对不起，这不是你们所应该打听的！我再说一遍——请回去吧！

男记者　　哎，这位先生好面熟！……（惊奇地，对上面的女记者）格劳丝，你仔细认认，这是谁？这是谁？

女记者　　（弯下腰来审视着，叫起来）胡明理！胡明理！……天哪！太偶然了！太偶然了！

马太博士　（顿时呆住了）……可能吗？这可能吗？……

丽　　娜　爸爸，他们究竟是什么人？爸爸！爸爸！……

男记者　　胡明理博士，老朋友！十年前我们在美洲打过交道的，还记得吗？还记得吗？

女记者　　他叫罗伯特，我叫格劳丝，十年前我们都是人道报的记者！

丽　　娜　（急了）不不，我爸爸不认识你们！不认识你们！

马太博士　孩子，我认识他们，没错！十年前让我被关进疯人院的，就是他们！十年前你妈妈遇上车祸而死去了，也是因为他们！孩子，认准他——认准她——一辈子要认准他们！

男记者　　胡明理博士，这完全是误会，历史的误会，随着时间的流逝、地点的迁移，我们的误会是完全可以消除的！

女记者　　这十年来也许你已经完全恢复了健康，我想，你完全可以清晰无误地向我们介绍介绍你是怎样躲到这个神秘的小岛来，今天又在为谁服务？"晨星

男记者	号"飞机的失踪，是否跟你们这个神秘的小岛有关？诸如此类的问题…… 胡明理博士，今天我们倒是非常愿意为你效劳，为了挽回你过去的声誉，我希望能够写出一篇轰动整个新闻界的报道，因此，请你提供一切最有力的证据。
马太博士	（有点晕眩）噢！下流的东西！
丽　娜	（扶住他）爸爸！
马太博士	孩子，别让人世间最肮脏、最丑恶的灵魂，玷污了这块干净的土地！你叫他们马上离开！马上离开！
女记者	不，我们还想了解了解……
马太博士	你们给我滚开！
男记者	等等！胡明理博士！……
马太博士	（抄起一把椅子）你们再不滚开，我就要把你们打个头破血流！赶快滚！
男记者	（赶紧往上爬）哎哎，就走！就走！……
丽　娜	你们还不飞走，我马上用激光器把你们的飞机打下来！
女记者	（慌极）小姐！千万别！别……（朝上喊）驾驶员！快走！快走！这儿有激光武器，赶快开走！赶快开走！

〔飞机拖着软梯离开了。

丽　娜	爸爸，他们还会再来吗？

〔马太不语。

丽　娜	他们会不会又要造谣生事？……爸爸，你很不舒服？
马太博士	（一声哀鸣）天哪！为什么世界上找不到一块干净的土地啊！
丽　娜	爸爸！爸爸！……

〔幕落。

第七场　应　变

〔当天晚上。

〔马太博士的书房。

［书房的一边有门通室外，另一边有门通寝室。正面是一排宽大的玻璃窗。

［幕启。窗外黑沉沉的，远处不时打着闪。

［丽娜站在寝室门口，不安地听着里面的动静。稍顷，她疲倦地，慢慢坐到沙发上。

［陈天虹与阿芒上。阿芒捧着一盘食物。

天　虹　（轻声）你爸爸呢？

丽　娜　在寝室里。

［阿芒欲进寝室。

丽　娜　阿芒，别打扰他，他刚刚才进去休息。哦，蛋糕、牛奶——恐怕太腻了，你能给他做盘咖喱吗？

［阿芒点点头，捧着食物退下。

天　虹　你爸爸怎么了？

丽　娜　两个记者一走，他就总是坐着发呆。从早到晚，几乎不说一句话！

天　虹　一点东西都没吃？

丽　娜　一天了，连水都没喝一口。

天　虹　他到底有什么心事？

丽　娜　他说，脑子里整天出现过去的事情，而现在，又有一种可怕的预感。

天　虹　什么预感？

丽　娜　大概是记者发现了他，会给他带来新的灾祸。

天　虹　有那么严重？

丽　娜　其实，他所预感的事情还不是最可怕的，最可怕的事情，他到现在还一点儿都不知道呢！

天　虹　什么事？你不能告诉他？

丽　娜　不，他会顶不住的！

天　虹　（停了一会儿）看来，是我连累你们了！

丽　娜　不，这跟你毫无关系！

天　虹　有关系的！记者寻找的那个人，就是我啊！

丽　娜　（大吃一惊）这是真的？

天　虹　真的。

丽　娜　他们为什么对你特别感兴趣？

天　虹　我身上带着我老师的一项重要发明，一帮匪徒千方百计要把它弄到手！

丽　娜　就是那黑皮包里的东西？

天　虹　是的，是我的老师托我送回祖国去的。

丽　娜　（紧张地）记者恐怕还会来，你的处境很危险！

天　虹　不，那些记者倒不怕，最可怕的是那帮匪徒，万一给他们发现了……

丽　娜　那些记者马上就要大造舆论，这个小岛很快就会引起外界的注意，你无论如何要尽快地离开！

天　虹　这儿还有别的交通工具吗？

丽　娜　有一只高速气垫船。

天　虹　在哪儿？

丽　娜　在你的寝室后面，一个堆放废旧物品的仓库里。可船是坏的。

天　虹　我会修理！

丽　娜　那赶快去修吧，修好了就马上走！

天　虹　那么你呢？

丽　娜　（朝寝室的方向看了看，痛苦地）我……恐怕一时走不了！

天　虹　那么，我先回国去，我在国内等着你！

丽　娜　不不！不行的！……

天　虹　为什么？

丽　娜　我怕，怕找不着你！怕这样一分开，就再也见不着面！

天　虹　傻瓜，不会的！

丽　娜　无论如何我不能让你一个人走！

天　虹　那你能说服你父亲，跟我们一块儿走吗？

丽　娜　看来很难！他跟别人订的合同，还有两个月才到期，他从来很守信用，是不肯随便违背合同的。

天　虹　那么怎么办呢？

丽　娜　试试看——我尽量说服他！

天　虹　有把握吗?

丽　娜　还有另外一些事情,我一定得说服他!

天　虹　那么,我得抓紧时间,赶快修好那艘气垫船!

丽　娜　我跟你一块去修!

天　虹　不,你要照顾你爸爸!

丽　娜　修船的事,暂时别让我爸爸知道!

天　虹　我不会声张的。我走了!（下）

　　　　[丽娜坐不住了,一会儿看看窗外,一会儿注意寝室里的动静。她努力使自己平静下来,随手打开电视机。一个频道播送着无聊的音乐节目。她调了调,另一个频道正在播送时装展览的广告。她很不耐烦,又换了另一个频道。屏幕上出现太空时报的男记者的形象。记者在兴奋地播讲:"……我们在这神秘的小岛上,极其偶然地发现了失踪十年的胡明理博士。一般看来,胡明理博士的头脑仍然很清醒,但通常所说的精神病人,往往只是在某些方面丧失理智。他的女儿曾经恐吓我们,扬言要用激光武器把我们的直升飞机打下来;而小岛周围,竟然架设着许许多多各种类型的无线电天线。因此,我们有充分理由,可以怀疑'晨星号'的神秘失踪,与这神秘小岛上的神经不健全的主人是很有关系的……"

　　　　[马太博士从寝室里走出。

马太博士　（喃喃咕咕）什么声音,嗡嗡嗡嗡,响个没完!

丽　娜　（一惊,忙把电视关上）爸爸!怎么又起来了?

马太博士　我脑袋发胀,稀奇古怪的念头,没完没了……（对着墙上一幅照片,自语地）梅林,我刚才好像看见你。

丽　娜　爸爸,你别……别胡思乱想,妈妈她早就……

马太博士　我还看到我的福田老师,真的!……哦,心又跳了!

丽　娜　您快坐下,爸爸!

马太博士　天气好闷!快打开空气调节器吧!

丽　娜　（调调装在墙上的旋钮）可以了吧?（故意显得很高兴）爸爸,我叫阿芒特意给你做了一盘咖喱,你最喜欢吃的!

马太博士	嗯。
丽　娜	我看看他做好了没有？我去给你拿来！
马太博士	嗯。
丽　娜	你好好歇一会！（跑下）

[马太博士坐在沙发上，出神凝想。其余的灯全暗了，灯光集中在他的身上。周围显得更虚幻。

[天幕渐渐出现黑压压的楼影。汽车来往不绝之声，隐约可闻。

[影影绰绰看见穿着睡袍的梅林，站在寝室的门口。她手里还拿着马太博士的睡衣。

马太博士	（抬头）梅林，你——
梅　林	（不安地）明理，你早该睡了，快去洗个澡！
马太博士	不，我睡不着，……（突然叫起来）咳！他们骗了我！……他们利用我的发明去制造杀人武器，他们是战争贩子！他们骗了我！他们骗了我！……
梅　林	（着慌了）明理，你别难过！你想开一点……哦，小丽娜要你讲故事，不然她就不肯睡。
马太博士	我……哦，告诉小丽娜，我明天晚上一定讲。
梅　林	（稍停）要喝点茶吗？
马太博士	不。
梅　林	我给你做了一盘咖喱，你挺爱吃的！
马太博士	我什么都不想吃！
小丽娜的声音	妈妈！妈妈！你快来呀！房间里黑得很！
梅　林	（回头）就来！就来！……明理，你还是进来睡吧！
小丽娜的声音	妈妈！我的拖鞋呢？（哭了）我找不着拖鞋，拖鞋呢？……
梅　林	噢！噢！别下床，小丽娜，妈妈来了，来了！……（下）

[穿着和服的福田教授推门进来。他是个独臂的日本老人，神色严峻。

马太博士	（惊讶地，站起来）福田老师，你怎么来了？
福　田	我不是你的老师！
马太博士	福田教授，我——

福　　田　　别说了！你知道我的手臂是怎么失去的？

马太博士　　知道！在上一次的战争，你不仅失去了手臂，而且失去了所有的亲人，失去了幸福！

福　　田　　我对你说过，战争，这就意味着千百万人的痛苦、灾难和鲜血！

马太博士　　我一辈子记住你的话！

福　　田　　你撒谎！七十年代最新式的杀人武器不是你发明的吗？

马太博士　　（辩解）我是受骗的，事先我完全不知道……

福　　田　　（冷冷地）学校奖给你的那条金钥匙呢？

马太博士　　哦，在，在……（从抽屉里拿出来）在这儿呐！

福　　田　　这是你在学生时代，你和赵谦共同合作，完成了一项造福人类的科学发明，学校才给你们奖励，可是今天，你用这双制造杀人武器的手，完全把它玷污了！

马太博士　　（痛苦地，看看自己的手）福田老师，你听我说——

福　　田　　你应该感到可耻！（愤然而下）

马太博士　　福田老师！……（追上几步，见已走远，又拐回来，跑到窗前）福田老师！福田老师！……

〔暗处传来一男一女的笑声。年轻时代的男记者和女记者推门进来，远远地站着。

马太博士　　（回头愣愣地看着他们）你们又来干什么？

女 记 者　　我们准备再写一篇关于您的报道文章。

男 记 者　　听说你在激光的研究中，表现出了惊人的才能，政府准备对你公开奖励——

女 记 者　　而你偏偏在这个时候，对政府提出强烈的抗议，这是我们所不能理解的！

马太博士　　你知道，他们把我用于和平事业的几项发明，全部用到军事上去。（愤激地）我抗议这种欺骗行为！我要求他们公开道歉，并且立即销毁根据我的发明制造出来的一切杀人武器！

女 记 者　　（对男记者）这是一种变态心理！……（对马太博士）难道你不明白，在我们社会里，每一项科学发明仅仅是一种商品吗？

男 记 者　　商品一旦落到买主手上，你就不能干预它的用途！

马太博士　　是的！是的！我憎恨这充满功利主义的社会！我憎恨这个丑恶的世界！

女记者	（小声地）没错，真是个疯子！（哈哈大笑）……
马太博士	你笑什么？
男记者	（跟着笑。对马太博士）没什么，博士，以后我们还会给您添麻烦，再见！
	［两人带着奇怪的笑声，消失在黑暗里。马太博士愣愣地，望着他们的背影。灯灭。
	［灯复亮。马太博士仍然坐在沙发上，出神凝想——
	［梅林又从寝室里出来，手里拿着报纸，远远地站着。
马太博士	小丽娜退烧了吗？
梅　林	还没呐！
马太博士	该给她吃药了。
梅　林	我就去。（仍然不动）
马太博士	还站着干吗？
梅　林	（惶恐不安）今天的报纸，你看过了吗？
马太博士	（厌恶地）你知道，我从来不看报纸！
梅　林	可是今天……哦，是的，不必看了……
马太博士	（疑心地）有特别新闻？拿来看看！
梅　林	（躲闪地）还是别看吧！没，没什么……
马太博士	（走前去，一把夺过来）给我！
梅　林	（发急了）这是狗屁新闻，你看了别激动，千万别激动！
马太博士	（打开一看）什么？……（念）"胡明理博士心理变态"！"科学疯子胡明理之丑闻"！……啊！（跌坐在沙发上）
梅　林	（慌了手脚）明理，你别难过！你别理它！明理！……你喝口水，来，喝，喝吧！……
小丽娜的声音	妈妈！妈妈！我要喝水！水……
梅　林	就来！小丽娜乖！……明理！明理！你到里面歇一会儿！
马太博士	（自语地）……没有正义，没有诚实，没有人道的报纸！……（把杯子一摔）我要去说理！我要去控告！……（欲冲出去）
梅　林	（抱住他）明理！明理！你不能去！不能去！

马太博士	放开我！……那两个记者，我认得出来！……造谣惑众，人身攻击，我要到法院去控告！……放开我！梅林，放开我！……
梅　林	（哭着哀求）你不能去！听我的话！明理！明理！
马太博士	（吼叫着）女人！女人！太软弱了！女人！
梅　林	那么我去！我认得他们，我要他们登报公开道歉！我去！……
马太博士	（急拦）不不，你不合适！你去没用！梅林！……
小丽娜的声音	妈妈！妈妈！……
梅　林	你去看看小丽娜，她要下床了！快去！去……（一转身，冲出门外）

〔急骤地音乐起。

马太博士	梅林，你回来！回来！……
小丽娜的声音	妈妈！妈妈！你快来呀，妈妈！……

〔传来汽车发动声，快速开走声。

〔音乐越来越强烈，小丽娜的哭声紧催着马太博士一步一跌往寝室走去。音乐突然发出一阵强烈地碰撞声，随即收住——一片死寂。

〔马太博士全身震动了一下，迅速跑向窗台，望着远处——

马太博士	（一声哀号）梅林哪！……

〔灯骤灭。

〔灯复亮在马太博士身上。他依然坐在沙发上，出神凝想。

〔传来男女精神病人的笑声，哭声，和稀奇古怪的叫喊声。几个疯子纠缠着马太博士。

〔早年的布莱恩挽着一件风衣上。他把疯子赶跑。

布莱恩	明理，老同学，你怎么陷到这疯人院里来了？
马太博士	别问这些了。看到我的小丽娜吗？
布莱恩	我已经悄悄把她送到我住的地方去了。
马太博士	她病好点了吗？
布莱恩	好多了。
马太博士	可怜的孩子！……布莱恩，你是怎么进来的？
布莱恩	想办法嘛。

马太博士　下次你要再能进来，带一瓶毒药给我吧！

布莱恩　天哪！你这是怎么啦？我可是特意来救你的！

马太博士　救我？你能让我出去？

布莱恩　比这还要彻底，除了让你出去，我还要帮助你实现那造福人类的崇高理想！

马太博士　（打量着他）这……大概你才是疯子吧！

布莱恩　（笑了笑，抽烟）告诉你吧，我现在是欧洲洛菲尔公司的经理。本公司完全是私人企业，以争取和平，造福人类为目的，你只要跟我们合作，我们就可以设法解救你，一切崇高的理想就可以实现。

马太博士　（怀疑地）这可能吗？

布莱恩　当然有困难，主要是你得罪了那些有势力的人，他们不会轻易放过你。

马太博士　那有什么办法？

布莱恩　办法是有的，只是怕你——

马太博士　什么办法，你说！

布莱恩　为了保证你的安全，你必须改名换姓，和过去的一切亲戚、朋友、熟人完全断绝关系——让这个社会把你彻底忘掉！

马太博士　（愤恨地）我正要忘掉这个社会呢！……可是我的，小丽娜呢？

布莱恩　我们准备另外妥善安置，我来当她的保护人！

马太博士　那不行！……（痛楚地）不行啊！死去的已经白白地死去，现在只剩下我跟丽娜相依为命了！

布莱恩　那好吧，就让丽娜留在你身边。如果你同意我们的条件，洛菲尔公司准备和你签订一个为期十年的工作合同。（把预先写好的合同递给他）

马太博士　（看也不看，签了字）布莱恩，我在这里一分钟也待不下去了，你怎么带我走？

布莱恩　（神秘地一笑，把黑眼镜递给他，然后把风衣披在他身上）喏！车子就停在门口！

　　　　　［传来一阵神经病人的怪笑。

　　　　　［灯骤灭。

　　　　　［灯又渐渐地亮了，天幕上的黑压压的楼影已经消失，周围的环境恢复原

来的样子——实实在在的马太博士的书房。

[马太博士仍然坐在沙发上,出神凝想。

[丽娜捧着一盘点心上。

丽　娜　爸爸,让你久等了,阿芒想得周到,咖喱做好了,还专门放到雪柜里冷冻了好半天。喏,冰凉冰凉的,快吃吧!

马太博士　就吃,你放着。

[外面打着闪,天边滚过一阵闷雷。

丽　娜　要下雨了!

马太博士　丽娜,过来,爸爸有话跟你说。

丽　娜　(放下托盘,倚在他膝下)什么事,爸爸?

马太博士　(爱抚地)孩子,这十年来,爸爸让你受委屈了!

丽　娜　爸爸,你又说这些了!

马太博士　孩子,爸爸替你想得实在太少。

丽　娜　不是的!你待我好,我心里明白!

马太博士　孩子,你过早地失去了妈妈,没人疼,没人爱,没人问问你藏在心里头的事,没人去为你的将来仔细想一想,那是很凄凉的,我知道!

丽　娜　(挂着泪花)不,妈妈该给的疼爱,你都加倍地给了,爸爸!

马太博士　爸爸的处境你是知道的,我对社会已经太厌倦了,我只是想躲到这个与世隔绝的孤岛来,用我的余生为人类作点有益的贡献……这个孤岛,该就是我最后埋葬的地方了!

丽　娜　(替他理理头上的白发)爸爸!瞧你在说些什么呀!

马太博士　可是你呢?丽娜,你总不能陪我在这儿一辈子啊!

丽　娜　我是要跟你在一块的爸爸!

马太博士　别说傻话了!我已经想好了,再过几天,我就要把你送走!

丽　娜　(一抬头)什么?你说的是……那么说,我们的事情你都知道了?

马太博士　(不解地)什么事情?

丽　娜　(一愣)你不是说……(低下头)哦!没什么……(急切地)你要把我送到哪里去?

马太博士　我要把你送到南美洲，送到我的一位老同学——赵谦教授那儿去！你跟着他，你一定会有前途的！

丽　　娜　（叫起来）不不，我不去！我不去！

马太博士　你听我说！……喏，你拿着这条金钥匙，他一看就知道你是胡明理的女儿，他会待你很好的！

丽　　娜　不不，我不去！我不要去！

　　　　　[隐隐的雷声。

马太博士　我的主意已经定了，等罗约瑟一回来，我就让飞机首先把你送走！

丽　　娜　（哭了）爸爸，我求求你！求求你！别把我送走！别把我送走呀！

　　　　　[外面下雨了。

马太博士　孩子，听我的话，你一定得走！今天，我让那些无聊的记者发现了……我这个"疯子"！……我知道很快就会发生什么事——无论发生什么事，我只能让我一个人来承担，我可不能再连累我的女儿——不能！绝对不能啊！……来吧！让一切的灾难都压到我一个人头上来吧！

　　　　　[暴雨，雷声……

　　　　　[幕落。

第八场　是人是鬼？

[第二天清晨。

[景同前场——马太博士的书房。

[天刚刚亮，暴风雨虽然已经过去，但天色仍然是晃晃荡荡的。看得见窗外的椰树上，有几支被风雨摧折的叶柄。可怜巴巴地倒悬着。

[幕启。场上无人。丽娜轻轻地推门进来，走近寝室，听听里面的动静——

马太博士　是谁？谁在外头？

丽　　娜　是我，爸爸，你起床了吗？

　　　　　[马太博士穿着睡衣上。

马太博士　嗯，刚刚起来。

丽　娜　昨晚上的风雨好厉害呀，你睡得好吗？

马太博士　（看了她一眼）跟你一样——没睡着！

丽　娜　我可是……睡得很好！

马太博士　（突然）不！你整整一个晚上，到哪儿去了？

丽　娜　（慌了）我吗？我在……

马太博士　（严厉地）我问你，上哪儿去了？

丽　娜　在……跟陈先生一起……

马太博士　一起干什么？

丽　娜　没，没干什么……

马太博士　（痛楚地）好吧，好吧，等你们修好了气垫船，你就远走高飞……飞吧，飞吧！……

丽　娜　爸爸！爸爸！你别生气！我早晚一定告诉给你，这个地方再不能待下去了，我要劝你跟我们一块儿走，一块回到祖国去！

马太博士　（长叹了一声）孩子，你年轻，你没有社会经验，你不能随随便便跟着一个陌生人……

丽　娜　他是个好人，爸爸，他是个挺好挺好的人！

马太博士　你想过吗？孩子，就算他是个好人吧，他也不过是被一场可怕的风暴甩到这个孤岛上来的一条落难的船！他从哪儿来？要到哪里去？这些通通都是未知数。而现在横在他面前的，首先就是一片茫茫的大海，未来的命运，连他自己也不能预料。对这样的一个人，你为什么偏偏一定要跟着他？

丽　娜　（沉静地，抬起头）这些我都想过了，我想，我们也只不过是一潭死水里的鱼，表面看来，生活好像是风平浪静，挚爱和平，可是这死水里的鱼，随便什么时候都有窒息的可能啊！而他——他是在暴风雨中勇敢地搏斗过来的，他还要去跟未来的风暴勇敢地搏斗！在他身上奔流着的，是一股沸腾的热血！在他心里深深埋藏着的，是一种纯真的爱，这种爱，可以把你整个的生命都给溶化掉，可以让你一时一刻也不能离开他，一旦离开了他，心里就觉得空荡荡的……（闪着泪光）爸爸！爸爸！这是我生来第一次出现的一种奇特的感情,我不知道这是不是就叫作"爱情"?这种感情使我不能控制我自己,我只是想拼命抓紧它,追逐它,哪怕是上天入地,粉身碎骨,我也不能放过它!……我害怕一旦错过机会,就会后悔一辈子,后悔一辈子的!……(掩面痛哭)

马太博士　(手足无措,站起来,来回踱了几步,猛一回头,声音颤抖地)孩子,我理解你!可是,我并不是让你把一生的幸福轻轻抛弃掉,不是的!我只是怕那个人靠不住,怕他闯入别人的生活,骗取了别人的感情之后,就毫不负责地飘然而去,那样,会给你带来无边的痛苦,那样,你爸爸又会犯下一个不可弥补的过失,不仅对不起你,更对不起你死去的妈妈!

丽　娜　爸爸,你不了解他,你对他的看法是不公平的!

马太博士　起码他的身份就值得怀疑!

丽　娜　为什么?

马太博士　一个教师,居然秘密携带一件有放射性的危险品!

丽　娜　你是说那个黑色的密封包——

　　　　[陈天虹突然拿着密封包上。

天　虹　马太博士!

　　　　[一个冷场。

天　虹　你们的话,我都听见了。马太博士,你不是想要了解密封包吗?请你看看吧!(打开密封包)

马太博士　这是什么?

天　虹　高效原子电池!

马太博士　(熟练地检查着,惊奇地)这么高的电压,这么强的电流,放电时间这么长……要是和我的激光器配合使用,那就简直不得了!……陈先生,这是谁制造的?

天　虹　全球闻名的原子物理学家——赵谦教授!

马太博士　(一震)赵谦?你是说赵谦?

天　虹　是的。

马太博士　你认识赵谦?

天　虹　　我是他的学生。

马太博士　那么，你不是个教师？

天　虹　　我叫陈天虹，那些记者要寻找的就是我。马太博士，请原谅我没有吐露真实的来历，因为我有其他的苦衷！

马太博士　什么苦衷？

天　虹　　赵教授完成了原子电池的研制工作以后，由于他把这个重要的成果献给我们的祖国，不愿出卖专利权，因此就被人暗杀了！

马太博士　（惊呼）什么！赵谦被人暗杀了？

天　虹　　是的，我为了实现赵谦教授的遗愿，带着这个原子电池想回国去，可是飞机又被人击落了，为了避免再出事，我一直就不敢向你讲真话。

马太博士　（悲痛地）赵谦啊赵谦，没想到你的遭遇比我更悲惨！

天　虹　　（拿出金钥匙，交给他）这就是赵教授留给我的最后的纪念品！

马太博士　（颤抖地接过，然后又拿出自己的金钥匙，合在一起，喃喃自语地）我们的理想呢？赵谦！我们的抱负呢？……（眼泪夺眶而出）咳！现实太残酷了！太残酷了！

天　虹　　（轻轻地）你就是——胡明理博士？

马太博士　（半晌）是的，我就是那个不幸的人！

天　虹　　你的遭遇，赵教授已经跟我说过了，但你到底是怎么失踪的，这连赵教授都不知道！

马太博士　是的，谁也不会知道的。我被送进疯人院以后，我几乎绝望了，幸亏我的一位同学，把我秘密弄到这个地方来！

天　虹　　老同学？他是谁？

马太博士　欧洲洛菲尔公司的副总经理——布莱恩！

天　虹　　（惊呆了）布莱恩？布莱恩？……马太博士，你又上当了！要收买赵教授的专利权的，就是洛菲尔公司；杀害赵教授的主谋就是布莱恩！

马太博士　（如受电击）天哪！你说些什么？这不可能！不可能！布莱恩为什么要这样做？

天　虹　　因为洛菲尔公司是受某大国操纵，某大国需要利用原子电池去制造新型的杀人武器！
马太博士　（极力否定）不不！洛菲尔公司是一家民用公司，从不生产武器！
天　虹　你怎么知道洛菲尔公司不会把科研成果，包括你的研究成果转给某大国，再由某大国制造杀人武器呢？
马太博士　不会的，布莱恩向我作过保证！
天　虹　难道你不会想一想，布莱恩为你筹建这么大的实验室，投下这么多的资本，他是没有目的吗？
马太博士　目的是造福人类！在这十年中，我全是为了这个目的工作的，我研制了一种新型的激光手术刀，改进了激光焊接机，在空间放电方面，也做了一点研究。
天　虹　（追问）什么空间放电？
马太博士　我发明了一种强力的微波振荡器，它可以产生一束极窄的无线电波，从而在远距离的目标上造成电火花。虽然我现在还没有发现它有什么实际用途，但洛菲尔公司对它倒是很感兴趣。
天　虹　（叫起来）马太博士！我的"晨星号"恰恰就是被闪电击落的！当时海面上只有一艘某大国的军舰在活动，我认为，他们很可能就是利用你的空间放电仪改制成秘密武器！
马太博士　（脸色煞白）不不，这不是事实！
天　虹　当时我是在九千公尺高度飞行，周围没有云彩，因此绝不可能是自然的雷电，除了利用你的空间放电仪，别无其他的解释！
丽　娜　爸爸！我一直不敢告诉你，罗约瑟曾经向我透露过，布莱恩是个骗子！政治骗子！
马太博士　罗约瑟有什么根据？
丽　娜　他可能知道内情，看来他已经被收买了！
马太博士　（用手扪住胸口，倒在沙发上）啊！……
丽　娜　（大惊）爸爸！爸爸！
天　虹　你怎么啦？
马太博士　（低声地）心脏病，没关系。丽娜，给我注射针药！

〔丽娜迅速从药柜里拿出针药，为马太博士注射。

〔远处有飞机的声音。

天　虹　飞机！……谁来了？

丽　娜　（跑到窗前看）是布莱恩的飞机！

马太博士　他们怎么提前回来了？

丽　娜　（紧张起来）爸爸，要是布莱恩一旦发现了陈先生，那该怎么办？

马太博士　（紧张地思索）布莱恩！布莱恩！……一个人，总不能坏到如此的地步吧！……陈先生，你说的事情，会不会完全是一场误会？

天　虹　不，马太博士……

丽　娜　不管怎么说，为了陈先生的安全，现在你总不能再相信布莱恩了！

马太博士　好吧，我暂时替你保密！

天　虹　要是罗约瑟一起回来——

丽　娜　他一定会发现他的房间住了人！

马太博士　我说你早就离开了，然后，下一步我再想办法送你走！

天　虹　（郑重地，把密封包递给他）马太博士！万一我发生了什么事情，希望你一定想办法把它送回祖国去，好完成赵教授的遗愿啊！

马太博士　（肃穆地接过密封包，交给丽娜）放到我的保险柜里去！

丽　娜　好的。（拨动号码盘，保险柜自动打开，她把皮包放进去）

马太博士　（望望窗外）他来了！你坐到我寝室里去吧！

〔陈天虹与丽娜急下。

〔稍顷，布莱恩匆匆上。

布莱恩　马太博士，你好！

马太博士　你好。罗约瑟呢？

布莱恩　他还在法国，现在玩得正高兴呢！

马太博士　你一个人来吗？

布莱恩　是的，我是专程来看看奇迹的出现的！

马太博士　你来得太突然了！

布莱恩　上回你不是说，再过几天奇迹就一定会出现的吗？

马太博士　（冷冷地）不可能。

布莱恩　　（一惊）怎么？试验还没成功？

马太博士　是的。

布莱恩　　到底进展怎么样？

马太博士　（半晌，摇摇头）不怎么样。

布莱恩　　（突然）这几天出了什么事？

马太博士　你说这里吗？

布莱恩　　是的。有什么人来过？

马太博士　两个记者。

布莱恩　　还有吗？

马太博士　没有了。

布莱恩　　记者向你打听了些什么？

马太博士　追查一架飞机的下落。

布莱恩　　你怎么说？

马太博士　我什么也没说，我把他们轰走了。

布莱恩　　昨晚的电视新闻你看过了吗？

马太博士　电视新闻我从来不看！

　　　　　[冷场。

布莱恩　　（严重地）你知道吗？这个小岛已经完全暴露了！

马太博士　你好像过分紧张！

布莱恩　　主要是担心你的安全！

马太博士　（盯住他）……谢谢！……谢谢！

布莱恩　　（避开他的目光）马太博士，我们之间好像有什么误解了！

马太博士　仅仅是误解吗？仅仅是误解吗？（抑制不住了）一个人装作正人君子，凭着他的花言巧语，把一个刚刚被人欺骗而处境艰难的人，又一次地欺骗了，而且整整地骗了十年，整整十年哪！这仅仅是误解吗？仅仅是误解吗？

布莱恩　　太莫名其妙了！老朋友，我简直不明白你在说些什么？

马太博士　别装蒜了，布莱恩！我的空间放电仪你拿去干什么用？"晨星号"的飞机你是怎样打下来的？你回答我！

布莱恩　（冒着汗）你看！这简直是……简直是……

马太博士　我再说一遍——你回答我！

布莱恩　无中生有的问题，你自己去回答吧！

马太博士　我知道你不敢回答！还有——赵谦教授是怎么死的？死在谁的手上？这个问题你更不敢回答！（无奈地望着晃荡的天空，痛苦地）天哪！人世间既然充满着阴谋、奸诈和虚伪，没有道德，没有正义，没有起码的诚实，那么，地球就应该偏离轨道，而跟另外一个星球相撞，人类就应该从此毁灭，永远不要存在了！不要了！

〔长时间的停顿。

布莱恩　（异样地冷静）马太博士，既然你已经被可怕的谎言完全俘虏了，我纵然解释，也是无用，那只好……（难过得说不下去。稍停，猛一抬头）老朋友，我只是为我们的神圣友谊遭到损害而感到痛心，我无论如何也想象不到，两个信口开河胡编乱诌的记者在短短的一瞬间，就能把两个人经过十年努力而凝结起来的友谊，轻而易举地破坏了！咳！人与人之间，所谓深刻的了解，所谓相互的信赖，竟然是如此的脆弱！

马太博士　不，记者的话难道我会轻易相信？跟你说吧，就连你收买去了的罗约瑟，也说你是个骗子，政治骗子！

布莱恩　（恍然大悟）哦！罗约瑟！是罗约瑟！……（愤怒地）马太博士，没想到你活到五十多岁，竟然是白活了！罗约瑟是什么人？他的品性，他的行为，难道你一点都不知道？我本来正想告诉你他是怎么胡闹的，这一次休假，每到一处，他就花天酒地，纵情玩乐！赌钱，玩女人，什么事都干了。这一年多来，他悄悄向我借过五次钱，总共八万多块美金——（掏出借据）看，这就是他亲手写的借据——这一回我对他好言相劝，并且拒绝借给他一大笔钱，他就怀恨在心，恶语中伤，肆意诽谤！还有——他拼命追求你的女儿丽娜，遭到丽娜拒绝以后，他就威胁、恐吓、耍流氓，把你和丽娜骂得一钱不值！不信？不信你问问你的女儿，问问丽娜去！

马太博士　（又挨了一下闷棍）不要说了！不要说了！

布莱恩 （毫不放松）十年前你为什么会给人说成是疯子，为什么社会上也完全相信了？为什么？还不是由于有人为了达到某种目的，而不择手段地捏造事实，编造谎言？而谎言重复一百遍，就会变成真理，于是黑白颠倒，是非混淆，好人被说成是坏人，正常人被说成是疯子，虚伪代替了真诚，诡辩代替了真理，邪恶代替了正义，整个世界充满着罪恶！罪恶！……是的，舆论是可怕的，你本身就是社会舆论的可怜的牺牲品！可是今天，连你——马太博士也摆脱不了舆论的魔力，而突然用另一种眼光来看待自己一向可以信赖的老朋友，咳！世界真是可悲啊！

马太博士 （扶着头，茫茫然，走到沙发前）你让我安静一会儿！安静一会儿！

布莱恩 是的，你应该冷静冷静，我不想多打扰你了，可是我提醒你，这个小岛已经暴露了，全世界的记者很快就会蜂拥而来，你的研究工作很快就会受到干扰，我希望你抓紧时间，尽快把高能激光器设计完成，现在，我得马上去把罗约瑟找回来。再见！（下）

马太博士 （自语地）布莱恩！布莱恩！你到底是人还是鬼？

　　［幕落。

第九场　赌场上的交易

［当天半夜。
［地中海一个滨海城市的赌场。
［这是赌场附设的酒吧间。周围是光怪陆离的霓虹灯广告，其中一块写着日文"生财之道"几个大字。
［酒吧间四通八达，轮盘赌场就在它的旁边，赌场里一时静得怕人，一时突然爆发出疯狂的喊叫声，使人神经紧张，心惊胆颤！
［罗约瑟拿着一杯威士忌，靠着柜台，全神贯注地听着赌场里的动静，一双着了魔似的，极度贪婪的眼睛，随着赌场里的声音变化而很快地转动着。
［又一阵疯狂的喊叫声之后，两条大汉拖着一个昏死过去的赌徒过场，罗

　　　　　　　约瑟愣愣地看着这赌徒，浑身汗毛倒竖。

应召女郎甲　可怜的人！他把赌注押得太大了！

应召女郎乙　又是输个精光！哈哈！

应召女郎甲　密斯脱罗，您又错过机会了！这一盘假如你没有退出来，他的钱可能就完全落到您的口袋里去了！

　　　　　　　〔一个肥胖的欧洲人，得意洋洋地从赌场里出来，几个捧场者簇拥着他。

捧场者甲　您的运气真好！真好！

捧场者乙　运气固然要好，而更重要的是要有先见之明！先见之明！

捧场者甲　对对对，一切的聪明、才智、机敏、灵活，以及一种超人的胆量，等等等等，是具有先见之明的先决条件，而这一切，我们的费道尔先生通通都具备了！

欧洲人　（指罗约瑟）这就是刚才慌里慌张，犹豫不决，下注最晚的那个人吗？

捧场者甲　是的是的，他手上只有可怜的几千块钱，因此不能不显得小里小气！

捧场者乙　现在恐怕连回家的旅费都输光罗！

捧场者甲　旅馆的房租大概也付不出来了，因此才厚着脸皮赖在酒吧间里，哈哈！

欧洲人　（对罗）喂，朋友，你住"王子饭店"吗？几号房间？好吧，房租都记到我的账上来吧！

捧场者甲　瞧，这才是阔佬的气派！

欧洲人　走吧，朋友，一块回旅馆去！

　　　　　　　〔罗约瑟不动。

捧场者乙　说不定他还欠着酒钱，脱不了身哩！

欧洲人　（掏出一叠钞票）喏，给——

　　　　　　　〔众哄笑。

　　　　　　　〔罗约瑟感到莫大的侮辱，一手把钞票拨开，众哗然。

捧场者甲　（走前去，朝罗的小腹猛击几拳）这是你发脾气的地方吗？老弟！老弟！

欧洲人　（对应召女郎乙）你可是很逗人喜欢的，小宝贝，送我回旅馆去，可以吗？

应召女郎乙　当然可以，我实在很高兴！（勾住他的手，与欧洲人下）

　　　　　　　〔捧场者随下。

[罗约瑟捂住小腹，痛得直不起腰来。

应召女郎甲　（扶他坐到椅子上）你应该好好歇一会儿！

罗约瑟　　亲爱的，送我回旅馆去，可以吗？

应召女郎甲　噢！实在对不起，我还要等一个人！（一个男人从赌场里出来，她赶紧迎上去，勾住他的手，同下）

[罗约瑟忿忿不平地看着他们。

[布莱恩匆匆上。

罗约瑟　　（一眼看见他，欣喜若狂）布莱恩！布莱恩！我在这儿！我在这儿！……

布莱恩　　（看看周围）玩够了吗？

罗约瑟　　有没有钱？借给我一万块！一万块！

[布莱恩望了他一眼，没有回答。

罗约瑟　　有吗，五千块也行，只要五千！几个小时之内就可以还给你，来，拿来！

布莱恩　　回去吧！马上跟我走！

罗约瑟　　不不，我吞不下这口气！我不相信我赢不了！我要翻本！我要赢回一大笔！布莱恩，我会发大财的！把钱给我！把钱给我！

布莱恩　　你混蛋！你不是说我是个骗子吗？为什么还要向我借钱？（冷笑）现在该轮到我向你讨还旧债了！（掏出借据）这是你亲手写的借据，总共八万五千块，马上清还吧！

罗约瑟　　布莱恩，你今天怎么啦？

布莱恩　　（厉声地）叫你还钱！

罗约瑟　　你不是说过，这都是给我的报酬吗？

布莱恩　　我的报酬，绝不会付给出卖我的人！坐下！

罗约瑟　　（无奈地）你要把我怎么样？

布莱恩　　还钱呀，马上能还清吗？

罗约瑟　　（苦笑）别再耍弄我了！

布莱恩　　还不起吗？拿性命作抵偿吧！

罗约瑟　　（大惊失色）布莱恩！你，你不能翻脸不认人！自从你把我送到了马太博士岛，我一向对你忠诚，我为你做过许多事情！你，你……（站起来，

紧往后退）

布莱恩　你跑不掉了！到处都有我们的人！怎么样？想把性命留着吗？

罗约瑟　（擦冷汗）有话你就直说！

布莱恩　只有一条路！想留着性命，就必须绝对服从我的指挥！如果干得好，不仅可以免去以前的一切债务，而且可以不断给你新的报酬，你答应吗？

罗约瑟　（抱着头）噢！……能不答应吗？你给了我另外的选择余地了吗？

布莱恩　是的，没有选择余地了。怎么样？说定了？（掏出一张支票），一万块，签字吧！

罗约瑟　（迟疑了一下，毅然签了字，然后拿起支票，转身就走）等我一下，只来两盘！两盘！

布莱恩　你发疯了，回来！

罗约瑟　我会赢的，布莱恩！

布莱恩　混蛋，现在是什么时候了！我告诉你，马太博士岛已经完全暴露了，我们必须把马太博士的高能激光器的设计图弄到手，而且，要用原子弹把马太博士岛炸掉！这一切行动，要在二十四小时之内完成！

罗约瑟　（惊愕）炸掉小岛？那岛上的人呢？

布莱恩　我知道，你最关心的只是丽娜。好吧，我保证替你把她弄到手，该满足了吧？

罗约瑟　你说话一定要算数！

布莱恩　走！立刻上我的飞机，给我配合行动！

　　　　［幕落。

第十场　碧海遗恨

　　　　［次日傍晚。
　　　　［马太博士的书房。
　　　　［残阳渐渐地褪去，周围开始暗下来了。海涛的声音，阵阵传来。晚风过处，

椰树沙沙作响。

[马太博士站在窗前，凝望着大海。

[陈天虹坐在沙发上，不安地注视着马太博士。

马太博士　（回过身去）天虹，在我不幸的晚年里，丽娜就是我唯一的安慰和希望了，现在，我把这唯一的希望托付给你，你……（声音很小）以后，假如她怀念起可怜的父母来，你就用你的爱去给她填补；如果她太任性了，你就稍为迁就迁就……（鼻子一酸，说不下去了）

天　虹　爸爸，你放心，我一定会待她好！可是，你为什么不和我们一块走？爸爸，祖国的召唤你听见吗？祖国是多么需要你啊！（稍停）再说，你在这里的处境很危险！

[丽娜上。

丽　娜　爸爸，我把行李都收拾好了。

马太博士　哦，哦……拿到船上去了吗？

丽　娜　还没呐。

马太博士　水和干粮都准备好了？

丽　娜　阿芒正在为我们准备。

马太博士　（看看表）快六点了！风向已经转了东南，等到天一黑，你们就……

丽　娜　爸爸，你还是跟我们一道走吧！

天　虹　是的，回到祖国，我们可以一起照顾你。

马太博士　（紧闭着两眼，强抑制住自己的感情）……噢！我早说过了，我必须等到合同期满，我才能离开。

丽　娜　爸爸，布莱恩的真面目，难道你还没有看清？

马太博士　我要亲眼看看事实。

丽　娜　那时候就太晚了！

马太博士　（一摆手）不必再劝了。我只是……心里像掏空了一样！

丽　娜　（靠着他）爸爸，别难过，两个月以后，我们在祖国的怀抱里团聚，我们等着你！

马太博士　（显得很苍老）你……回国以后，常来电话，告诉你们的一切……（喉咙

哽住了）

丽　娜　（止不住的眼泪，不停地流）嗯！嗯！……爸，你保重！……海上的风暴，说来就来，冷冷暖暖，千万要注意。……你的病要按时吃药……睡觉，别太晚了！……

　　　　［天虹站在窗前，悄悄擦着眼泪。
　　　　［冷场。
　　　　［阿芒突然神色紧张地跑上，指着外面，嗷嗷喊叫。

天　虹　（抬头一望，叫起来）你们看！有一艘军舰开过来！

马太博士　（走过去）军舰？军舰开到这儿来干什么？

天　虹　很像是——击落"晨星号"的那一艘！

丽　娜　说不定布莱恩他们，就是乘这艘军舰回来！

马太博士　这可能吗？

丽　娜　爸爸，你不能太麻痹了！

马太博士　（思索了一下）天虹，到我寝室里避一避！

天　虹　好。（忽然想起）爸爸，你那激光器的样机做成功了，布莱恩他们知道吗？

马太博士　那是由我跟丽娜完成的，他们都不知道。

天　虹　为了慎重起见，我看，是不是把激光器暂时隐藏一下？

马太博士　有这个必要吗？

丽　娜　有必要的！

马太博士　那就放到我寝室里去吧，你跟阿芒一起去搬进来。

　　　　［丽娜与阿芒急下。
　　　　［传来飞机的声音。

天　虹　直升飞机！从军舰上起飞的！

马太博士　（辨认着）是布莱恩的飞机！

天　虹　说不定这一趟来，是要采取行动了！

马太博士　（思绪很乱）采取行动？布莱恩……对我采取行动？

　　　　［丽娜和阿芒合力把激光器推进来。
　　　　［飞机的声音更响了。

天　虹	快！快！飞机降下来了！
	［众把激光器推进寝室，然后复出。
丽　娜	天虹，你快到里面去！你千万不能露面，不然的话，原子电池就会落到他们的手上了！
马太博士	如果发生意外情况，你更不能出来！快进去吧！
天　虹	你们小心！（下）
丽　娜	阿芒，你到罗约瑟的房间里去收拾一下。
	［阿芒做了个手势，表示已经收拾好了。
丽　娜	收拾好了？那你到仓库里去，把气垫船再隐蔽得好一些。
	［阿芒下。
丽　娜	（看着外面）看，有军人！布莱恩领着好几个军人！……来了！来了！
马太博士	（紧张地）丽娜，你也躲进我的寝室去，没有我的招呼，千万别出来！
丽　娜	不不，不行的！
马太博士	听我的话，快进去！快！（把丽娜推进寝室）
	［稍顷。布莱恩，沙布诺夫和罗约瑟上。
布莱恩	你好，马太博士！（热情地）介绍一下，这位是著名的马太博士；这位是沙布诺夫上校。
沙布诺夫	久仰，久仰！今天见面，非常荣幸！
马太博士	（淡淡地）请坐吧！……（突然）约瑟，你们怎么会坐军舰来的？
布莱恩	（抢着回答）噢，这完全是凑巧，因为沙布诺夫上校的军舰上，装有本公司出品的一台仪器，他邀请我们到舰上检查一下，所以就顺便过来了。
马太博士	仪器？是空间放电仪吗？
布莱恩	那是……
沙布诺夫	是的，是的，我们把它叫作"死神的火焰"，据说这也是你的天才发明！
马太博士	（厉声）打下"晨星号"飞机的，就是用这种仪器吗？
布莱恩	这……
沙布诺夫	是这样的，十来天前，一个罪犯在我国作案以后，盗窃了一架叫"晨星号"的飞机逃走，我的军舰刚好在这一带海面演习，就奉命用"死神的火焰"

将它击落。

马太博士　（身体剧烈地摇晃了一下，呻吟似的）嗯，我明白了！……明白了！……

布莱恩　（急忙辩解）老朋友，这些仪器，都是保卫和平的工具，不是武器，这和我们的宗旨并不矛盾。现在，你和洛菲尔公司订的合同，很快就要满期了，在这十年中，我们的合作是很有成效的，因此，准备请你签订一个新的合同。

［外面的天色已经很暗，浪涛的声音越来越响。

马太博士　（全身发抖，仿佛在自语）新的……合同！

布莱恩　我知道你们的高能激光器已经设计完成，公司准备投入生产，现在，我们在欧洲某地的深山中，建设了一座更加完善的实验室，想请你去主持一下。

［马太博士仿佛全身麻木了，两眼发直，走向窗前。

布莱恩　（拿出合同，甜蜜地）签字吧，老朋友，我知道你已经在这岛上生活惯了，不一定愿意离开，可是由于这个小岛已经暴露了，我们为了你的安全，不得不这样做呀！

［马太博士依然呆呆地站着。

布莱恩　（把合同递上去）签字吧！

马太博士　（回头）这是什么！

布莱恩　合同呀！（把合同塞到他的手里）

马太博士　（拿着合同，欲哭无泪，梦呓似的）十年，十年啊！……我已经把自己出卖了十年，现在，我还要把自己再出卖十年吗？……（抬起头）布莱恩，我的老朋友！昨天，我还亲耳听见你在惋惜我们的友谊；昨天，我还亲眼看见你流下动人的眼泪，昨天，我还被你那义正词严的说话所完全征服了。可是今天，我有一个小小的发现，我发现，哪怕是请来世界上最有天才的画家，也难于用笔来勾划出你的那副卑鄙无耻的嘴脸；哪怕是请来世界上最有才华的诗人，也无法用语言来描绘出你那肮脏透顶的灵魂！……你不用害怕，害怕并不能开脱你的罪恶！你不要躲藏，躲藏也是无用，该惩罚你的时候，自然会有人给你应有的惩罚！

布莱恩　（退到一个角落）你……你真的发疯了！

马太博士　不，（把合同撕掉）我清醒了！

布莱恩　　你不听我的安排，难道你还想进疯人院去？

马太博士　我会安排我自己的！你们马上给我滚！

罗约瑟　　老师，你别生气，我们完全是为你着想。

马太博士　（望着他，痛心地）我的眼睛瞎了！瞎了！……你这个出卖灵魂的小丑，你给我滚出去！

罗约瑟　　老师，现在已经不是发脾气的时候了！快跟我们走吧，这个小岛，今天晚上就得把它炸掉！

马太博士　（震惊）什么？炸掉？……

罗约瑟　　是的是的，再过一个小时．那原子的威力就要把整个小岛化成烟尘和粉末，永远永远沉埋在海底了！

马太博士　（两眼直直地）那么说，一切都……毁灭了。

罗约瑟　　不不不，我一定要把丽娜带走——哦，还有你，我们一块走！……丽娜呢？她在哪儿？……（望望门外，又跑到窗前，望望窗外，着慌了）丽娜呢？……（叫起来）丽娜在哪儿？你说话呀！……

马太博士　我把她送走了！

罗约瑟　　（急极）送到哪儿去？

马太博士　送到南美洲。

布莱恩　　你用什么把她送走？

马太博士　坐上记者的飞机走的。

罗约瑟　　（歇斯底里地）不！不可能！沙布诺夫上校，快搜查！快替我搜查呀！……（看见马太博士下意识地拦，往寝室的门）哦，在这儿！在寝室里！……（一把推开马太博士）你走开！

马太博士　（一回身，掐住他的脖子）你这畜生！……敢在这儿……横行霸道！……横行霸道！……

罗约瑟　　（用力甩开马太博士，然后按电钮）……

马太博士　不许进去！不许！……

　　　　　〔门开了，丽娜突然闪出来，门又迅速关上。

丽　娜　　（猛吼一声）我在这里！

马太博士　（惊呼）丽娜！……

罗约瑟　哦，你在，在这儿了！……（两腿一软，差不多跪了下来）丽娜！为了我们的幸福……

丽　娜　你这条癞皮狗！（狠命打他的耳光）你滚开……（跑去扶起马太博士）我出来了！爸爸，别担心！我们都在一起了，我们再也没有任何的牵挂了！……我们哪儿也不去，再过一个小时，我们父女两人就一起……一起……上天国去！……

马太博士　（泣不成声）丽娜！……丽娜！……

丽　娜　爸爸，你劳累了一辈子，你也该休息了！我们一起……（眼里闪着泪光；脸上却带着笑，迸发着一种无限感激之情）到了天国，鸡蛋花的清香，会净化我们的灵魂，上帝的劝导，安慰着一切……然后，天使为我们传递消息，我们知道人世间的善恶报应……然后，我们就会感到……满足。

马太博士　（发颤的双手抚摸着她，痛心疾首地）我对不起你啊，丽娜！……

罗约瑟　（焦急地）布莱恩先生！时间不早了，赶快把她……她……

布莱恩　沙布诺夫上校——

沙布诺夫　（向门外）来人哪！

　　　　　〔几个水兵立刻出现在门口。

罗约瑟　先把这个女的押上飞机！

　　　　　〔沙布诺夫向水兵努嘴示意。两个水兵如狼似虎，扑向丽娜。

丽　娜　你们干什么？干什么？

马太博士　（不顾一切，护着丽娜）强盗！滚开！滚开！

　　　　　〔水兵用力推开马太博士，欲把丽娜拖走。

丽　娜　（甩开他们，轻蔑地）走开！……（抱着两臂，耸耸肩膀，蔑视一切地慢慢向门口走去）

马太博士　（突然惨叫）丽娜！

丽　娜　（一回头，猛扑向马太博士）爸爸！……（泣不成声）爸爸，妈妈惨死了十年，是你把我养育成人的，我懂得了，我现在完全懂得了！……

　　　　　〔水兵们硬把丽娜拖开。

马太博士　丽娜！我的丽娜！……（追前几步，猝然昏倒）

丽　娜　（哭喊）爸爸！爸爸！……（被水兵硬拖下去）

　　　　　["多么可惜呀"的旋律骤然响起，随着丽娜的哭喊声，渐去渐远。
　　　　　[冷场。

沙布诺夫　（定了定神，转身去检查一下马太博士，然后掏出手巾擦擦手）他已经不行了！

布莱恩　这固执的老家伙，留着也没多大作用，最关紧要的，是要拿到激光器的设计图。

沙布诺夫　真遗憾，没有抓到陈天虹，没把高压原子电池弄到手，否则我们马上就可以生产实战用的死光机了！

　　　　　[寝室里忽然传出一点响声。

布莱恩　什么声音？（警惕地看着寝室的门，缓缓走过去，正欲伸手按电钮——

　　　　　[阿芒拿着一托盘酒杯进来。

阿　芒　（一眼看见倒在地上的马太博士，伤心绝顶地）啊！……（一拳击倒罗约瑟，随即转身，发狂地跑下）

罗约瑟　（声嘶力竭地）抓住他！别让他跑到水下工厂去，万一他引爆了原子反应堆，咱们就全完蛋了！全都完蛋了！……

沙布诺夫　（吼叫）快抓住他！快！快！

　　　　　[众水兵急追下。
　　　　　[直升飞机的驾驶员上。

驾驶员　报告，收到舰上呼叫，发现两架国籍不明的飞机，正朝本岛飞来！

沙布诺夫　（脸色陡变）知道了。

　　　　　[驾驶员下。

布莱恩　（催促地）沙布诺夫上校——

　　　　　[门外一声枪响。

罗约瑟　（颤惊了一下）噢！……

　　　　　[水兵们持枪跑回来。

沙布诺夫　那个马来人呢？

水兵甲　　　报告,把他打死了!

沙布诺夫　　(对罗约瑟厉声地)激光器的设计图呢?

罗约瑟　　　(畏缩地)在保险柜里。

沙布诺夫　　打开!

罗约瑟　　　是。(拨动码盘,打开保险柜,从里面取出一个大文件夹,翻阅了一下,交给布莱恩)全在这里了!

布莱恩　　　(检查了一下,点点头)好了,走吧。

沙布诺夫　　(突然指指柜里)那是什么?

罗约瑟　　　(从柜里捧出黑色的密封包)不知道,过去没有看见过。

布莱恩　　　(拿过来,审视了一阵,递回给罗约瑟)打开它!

　　　　　　[罗约瑟小心翼翼地打开密封包,但里面只是放满了旧书。

沙布诺夫　　(一脚把皮包踢开)真是个老怪物,连这些破烂也要锁起来!

布莱恩　　　(对罗约瑟)带我们去检查检查实验室。

沙布诺夫　　(对水兵)马上施放爆炸装置。注意!定时在半小时后起爆!

罗约瑟　　　(怯怯地指指马太博士)那么,他呢?

布莱恩　　　(阴沉而冷酷)原子的烈火将为他举行一次隆重的葬礼,而海洋的深处,也将是他最后的坟墓,这就是不服从我们的人的下场,懂吗?

　　　　　　[罗约瑟看了马太博士最后一眼,低下头,出去了。其余的人紧跟在他后面。下。

　　　　　　[稍顷。陈天虹从寝室里跑出来,扑到马太博士身上,仔细观察。他将马太博士抱到沙发上,从药柜里取出针为他注射。

天　　虹　　(低声呼唤)爸爸!爸爸!……

　　　　　　[灯光骤然熄灭,清冷的月光照进凄凉的书房里。

　　　　　　[直升飞机发动的声音,起飞的声音……

　　　　　　[隐隐传来计时器的嘀嗒声。

天　　虹　　爸爸!你醒醒!你醒醒!

马太博士　　(声音微弱)丽娜呢?

天　　虹　　被他们押走了!

马太博士　（老泪纵横）……押走了！……阿芒呢？

天　虹　给杀害了！

马太博士　（突然瞪大眼睛，抓住天虹的手）激光器的设计图呢？

天　虹　（难过地）抢走了！

马太博士　（喘着气）军舰……开走了没有？

天　虹　还没有。

马太博士　（突然以一种超人的力量，挣扎着站起来）快……快把激光器……推，推出来！

天　虹　（犹豫地）干什么？

马太博士　（焦急地）快，快啊！

　　　　［陈天虹无奈，跑进寝室，拼命地把激光器推出来，马太博士帮手，把它移到窗前。

马太博士　赶快接上电源！

天　虹　（叫起来）你要干什么？

马太博士　这就是武器，我要打沉军舰！

天　虹　（简直不敢相信）别忘了丽娜，丽娜就在军舰上啊！

马太博士　这不是丽娜一个人的生死问题，如果他们拿走了设计图，这可是千千万万人的生死问题啊！快，快把电源接上！

天　虹　不，电源被切断了，没有电源！

马太博士　原子电池，快去拿你的原子电池！

天　虹　（指着空皮包）原子电池不见了！

马太博士　给抢走了吗？

天　虹　不是，保险柜里没有！

马太博士　那一定是丽娜藏了起来，快去找，到寝室里去找啊！

　　　　［天虹赶紧跑进寝室，片刻，拿着原子电池上。

天　虹　找到了，在床底下。

马太博士　赶快接上！

天　虹　（死死抱住电池）不行的！不行的！……

马太博士　快拿来！（一把夺过电池，很快接通激光器，熟练地调整着）

天　虹　（声泪俱下）爸爸！爸爸！丽娜就在军舰上呀！丽娜她，她……难道你能这么忍心吗？

马太博士　（忽然停住了手，无限痛切地）丽娜，原谅我，原谅我吧！我错了！我早年的过错，曾在你的幼小心灵造成了创伤；而我今天的过错，又给你带来更大的不幸！……原谅我，丽娜！我错了！可我不能眼看着这些杀人犯，拿着我的发明去制造杀人的武器，去制造灾难和流血呀！……原谅我，丽娜！你从小就没有欢乐，没有爱，而你今天刚刚有了爱的萌芽，你就要……丽娜，假如你有怨，有恨，你就怨恨你这糊涂了一辈子的爸爸，怨恨我吧！（用倾注着全部生命的手指，朝电钮一按——）

〔激光器射出的高能光束，像一把复仇的利剑，划破了天空。光束接触了海面，海水爆裂着，发出一连串的响声；一大片蒸气翻腾而起，遮蔽了月亮。突然一声震天的巨响，爆炸的气浪震碎了房间的窗玻璃。

天　虹　（扑向窗台，肝胆俱裂）丽娜！……

〔周围一片死寂。

〔"莎丽楠蒂"的旋律自远而近，自弱而强，越来越强，占据了整个空间——

〔马太博士突然双手一松，身子向旁歪倒。

天　虹　（跑过来，扶着他）爸爸！爸爸！……

〔马太博士从口袋里掏出一卷微缩胶卷。

天　虹　这是激光器设计图的微缩胶卷吗？

马太博士　（吃力地）是的……连同原子电池……一块……带走……

天　虹　爸爸！

马太博士　快……炸弹，要起爆了……快上气垫船，……走！快走！……（头一垂，咽气了）

天　虹　（悲痛欲绝）爸爸！爸爸！……（把他的遗体安置在沙发上，然后伫立，默哀）

〔计时器的嘀嗒声仿佛在催促着他，他拿起微缩胶卷和电池，忍痛离开。走到门口，又回头站立，向马太博士的遗体深深鞠躬，然后，挥泪跑下。

〔计时器不停地响着。

[少顷，海面上出现一只全速前进的气垫船，气垫船很快消失在远方。

[突然白光一闪，响起天崩地裂的爆炸声，全场漆黑一片。爆炸声持续了许久。

[隐隐传来丽娜、马太博士互相呼唤的声音。灯复亮时，天幕上出现马太博士父女的形象。陈天虹抱着原子电池从观众席上，抬头望着他们。

[剧终。

（剧本版本：《许宏盛剧作选》，1979年广东话剧团首演）

·话剧卷·

南方的风

编剧：欧伟雄　杨苗青　姚柱林

人物表

肖紫云　男，59 岁，省委书记

罗　挺　男，60 岁，省委副书记

刘立勋　男，38 岁，红云制药厂厂长

陈炳新　男，26 岁，红云制药厂供销员

李华心　男，57 岁，红云制药厂药剂师

史　灏　男，59 岁，省医药局局长

肖　肖　女，32 岁，省经委企业管理处干部，肖紫云之女

黄贵柴　男，52 岁，前进制药厂厂长

黄浩英　女，24 岁，原前进制药厂，后红云制药厂药剂师

石　峤　男，32 岁，罗挺的秘书

李玉芳　女，28 岁，红云制药厂勤杂工，李华心之女

田螺哥　男，62 岁，山区老农，罗挺堡垒户

郭先生　男，45 岁，港商

王厅长　女，56 岁，财政厅长

记　者　男，36 岁，晚报记者

检查组长

供销科长和供销员甲、乙、丙、丁

罐头厂厂长、饮食服务公司经理、养猪场场长、罗挺女儿和儿子、宾馆服务员及红云制药厂男女工人若干

时　间：1982 年夏至 1983 年春

地　点：南方某省

序幕

[1982年夏，岭南省委全体会议会场。

[黑沉沉的舞台上，只有靠近前台正中有一盏聚光灯，照着坐在铺有白布的长条桌前的肖紫云和罗挺两人，他们面前各有一个麦克风。

[会场上人声嘈杂，肖紫云用手指接连敲着桌子要大家安静下来。罗挺脸色严峻，像一尊塑像似的一动不动。

肖紫云 （挪一挪麦克风）在座的都是省委委员，厅局以上的干部，对我省实行对外开放政策两年来的变化是清楚的。我们的经济搞活了，市场繁荣了，人民生活水平提高了，特别是接触到外界一些新的管理办法，有力地促进了本省经济体制的改革，成绩是显著的。（略停了一下）然而，在对外开放中，我们面临新的社会问题：走私、卖淫、聚赌、贪污受贿……有的问题还相当严重，现初步查明我省近年来较大的贪污受贿案有七十六宗，其中仅卷烟厂副厂长一案，便造成国家损失近三百万美元。犯罪分子中不少是党员、干部，甚至领导干部。有的人为一部电视机，甚至几百元港币就被拉下水！最近，我们杀掉了一个负责缉私却参与走私的地委副书记，此人十七岁入党，战争年代负过伤、立过功。

[传来会场上喧嚷的议论声。罗挺激动地插话。

罗　挺 这些人身为共产党员，浑身却散发着铜臭！我是负责理论战线管宣传的，对经济工作没有发言权。我有几句话也许会给这次大会泼冷水，但也不能不说。老实讲，我对某些扩权企业的做法是很担忧的，他们强调价值规律，强调市场调节，忽略国家计划，争相生产热门商品。（越说越激动）看看中山五路的百货商店吧！牛仔裤、柔姿装说过不准生产了嘛，还是要搞！化妆品、奢侈品越弄越高级。试问：这是社会主义企业的方向吗？（稍停，郑重地）马克思认为，社会主义不存在商品生产和商品交换，我们的计划经济是以这种观点为基础的，背离这种理论就意味着回到商品生产的老路上去！还有，有的人热衷于同资本家打交道，做生意嘛，交道可以打，不过我奉劝同志们不要忘记：资本家离开剥削就不能生存，他们唯一的目的就是榨取工人劳动的剩余价值。（加重语气）这是老祖宗马克思说的！坚持马克思的一套大概不能叫作思想僵化吧？

肖紫云　（从容地接着说）我是省委负主要责任的，工作没做好，出了问题，我愿向中央负荆请罪。海外的资产阶级报刊，用大字标题恭维我是资本主义自由经济思想浓厚的开明共产党员，说我随时可能被推上被告席。在此我要郑重声明：肖紫云是货真价实的共产主义者！虽然可能开明一点，但是，如何认识我省实行开放政策以来的形势，关系到今后重大决策的制定和选择，我们决不能因噎废食，不能再让中国贫穷下去！我想用两句话来结束这个会议，那就是：坚决拥护中央的开放政策，坚持改革，在实践中闯出中国式社会主义的路子！

〔响起了热烈的鼓掌声，肖紫云起立昂然地向舞台深处走去，罗挺尾随着。同时撤去聚光灯，天幕变成蓝色，上面出现红字剧名：《南方的风》。肖，罗二人的剪影凝立在天幕面前。

〔幕落。

第一场

〔1982年夏，红云制药厂业务洽谈室。

〔空调房中，皮沙发、茶几、壁画、吊灯，录像机陈设满堂。

〔幕启时，财政厅王厅长皱着眉头在巡视着。财务检查组组长领着刘立勋进来。

检查组长　（介绍地）这是财政厅王厅长，这是红云制药厂厂长刘立勋。

王厅长　（开门见山）财务检查工作进行得怎么样？

检查组长　（底气很足）问题基本查清楚了。

王厅长　（指着窗外的花园）修建这个工厂花园花了多少钱？

检查组长　三十五万元。

刘立勋　　　（不服气地解释）我们花的是工厂留成利润。

王厅长　　　那边十几辆摩托车也都是你们的吗？

检查组长　　他们厂的供销每人一部，按规定，这种开支违反财政制度。

刘立勋　　　我们的供销需要了解市场变化万端的信息，如果坐出租汽车开支更大。

王厅长　　　骑自行车不行吗？

刘立勋　　　（苦笑）现在是八十年代的速度和效率。

〔检查组长欲驳斥什么，肖肖带着一群厂长经理们上。

肖　肖　　　刘厂长。

王厅长　　　（颇感意外）哦，是肖肖啊！你怎么来了？

肖　肖　　　（挑战似地）王阿姨，我们省经委企业管理处组织了一批厂长经理，来这儿参观学习。

王厅长　　　（笑了笑）我们是来查问题的，碰到一块了，真巧啊！

〔这时，厂长经理们故意大声地议论着。

养猪场场长　到底是年产值八千万元的富翁啊，空调，沙发、大壁画，够气派！

一个胖厂长　把空调开大一点，舒服舒服！

一个厂长　　（指着录像机）这是什么玩意？

另一厂长　　录像机，可以用来介绍商品！

罐头厂厂长　（往沙发上一躺）这样的洽谈室，签合同的人，下笔签名都干脆点。可惜我的罐头厂没钱啊！

饮食服务公司经理　小声点，你不怕财政部门来查你的问题？

〔检查组长气呼呼地想上前，王厅长却故意装着没听见和肖肖谈笑着。

刘立勋　　　（打圆场地，对厂长经理们）你们先去参观，我一会儿有空再陪你们。

厂长经理们　好，走！

肖　肖　　　刘厂长，过一会你要介绍经验啊。王阿姨你可不要把他缠住不放啊！

〔王厅长对着肖肖的背影无可奈何地摇摇头。检查组长正无处发泄地对着窗外，突然他大喝一声。

检查组长　　陈炳新！你进来！

〔陈炳新笑嘻嘻地进门。

陈炳新	什么事？组长大……（人）
检查组长	（板着脸）你是供销员吗？
陈炳新	是啊！
检查组长	你最近有没有不法行为？
陈炳新	没有啊！
检查组长	没有？你出去向农民收购原材料，接受了贿赂！
陈炳新	那不是贿赂，是佣金啊！
检查组长	刘厂长，佣金不是贿赂？你们规定可以收？
刘立勋	（气恼地望着陈炳新）这事你怎么没告诉我？拿了多少？！
陈炳新	这……一千元……
检查组长	（得意地挖苦）真敢拿呀！陈炳新，你现在是红云制药厂的供销，不是像过去摆地摊！赚钱赚得那么容易，不搞鬼才怪呢！
刘立勋	马上去检查组退赔！
王厅长	刘厂长，我们再进去看看？

　　[刘立勋狠狠瞪了陈炳新一眼，领王厅长他们下。陈炳新抱着脑袋投入沙发。李华心走过，奇怪地停步。

李华心	陈炳新，你在干什么？
陈炳新	李老师……我拿了人家一千元佣金，被检查组捏住了……
李华心	唉！刘厂长用了我们两个人，压力已经够大了，我们可千万不能出一点差错……
陈炳新	我该死，我真该死！
李华心	退赔了没有？
陈炳新	我马上去。
李华心	有没有钱？
陈炳新	我卖老婆也要赔！（下）
李华心	（又好气又好笑）你哪儿有什么老婆？（跟下）

　　[片刻，肖肖带着厂长经理们回到洽谈室。

罐头厂厂长	红云制药长的车间条件真是一流！肖肖刚才你说是根据什么要求设计的？
肖　　肖	日本 GMP 美里工厂最佳制作程序。
养猪场场长	无尘无菌，我也要好好学学。
饮食服务公司经理	你的工人进养猪场也要洗手更衣，接受喷气淋浴？算了吧，我的饮食店都望尘莫及呢？

　　[刘立勋匆匆上。

刘立勋	对不起，来迟了。你们来得不是时候。
肖　　肖	我们是专挑这个时候来的！
罐头厂厂长	老刘，检查组在这儿吃住，你们可要按规定的标准办哟！
刘立勋	（洒脱地一笑）每人每天一块钱伙食，住集体宿舍，四个人一间房。
饮食服务公司经理	这帮大爷可难侍候啦！给他们吃好的吧，他说是腐蚀拉拢，不让他们吃好的吧，又说你有抵触情绪！

　　[这时，门外探进一个脑袋。

厂长经理们	黄贵柴，进来，进来！黄书记，你们前进药厂的日子不好过吧？
黄贵柴	（拉着苦瓜脸）我不是来找刘厂长救急吗？
刘立勋	什么事？
黄贵柴	刘厂长，前几天，你们派人来买"双羟萘酸噻嘧啶"的配方权，我们厂研究同意了。
养猪场场长	老黄，到了卖配方权的地步啦？
黄贵柴	这……这个药，是滞销货……
罐头厂厂长	哦？刘厂长……
刘立勋	（一笑）我们既然敢买，也就有办法。你回去起草个协议书吧！

　　[黄贵柴喜出望外，欲下。

肖　　肖	黄书记，前进厂这样下去也不是个办法，还是要走改革的路，我们想成立个厂长经理研究会，你也参加吧？
黄贵柴	（连连摇手）不，不，再干两年我就退休了！（转向刘厂长）刘厂长，检查组来了，你还是当心点好，政治错误可犯不得啊！不过多少运动都过去了，以我的经验也没什么了不起，主要是你千万别顶撞他们。开头再

冤屈，也要忍着！程咬金三板斧，过后就没事，以后自然会给你落实政策。你要多贴些标语口号，表示热烈欢迎他们才成啊！

[厂长经理们哄堂大笑。

黄贵柴　（一本正经）我是真心话啊！

刘立勋　谢谢你的提醒。

黄贵柴　你们谈，我告辞了。

肖　肖　（望着黄贵柴的背影感叹）诚惶诚恐，一步三回头，怎么能干好事业呢？

[人们一时都沉默下来。

罐头厂厂长　（突然站起来）现在的企业被捆得太死，我建议厂长经理研究会成立第一件大事，就是要向上递交一份扩权书！

刘立勋　（沉思着，向肖肖）肖肖，成立大会最好把省委领导请来，我们直接向省委要权！

肖　肖　我爸爸正在外地视察，罗书记……

刘立勋　也要请。

肖　肖　好，我负责把请帖送到。哦，对了，你们厂的那篇报道，今天晚报刊登，版面小了点，（用手比划成一小方块）才这么大！

[幕急落。

第二场

[第二天清晨，罗挺书房。

[正中的墙上威严、显著地挂着马、恩、列、斯四个伟人像。右侧整个是大书架，上面摆满了大部头著作和线装书，左侧的办公桌上放有书报、文件材料和电话机，桌前放着一把破旧的藤椅，显得十分触目。

[幕启时，石峤在打扫房间，突然一只羽毛球飞中石峤脊背。肖肖穿着白色运动衣裙，长发披肩跳进屋，握着两个羽毛球拍，大笑。

石　峤　（扔回羽毛球）我猜就是你。

肖　肖　（扔上一个球拍）罗书记的大管家，打球去！

石　峤　（示意肖肖小声点）罗书记又熬了个通宵，刚睡着。

肖　肖　（熟练地对空拍着球）老头儿又在忧什么啦？

石　峤　（犹豫了一下）昨天晚报登了一篇关于红云制药厂的报道……

肖　肖　你看得出那是谁的手笔吗？

石　峤　我已经猜到了。

肖　肖　怎么样？有何见教？

石　峤　我看，你会捅出娄子来，财局正在查他们的问题。

肖　肖　他查他的账，我写我的文章。

石　峤　当前，对开放，改革大家都很敏感，许多问题意见很不统一……有些情况你不了解……

肖　肖　（不无挖苦）上面又有什么精神？

石　峤　不……，听说有些厅局干部都到中央去告你爸爸了。

肖　肖　（淡淡一笑）海外的造谣文章，我还见过不少呢！

石　峤　我劝你还是要为他的处境着想。

肖　肖　我不仅是我爸爸的女儿，而且是省经委企业管理处的干部。

　　　　〔史灏提着手提包彬彬有礼地上。

史　灏　石秘书（上前握手），罗书记呢？

肖　肖　（站起来）史局长！

史　灏　啊！肖肖同志你来啦！（熟落地上前握手）你爸爸身体好吗？

肖　肖　还好。

史　灏　（解释地）罗书记把我找来谈红云制药厂的意见，其实嘛，我个人谈不上有什么意见的。红云厂属农工商联合公司，是医药系统外的，不过因为我们是管医药的，有些反映红云药厂情况的群众来信，就寄到我这里来了。（拉开提包拉锁亮给肖肖看）你看，这些都是！

肖　肖　他们的主要意见是什么！

史　灏　哎呀，好多方面啊！最好你自己看看。

　　　　〔把一叠信给肖肖，石峤接了过去，一封封地看落款。

　　　　〔罗挺身穿补丁睡衣上。

史　灏　罗书记！

肖　肖　罗伯伯，把你吵醒啦！

罗　挺　肖肖，你爸爸还未回来？

肖　肖　没有，听说粤北矿山这次事故不大好处理。

罗　挺　（会意地点点头）你们刚才不是谈开了吗？继续谈嘛。

石　峤　罗书记，是不是先吃饭？

罗　挺　拿这来吧，边吃边聊。

　　　　[石峤下。

肖　肖　经过我们企业管理处的调查，红云药厂从年亏损四十万猛增到盈利一千多万元，年产值八千万元，是扩权企业中成绩最显著的！他们的经验值得介绍！

史　灏　（貌似公允地）如果单从产值看，这个厂算得上是先进，如果说，社会主义企业还有个方向问题，那就值得研究了。

肖　肖　那你就直截了当地讲问题嘛！

史　灏　（放缓了语调）客观地说，刘立勋这个人是有点本事。比如在用人方面，他就有自己的一套。（拿出报纸）这里提到的药剂师李华心，毕业于国民党军医学校，四九年逃离大陆，解放后不久从台湾回来，是被国营前进药厂清理出来的特嫌分子。刘立勋把他从街道拉进红云厂，现在成了技术权威……

肖　肖　（插话）要看表现嘛！李华心进红云厂后，许多骨干产品都是他一手抓出来的。

史　灏　（看了看罗挺，继续说）还有所谓供销大王陈炳新，本来是个摆小摊卖衣服的个体户，因为歪点子多，被人称为"陈麻子"，刘立勋看中他的鬼才，先招他为临时工，接着提为供销员，最近查明，这个人利用工作之便替人拉生意，收了一千多块钱佣金……

　　　　[在说话间，石峤把稀饭馒头放在罗挺跟前的桌上，下。

罗　挺　（拿起馒头又放下，对史灏）接着说，接着说。

史　灏　（不紧不慢地）在经济问题上，群众的反映就更多了，他们扰乱国家物价，高价抢购原材料，用请客送礼等手段拉拢腐蚀……

　　　　[肖紫云风尘仆仆上。

史　　灏　哎哟！肖书记回来了！

罗　　挺　老肖，辛苦啦！（上前握手）

肖紫云　我刚到家，老伴说你打了几次电话找我。

肖　　肖　爸爸！

肖紫云　你们在谈什么呢？

罗　　挺　老史来反映红云药厂的情况。

肖紫云　啊，那好，老史你谈吧！

史　　灏　红云厂根本不把财经制度放在眼里，那套讲排场，摆阔气的作风真是不得了！工厂搞得像个游乐场，假石山、喷水池，还有工人酒吧，霓虹灯厂徽就有廿平方米大，通宵常明，几公里外都能看得见……还滥发奖金，每人每月平均高达六十元……

罗　　挺　财政部门派人去查过没有？

史　　灏　正在查，可没有用。刘立勋强调他们是扩权企业，有权按比例支配留成利润，甚至指责上面年头讲政策，年尾讲风格。不管怎么说，这样做违反财经制度！现在财局一直盯着要他们写检讨！要退钱！

肖　　肖　拿六十年代的财经制度来管八十年代的企业，能服人吗？

史　　灏　肖书记、罗书记，这件事不知你们领导是个什么看法！

肖紫云　这个退钱的事……有点那个，哦，他们花的是企业留成利润，要人家把自己的钱退出来，不大合理吧！但是有财政制度，噢，谁也不能违反！怎么办！（摇摇头）既成事实，立此存照吧。相信生活将来会对这类问题作出结论的。

肖　　肖　如果把敢于突破某些传统秩序视作缺点，改革者将永远得不到肯定。

罗　　挺　怎么看待这些企业，我还要慎重考虑一下，你先回去吧，我和肖书记还要谈点事。

史　　灏　（知趣地）好，那我先走。

［史灏和肖肖下。

罗　　挺　老肖，企业扩权搞了一段。出现这么多问题，我看要整顿一下。

肖紫云　说真心话，我是很欣赏红云厂这类企业的，他们为国家创造多少利润啊！要是所有的工厂都能这样，我们的日子就好过了！你我都是当家的，都知道现在到处都需要钱！这次粤北矿山事故，就是因为设备陈旧、落后引起的，一九〇一年庚子赔款的车皮至今还跑在矿山的铁道上，一位矿长哭着脸向我要钱要设备，这位当年的劳动模范竟然说我们不能只靠工人的觉悟和生命来支撑一个企业，他不再迷信劳动竞赛了！老罗，你说，我们不指望红云厂这类企业，指望什么呢！现在好多事情不越点轨，出点格是永远办不成的！

罗　挺　老肖，你还想越轨，出格？人家都把你告到中央了，我急着找你是因为张老从北京来了信，他很替你担忧。（从抽屉里拿出信给肖紫云）

肖紫云　（读信）"此间对肖紫云同志颇有微词，在对外开放，体制改革中，他的步子是否迈得太大了？'木秀于林，风必摧之，堆出于岸，流必湍之，行高于人，众必非之'……"（放下信，自语地）难道问题有那么严重，天真的会塌下来吗？

罗　挺　张老恐怕也不是杞人忧天！

肖紫云　现在难就难在把理论问题和观念问题搅在一起，理论问题可以通过实践进行严肃地探讨，可悲的是一个新事物出现还未闹清它的实质，就被陈旧的观念否定了。我们每前进一步为什么总那么多痛苦！

　　　　［肖肖上。

肖　肖　罗伯伯，爸爸，省经委决定成立厂长经理研究会，请你们参加成立大会，这是请柬。

罗　挺　（心不在焉地）啊……啊……

肖　肖　（发现气氛不对）爸爸，怎么？……

肖紫云　（甩开烦恼，岔开话题）肖肖，给我研点墨。

肖　肖　（研墨）爸爸，你想写什么？

肖紫云　（往桌上铺宣纸，发现罗挺的早点）哎呀，老罗，馒头稀饭加咸菜，还是老三样呀！几十年如一日，你也太跟自己过不去了！你不感到苦，可苦了小石了！

罗　挺　老肖，我已经习惯安贫乐道了。

肖紫云　朱大嫂去世得早，几个孩子你又不同意调回来，年底请他们回来热闹一下吧！（走到办公桌前，提笔挥洒）

［罗挺感兴趣地站在肖紫云身旁观看。

肖　　肖　（缓慢地读）"木秀于林，风必摧之，堆出于岸，流必湍之，行高于人，众必非之"！……

肖紫云　（投笔，感慨地）一千年前李萧远对古代改革者命运的感叹，难道今天会得到验证吗？难说，肖肖，把字挂起来。

［肖肖挂起字幅。

肖紫云　（自我欣赏一番）人怕笑，字怕吊，挂起来看就不一样了。老罗，我的字还可以吧？老张对我的担忧是多余的，即使离开这个位置，我还可以卖字为生嘛。

肖　　肖　爸爸，听说现在书画家日子过得都不坏！

罗　　挺　（苦笑）是吗？

肖紫云　当然，比你我现在的收入高得多！（朗声大笑）

［罗挺只得陪着苦笑。

［灯光渐暗。

第三场

［前景的第二天上午，李华心家。

［这是一间阴暗、狭窄的斗室，中间用一块旧布帘隔着，里面是卧室，外面只有破椅、烂桌，唯一显示出主人公并没有与文明世界完全隔绝的是那许许多多堆放在各处的书报杂志。

［李华心拿着破提包正欲出门，李玉芳背着小孩提一盛满东西的篮子上。

李华心　（责备地）你怎么去这么久呢？

李玉芳　排队买鲮鱼骨排了大半天。（高兴地）爸爸，我还买了蛋糕和点心，待会请帮我们搬家的师傅吃。（把东西放在桌上）

李华心　（默默地注视着女儿，郑重地）玉芳，你坐下。

李玉芳　（顺从地坐下）爸爸，你怎么啦？

李华心　昨晚我反复想了一夜，决定还是不搬家了。

李玉芳　（惊讶地站起来）那么厂里的人呢？他们说好了一上班就开车来。

李华心　我这就去上班，告诉他们别来。

李玉芳　（哀求地）爸爸，你苦了一辈子，好不容易厂里分给你三房一厅……

李华心　孩子，爸爸现在有了工作，有人信任，已经心满意足了！

李玉芳　可是，这个家……（难过地低下头）

李华心　你跟爸爸继续住在这样的地方，觉得苦吗？

李玉芳　（含泪摇了摇头）不，不苦！

李华心　爸爸知道你苦！（感慨地）你妈离开我们那年，你还不满十五岁，那时我没工作，就靠你帮人家带孩子维持生活，一晃十年了，一直住在这间斗室里，守着爸爸……我曾经想过，为了你的将来，还是搬出去住三房一厅吧，但又怕有一天我忽然不配享受这样的待遇了，那时反而更糟，与其住着心里不踏实，不如安贫若素的好。你不会怪我吧？

李玉芳　（抽泣，拿着桌上那包点心交李华心）爸爸，你走吧！你把这些点心带回厂给大家吃吧，我们不搬家，也要领大家的情，特别是刘厂长。

李华心　刘厂长把心都掏给我们了，我们可不能做对不起他的事！

　　　　〔刘立勋大步流星而上，后面跟着黄浩英等人。

刘立勋　老李，汽车来了，就停在巷口，赶快把东西搬过去吧。（发现情况不对头）怎么啦？连动都没动？

黄浩英　李老师，我是专门请假来帮你搬家的！

李华心　（感激地）浩英，千万别耽误前进厂的工作啊！谢谢你们了！立勋，我考虑再三，还是不搬了。

刘立勋　怎么了老李？一夜之间又变了卦！

李华心　玉芳帮人带孩子还没断奶，搬到厂里住路离得远，孩子吃奶不方便，想等孩子再大一点……

刘立勋　（爽快地）这好办，说服孩子父母另外请个保姆，玉芳干脆进我们厂，当个合同工。（转向李玉芳）好吗！

李玉芳　（欣喜地）进工厂？太……（自知失言，忙改口）啊，不！我文化低，笨手笨脚的，干不来……（给客人端茶）刘厂长，浩英，喝茶。

李华心　立勋，我的胃病近来加重，恐怕工作不长了！你何必把我弄到厂里，背上个包袱呢？再说，三房一厅我也住不了……

黄浩英　李老师，这是按照你的贡献给予你的应得的待遇。

刘立勋　老李，你再说，你还有什么顾虑？

李华心　没有了，不过我们住在这里十多年了，习惯了，舍不得离开，龙床不如狗窝。玉芳，你说呢？

李玉芳　（忍住泪水）是的，这儿街坊邻里待我们很好，离市场又近，买菜方便……（说不下去，哭着进里边去了）

刘立勋　（放下茶杯，深情地）老李，你说的都不是心里话！这样的地方别说住，我看着心里也难受！今天你非搬家不可！浩英，你到里面去收拾东西！

黄浩英　好。（进里面去了）

李华心　（急了）刘厂长，你听我说……

刘立勋　老李，快动手吧！

李华心　先别忙，你听我把话说完。

刘立勋　你别说了，我这人办事爱干脆。

李华心　（由衷地）立勋，我还背着无法闹得清的历史问题！用了我已经给你招来不少非议，我绝不能再给你添麻烦了！

　　　　〔陈炳新上，刘立勋不由分说，抱起一捆书就往他怀里塞。

刘立勋　麻子，搬到巷口汽车上去。

陈炳新　（为难地把书放下）厂长，我……

刘立勋　怎么啦？

陈炳新　浩英她……发誓不见我！

刘立勋　（朝里喊）浩英，看谁来啦！

　　　　〔浩英应声而出。

黄浩英　（一见陈炳新就返身要走）去他的！

刘立勋　（一手拉住浩英）人非圣贤，谁不犯错误？你可不能在这个时候把麻子扔下，要仗义一点！

黄浩英　居然敢收人家佣金，我恨死了他！巴不得在他脑袋上凿个窟窿，看看他还有多少鬼点子!

[陈炳新抱书下，浩英也跟着抱一捆书下。

李华心　刘厂长!

刘立勋　老李，你太软弱怕事了。

李华心　我被历史包袱压得躲在这个阴暗、狭小的角落里已经十几年了，可以说成了个活死人，万万不敢想到有一天你会伸出热情的手把我又拉出来，奉我为专家，把那么大一个药厂的制药技术全交给我负责，今天不但是个人，而且还是个有用的人! 这样的待遇已经够使我幸福了! 搬不搬家完全无所谓。

刘立勋　你这话不完全对，你不把搬家当一回事，我们都要当一回事。我们一定要把发展生产和提高工人、干部的福利联系起来，你在技术上作出了贡献，我们就要给你应得的待遇。现在外国资本家都懂得搞工人福利，我们不比他们搞得更好，那还有什么社会主义优越性!

李华心　我有预感，这两年的好日子，不像是很牢靠的，你的许多做法已经突破了现行制度的界限。财政厅查账说不定还只是个开头，我担心的是你回头无路啊!（他拿出一本出国护照）我是领了出国护照的，李华心本从浪中来，大不了重回浪中去，你不用替我担任何责任，可是无论如何，你都要保重……

刘立勋　这一层请你放心! 国家无望，我刘立勋有如尘芥之微，还在乎人家把我怎么的吗? 老李，你把问题看得过于严重了。(凑近李华心，压低声音) 照中央现在的政策，大有奔头!

李华心　我多么希望你说的是真的啊! 老实说，我不愿意走! 我舍不得你，舍不得红云厂!（深情地打量屋子四周）甚至舍不得这间伴随我度过艰难日子的小斗室!……

刘立勋　(拿过李华心的出国护照) 你的护照我替你保存着! 不要顾虑了! 搬到厂里去吧! 把你的知识、才华连同你后半生的前途、命运，留下来吧! 我绝不相信，中国还会回到"四人帮"的可悲时代去!

[陈炳新，黄浩英等青工上。

一青工　刘厂长，还搬不搬?

刘立勋　还用问吗? 搬!

［刘立勋扛起桌子，大步奔门而出，众青工扛东西随下。

黄浩英　（茫然地）李老师！

李华心　（眼里闪着泪花，稍停，冲出门外喊）立勋！刘厂长！

　　　　　［浩英追下。

李玉芳　闻声自内出，掩面而泣，她背上的小孩哇哇地哭起来。

　　　　　［灯光渐暗。

第四场

　　　　　［数天后，省委大院内花廊一角。

　　　　　［花廊横贯大半个舞台，顶上的攀缘植物郁郁葱葱，花廊前有石台石凳；花廊后是省委办公大楼的侧影，舞台左侧露出电话亭一角。

　　　　　［肖肖从办公楼方向上，来回张望，石峤沿花廊走过来。

石　峤　肖肖，你在等谁？

肖　肖　我等我爸爸。厂长经理研究会今天成立，人都快到齐了，领导同志和报社电台的记者一个都没来，真急人！待会儿我们要向省委递交建议书呢！

石　峤　什么建议书？

肖　肖　要求省委给企业松绑，给他们更大的自主权。

石　峤　扩权？真是滑稽！（指着办公大楼）罗书记马上要在那里召开整顿扩权企业的会议！

肖　肖　我知道。石峤你和报社的老总熟，打个电话催他们快派记者来。

石　峤　（苦笑）我可不敢，罗书记最近给宣传工作定了口径，报道改革一定要谨慎。你们今天的会，记者怕是来不了啦！（向办公大楼方向走）

肖　肖　（挖苦地）你真是块当秘书的材料。

　　　　　［肖肖赌气地看着石峤走远，回转身走上花廊，碰上走过来的黄贵柴。

黄贵柴　肖肖同志，你知道史灏局长在哪里开会吗？

肖　肖　（指了指办公大楼）准是上罗书记那儿！你找他吗？

黄贵柴　是的，是的。我刚去局里领奖，听说史局长到省委来参加一个什么会议，我打这儿路过，有点事请示他。

肖　肖　（忽然看见史灏从黄贵柴背后走过来）那不，他来了。（厌恶地有意避开，走向办公大楼）

[史灏踌躇满志地走到黄贵柴跟前，黄贵柴得意地抖抖手里的锦旗，露出"卫生标兵"四个大字。

黄贵柴　史局长，这回标兵还是我们！

史　灏　（厌恶地摆摆手）得了！得了！又是卫生红旗！黄贵柴，看报了吗？最近到处在改革，你们要动一动，拉个把外商进来谈一谈嘛，利用外资更新点设备。你们和红云制药厂打对门，生产上让人家占尽了风头，叫我的脸往哪儿搁。

黄贵柴　我正是为生产上的事来找你的，红云厂要来买我们厂的"双羟萘酸噻嘧啶"的配方权，这种驱肠虫药投产以来，一直滞销，把我们的资金积压得够呛！

史　灏　好啊，连库存的货底子一起卖过去作为条件。

黄贵柴　史局长，这合适吗？

史　灏　你这人就是榆木脑瓜，现在就是要讲竞争！赶快想办法跟他们签合同！

黄贵柴　刘立勋催了几次，要求给李华心平反。

史　灏　老黄啊，这涉及到我在前进厂当书记那一段的工作评价问题。不是我个人说了算，要把当时的领导叫到一块儿研究研究，他们走的走，调的调，不容易啊！

黄贵柴　这……

史　灏　（拍拍黄贵柴肩膀）好好干，我开会去了。（往办公大楼方向下）

黄贵柴　（卷好锦旗正要走，忽然高兴地叫）刘立勋！刘厂长！

[刘立勋从花廊走上来。

刘立勋　啊，是老黄啊！

黄贵柴　刘厂长，前几天我们谈的出让"双羟萘酸噻嘧啶"配方权的协议，你没有变卦吧。

刘立勋　我们不会变，就怕你后悔。

黄贵柴　不不不，就这么定了，不过想请你们帮个忙，把这种药的库存货也买过去。

刘立勋　　（笑）没问题，现在签合同吧。（坐在凳上，从提包里取出合同书，签了字后交给黄贵柴）我回去就派人来提货。

黄贵柴　　谢谢，我走了。

［黄贵柴朝花廊方向下。

［肖肖上。

肖　肖　　立勋！

刘立勋　　我有点事来迟了。肖书记到了吗？

肖　肖　　（摇头）我们的人早到齐了，邀请的领导和记者到现在还没有来。有的厂长经理想走了。

刘立勋　　（望着办公楼方向）啊，他们都来了。（向办公楼方向喊）喂，大家先别走！过来坐一坐，等一等肖书记。

［罐头厂厂长、养猪场场长、饮食服务公司经理等厂长经理研究会理事上，众人分头坐下。

罐头厂厂长　老刘，我们的成立大会不会开成个黑会吧？我可把老婆孩子身家性命都交给你了！

刘立勋　　我们又不是搞什么地下组织，怕什么！肖肖，你给报社去个电话！

［肖肖走到电话亭外，伸手从小窗内拿出电话机，拨号。

［厂长经理们围上。

肖　肖　　总编室吗？请找你们总编接电话……什么事？我是省经委企业管理处的，我们今天成立厂长经理研究会，想请你们……总编不在？（对方把电话搁了）喂！喂！……

养猪场场长　（感叹）这个软钉子可是硬得很啊！

刘立勋　　难道我们真是在开一个黑会吗？

［肖肖急了，又拨电话。

肖　肖　　肖书记上哪去了？……（显然对方说了句什么，惹得她火起，大声地）我是肖肖。

［肖肖失望地放下电话。

肖　肖　　他参加外事活动去了！（顿时人心浮动，有人嚷嚷着要走）同志们，大家不能散！（激动地）我们中国有句老话，叫"初心毋忘"，（拿出书写好的扩权建议书）这是当初我们共同草拟的扩权建议书，我们签名吧！

［肖肖在石桌旁坐下，自己先签上了名字。

［静场。刘立勋突然接过去，疾速签名。

［厂长经理们有些犹豫。

肖　肖　　有件事我一直瞒着大家，（指办公楼）大楼的最顶层，正在召开整顿扩权企业的会议。改革者在这个时候放弃联合，是没有出路的！

罐头厂厂长　什么？整顿扩权？……又来了！（下决心）好，我签名！

［众人一哄而上，争着签名。

［这时，一记者匆匆赶到，厂长经理们的目光一起向他射去。

肖　肖　　（迎上前）你是……

记　者　　晚报记者。

肖　肖　　请。

刘立勋　　你是新闻界第一个勇敢分子！我叫刘立勋。

记　者　　久闻大名。

饮食服务公司经理　（诉苦地）记者同志，有人总是怕我们的权太大！我是饮食服务公司经理，告诉你我有多大权吧！我可以卖熟鸡蛋，可连卖生鸡蛋的权都没有！

刘立勋　　现在的企业是条条管、块块管，全民所有制实际上成了部门所有。这种割据式的管理体制开绿灯不容易，互相卡脖子可厉害得很，

［记者点头不是，摇头不是，用中指戳了戳眼镜，埋头记录。

罐头厂厂长　你知道罐头厂的难处吗？作为罐头原料的农副产品大幅度涨价，我想相应调高罐头的出厂价，没权。因为罐头是计划内商品，罐头厂只好越生产越亏损。这样下去，我们发不出工资，你们也别想吃上罐头，大家倒霉！

肖　肖　　（递上扩权书）这是厂长经理研究会倡议的扩权建议书。

［厂长经理们嚷嚷着："能不能发一个消息？""登一下扩权书的内容！""帮我们呼吁呼吁！"

记　者　　（支支吾吾）这个……实说了吧，我们登了介绍红云制药厂豆腐块大的一篇文章，医药局的史局长就打上门来问罪。今天这个事……临来前，

总编特地关照，可以听，不表态。

刘立勋　　记者同志！我希望你理解我们！照过去那一套办法搞经济是不行的！我开药厂，价高利大，苦了他们啦！我们的价格体系不合理，企业创造的产品价值和市场价格不相符，我们之间实际上存在不等价交换，我那一千多万利润，拿得心里有愧啊。

肖　　肖　　同行业内部也存在苦乐不均，理发业女界兴旺，五元钱烫一个头，男士们剪发、修脸带洗头五六毛钱，谁愿意给你们理发？难怪男同志们一提起理发就头痛！

罐头厂厂长　　生产搞不好，有的领导不问情由就叫你立军令状，厂长书记们党性强啊，一个个拍着胸脯保证：两年内如何如何，三年内如何如何，管他呢，两三年后，说过的话人们早忘了，反正兴秋后算账！

［众笑，记者也笑了。

［肖紫云、王厅长西装革履和两个外事工作人员从花廊方向上。

肖紫云　　喝，好热闹啊！

众　　　　肖书记！

肖　　肖　　爸爸，他们都是厂长经理研究会的理事。（指着刘立勋）这位是红云药厂的厂长刘立勋！

肖紫云　　（风趣地）大名鼎鼎！（与众人一一握手）听肖肖说，你们是来向我要权的？

肖　　肖　　（把扩权建议书交给肖紫云）他们是来递交企业扩权建议书的。

［肖紫云坐在石凳上，打开建议书认真地看着。

刘立勋　　肖书记，大楼里正在召开整顿扩权企业的会议，我们这一来，可能给你们出难题了。

肖紫云　　没有，没有！我正希望多听听你们对企业扩权的意见。

［众人顿时轻松下来。

王厅长　　（想回避）肖书记，我先走了。

肖紫云　　不不，你这个财政厅长，也来参加他们的会议。

王厅长　　（半开玩笑地）我是不受欢迎的。不信你问问刘立勋，他准讨厌我！

肖紫云　　（问刘立勋）是吗？

刘立勋	有一点儿。

［众笑。

王厅长	现在名声最坏的是我这个财政厅长。收账追人家屁股，拨款拘拘缩缩，生产任务不管，财政收入独揽，简直面目可憎！都说山西人会理财，我这山西人可尝够甜头了！
肖紫云	大家都有难念的经，就坐在一块诉诉苦吧！
养猪场场长	（诉苦）肖书记，我这个养猪场场长真不好当啊！前不久，我们因为缺乏饲料，突击宰杀了两千多头正在长膘的良种猪。那个损失真惨啊！为什么呢？猪饲料必须由国家按计划定量供应，超一斤都不行！天哪，猪的肚皮能计划的那么准吗？！其实农民现在手里有的是粮食，可悲的是我无权去买！
肖紫云	这件事我知道，事后调查，没有任何人用得着承担责任，因为大家都在按计划办事，谁都没有错嘛！这样大的损失，结果无人追究，我们的管理体制看起来也不是完美无缺的啊！是不是？
肖 肖	我们穷就穷在这种不合理的生产管理体制上。
肖紫云	（感慨地）其实历史上我们省的工商业是很了不起的，刚才我陪日本外宾参观前不久发掘出来的古船台遗址，两千多年前，我省的造船工业就已经很发达，据史料记载，秦末汉初就有两百多艘载重数百吨的船，往来于我们这个城市和亚洲各埠。日本人很钦佩我们祖先的伟大成就，我也感到作为一个中国人的自豪。可是酒会的时候，一位年轻的日本朋友向我祝酒，他说古老的中国船就像他们的丰田牌汽车一样值得骄傲！他是好意的。但我听了心里就很不是滋味，难道我们这些后人只懂得享受祖先留下来的光荣吗？你们说日本朋友敬我的这杯酒，多苦啊！

［大家默默无言。

［石峤匆匆上。

石 娇	肖书记，我们的会快完了，罗书记请你去讲讲话。
肖紫云	（严肃地）我没什么可讲的，通知他们立即散会！

［灯光骤灭。

第五场

　　[数天后,红云制药厂厂长室内外。
　　[舞台左侧是厂长室的一角,室内陈设相当有气派,右侧是大路,往里走可通前进制药厂。
　　[厂长室内,李玉芳在打扫卫生和收拾桌子上的杯子。
　　[陈炳新满怀心事地上。

陈炳新　玉芳,刘厂长不在吗?
李玉芳　他到车间找我爸去了。
　　[陈炳新走出门外,无聊地踢着路边的石子,黄浩英经过他身旁像不认识他似的,昂着头走过去。

陈炳新　(一阵心酸)浩英!
黄浩英　(站住脚)干什么?
　　[室内李玉芳识趣地提着一塑料桶杯子下。

陈炳新　(恳求地)你不肯原谅我,就打我好了。
黄浩英　(眼里含着泪)打你?过去你不是老要我爱你,求我亲你吗?怎么现在丢人现眼成了这副龟孙样子?
陈炳新　(结结巴巴地)这是我摆小摊时的旧、旧习惯……我一定改。
黄浩英　改?脸都丢尽了,谁能相信你啊!(哭着往前进药厂方向去)
陈炳新　(追了两步停下,掏出火车票看了一会儿,伤心地)是呀,谁还能相信我啊!
　　(失神地下)
　　[刘立勋、李华心和样宣科长上,刘立勋给两人倒茶,接着从抽屉里取出几盒药放在茶几上。

李华心　立勋,从前进厂买的这种"双羟萘酸噻嘧啶"片比现有的驱肠虫药副作用小,效果也好得多,但为什么滞销呢?
刘立勋　主要原因是推销不力,本来蛔虫和蛲虫在我国,特别是南方相当普遍,驱虫药的市场需求量很大,这种药的购买对象除医院外,主要是散客。但这么复杂的药名,谁闹得清它是干什么用的!非改个名不可。你说改什么好呢!要通俗一点。另外，包装也太陈旧。

样宣科长 （从手提包里取出几种包装样板）根据你的意见，我们设计了这几种包装款式，你看哪一种合适？

刘立勋 （选了一种款式）我看这种塑面锡箔底的包装不错！最好把外盒的颜色也改。根据预测，明年的流行式是苹果绿。不过，一盒三十片家用不合适，十二片就够了。另搞一种以医院为销售对象的大型包装，尽量简单点，降低成本。

［陈炳新低拉着脑袋，出现在门口。

陈炳新 刘厂长！

刘立勋 炳新，什么事，进来吧。

陈炳新 （沮丧地上前，掏出火车票放在茶几上）这是厂里叫我出差买的火车票……

刘立勋 你这是什么意思？

陈炳新 谁都不信任我，我还出什么差呢？

刘立勋 废话，谁不信任你啦？你拿的佣金不是退赔了吗？
（把车票塞回去）拿着！你这个陈麻子啊，才要正用，凡事要想想国家，想想厂的声誉。你不是有个漂亮的对象吗？还要为未来的家庭多想想！（见陈炳新正要离开）回来！麻子，这种驱虫药要起个老少皆知的名称，你有什么点子？

陈炳新 （看看药物说明书，抓了抓脑袋）不就是肚子里闹虫子，面黄肌瘦吗？广东人叫生疳积，叫"疳积痊"片，保证老太婆都听得懂！（丢下说明书走了）

刘立勋 （赞叹地）这个陈麻子确实点子多！定了，就叫"疳积痊"片！

样宣科长 我就照这个药名和你刚才的意见去设计包装吧。

刘立勋 行！

［样宣科长收拾好包装样板，下。

李华心 立勋，最近传来消息，有四十多种抗菌药物在我国将要被淘汰，如青霉素类、四环素类、合霉素、双氢链霉素等类药品，有的副作用大，有的制剂过于陈旧，容易沉淀或自然分解，有的疗效可疑，临床使用价值不大，还有的是合剂，由于其中个别成分被淘汰，合剂处方也要重新设计……（用手顶着胃痛，缓慢地往下说）对这些药品，我们要做好取消准备，同时要加紧对新抗菌药物的研究，争取每月推出一个新品种……（脸色灰白，艰难地喘气）

刘立勋　（吃惊地）老李，你的胃病又犯啦！（扶起李华心）走，我送你上医院！

李华心　（挣扎开）老毛病了，没事！立勋，最近进口日本的"救心丹"越来越多，咱们自己的"强心丹"要抓紧搞哇！如果医药局允许我们使用他们的仪器进行分析，我们的研究会快得多！

刘立勋　我叫黄浩英通过前进厂想想办法！

李华心　那太好了！（疼痛难熬）请替我叫玉芳！

刘立勋　（朝里喊）玉芳！

　　　　［稍停，李玉芳上，见状扑向李华心。

李玉芳　爸爸！

李华心　（扶起李玉芳站起身）回家去吃点药……晚上我还要上课。

刘立勋　（帮忙扶）老李！走吧！上医院去！

李华心　（硬是推开刘立勋）不用去！你忙你的事！

　　　　［李玉芳扶李华心下。
　　　　［刘立勋含着热泪目送他们走远，回转身从抽屉里拿出一本厚厚的书，认真地翻阅着。
　　　　［肖肖上。

肖　肖　立勋，人家都下班了，你还在用功呀！读什么书呢？（熟落地坐到刘立勋的旁边，把书夺过来看）啊，是《药理学》！

刘立勋　晚上要听李华心老师讲课，我得复习一下。我不像你，是个大学生。我只能靠自己学。对了，你是来取报表的吧？

肖　肖　我爸爸催得很紧，所有重点厂的月报表他都要亲自过目。

刘立勋　我已经给你预备好了。（从抽屉里取出一个大信封交给肖肖）怎么样，在我这儿吃晚饭吧？

肖　肖　你又没个家，能请我吃什么好的呢？

刘立勋　我有的是即食面！（从柜橱里拿出几包即食面）哪，开水一烫就能吃，多方便啊！

肖　肖　（摇了摇头，怜惜地）你不能老是这样过日子啊，没有想过成家吗？

刘立勋　我在这里当工人的时候，曾经有过一个女朋友，批邓那会儿，她害怕了，竟然揭发我收藏邓小平的讲话。那次打击，几乎使我成了独身主义者……你呢？听说石秘书在追求你？

肖　肖　（叹了口气）石峤，他太不了解女人的心了！

刘立勋　（戏谑地）嫌人家对你太热是不是？当心我去告诉他，凉你一段。

肖　肖　（调皮地）凉吧！我天天跑到你这边来吃方便面！

［刘立勋收住笑容，好像突然悟到了什么。

［供销科长上。

供销科长　刘厂长，我们供销科拿着你的信去找那位著名漫画家，请他为我们的产品画广告，他老人家新当美协副主席，怕人家说他搞艺术商品化，说什么也不肯干！

肖　肖　这也是旧观念在作怪。其实，一个产品完成了从生产到流通的全过程，才算真正为国家创造了财富。广告宣传是产品的流通辅助手段，是创造价值的劳动，不是很光荣吗？

刘立勋　宋朝的大文豪苏东坡就曾经做过广告，他为一个卖馓子的老妇人作过一首诗："纤手搓来玉米匀，碧油煎出嫩黄洋。夜来春睡知轻重，压扁佳人缠臂金。"老妇人把这首诗挂在店门显眼之处，因此顾客盈门，生意兴隆。下次你把这首诗抄给那位漫画家，让他知道苏东坡先生也未能免俗，商品也需要艺术化嘛！我们的"重感清"是家庭用药，一定要搞好电视广告。

供销科长　陈炳新出过一个主意，请一位足球名将，让他在足球场上打个喷嚏，服用一粒"重感清"后，当即恢复活力，一脚朝足球踢去，足球飞向观众变成一颗巨大的"重感清"。

刘立勋　这个陈麻子，多亏他想得出来！

［陈新炳气急败坏地上。

陈炳新　（把一份通知书递给刘立勋）科长、厂长，你们看！医药局的通知！

刘立勋　（匆匆看了看通知书）今后不再收购我们厂的药了！到底怎么回事？

陈炳新　他们借口市场饱和，一级、二级批发站都不管我们了。我猜准是史濒搞的鬼！

刘立勋　这样一来，我们所有的原料和生产品都成了废料，药材也成了柴火棍了！

肖　肖	这不是明摆着要把你们厂给拖死吗？简直欺人太甚！
刘立勋	（沉默地）通知供销科全体人员立即召开紧急会议！
供销科长	（打开扩音器）注意啦！供销科全体人员马上跑步到厂部来召开紧急会议！（重复一次）

〔李玉芳上。

刘立勋	玉芳，你爸爸怎么样了？
李玉芳	他吃过药，睡了。
刘立勋	（对肖肖、李玉芳）你们赶快进去，用大电饭锅多做些方便面，开几个罐头。

〔肖肖与李玉芳进里屋。

〔供销员甲乙丙丁上。

供销科长	厂长，就这么几个人了，别的都不在家。

〔众供销员随便找地方坐下。

刘立勋	那就开会吧。我们厂面临着一场生死存亡的考验！医药局突然通知一、二级批发站不再收购我们的产品。（一阵骚动）也就是说今后我们面对着是三级站，直接跑零售。幸好我们对这种做法有预料，目前我们已经和一百多个零售网点建立了关系，但远远不够，如果半年内我们的零售网点达不到三百个以上，就意味着我们厂要彻底垮台！

〔又是一阵骚动。

供销科长	这就是我们面临的无情的现实。
刘立勋	我们不能坐着等死，更不要指望别人对我们发慈悲！最可靠的还是我们自己的两条腿，我们必须为自己的命运背水一战！
众供销	（急了）厂长，你说怎么干吧！
刘立勋	建立全国性供销网，我主张责任到人，分片包干，半年内死活要拿下三百多个网点！下边，你们自己报个去向吧！
供销甲	我跑东北三省！
供销乙	我跑华北、西北！反正高粱、玉米吃惯了。
供销丙、丁	我们俩跑华东，那边人头熟。
陈炳新	我还是负责本市和华南片，不过我想去一趟四川。刘厂长，那张火车票还

是先换一位同志去吧。

刘立勋　为什么？

陈炳新　今天早晨广播里说四川正发大水，我想灾区一定需要大量药品！

供销甲　听说铁路被冲毁了，火车不通，机场也停止了客运。

陈炳新　困难是不用说了，这问题不大，我打算先到武汉，再转坐轮船沿长江上去。反正我有办法！车到山前必有路。

供销科长　我在家里坐镇，二十四小时等你们的长途电话。

刘立勋　你们出去，可以考虑把我们对客户的"三包"增加到"五包"：包途中损耗，包过期失效损耗，包滞销退货，包库存损失，包降价损失。

供销科长　厂长，包得这么彻底，这可是全世界没有的！

刘立勋　那我们就给全世界开个头吧！你们要紧紧抓住购买主体——发起者医生，影响者病人，决定者司药、院长，执行者采购员，一个个地宣传做工作。另外，顺便跑跑厂里短缺的原料。

　　［肖肖和李玉芳端着一大锅烫好的方便面和罐头上。

肖　肖　大家先吃饭吧，还饿着肚子呐。

刘立勋　长期以来，经济界流行着一种观点，认为流通领域不创造价值，我们厂不持这种观点，各位供销是本厂的功臣，产值和利润都离不开你们。今晚我没有什么好东西感谢大家，就请你们吃一顿方便面，吃完以后，大家连夜准备样品，尽快出发！

　　［灯光急切。

第六场

　　［国庆前夕。红云制药厂厂长室内外。
　　［景同第四场。
　　［厂长室内，刘立勋和供销甲边说边上。

供销甲　（把一份计划交刘立勋）厂长，这是技术科让我转给你的新项目研究计划。

刘立勋　（接过计划书，斩钉截铁地）这不搞了。《浙江日报》发了消息，杭州制药厂从国外引进了先进设备，将来的生产能力和成本部占了绝对优势。（他在计划书上划了个×）这是原料紧缺项目。华北药厂已经和原料基地建立了联营关系，我们插不进去，其他的照计划办。（把计划书还给供销甲）

［陈炳新双手提着几个盛满各种副食品的网袋上。

陈炳新　厂长，这是国庆节分的副食品，我替你领了。

刘立勋　啊，这么丰富！

陈炳新　这份是李华心的，玉芳还在医院看护他，先搁这。（把手中东西放下）

刘立勋　（担忧地）想不到老李的病发展得那么快，看来很麻烦。

陈炳新　（对供销甲）咱们去看看他吧！（欲下）

刘立勋　等一等，（拿出两个红包）我替你们把奖金领了，这些日子来你们很辛苦，理应多拿点。

［供销甲情不自禁地打开红包就要数钱，陈炳新一手按住他。

供销甲　怕什么？你没看见电视里的农民万元户吗？他们是这样（把奖金高高举起，炫耀地数着）数钱的呢！

陈炳新　（使劲从脑后推了供销甲一掌。甲几乎摔倒在地）咱们是工人，数钱是这样！
　　　　（背转身，把奖金藏到裤袋下偷偷地数着）

刘立勋　（笑）最省事的是机关干部和教师，他们用不着数。

供销甲　（感叹地）生产搞不好，什么都使不上。难怪前进厂人心浮动，那么多人想调走。

陈炳新　厂长，浩英调我们厂的事，怎么样？

刘立勋　我们正在联系，快了。

［李玉芳愁容满脸上。

陈炳新　玉芳，你爸好点不？

李玉芳　（摇摇头）还是那样，什么东西都吃不下，喝口水也吐。

陈炳新　（拉供销甲）走，我们现在就去看他（两人下）。

刘立勋　玉芳，你别急，相信医生会有办法的。有什么事吗？

李玉芳　爸爸叫我告诉你，你很忙，不要老到医院去，厂里其他人也不要去。

刘立勋　（感慨地）你爸爸总是这样，最怕给人家添麻烦。

李玉芳　爸爸说，有关药物研究的所有资料他都锁在保险柜里，叫你把钥匙收好。（掏出钥匙给刘立勋）

刘立勋　（长久地注视钥匙）请你爸爸放心，我一定保管好这些资料。

李玉芳　他还说化验结果，我们的"强心丹"有几项指数都超过日本的"救心丹"，一定要争取打败"救心丹"，他怕没时间完成这项工作，希望你能想办法调黄浩英……（咽不能语）

刘立勋　（强忍住悲痛）我一定想办法叫黄浩英接他的班！

　　　　〔电话铃响了，刘立勋静待了一会儿，见响声不停，才上前去接。

刘立勋　（惊慌地）啊，你是医院！……不错，我就是刘立勋，说吧。……（脸色骤变）是的，好，谢谢你们！（无力地放下听筒）

李玉芳　（焦急地）医院说什么？我爸爸他……

刘立勋　（强作镇定）没什么，医院找我有点事。

李玉芳　不对！你的脸色不对！你从来也没有这样叫人害怕！我要回去问医生。（转身要走）

刘立勋　玉芳！

　　　　〔李玉芳回头用疑虑的目光紧盯住刘立勋。

刘立勋　玉芳，你要相信我！

李玉芳　不，你不肯告诉我。我知道，爸爸一定是……胃癌！（哇哇大哭）

刘立勋　玉芳，你冷静点，我们一定想尽一切办法……

李玉芳　（连连点头）我爸苦了一辈子，我料到他会这样……可怜的是他还没有摘掉头上那顶帽子！（痛哭）

刘立勋　我一定想办法办到！

李玉芳　刘厂长，我……（想往下跪，刘立勋连忙把她扶起）千万别叫我爸爸死不闭眼啊！

刘立勋　你先回医院照顾你爸爸，我马上去想办法。

　　　　〔李玉芳擦擦眼泪，要出门。

刘立勋　等一等，我叫汽车送你去。

李玉芳　不用了，我自己能走。（下）

刘立勋　（拿起话筒，拨号）行政科吗？……请马上开部车派个女同志送李玉芳去医院！她现在正在出门，快！（放下话筒）

〔黄贵柴上。

刘立勋　老黄，你来得正好。李华心快不行了，我们一起去找史灏去！

黄贵柴　是吗？糟糕！史局长不在啊！前几天，我找他，他说忙，答应过两天再研究，今天我又去，他出差去了。

刘立勋　（急了）要多久才回来？

黄贵柴　说一个月。

刘立勋　（发怒）一个月！医院已经通知我们准备后事，人都快死了，还等一个月吗？果然碰上了，真是混蛋透顶！

黄贵柴　（关心地）那怎么办？

刘立勋　怎么办？你说吧！无非去过几年台湾，就老怀疑人家，这叫什么政策啊？

黄贵柴　本来台湾问题现在政策都已经变了。

刘立勋　那些"左"大爷们的思想没有变！中国的事情坏就坏在这帮人手里！（突然问黄贵柴）我们不用说党性，就以一个普通人的良心来说，你觉得这事能这样过去吗？

黄贵柴　不能！但是没有办法啊！

刘立勋　我有个主意，你敢不敢干？

黄贵柴　什么主意？

刘立勋　以你前进厂的名义给李华心平反！

黄贵柴　这个……

刘立勋　李华心是在前进厂被戴上帽，被开除出厂的，解铃就还待系铃人，你应该负起这个责任！

黄贵柴　当时当书记的是史灏。

刘立勋　但现在你是厂长！

黄贵柴　史灏现在是医药局长，没有主管局的批准……

刘立勋　我知道，真平反一定要史灏批准，我说的是搞一张假平反通知书。

黄贵柴　　假平反？

刘立勋　　你把通知书写给我，我拿去念给李华心听。完事后把它烧掉！

黄贵柴　　啊，你想用这个办法安慰李华心！

刘立勋　　是的，我要用行动向他表示：我们党会想尽一切办法落实知识分子政策！老黄！你等等我。（进里屋，很快拿一纸条出）老黄，这是我盖了私章的个人保证书，你拿着。（把保证书给黄贵柴）

黄贵柴　　（看保证书，激动地）老刘，你这可是要犯错误的呀！

刘立勋　　老黄，犯错误就犯吧！没有时间考虑了，只要不是为了谋私利，我就问心无愧了！

黄贵柴　　（感动地）虽然你在这上边写明事情与我无关，但我也应该替你担点责任。（收起保证书）我马上回去写平反书！

　　　　　〔灯光骤灭。

　　　　　〔灯复明时，已是夜晚，一弯冷月，几缕滚云。刘立勋在厂长室的沙发上睡着了。他在做梦，仿佛梦见李华心大笑着朝他走过来。

李华心　　哈哈哈哈……

刘立勋　　老李，你怎么啦？我从来未见你这样笑出声来，连微笑也难得一见。

李华心　　哈哈哈哈……

刘立勋　　（恐惧地往后退）你是在嘲笑我吗？我知道当时你一眼就看出那平反书是假的了，你死时的微笑是装给我看的，我的确对不起你，生前没有为你平反，等你到临死时才那样拙劣地造了一张假平反书。不过，请你一定原谅，我不是存心想哄骗你。因为欺骗一个垂死的人是十分卑鄙的，我只是想真诚地向你表示：我们党有人在为落实知识分子政策而坚决奋斗！盖棺不能定论，你的问题身后也一定得解决，决不会置之不理。

李华心　　刘厂长，你误会了。我是真的感到高兴呀！有位伟人曾经说过：哲人从来都只虑生，而不虑死。我是不在乎怎么死的，死后毫无知觉，毁誉荣辱都一样。想到近几年你那样信任我，使我能够放开手脚大胆地干，把我几十年积攒的知识全都用于实际。我这个一度成了祖国弃儿的人，居然晚年能对我们贫穷而多难的祖国作出微薄的贡献，我就忍不住要笑出声来。

刘立勋　那不是我个人的功劳，是党的政策要我那样做的，况且我并没有做好。

李华心　这不能怪你，我知道你有很多难处。（忽然脸色变得阴沉起来）

刘立勋　老李，看起来你有什么心事，能讲给我听吗？我真忙坏了，一直没有时间和你好好谈谈心。

李华心　你说，人死后能获得平等吗？

刘立勋　能够的，我一定给你开一个隆重的追悼会，隆重得不亚于政府首脑。

李华心　那是摆排场，是浪费，万万不要这样！人死了便回归大自然，烧掉了就完事，我担心是的是我的女儿，我头上未摘掉的帽子恐怕会移到她头上去！

刘立勋　我明白，你顾虑玉芳……

李华心　她没文化、没本领，只有一颗善良的心，如同一只鸡蛋那样毫无自卫能力。

刘立勋　现在政策变了，我们不会歧视她的，你放心。

李华心　我指的是别的人，那些和你不一样的人；我还担心历史会不会公正地对待你，有人说：在有罪和无罪之间只有一纸公文的间隔，你要自重啊！

［李华心突然消失在黑暗中。

刘立勋　（大声喊）老李！华心！华心！

［梦境消失，刘立勋醒过来，看见玉芳含泪站在他面前。

李玉芳　刘厂长，你做梦了吧？那么大声喊，怪吓人的。

刘立勋　是啊，我做了一个揪心的梦。

李玉芳　你……你做梦都想着我爸爸！为了他，听说你要受处分，我们太对不起你了！……（哭）

刘立勋　玉芳你不要这样想。

李玉芳　我想。我还是离开厂好，我不能再给你添麻烦了！

刘立勋　你去哪？你又没有亲人，这里就是你的家。

李玉芳　（忽然省悟，自语地）是呀，我能去哪？……我没有亲人……（伤心欲绝）

［稍停，刘立勋走过来，递给玉芳一块洁白的手巾。

［玉芳泪盈盈地看着刘立勋，突然扑过去，伤心大哭起来。

［刘立勋一动不动，让李玉芳尽情倾泻她内心的痛苦。

［剧烈的悲痛过去后，李玉芳蓦地明白自己做错了事，她一下子推开刘立勋，

羞得无地自容地躲到一边。

李玉芳　（自语地）我这是怎么啦？……我怎么啦……

刘立勋　（深情地）玉芳！

李玉芳　（解释地）请原谅。我……太荒唐了！……在这个世界上，我再没有亲人了！

刘立勋　（诚挚地）玉芳，我愿意做你的亲人！

李玉芳　（一惊）这不可能，我不配！……我知道你在安慰我……

刘立勋　不，打从你进厂后，我周围的生活就变得整洁和温暖起来，我感谢你爸爸，也感谢你！我喜欢你的纯洁、善良，我需要一个一心支持我干事业的伴侣，玉芳，你相信我说的是心里话吗？
　　　　〔刘立勋上前紧紧握住李玉芳的手，李玉芳情不自禁地投进他的怀抱，幸福地抽泣起来。
　　　　〔肖肖快步上，见此景，当即站住，返回身要走。
　　　　〔刘立勋和李玉芳两人赶紧分开。

刘立勋　肖肖，进来坐吧！

李玉芳　（害羞地）肖肖姐！
　　　　〔肖肖进屋。

刘立勋　（对肖肖）找我有事？

肖　肖　不，我是专门来看玉芳的。

李玉芳　谢谢你，肖肖姐。
　　　　〔刘立勋要给肖肖倒茶，发现没水。

刘立勋　肖肖，你们聊，我去打瓶水回头我还有话对你说。（提水瓶下）
　　　　〔两人默默无语。

肖　肖　玉芳，你瘦了，要注意身体。

李玉芳　（注视着肖肖，良久）肖肖姐，我不配，你……

肖　肖　（强忍住内心的感情）玉芳，别说傻话了！（上前握住玉芳的手）我恭喜你们！（眼泪夺眶而出）

李玉芳　（慌乱地）肖肖姐，别这样……我不配有这种幸福，我知道。你喜欢立勋，我要离开这里！……真的离开！

肖　肖　（搂着玉芳不放）傻妹子！我心里已不大好受，但我衷心祝福你，祝你找个好丈夫！立勋太忙了，正需要你这样的好伴侣来照顾他的生活，你们一定会生活得很美满幸福的！

李玉芳　（流下热泪）好姐姐！……

［灯光急切。

第七场

［国庆后数天夜，南方宾馆咖啡厅内外。

［舞台右侧是咖啡厅一角，后面的落地茶色玻璃窗高雅而有气派，厅内有楼梯通二楼，咖啡厅前的宾馆花园洁静，幽雅。

［从花园望去，可见大楼上矗立着"车到山前必有路，有路必有丰田车"的巨幅霓虹灯广告。

［港商郭先生陪着史灏、黄贵柴坐在咖啡桌旁。

郭先生　史局长、黄厂长，我和你们的合作项目谈了几个月还批不下来，好机会都错过了……

黄贵柴　郭先生放心，我正在催办批文呢！快了！

郭先生　说实话，我已经没有信心了！为这个项目，香港、广州我来来回回不下四五十趟，花钱事小，时间和精力我赔不起啊！

史　灏　听说郭先生最近的兴趣已经转向红云厂了？

郭先生　是的，不瞒你们说，我和刘厂长接触过几次，他们办事很爽快，待会儿刘立勋先生还要来找我。

黄贵柴　（急了）郭先生，难道我们之间合作就没有挽回的余地了吗？

史　灏　（接过话头）老黄，合作可不能勉强，郭先生既然选中红云厂我们也希望他合作成功嘛！不过，红云厂过去不是搞药的，手头也没有什么外汇，郭先生不会不了解吧！

郭先生　谢谢史局长提醒，外汇的事，我们正在想办法。（忽然朝着门口方向）啊！刘厂长他们来了！对不起！（向门口方向迎去）

　　　　［史灏、黄贵柴沮丧地站起来。

黄贵柴　我们办事机关真能把人活活气死！多好的合作项目，这下吹了！史局长，卫生部最近宣布淘汰一百二十七种药品，我们厂产值受到很大影响，局里要想想办法！

史　灏　（心烦地）局里、局里！你黄贵柴长个脑袋干什么用的！

　　　　［郭先生领刘立勋、黄浩英、陈炳新上。

　　　　［黄贵柴看见黄浩英，黑着脸。

黄浩英　爸爸！……

郭先生　咦！黄小姐原来是黄厂长的千金呀！

刘立勋　是的，她刚从前进厂调到我们厂来。（转向史灏）史局长，我们来得不是时候，影响你们谈判了。

史　灏　没什么！我们已经谈完了。刚才郭先生在夸奖你的办事效率，他不知道黄贵柴搞一个项目要盖十四个公章，你刘立勋只要盖两个公章，能比吗？

刘立勋　郭先生，史局长说的是实际情况。

郭先生　哦，黄厂长，请多包涵。（对刘立勋）刘厂长，你们稍等，我送送他们。

　　　　［郭先生送史灏、黄贵柴下。

　　　　［这时宾馆外的停车场传来一阵阵汽车马达的轰鸣声，雪亮的车灯不断地在咖啡厅的玻璃窗上划过。

陈炳新　（惊讶地冲着停车场方向）你们看，哪来那么多新汽车啊？

黄浩英　哎呀！真的！红的、黄的、蓝的、白的……全都是丰田牌！

刘立勋　（感叹地）真漂亮！

　　　　［肖肖快步从楼上跑下。

肖　肖　立勋！

刘立勋　肖肖，你怎么在这儿？

肖　肖　我爸爸正在楼上召开外经工作会议，我溜下来看看这批新进口的日本车。

刘立勋　进口这么多啊？

肖　　肖　一次几百辆还不够呢，各单位都争着要。

刘立勋　（苦笑）我想起你父亲说过的那位日本朋友的话：古老的中国船像他们的丰田牌汽车一样值得骄傲。你看看这场面，人家确实值得骄傲！

陈炳新　人家资源比我们缺，劳力比我们贵，国内市场比我们小，却造出世界一流汽车卖给我们。

黄浩英　看看那幅广告吧："车到山前必有路，有路必有丰田车！"

肖　　肖　人家在我们的土地上，那么自豪地引用中国的成语，夸耀他们的产品！

黄浩英　厂长，是什么捆绑着我们？我们为什么不如人家？多大的耻辱啊！

刘立勋　（深沉地）问得好，应该让所有的厂，不，让每一个有民族自尊心的人，都来见识一下这个场面和这幅广告。我们的确到了痛定思痛的时候了！

　　　　〔静场，远处传来沉闷的雷声，一场秋雨降临了。

陈炳新　（仿佛突然想起）厂长，干我们的吧！我这就去找康利药行的老板签协议！
　　　　（急步上楼）

　　　　〔刘立勋等人回身走向咖啡厅。

肖　　肖　立勋，为李华心的事你背了处分，不会给压趴下吧？

刘立勋　（轻松地一笑）李华心终于得到了平反，这是我最大的安慰。这次罗书记提议处分我，史灏为我说了不少话，虽然没有帮上忙，我还是很感激他。

肖　　肖　史灏不怕得罪罗老头，在这件事上站出来支持你，他是有胸怀的……
　　　　〔郭先生上。

郭先生　不好意思，让诸位久等了！这位是……

肖　　肖　我是省经委的，姓肖。

郭先生　（客套地）请一块喝杯咖啡吧！

　　　　〔众人落座，女服务员端咖啡上，郭先生付款，女服务员复下。

郭先生　（对肖肖）肖小姐是上级部门的，恕我直言，我们回国内想做点事情真不容易呀！那些官僚主义者，真是误国误民呀！刘先生，说句大实话你别见怪，有的人如果在香港公司当个一般文员，恐怕未必够格呢！可在这里却占着局长，处长的位置！（对肖肖）中国不是没有人才呀，为什么压着不用呢？

肖　　肖　（笑）慢慢会好起来的。

郭先生	刘厂长，有关合作项目的细节问题我们已经谈得差不多了，不知道银行担保外汇的事情有什么进展没有？
刘立勋	我正想谈这件事，由于我们厂没有外汇储备，银行不同意担保还本付息。
黄浩英	郭先生提出的生产线，填补了我们国内的一项空白，我们估计前景是乐观的。
肖　肖	假如不用银行担保，事情就会简单得多。
郭先生	（笑一笑）既然投资，我是算过账的，做过可行性研究的，要求中国银行作反担保，不过是想求得一种权益上的保障，万一出了意外的风险，比如说政策上的变化，或者碰上政治运动，我可以保个底。如果我们双方的利益完全一致，也就没有这个顾虑了。
刘立勋	我想改为合股的形式，在海内外发行股票，你看如何？
郭先生	（吃了一惊）刘厂长你说的是真的？发股票就意味着会有股票贸易，产生票面值和实际值的差异，这在社会主义中国可没有先例啊！
肖　肖	天底下的事情原本都没有先例，试一试嘛。我们可以通过具体条款限制股票投机。
郭先生	（大喜）果真如此，我对红云厂是充满信心的，海外的股票权我愿意包揽。
刘立勋	那么我现在就修改意向书，你看行不行？
郭先生	（赞叹地）刘厂长太爽快了！
黄浩英	"时间是金钱，效率是生命"嘛！这是跟你们香港人学的。
郭先生	哈哈哈！（看看表）对不起，我还有约，等你们手续办好，我就正式签字，失陪了！（和众人分别握手后，下）
肖　肖	我也该走了，快散会了！
刘立勋	好的，我们在这儿等等麻子。
	［肖肖沿楼梯上去。
黄浩英	厂长，最近从日本进口的一批"救心丹"，经过我们化验，他们并没有按说明书上的成分使用熊胆，而是使用猪胆！
刘立勋	（惊讶）是真的！
黄浩英	（打开手提包，出示化验单）这是化验结果，千真万确！
刘立勋	（兴奋地）那么。我们的"强心丹"投放海外市场的时机到了！立即把化验结

果通过报界公布出去！加强海外宣传攻势，这次下决心和他们争争高下！

　　[陈炳新从楼梯飞跑而下。

陈炳新　（扬着手中草签的协议书）厂长，这回我们可捞着大鱼了！

刘立勋　说说看，捞着什么大鱼啦？

陈炳新　（兴高采烈地）我总算把"重感清"的海外市场抓到了！我找到香港康利药行的老板，他们过去代理前进厂的"重感灵"，现在愿意放弃"重感灵"改做我们"重感清"的代理。

刘立勋　为什么非要放弃"重感灵"？

陈炳新　（得意地一笑）这是我提的要求，不然我们的"重感清"就不给他。你想，同样产品弄在一起，到底销谁的！

黄浩英　这样做，前进厂岂不遭殃了？！

陈炳新　他们可以另找代理，反正我是看中了康利药行。他们有庞大的销售网，世界各地都有分店。（把协议书给刘立勋）这是草签的协议书，订单之大，简直出人意料！

刘立勋　（看协议书）太有吸引力了！（停了停）不过麻子，前进厂的"重感灵"为了开拓海外市场，费了九牛二虎之力，投了不少宣传费。现在已经有了代理，我们不能撬人家墙脚。

陈炳新　撬墙脚？竞争就是你死我活！史灏想卡死我们，你忘了？他有初一，我有十五！

黄浩英　麻子，别意气用事，要站高一点。

陈炳新　（急了）你少插嘴！厂长，为这事我腿跑细了，嘴皮磨破了。直说吧，这份协议还要不要？

刘立勋　（干脆地）不能要，我们再另找代理商。

陈炳新　（发火）说得轻松，我可没你风格高！

　　[肖紫云和肖肖从楼梯下来，见状停住脚。

刘立勋　（批评地）什么风格高，企业局部利益总得服从国家全局利益吧？

陈炳新　（像不认识刘立勋地）好啊，挨了处分，你也唱高调了，学会做官了！我陈麻子可不认这一套。

黄浩英　（喝）炳新！

　　　　［静场。只听见沙沙的雨声。

陈炳新　（心痛欲裂地把协议书撕得粉碎，往空中一扬）厂长，多保重吧，我告辞了。（拔腿便走）

　　　　［窗外划过一道闪电，响起一声霹雳。

刘立勋　麻子！上哪儿去？

陈炳新　（心灰意冷地）回我原来的地方，闯江湖去，混口饭吃！

　　　　［又是一声雷响。

刘立勋　（用尽全身力气怒吼）滚！滚吧！回去发你的财吧！你这小子就这么大出息了！

　　　　［陈炳新被镇住，默默地立着。

　　　　［雨声。

刘立勋　（情出肺腑）炳新，你望望外面那些日本汽车，看看那幅叫我们惭愧的广告吧！国家不强，你我有什么光彩！你走吧，我不留你……

　　　　［又是一声霹雳。

陈炳新　（羞愧得猛地跺了下脚，使劲揪了揪头发）我真混！（发疯地冲进茫茫雨夜）

黄浩英　炳新！（飞跑下）

　　　　［刘立勋大步跟下。

　　　　［肖紫云和肖肖走下楼梯，他们望着刘立勋的背影。

肖紫云　（感叹地）干工作的人，难免有错误，即使受过处分，仍然是好同志！不干工作的人，就算没有过失，可以安保禄位，也是极为可耻的！

肖　肖　刘立勋的错误完全是被史灏逼出来的！

肖紫云　我们只处分刘立勋，是不公道的，我将建议省委一定加重处分史灏！

　　　　［灯光急切。

第八场

[两个月后,冬天。罗挺家客厅,景同第一场。

[罗挺的女儿和儿子手提着大包、小包从街上购物回来。

儿　子　(把包包往地上一扔,懒散地往沙发上一靠)哎呀,可把我累坏了!

女　儿　(发愁地望着买来的东西)总算买齐了,光尼龙伞就十几把,怎么拿呀!

儿　子　这趟回家真够意思,老爹说这地方开放以后,问题很多,我看挺好。

女　儿　你可别当他的面说,最近爸爸的心情很不好。

儿　子　哼!成天像吃了枪药似的。

[石峤从里屋上。

石　峤　回来了,老二!(拿出火车票)给,这是你们走的火车票,明天晚上九点五十。

女　儿　(接过火车票)谢谢你了,石秘书!

石　峤　(看着大包小包)嗬,收获不少啊!

女　儿　都是别人托买的。

儿　子　可惜没钱了,要不还得买多点。钱都给肖肖姐姐买股票了。哎,她给我送股票来了吗?

石　峤　没见她来呀。二位,你们明天就走了,住这一个多月,伙食费免了,但要收粮票,罗书记客人多,粮食不够用……

女　儿　我粮票用不完,都留下。(把粮票给石峤)

儿　子　我自个粮食还不够用呢!石秘书,交钱吧!你说一天标准多少?(揶揄地)我当我爹不食人间烟火呢!原来也搞经济核算。

石　峤　过日子的事,我管。他不知道。

儿　子　你要设法让他知道,人们都得过日子!有的地方老担心信仰危机,回到这儿,看见老百姓一手提着鱼,一手拎着肉,什么危机也没有!这就是过小日子的大道理。

石　峤　看来你们父子相距甚远!

[肖肖上。

石　　峤　这不，肖肖来了。

肖　　肖　老二，你要买的股票我带来了。现在发行股票的有好多家，我选了红云制药厂，他们的股票最抢手，一百块钱一股，你给我二百块，这是两股。

女　　儿　（抢先接过股票）哎呀，股票是这样的！真新鲜！

儿　　子　（夺过股票）嘿！有点像国库券，不过是两码事！姐，这里头有二十块钱是借你的，年底分红有你一份啊！

石　　峤　肖肖，红云厂的生产线弄进来了吧？

肖　　肖　已经投产了。要不要发行股票，到现在还谈不下来呢！前进厂就弄得很被动，现在只好部分人为红云厂生产半成品。

石　　峤　这也好。前进厂有国家计划保证原料供应，两个厂相得益彰，史灏没有作梗吗？

肖　　肖　怎么没有！他骂黄贵柴堕落成人家的子工厂，作了刘立勋的干儿子。不过，挨了处分，也没怎么蹦跶。好了，我该走了。

儿　　子　谢谢你，肖肖姐。

　　　　　〔肖肖下。

石　　峤　老二，买股票的事可别让你爸爸知道，他反感透了！

儿　　子　老头食古不化，啥都看不惯！（学着父亲的腔调）电视台的广告太多了，文化体育界的名流也出来帮忙，说什么经济部门要求商品艺术化，胡搅！这叫啥理论？报纸可以宣传万元户，但不能鼓励贫富不均，你们记者啊，是无冕之王，报道改革一定要谨慎，发一篇通讯，广播一则消息，有时赛过上面的红头文件……

女　　儿　（责怪地）弟弟，你干嘛了？

儿　　子　（越说越起劲）咱们老爹，解放军女兵买件花衣裳也唠叨半天。（叉着腰，学父亲的模样）"我们进城的时候，有三条规定：不准穿花袜子，不准洗香皂、不准看女人！"石秘书，现在是八十年代！

女　　儿　弟弟，父亲廉洁奉公，从不以权谋私，比搞不正之风的人强多了！"四化"建设需要有这样的好干部。

　　　　　〔石峤突然发现罗挺，捅了罗老二一下。

儿　子　（并未领会，更来劲）得了！恐怕他这样的好干部，对四化建设不大稀罕呢！（抖了抖手中的股票）说真格的，这玩意儿可不能叫他发现！（把股票往口袋里塞）

罗　挺　那是什么玩意儿？拿过来看看！

［罗挺儿子一下子全傻了，乖乖地把股票递给父亲。

罗　挺　（接过股票，看了看，"啪"地甩在茶几上）回来探一趟家，搞什么名堂！

儿　子　（嗫嚅地）股票是我自个的钱买的！不成吗？

罗　挺　有钱就可以胡来吗？买股票，你看看人家海外报纸是怎样讲的？这是搞资本主义！（把手中的报纸往茶几上一甩）

儿　子　（瞟了一眼报纸，不服地）他们管得着我们吗？狗咬耗子，多管闲事！

罗　挺　扯淡！中国的事情你知道多少？念了几年大学，变得酸溜溜的！回一趟家就气我，以后不要回来了！

［肖紫云上。

肖紫云　老罗，怎么啦，又跟孩子们怄气了？

儿　子　（嘟嚷着）买了两股公开发行的股票，犯什么法啦？

罗　挺　你还顶嘴！

肖紫云　（调解地）老罗，算了，算了！（示意孩子们下）

［石峤和罗挺子女拿起大包小包下。

［肖紫云和罗挺慢慢坐下。

罗　挺　老肖，我的脑袋可能真是跟不上了！连娃娃们也跟我作对！改革我不反对，但不能离经叛道！（拿起那份海外报纸给肖紫云）你看看资产阶级报纸的社论："改革——中国实行资本主义！"这不是一般的谩骂，他们确实掌握了大量事实。我们现在城乡实行的一套，虽然搞活了经济，但是，许多过去体现社会主义优越性的做法和理论被推倒了！一下子拐那么大个弯，会不会割断我们党的历史啊！

肖紫云　我不同意你的说法，资产阶级对我们评头品足并不可怕，可怕的是我们内部惊慌失措，乱了阵脚，这会动摇我们改革的信心和步伐。我认为理论界的同志，应该对这篇文章作出积极的反应。

罗　挺　老肖，现在理论界思想混乱得很，不少人天天在担忧，有的理论家甚至说，你近两年的做法，一味强调经济效益，丝毫不考虑理论根据，简直是在耍蛮！

肖紫云　我并不欣赏你说的某些理论家，他们严重脱离实际，不用为国计民生着想，无须对中国的成败负任何责任，总以为抱着几本经典著作就可以过安稳日子，甚至动不动就使用权威掣肘处于改革第一线的同志。作为一个实际工作者，我对他们的态度是：不予理睬。说我要蛮，讲实话，有时候我真到了不要蛮就不足以办成一件事的地步，我们理论界应该为改革鸣锣开道！

罗　挺　要看开什么道，红云制药厂发行股票，就是从全民所有制倒退为公私合营。我们把资本主义从前门赶了出去，又从窗口迎了进来！（指着报纸）资产阶级不是用讥讽的口吻在取笑我们吗？

肖紫云　值得取笑的是，那些攻击我们复辟资本主义的所谓理论家，他们的历史和经济常识可怜得很！人类自原始社会以后从来就没有一个纯粹的社会，奴隶社会不是有大量的自由民吗？封建社会不是有自耕农吗？在资本主义高度发展的国家，家庭经营农场和小商店比比皆是。我们是生产资料公有制占有绝对优势的国家，为什么不允许少量半社会主义经济成分和非社会主义经济成分存在呢？

罗　挺　你说的这种多种经济成分共存的社会主义，在马克思的经典著作里找不到根据。

肖紫云　我们刚刚批了"凡是"派，对毛泽东同志尚且如此，难道一百年前的马克思，凡是他没有说过的，我们就一定不能够做吗？企业吃现成饭是最省力而最愚蠢的！

罗　挺　……

　　　　［门铃声，接着传来喊声：挺哥住这儿吗？

　　　　［罗挺迎出门。田螺哥手提狮头鹅和芋头等农副产品上。

罗　挺　你是……

田　螺　挺哥，我是田螺啊！认不出来了吧？

罗　挺　啊，是田螺哥啊！你怎么来了？快坐！快坐！（向肖紫云介绍）他是我们当年的堡垒户，战争年代经常掩护我们。（转向田螺）这是我们的肖书记！

〔田螺有些怕见官，放下东西，搓着双手。

肖紫云　（热情地握着田螺手）你好啊！

〔石峤端茶上，田螺坐下。

罗　挺　好多年不见啦，真想念老区的群众啊！你没来过省城吗？干嘛不来找我呢？

田　螺　（欲言又止）……

罗　挺　你这次找我有什么事要办吗？

田　螺　没有，没有！我是来做生意，住在鹅潭宾馆，我专门来，是想请你吃餐饭！

〔罗挺和肖紫云颇感意外，两人相对而笑。

肖紫云　老哥啊，看样子你是万元户吧？

田　螺　（哈哈大笑）说是万元户，其实还不止这个数字。

肖紫云　怪不得罗，要不怎么住鹅潭宾馆呢。八十块钱一夜呀！老罗，你我可住不起啊！

田　螺　嗨！穷了一辈子，托党的三中全会的福，现在有了钱，开开洋荤啊！肖书记，请你也赏个脸吧！

肖紫云　哎呀，你太客气了！这叫你太破费了！

田　螺　破费什么罗！要是大家挣了钱都不花，各行各业不都关门了吗？盖那么多宾馆、餐厅干什么？

罗　挺　啊，这是你们万元户的新观点！田螺呀，你现在都干些什么？挣那么多钱？

田　螺　我现在是农工商啥都干。除了种田，还包了一片山林，种果树、育蘑菇、跑运输，还办了个小工厂，请了一帮乡亲邻里，搞点竹器编织，这可是个大钱罐子！

肖紫云　现在你们农民的日子好过了。

罗　挺　好是好过了，不过，田螺，你刚才说请了一帮乡亲邻里，是雇工吧？

田　螺　是呀，我每月给他们结一百来块呢！他们都乐意跟着我干。

肖紫云　你雇了多少人啊？

田　螺　雇了……

罗　挺　文件规定是七个。

［田螺哥顿时支支吾吾，手足无措。

肖紫云　（笑）说吧，说吧。不要有顾虑，我替你保密！

田　螺　（顾虑重重地）雇了……总有五六十个吧。

罗　挺　哎呀，你的钱原来是这么来的。我看，今晚这顿饭，你还是在我家随便吃点吧。

田　螺　（顿觉伤心）挺哥，我这个穷兄弟，现在有了钱，欢欢喜喜来请你吃顿，想不到……我知道，你觉得我这样做是雇工剥削，早就有人给我戴这顶帽子了……

罗　挺　老肖，消灭剥削，是写在我们共产党的旗帜上的口号，我们如何解释眼前这种现象呢？

肖紫云　田螺哥，我想请教你，你认为你是不是剥削？

田　螺　我苦了一辈子，从来没有想过去剥削别人。我看着乡亲们没活干，就出来领了个头，开始人也不多，后来生产发展了，摊子才慢慢大起来。其实我不过是个领头的。肖书记，羊群也要有个带头羊吧，何况那么多人呢？

肖紫云　（笑）你是这样看的，带头羊，是呀，是要有个带头羊。（对罗挺）我们不也是带头羊吗？

田　螺　（大诉衷肠）其实呢，要不是这样干，我们就只好穷下去。挺哥，刚才你问我为什么不来省城找你，前几年我是来过，是来要饭当乞丐，怎么有脸见你呢？现在我们农民下肥，都要先看看报纸，就是担心农村政策变。讲句难听话，政策再变，农民就要骂娘了！我来请你吃顿饭，你都感到为难，叫我怎能不担心呢？

肖紫云　我相信中央是了解农民兄弟的，老罗，我们的政策不会再变了吧？

罗　挺　是呀，是呀，我们再也经不起折腾了！田螺哥，我的担心不是针对你的，你别见怪。

田　螺　我们富裕了，怎会忘记你们这些出生入死的老前辈呢！最近我们万元户还捐了一笔钱，修缮老区的烈士陵呢！过去饭都吃不饱，哪里顾得上为我们牺牲的兄弟姐妹们！

肖紫云　老罗啊，我看我们的历史正是这样得到光荣的延续的。农民兄弟今天有钱请我

	们省委书记去吃饭,我们应该感到由衷地高兴!有什么理由推辞呢?
罗　挺	(自我解嘲地笑了笑,拍了拍田螺哥肩膀)好!我把孩子们也带上!田螺,请得起吧!
田　螺	挺哥,我真开心啊!你说,要摆几桌吧?
	［众人大笑。
肖紫云	(郑重地)至于像红云厂发股票,农民雇工这类生活向我们提出的新问题,待我们吃饱了肚子再去探讨吧。
田　螺	(拉着两位书记)书记们,跟我走!
	［灯光急切。

尾　声

［1983年春,红云制药厂大门口。

［舞台上一片光明灿烂。两条大字标语悬空垂下,上面写着:"祝产值突破一亿元!""庆祝产品行销五十国!"

［前来参加庆祝的人熙熙攘攘,刘立勋,黄浩英和厂长经理研究会的理事们西装革履,站在门口迎客。黄贵柴也在理事们中间。

黄浩英	(看着舞台一侧,雀跃地)啊!肖书记他们来了!
	［肖紫云、罗挺、肖肖、石峤上。稍后港商郭先生和史灏上。
	［全厂热烈鼓掌。
肖紫云	今天是红云药厂的节日,真热闹啊!你们厂长经理研究会的理事们都来了,要好好向刘立勋取取经。
养猪场场长	对,刘厂长,我们向你请教几个问题。
黄贵柴	我先问,这几年你在改革中所遇到的最大困难是什么?
刘立勋	我们改别人不改,局部改全局不改。
养猪场场长	你最担忧的是什么?
刘立勋	理论工作跟不上改革的实践,或者说,有些好的见解得不到承认,改革

	中的许多做法，到现在还没有根。
罐头厂厂长	你感到最庆幸的是什么？
刘立勋	有党的开放改革政策，有邓小平等老一代德高望重的无产阶级革命家压阵。有新一代无私无畏的实干家的具体领导。
饮食服务公司经理	你最希望的是什么？
刘立勋	逐步健全法制，包括经济立法。通过法律形式巩固改革成果。
肖紫云	回答得好！
	［大家鼓掌。
肖紫云	黄厂长，听说你也参加了厂长经理研究会？
黄贵柴	（讪笑）肖书记，经过民主选举，我已经不是厂长了。这次是刘立勋破格收取我的，我的女儿倒是当了红云药厂的副厂长了！
肖紫云	（转向黄浩英）那应该祝贺你啊！（上前握黄浩英手）
肖　肖	（插话）她就是陈麻子的对象。
肖紫云	（恍然大悟）啊，的确是个漂亮姑娘！
	［众人笑，黄浩英害羞地低下头。
	［在一片轻松愉快的气氛中，供销科长慌慌张张地上。
供销科长	刘厂长，出事了。陈麻子出去推销药品，在路上翻车了！
	［众人大惊。
刘立勋	（关切地）人没有事吧？
供销科长	（指着舞台一侧）那不，医院把他送回来了！
	［陈炳新上。他左手打着石膏，胸前缠着绷带，但人还满精神。
	［众人迎上前，围着陈炳新。
陈炳新	（轻轻地笑笑）没事了，肖书记，手断了根骨头，胸部挤伤了，离阎王爷还远着呢！
黄浩英	（眼圈红红的）你真吓死人了！
陈炳新	我最烦的是看女的流眼泪！（转向刘立勋，得意地）厂长，这回又做了件小生意，十几万，少了点，"小儿科"。
刘立勋	你这个陈麻子，我真服了你了！

　　　　　［黄浩英感动地"哇"地一声哭了出来。

陈炳新　（急了）喂喂喂，浩英，你怎么啦？

黄浩英　（哽咽地）没什么，我，我很高兴！

陈炳新　（打趣地）这一回亲一个了吧？

黄浩英　（打了陈炳新一下）打你！……

刘立勋　（一本正经）浩英，你要能拿出搞生产搞科研的勇气，当着大伙的面亲麻子一口，我多发你半个月奖金！

　　　　　［人们七嘴八舌地嚷嚷："浩英，亲呀！""别扭扭捏捏了！""迟早的事！"

　　　　　［黄浩英稍做镇定，出其不意地在陈麻子额头上亲了一口，满脸绯红地躲到一边。

　　　　　［"好啊！"人们起哄地鼓起掌来。

肖紫云　（对陈炳新）我祝贺你们未来的家庭幸福！（转向罗挺）老罗，你看到这样充满活力的工厂，不感到高兴吗？

罗　挺　置身于这样的环境和气氛中，我感到耳目一新！

肖紫云　我想起列宁一句名言：理论是灰色的，生命之树常绿。只要勇敢地踏入实践的大门，真理是一定能够得到的！让出色的理论家面对着我们成功的实践，来重新著书立说吧！

　　　　　［众人热烈鼓掌，乐声起。

　　　　　［幕落。

　　　　　［剧终。

（剧本版本：《南国戏剧》1984年第5期，广州话剧团首演）

·话剧卷·

裂变

编剧：许 雁

——意大利年轻的物理学家费米，用中子轰击当时最重的元素铀，从而导致了铀核的裂变……

——题记

人物表

易北林	工业区党委书记兼主任
鲁是洁	工业区宣传处干部，易北林之妻
易　桑	易北林之长女
易　非	易北林之子，"凯新电子厂"工人
易　然	易北林之次女，《每周新闻》编辑
高维之	"环球公司"干部，易桑的丈夫
夏　雨	"美乐影视公司"总经理
李　想	工业区港务公司经理
苏一辰	《每周新闻》副主编
苏涓涓	苏一辰之女
宋　菲	工业区办公室主任
苦　姐	易北林家的保姆
查尔斯	外商
金发女郎	外商
舞伴若干对	

时间：现代

地点：某开放城市，也许是厦门，也许是汕头，但，绝不是深圳或蛇口

第一场

[易北林家客厅。这里陈设别具一格，新式与旧式，中式与西式的混杂。当然，总的给人感觉还是整洁而不过于装饰，考究而不显得豪华。一盆用各种石头堆砌成的盆景，放在惹人注目的位置上。叠嶂嶙峋的怪石上攀援着绿色的青苔、藤蔓之类的植物。拙朴而不古板，给这个多少有点沉郁的环境，带来几分生气。

[夏日的黄昏，好像没有晚霞。屋里的色调有点灰暗。

[幕启。各种声音都有，蝉鸣，打桩机那富于节奏的振荡，还有一时半会儿下不来雨的闷雷。当然，观众听得最清的，还是苏涓涓正在哼的电视连续剧《万水千山总是情》的主题歌……

苏涓涓 （一边十分认真地对着小化妆盒描眉，一边漫不经心地哼着歌）"莫说青山多障碍，风也急风也劲……"

[苦姐给苏涓涓端来一杯水。

苏涓涓 谢谢你，苦阿姨。

苦　姐 （端详着）真俊！

苏涓涓 你们家然然才俊呢！她够90分，我顶多60分，刚够及格。

[易然穿一身海军式的连衣裙上。

易　然 涓涓，这件怎么样？

苏涓涓 （俨然以专家自居）转过去……转过来……扭几步……

[易然学着时装模特儿那种特有的姿势扭了几步。

苏涓涓 （故作审慎地）还过得去。可海军式是去年风靡日本、香港的式样，今年流行的是本人这种不对称式……可是，然然，你这身材，真是嫉妒死我了。瞧我，天天喝减肥茶，屁用没有。

易　然 我还嫉妒你呢，胖点显得富有性感，对男人才有诱惑力。

苏涓涓 （自怨自艾地）你才有诱惑力呢！然然，你是怎么长的？瞧我，哪儿都是肉，可最需要的地方，怎么也长不出来。他妈的，什么丰乳器，美乳霜，尽骗人的玩意儿。上个月，托人去香港买了一瓶什么迪迪美乳霜，头几次抹还管点用，后来，有一次去参加舞会，还没跳到一半，眼看着就没了……

易　然　（正喝着水，笑得呛住了）……哎哟，我说涓涓，求求你，饶了我吧……

苏涓涓　（也忍不住大笑起来）哈哈……

　　　　［于是，两个姑娘在藤沙发上笑成一团了。

苏涓涓　然然，我要是有你这样的身材，就去当模特儿。

易　然　时装模特儿？

苏涓涓　不，美术学院的。没有比这更舒服的工作了，摆个姿势让人画，哪儿也累不着。给你提供一个新闻，前不久，北京的一个什么学院招收模特儿，报考的就有一千多人，史无前例。还有一个新闻……

易　然　好了，我的涓涓小姐，留着你的新闻明天再播吧，现在咱们得去参加舞会了，要不，你的白马王子就要被人抢走了。

苏涓涓　抢走了再找一个。然然，根据我那位提供的内部情况，今晚的舞会，你当选舞会皇后的可能性最大。舞姿，身段准能得满分，就看现场问答怎么样。我来提几个问题试试。

易　然　行，提吧！

苏涓涓　你最爱吃什么零食？

易　然　酒心巧克力！你问点高水平的好不好？

苏涓涓　高水平——嗯，请问，你是怎样安排业余时间的？

易　然　四个晚上听英语讲座，两个晚上听文学讲座，还有一个晚上跳舞，听音乐，偶尔谈谈恋爱。

苏涓涓　好一个"偶尔"！然然，昨天我在码头看到李想，他瘦多了。你们的事到底怎么样了？

易　然　（不愿意回答）别跑题，快问吧！

苏涓涓　作为女人，你最大的心愿是什么？

易　然　我希望所有的男人都爱我。

苏涓涓　绝妙！21世纪式的回答。再问一个高水平的，当今世界，你最崇拜的人物是谁？

易　　然　阿尔温·托夫勒。

苏涓涓　托夫勒是谁呀？

　　　　〔易北林上。

易北林　（大声地接上话）托夫勒是美国著名的未来学家。他的代表作品有《未来冲击》《第三次浪潮》《预测与前提》……

易　　然　爸爸，今天怎么回来得这么早？

苏涓涓　（示意易然不要打岔）请问工业区党组书记易北林同志，您喜欢跳迪斯科吗？

易北林　我喜欢看青年人跳，我自己更喜欢华尔兹。

易　　然　您最喜欢的舞曲是什么？

易北林　约翰·施特劳斯的《蓝色的多瑙河》。

苏涓涓　在您人生道路上，对您影响最深刻的是谁？

易北林　（走到石头盆景前）几个女人。

苏涓涓　哇，精彩！坦率得连我都不敢听了。

易　　然　请问，您有几个情人？

易北林　（手抚摩着石头盆景，略一沉吟）对不起，无可奉告。

　　　　〔易北林急速走下。

易　　然　不行不行，爸爸耍赖。

苏涓涓　哼，你爸爸也是个假洋鬼子，关键时刻溜了。（和易然一起整理堆在沙发上的各式衣服）

　　　　〔苦姐提了一个喷水壶上，悉心地浇着石头盆景，时而还拔掉上面的杂草。

苏涓涓　苦阿姨，您也喜欢这玩意儿？

苦　　姐　不，然然她爸爸喜欢。

易　　然　苦阿姨尽向着我爸。爸爸喜欢吃辣的，苦阿姨无论炒菜做汤全都放上辣椒。我这苦阿姨啊，比我妈还爱我爸！

苦　　姐　（顿时张皇失措）然然，说些……啥呀……

苏涓涓　噢，苦阿姨脸红了，脸红了……

苦　　姐　（哭笑不得）你们这两个孩子……（提着壶慌慌张张下）

苏涓涓　哎，苦阿姨没结过婚吗？

易　　然　不清楚，听我妈说，她二十多岁就来我们家了。

［电话铃响。

易　　然　（接电话）喂，是的……请稍等。（对内）爸，您的电话。

［易北林穿了一套十分考究的西服上，显得潇洒、飘逸。

易北林　（接电话）我是易北林……嗯，关于他的情况，我们已经多次向上级做了汇报和申明。是的，他是我亲自招聘来的……我当然承担责任……民主选举就在这几天，他是否会被选进最高领导班子，谁也无法预料。但是，他是工业区的干部、公民。所以，我认为，他当然享有选举与被选举权，谁也无权剥夺……好吧，谢谢你的提醒，再见。（放下电话，脸色变得十分严峻，激动地来回踱步，与刚才判若两人）

［苏涓涓伸了伸舌头，示意易然该走了。

易　　然　爸，谁的电话呀，让你这么恼火？

易北林　一个好心的糊涂虫。（突然转换了语气）我说姑娘们，你们打扮得这么漂亮，准备上哪儿去呀？（对内）苦姐，请把那双皮凉鞋给我拿来。

苏涓涓　（又活跃起来了）您也够帅的。我们去参加舞会，您呢？上哪儿呀？

易　　然　这套法国西装，我爸是不轻易穿的。爸爸，坦白，您是去跟情人幽会吧？

［苦姐拿着皮凉鞋上。

苦　　姐　然然！（轻声慢语地）小孩子家，不兴说这些。（把鞋子递给易北林）

［易北林笑了笑，坐下穿鞋。

易　　然　（撇着嘴娇嗔地）哼，苦姨，您又向着爸爸了。

易北林　你苦阿姨是爸爸最坚定的同盟军。苦姐，对不？

苦　　姐　（只是笑笑，什么也没说）……

苏涓涓　然然，快走吧，要来不及了。

易北林　（系好了鞋扣）然然，我送你们一段。

苏涓涓　（跳了起来）OK！快走，然然！

［易北林下意识地又走到石头盆景跟前。

易　　然　爸爸，求求您快点吧，迟到者取消舞会皇后的被选资格。

易北林　问题这么严重，怎么不早说。（看表）好，七分钟内准把你们送到，走！

苏涓涓　苦阿姨，拜拜！

　　　　［两个姑娘挽着易北林的胳膊欲下。

　　　　［苏一辰上。

苏一辰　然然，这几份清样你抓紧时间校对一下。

易　然　又得开夜车了。您真心狠，连星期六都不让人歇歇。

苏一辰　易总，候选人名单已经公布了，您的票数名列前茅……还有……

苏涓涓　（对苏一辰）爸爸，您别耽误我们的事了。易伯伯，别理他，咱们走！

苏一辰　涓涓，别胡闹！我跟易总谈公事。

易北林　（很遗憾地）那就对不起了，姑娘们，只好请你们自己去了。

苏涓涓　只有八分钟了，来不及了。

易　然　爸爸，把汽车钥匙和你的驾驶执照给我。

苏涓涓　对，我赞成！

易北林　好吧，不过，注意点，绕过警察，别让他们抓住罚款！（把钥匙给易然）

易　然　（同时把易北林抬起来）爸爸万岁！

苏　涓　易总万岁！

　　　　［两个姑娘跳跳蹦蹦地下。

易北林　（跟了几步）然然，告诉舞会主持人，选舞会皇后，我投你一票。

　　　　［易然的声音："谢谢爸爸！"

苏一辰　两个疯丫头！

易北林　（看表）简单扼要！我只能给你六分钟。（拨电话）喂，车队吗？我是易北林，八分钟后，请你们来一部车子……都出去了……只有货车？也行啊！

苏一辰　这是民主选举的第一号快讯。（递过）

易北林　（念）"易北林同志一人兼了11个公司的董事长。请问，他真的都'懂事'吗？"问得好，有幽默感。的确是"董事"不"懂事"啊！

苏一辰　这是下一期《每周新闻》的清样，请您过目一下。

易北林　（念）"易北林同志关心工业区的儿童福利事业……""易北林同志在集装箱厂与工人们共进午餐……易北林……"简直成了易北林专辑了嘛！这一期的稿子是谁审编的？

苏一辰　我。

易北林　我已经多次说过，《每周新闻》是整个工业区的一面镜子，不要总是照几个领导人的面孔，应该照出工业区的全貌，尤其是应该照出群众的各种疾苦。

苏一辰　我是想，应该配合民主选举，正确引导群众……

易北林　引导群众什么？引导他们选易北林吗？我不需要你们为我拉选票。如果群众不想投我的票，你们这种连篇累牍的宣传，只会引起他们的反感和抵触情绪！这次选举，之所以连预定的候选人都没有，就是想让选民们充分运用民主的权利，你们要在这方面多做宣传教育，让他们觉得自己手里的这一票是举足轻重的。

苏一辰　那这一期……

易北林　拆版，重新组稿。不要再登我的照片啦，又不是征婚启事。

苏一辰　（忍不住乐了）您总是这么尖刻！

〔汽车喇叭声。苦姐上。

易北林　车子来了，咱们一块儿走吧！

〔苏一辰下。

苦　姐　就回来吗？要是老鲁问起……

易北林　就说我去车站接人……哦，不，就说我去开会。（下）

〔易桑拿着一个熬药的砂罐上。

易　桑　爸爸回来了，怎么又走了……

苦　姐　桑桑，听然然她们说，青年宫有舞会，还要选举什么皇后呢！你也去玩玩，散散心。

易　桑　（凄楚地苦笑）"太阳出来了，可惜太阳不是我的……"哦，您不懂，这是一出戏里的台词，一个可怜的女人临死前说的……

苦　姐　（心疼地）桑桑……

易　桑　苦姨，请您把药再熬一遍，少放点水。

苦　姐　桑桑，吃这药见好吗？

易　桑　心口还是发闷。这两年中医、西医，各种疗法都试过了，就是查不出病因，就这么拖着吧。您快去收拾饭吧，要不妈妈回来又要唠叨了。

苦　　姐　　哎。(拿着药罐下)

〔易桑顺手叠着衣服，发现一件白色的连衣裙，便在自己身上比试着。

〔易非上。

易　　非　　姐姐，这裙子是谁的？你穿上一定好看。

易　　桑　　真的吗？

易　　非　　我什么时候骗过你，真的，比戴安娜王妃还要美。

易　　桑　　那么，小弟，答应我，将来我死的时候，让他们给我做这么一条裙子，好吗？

易　　非　　你又来了！姐，我最烦听你讲这种话。

易　　桑　　(关切地)小弟，你的气色很不好，不舒服吗？还是厂里有什么不顺心的事？

易　　非　　(掩饰地)没什么！对了，姐姐，我在环球公司的门口碰到姐夫了，一副踌躇满志的样子。到北京一趟，大概又装了一口袋的批文回来了。

易　　桑　　还不是打着爸爸的旗号到处招摇撞骗。

易　　非　　这事爸爸知道吗？

易　　桑　　妈不让告诉爸爸，她说，眼下做生意不犯法，再说，环球公司那几个人，个个儿神通广大，都和上面的一些权贵人物挂着钩呢！

易　　非　　这些暴发户！听说，光是卖批文、倒卖外汇就赚了几百万。买了一幢小楼，天天晚上开舞会……工业区数他们最富。

易　　桑　　高维之什么时候回来？

易　　非　　他说马上就回来。

易　　桑　　不行！我得走。(匆匆进屋)

〔易非打开音响组合机，传出一支忧伤的曲子，沉郁而凄清。稍顷，他又百无聊赖地翻着一本封面上有半裸女人的杂志。

〔易桑换了一身衣服上。

易　　非　　姐，你真的要走？

易　　桑　　(不语)……

易　　非　　已经这么严重了吗？可是你躲得了今天，还有明天，后天……

易　　桑　　可我怎么办？怎么办？你不知道，他……我不知道该怎么样来说他。有时，我只觉得他像一只大蚂蟥，在吸我的血，在吸我们这个家的血……等到血被他吸干了，他又会变成一只狼，会把我，把我们家咬烂、撕碎……小弟，你不知道，我是多么害怕夜晚啊……

易　非　姐，你走吧，"翠竹新村"302房间，这是钥匙。

易　桑　（疑惑的）这房子……

易　非　你就别问了，反正绝不会有人去打扰你的。快走吧，妈妈一回来就麻烦了。

易　桑　（欲下又返）妈妈回来了。

　　　　［话音未落，鲁是洁上。她拎着一盒生日蛋糕和一束鲜花。

鲁是洁　桑桑，这是要上哪儿去？

易　桑　（支吾地）人家约我……吃饭……

鲁是洁　（不容商量的语气）今天是爸爸的生日，都在家吃吧。

易　非　姐姐跟人约好了，就让她去吧！

鲁是洁　自从调到这个鬼地方来，全家难得凑在一起吃晚饭。今天谁也不要走了。（把花递给易桑）把花给你爸爸送去。

易　桑　那您的房间呢？

鲁是洁　今天是他的生日，给他吧！

易　桑　我记得，爸爸说过他只喜欢百合花……

鲁是洁　算了，给我吧！（下）

易　非　姐，快走吧。

易　桑　（犹豫地）可是爸爸的生日……

易　非　什么生日不生日的，就连爸爸自己都未必能记住，只有妈妈一个人热衷于这一套。快走吧，妈妈这儿有我呢！

　　　　［易桑下。
　　　　［易非又拿起那本杂志翻看。
　　　　［鲁是洁换了一身套装，趿着拖鞋上

鲁是洁　你姐呢？

易　非　她说不舒服，进屋去了。其实，有这个必要吗？愣要凑到一起吃顿饭……

鲁是洁　怎么是愣凑到一起呢？改革这改革那，总不能把家庭也改革掉吧！（发现易非手里的书）非非，你怎么也看起这种乌七八糟的杂志来了？哪儿来的？

易　非　有什么大惊小怪的？不就是讲点男女之间的事吗？看看怎么了，我今年都二十了！

鲁是洁　（有点伤心地）是啊，翅膀硬了……

易　非　正相反！也许我的翅膀永远也硬不起来，永远要在别人的羽翼保护下生活……

鲁是洁　非非，你怎么了，这阵子总跟我别着劲儿，以前，你可不是这样的……

易　非　以前？是啊……就像一只跟在母鸡身后的小鸡雏，等着母鸡把米粒啄烂了、啄碎了，就可以毫不费力地吃下去……多么幸福的小鸡雏。

鲁是洁　孩子，你今天准有什么不顺心的事，快告诉妈妈……

易　非　（不语）……

鲁是洁　非非，出了什么事，你倒是快说呀！

易　非　（突然爆发地）别再逼我了！妈妈，我不愿意看到一张保护人的面孔。求求你，让我保留一点自己的痛苦、自己的烦恼、自己的秘密好不好？

　　　　［鲁是洁被儿子这种异常的表现惊呆了，半晌说不出话来，继而，她伤心地掉泪了。

　　　　［高维之上，他拎着各式各样的东西，最显眼的是一盒比鲁是洁那盒要大得多、精巧得多的生日蛋糕。

高维之　小弟，快，帮帮忙。

易　非　嗬！我们家的万元户回来了……

高维之　这个，这个……这盒生日蛋糕是重点保护对象，临上飞机前，我让"的士"拐到王府井去买的。妈，这是您最爱吃的茯苓夹饼……这是给然然的酒心巧克力。嗬！这物价涨的，上个月一盒才12元，现在19元8角，（习惯性地掏出电子计算器）好家伙，涨了58%。桑桑呢？我给她买了件连衣裙……（把一件白纱连衣裙抖落开）怎么样？够新潮的吧？

易　非　（敏感地）你……怎么买这样……给我，这裙子不能给姐姐！

高维之　怎么了？

易　非　没怎么，我喜欢，卖给我总行吧？给你！是28元7角吧？

高维之　不过，得让桑桑先看看，她要是喜欢我就不能割爱了。

鲁是洁　桑桑，桑桑……

易　非　别喊了，姐姐不在。

鲁是洁　怎么回事？我不是说过，今晚谁也不要走吗？上哪儿去了？你去把她找回来。

易　非　上哪儿找？我可没法找！

高维之　妈，这是怎么说的，我出去一个多月回来，总不能晚上让我抱着枕头过夜吧？

鲁是洁　维之！提醒你多少次了，说话不要过于粗俗。

高维之　（十分认真地）粗俗吗？比我爸文雅多了。真的，要是我爸，他准会说……

鲁是洁　好了，你刚回来，先去洗洗吧！

高维之　那桑桑……

鲁是洁　我找她回来。

　　　　〔高维之拎着东西下。

鲁是洁　（拨电话）办公室吗？哪位？哦，宋主任，我是老鲁，易总在吗？……早走了，是不是上哪儿开会去了……这样吧，请你帮我找一找，让他马上给家里来个电话。就这样吧！（又拨电话）接苏副主编家……老苏吗？然然在你那儿吗？我已经看到了，15个候选人，有8个不是党员，且不说有些人的历史问题，家庭问题……你们要发挥舆论的作用，正确引导群众把该选的选上去，不该选的淘汰下来……对了，中央首长接见老易的那几张照片这一期发吗？什么，他不同意？你先不要拆版，我再跟他谈谈……看到然然，让她马上回来，今晚是她爸的生日。再见！

　　　　〔高维之刮着胡子上。

高维之　妈，桑桑找到了吗？

　　　　〔电话铃响。

鲁是洁　（接电话）……哪里？哦，宋主任，怎么，今晚没有会……上车站接人去了……接谁……影视公司总经理……哦，知道了，谢谢……

高维之　看来，今晚的生日宴会是泡汤了。妈，我也走了，好几个港商等着我谈生意呢！（下）

　　　　〔良久。鲁是洁走到石头盆景跟前，就在她刚刚举起手欲推倒盆景时，苦姐端着杯子上。

苦　姐　（失声地）老鲁……哦，你的药……

　　　　［鲁是洁根本没有回头。幽暗的灯光下，一张因极力克制而扭曲的脸。
　　　　［幕落。

第二场

　　　　［"翠竹新村"402房间——是那种给单身汉们设计的公寓，虽小却"五脏俱全"，有客厅、洗漱间、阳台……但显然是没有人住过的，空荡而杂乱，床、沙发都摆放的不是地方。几盆百合花绽放着玉洁冰清似的花朵，好像有人悉心布置过了。
　　　　［幕启时，李想上。他拎着两只皮箱，箱子似乎十分沉重。

李　想　（放下箱子，像个侍者似的）请吧，美乐影视公司夏总经理。
　　　　［夏雨翩翩然上，仿佛带进来一股温馨的清风。
李　想　我说夏总经理，你这箱子里装的是什么值钱的东西，该不是黄金吧？
夏　雨　比黄金还贵重。（环视四周）
李　想　还满意吗？这是"高知楼"。专门给未成家的工程师们设计的。
夏　雨　妙极了！太好了！多少年来，我就梦想着能住上一早起来推开窗户就能望见大海的房子……真是太好了！我哪儿也不去了，就在这儿住到老，住到死。等我快停止呼吸的时候，我就坐在这里，望着大海，那蔚蓝的、无边、柔软的……
李　想　你们这些文艺人，就喜欢漫无边际的幻想。
夏　雨　李想，真是太感谢你了！给我安排了这么惬意的住处。
李　想　第一，你的住处，是易总亲自安排的。第二，这房子是要折价卖给你的，两万七千元……
夏　雨　（惊呼）什么？两万七千元……想逼我去当蒙面大盗吗？
李　想　（忍不住笑了）别紧张。工业区已经有不少人搬进这样的新居，谁也没有去当蒙面大盗。分十年或八年付款，由自己选择。这是工业区重大的改革措施之一。这样，上至工业区的头，下至清洁工，谁先挣到钱，谁就可以先住进舒适甚至豪华的住所！

夏　雨　哼，你们这里真有点"金钱万能"的味道呢！

李　想　我倒认为，用社会发展史的观点来看，从权力万能到金钱万能，是一种进步，一种革命，是资本主义对封建主义的冲击！

夏　雨　你的话，总给人一种站在悬崖边上的感觉。

李　想　（一阵大笑）哲学上的用语，就是真理和谬误之间只有一步之遥！不过，我们这里，最有价值的，人们最珍惜的还不是金钱，而是时间。很快，你就会有所体会的。

夏　雨　嗯，我现在就体会了。

李　想　哦?

夏　雨　我原想公司一个月之后开业，现在，我恨不得明天就开业。

李　想　怎么呢?

夏　雨　赶快拍出片子，挣钱还债！

　　　　[两个人都笑了。

夏　雨　（拿出苹果）给！金帅，苹果之最。

李　想　（削苹果）易总似乎对你的情况了如指掌，你们是什么时候认识的?

夏　雨　六六年，我们电影厂以他为主人公搞了个本子。那时，我还是个演员，饰演男主角的妻子，拍摄的过程中，我们摄制组采访过他几次。后来，那部片子被定为大毒草，我们全都作为牛鬼蛇神被隔离审查。有一回，造反派把他揪到厂里来进行批斗，给打得死去活来……

李　想　我常常为自己晚生了几年，没能更深刻地经历那场中世纪式的宗教洗礼而感到遗憾。

夏　雨　可我相信，40岁以上的这一代人，一直到他们死去，都无法磨灭那场灾难烙在心灵的种种印记！不谈这些了，一篇小说的题目叫《那过去了的》……听说你的妻子不幸去世了?

李　想　半年前。她的病已经拖了好几年了。

夏　雨　孩子怎么办?

李　想　暂时放在我母亲那里。

夏　雨　一定有不少新的追求者吧。

李　想　你怎么知道？

夏　雨　80年代的姑娘，喜欢找冒险家，你的气质会有许多女孩子喜欢的。

李　想　可我不想谈，确切地说是不敢谈。

夏　雨　为什么？

李　想　我怕被人骂"妻子的尸骨未寒……"这就是我的思想障碍！

夏　雨　有意思，"四·五"运动的先驱，竟然也背着封建主义的十字架……

李　想　谁的身上不背着这样沉重而又令人窒息的十字架呢？在我们这个古老的国度，封建主义的幽灵无处不在。伟大的人物都无法逾越历史的界线，何况我们？不同的是，伟大的人物背着十字架，延缓了历史的进程，而我们则给自己的生命套上沉重的辕！

夏　雨　（激动起来）改革这改革那，我看最需要改革的是那些根深蒂固的旧观念，旧意识，陈规陋习！

李　想　绝妙的见解！固守着这些旧意识、旧观念最牢固的阵地是家庭。所以，历史上任何一次演变，都是从家庭的分崩离析和重新组合开始的。比方说从母系社会到父系社会，也就是从原始社会跨入奴隶剧变的先奏。现在，我们又处于历史剧变的前夕，家庭一定会对这场变革产生最敏感，也就是最强烈的反馈！

夏　雨　李想，你简直像个学者，再也不是那个剪平头的热血青年了。

李　想　血，还是热的。只是不再是盲目的、疯狂的热，而是沉淀、思考之后带有理性色彩的热。当然，我们工业区首屈一指的热血男儿应数易总。创业时期的艰苦，是人们无法想像的。工业区的第一条公路通车典礼时，易总刚剪完彩当场就晕过去了，整整睡了三天三夜才醒过来……

　　　　［有人敲门："可以进来吗？"

夏　雨　请进！

　　　　［像是一种奇妙的感应作用，进来的正是易北林。

易北林　非常抱歉！应该在车站见到你的，有点事耽搁了。你……好吗？

夏　雨　很好……哦，李想正在大肆吹捧你呢？

易北林　吹捧我什么？又是"开荒牛"精神吗？其实，那不过是宣传了多少年的"南泥湾精神"的翻版。那些记者、作家们，没有看到我是怎么咬牙切齿地痛骂那些来自上上下下，想把工业区这个婴儿扼死于摇篮的反对派们，也没有看到我绞尽脑汁把美元、英镑、马克从外国资本家腰包里一个子儿一个子儿掏出来时贪婪的样子，否则，他们就不会送给我那么一个古朴温和的形象了。

夏　雨　你这番话会把不少人得罪的。

易北林　一家之见，总是允许的吧！好了，咱们先谈公事。你们影视公司什么时候正式成立？什么时候开业？什么时候拍出片子？什么时候上交盈利？这是聘请你为总经理的合同书，为期两年，成绩显著，继续聘请，否则，我就要另请高明了。

夏　雨　真有点咄咄逼人的味道！谁要是把你比喻成"开荒牛"，他一定是个笨蛋！幸好，我是了解你的。（从箱子里拿出一沓纸）这是我的全部计划。

易北林　（对李想）怎么样？闻出点"女强人"的味道了吧？

李　想　我希望她不要做"女强人"，因为，几乎每一个女强人都有一部辛酸史。

易北林　贷款两百万……好家伙，你的胃口真不小。给你一百万，多一个也没有。写个报告，我马上就批。

夏　雨　现在？

易北林　对，就是现在！

夏　雨　你一个人？

易北林　笑话！堂堂工业区主任，批一百万不是区区小事吗？

夏　雨　痛快！我马上就写……还有一个请求，我没有写在纸面上的。

易北林　什么？说吧。

夏　雨　关于剧本的选择，要给我绝对的自主权。有的片子，我要搞两种拷贝，一种向国内发行，一种向国外发行……

易北林　这可比批一百万要复杂得多，不能马上答复，我得好好想一想。

李　想　易总，晚上你也在这儿吃了，就是为夏总经理接风洗尘。我出去弄点菜，家里还有半瓶"人头马"。

易北林　行！到海味馆买条生鱼，我给你们露一手，醋熘鱼片。

李　　想　　好。（下）

[易北林和夏雨一反刚才的洒脱自如，变得拘谨起来。

易北林　　怎么样，对工业区的第一印象如何？

夏　　雨　　还不到一个小时，我就背了两万七千元的债务。

易北林　　（大笑）你说错了，是一百零两万七千元。我以为，负点债有好处，使你有一种紧迫感，逼着你拼命地去工作、挣钱。多少年来，我们总爱标榜既无外债又无内债，其实这是小农经济的思想体系。我看，既不要打肿脸充胖子到处送钱，也不要故作清高一个子儿不向人伸手。你说呢？

夏　　雨　　在北京时，常常听到关于你的种种新闻。我认为，凭我的直觉，总能判断出哪些是真的，哪些是假的，现在看来，我的判断未必正确。

易北林　　（一愣）我……令你失望了吗？

夏　　雨　　不不！以前，我总把你想像成一个圆号手，雄浑、深沉，充满了力度。其实，你更像一个小号手，明亮、高昂，让人沸腾、燃烧、激奋向前！不不！都不准确，应该说，你是一个指挥家，指挥棒所到之处，便是一曲响遏行云的乐章。

易北林　　（诚挚地）夏雨，你把我美化了，也把生活美化了。创办工业区以来，我常常有一种心力交瘁的末日感。尤其是在和同一营垒的人进行一场旷日持久、针锋相对的交战之后，我总是声嘶力竭、灯干油尽！有时，尽管我胜利了，我却不会有丝毫的快感。因为，我打败的对手也许是我的一位尊敬的上级、长者；也许是我曾经生死与共的战友；也许是我寄予殷切期望的后辈。每每这时，我会感到沮丧、颓然、痛苦。这种感觉，比我与外商谈判失利时还要强烈百倍！……哦，圆浑、明亮、高昂，哪有这么美好的音色哟！我的声音只能是嘶哑的、粗鲁的。我的指挥棒常常失灵，有时连一根钢筋一度电都指挥不动。什么小号手、圆号手、指挥家，我什么也不想当。如果可能，我只想吹箫，懂吗？在淡淡的月光下，吹一支充满柔情，或是充满忧伤的曲子，吹给深邃的夜空，吹给广袤的大地，吹给树林，吹给青草，吹给自己，还有……吹给你……

夏　　雨　　（情不自禁地）北林……（冲到易北林跟前，期待着什么）

[空气仿佛凝结住了，一秒，二秒，三秒……

易北林　（只是伸出手，轻轻地掠开夏雨的鬓发……）也有白头发了……第一次见到你时，给我的印象最深的，就是你的头发，披散在肩上，我惊讶，世上竟有这么黑，这么密，这么亮的头发，像黑色的瀑布……

夏　雨　很快就要变成白色的了……

易北林　那也很美，一定很美！如雪似浪，如果能在其间玩赏，游憩，睡去，醒来……

夏　雨　（动情地）我愿意！懂吗，只要你愿意……

[两颗久别的心，几乎要碰撞在一起的瞬间，易北林仿佛突然挣脱了什么，急步离开了夏雨。

易北林　（感情的风暴并没有过去，声音是颤抖的）哦，对了，你信上说，要给我一个意想不到的礼物，能看看吗？

夏　雨　（把一只箱子放到桌子上，打开）……

易北林　（惊呼）石头！简直是奇迹！这一块是火山喷发时留下的，至少有几百年的历史。这一块一定是在云南的石林捡的……哦，这一块，好像一把出鞘的利剑……

夏　雨　喜欢吗？

易北林　是我梦寐以求，终生酷爱之物，你呢？

夏　雨　喜欢！因为你喜欢……

易北林　（感情的波涛又一次翻动着）夏雨……知道吗？有一次，我路过一座不知名的大山，看到一块倾斜着的巨石，我以为，那石头很快就会倒下的……可是几年之后，当我又一次路过那座大山时，那块巨石依然耸立在那里，像一个无畏的士兵。我突然明白了，那石头是与大山紧紧相连的，除非大山崩溃，它才会随之毁灭……它默默地矗立着，不是为了炫耀，而是为了告诉人们它存在的秘密……

夏　雨　每次出发拍外景，我都要捡一块当地的石头。回家时，人家背着各种土特产，我却提着一包又沉又重的石头，有人笑话我，问我是不是要造一座石屋。我心里说，石屋？太小了，我是在寻找一个不可知的无所不在的世界……知道么，多少年来，这些石头寄托着我的思念，我的回忆，我的一个缥缈的梦……

易北林　夏雨，天下之大，唯有你……

夏　　雨　　还要告诉你一件事，我已经离婚了！

易北林　　（一愣）你的信上只字未提，招聘小组也没有向我提过这事……

夏　　雨　　我是有意拖到招聘小组离开北京之后才去办理手续的。

易北林　　为什么？

夏　　雨　　你难道不知道吗？在一些人的眼里，离了婚的女人跟不正经的女人是划等号的。当他们说到某女人离婚的时候就好像在说某女人得了花柳病一样的嫌恶。

易北林　　至少，你该先告诉我……

夏　　雨　　（沉郁地）告诉你又能怎么样呢？你在这方面的怯懦，我是铭心刻骨的。

　　　　　　〔有人敲门。

夏　　雨　　请进。

　　　　　　〔易桑的声音："这……不是302房间吗？"

夏　　雨　　这儿是402。（易桑的声音："哦，走错了，对不起。"）

易北林　　（打开门）桑桑，是你……

　　　　　　〔易桑上。

易　　桑　　爸爸，您在这儿……

易北林　　（对夏雨）我的大女儿易桑。桑桑，她就是我跟你说过的夏雨阿姨。

易　　桑　　夏阿姨。

夏　　雨　　是来找你爸爸的吗？

易　　桑　　不……爸爸，您一定忘了，今天是您的生日，家里人在等着您吃晚饭呢！

易北林　　糟糕！我把这事完全给忘了。

夏　　雨　　那就快回去吧，免得人家等你。

易北林　　（犹豫着）要不，你也一块儿去吧？

夏　　雨　　不，李想马上就要回来了。

易北林　　也好，改日吧！桑桑，咱们走吧！

易　　桑　　我……有事……

夏　　雨　　还是陪爸爸一起回去吧，要不，少一个磕头拜寿的，多让你爸扫兴！

易北林　　好了，听你夏阿姨的，有什么事明天再办！

　　　　　　〔李想提一网兜食物上。

李　　想　易总，路上碰到宋主任，说老鲁打了几次电话，让你立即给家里回个电话。还有，这是一份急件……（把文件给易北林）夏雨，咱们动手吧，我打下手，你主勺。（下）

易北林　（拆开急件看）简直是不可思议，每往前走一步，总有人要在路上给你搁几块石头，几堆荆棘……

夏　　雨　出了什么事了？

易北林　有人要取消李想的选举权。

易　　桑　为什么，我听说，他已经被选为候选人了。

易北林　说他属于要审查之列，要求把他送回原单位进行审查……

夏　　雨　文革时他能有多大，懂得什么？"四·五"我在天安门广场和他认识的时候，他还是一个稚气未脱的学生。那些真正该追究、该忏悔的历史罪人，倒是心安理得地过日子，让一些受蒙蔽的人去承担罪责。这种谬误何时才能了结？

易北林　（感慨地）同一营垒的自我吞噬，同样是触目惊心的！（同易桑下）

［李想拿着一条生鱼上。

李　　想　易总，生鱼弄好了……咦，人呢？

夏　　雨　（心绪变得很坏）走了……李想，这个世界是怎么回事啊？为什么人与人之间要提防四面八方的明枪、暗箭？为什么同志之间要互相厮打、咒骂？难道不能多一点真诚，多一点友爱，多一点信任吗？

李　　想　（不知所指，疑惑地望着夏雨）……

［幕落。

第三场

［易北林办公室，是一个充满现代气息的办公室。要完全区别于那种沉闷、乏味、单调的官僚巢穴。办公室与办公室之间，是玻璃墙，他对部属的一切行动可以一览无余，不只是为了监督，而是为了产生一种共同振荡的工作节奏。请舞美设计师们为观众们展现出一个令人向往，恨不得跳到台上躺一会儿的

舒适环境。不要忘记，易北林的酷爱之物——石头盆景。

〔也是一个黄昏，天气非常晴朗，薄薄的窗帘无法遮掩媚人的晚霞。整个办公室流泻着色彩斑斓的光……

〔幕启时，与外商的谈判已进入尾声，双方正在合同上签字。完毕时，有人送上斟好酒的高脚杯。

易北林　（举杯）查尔斯先生，祝贺我们的合作有了良好的开端！

查尔斯　易北林先生，你是我遇到的最精明的中国人之一。我很高兴，中国毕竟开始和国际市场有共同语言了。为了我们共同的事业……（与易北林碰杯）

易北林　查尔斯先生，我希望你们赚钱。如果我们赚钱你们不赚钱，或是你们赚钱我们不赚钱，这都不是我们的宗旨和愿望。

查尔斯　谢谢！不过，这次谈判，你们是占了上风的，我们公司的专利权受到了小小的损失。你们所付的专利费是全世界最低的。

易北林　我们是依照互利原则办事的。至于说到专利，查尔斯先生，我们的祖先四千年前发明了指南针，两千年前发明了火药，全人类都在享受这个伟大的成果，可是他们从来没有要过什么专利权。当然，我不完全反对专利。

查尔斯　（忍不住敞怀大笑）易北林先生，你真是一位了不起的雄辩家、幽默大师。（举杯）为了认识你这样一位可爱的中国朋友，干杯！

〔查尔斯、易北林互相碰杯，一饮而尽。

查尔斯　（从包里取出一张支票）这是我代表公司付的第一期工程的款项，五千万。

易北林　现在是4点40分……（对在场的一人）明天是星期天，银行关门。立即用车子把钱送到银行，必须赶在银行关门之前送到，不得有误。查尔斯先生，请您也派一位先生。

〔双方各派一人，拿着那张支票匆匆下。

查尔斯　啊！易北林先生，你的办事效率完全把我慑服了，刚才，我正暗暗为这五千万担心。因为据我了解，你们中国人是经常让成千上万的支票锁在抽屉里睡大觉的。

易北林　那是过去！现在我们对钱的喜爱丝毫不比你们差！请看，那辆等着送钱的车子发动机一直没有熄火。

查尔斯　　　（惊叹）噢，你比我想的还要高明一百倍！

易北林　　　（诙谐地）查尔斯先生，请注意，我还要从你的口袋掏钱。至于能不能掏出来，能掏出来多少，那就看我的本事了。

查尔斯　　　我要把口袋抓得紧紧的，还要把眼睛睁得大大的，盯住你的手！

　　　　　　〔众人大笑。

金发女郎　　易北林先生，我非常欣赏您的风度和口才，我想向您提出一个个人的请求，能答应吗？

易北林　　　请说吧，只要我能做到的。

金发女郎　　您完全能做到，就看您敢不敢了。

易北林　　　只要我愿意做的事，就不存在敢不敢的问题。

金发女郎　　回答得太好了！我想请您拥抱我一下……哦，不是像情人那样，而是像朋友那样……听说你们的法律是不允许这样做的，是要抓起来的……

易北林　　　我们没有这样的法律！梅丽小姐，坦率地说，拥抱你这样一位美丽迷人的小姐，对任何男人来说，都是一件令人愉快的乐事。中国的男人也不例外！

　　　　　　〔易北林拥抱了金发女郎。

金发女郎　　（兴奋地）查尔斯，音乐！

　　　　　　〔查尔斯从包里取出微型录音机。乐声大作。

　　　　　　〔金发女郎邀易北林跳起了探戈。两人配合得十分默契、谐和。

　　　　　　〔查尔斯等人鼓掌助兴。

　　　　　　〔写字台上对讲机的蜂鸣器响。

易北林　　　（对金发女郎做了个手势，走到写字台前，打开对讲机的按钮）我是易北林……好。请他们两分钟以后进来。（对几个外商）诸位，很抱歉，我还要处理一些工作，不能奉陪了。等公司开业典礼的那一天，我要举行一个盛大的舞会，保证让诸位尽兴。

　　　　　　〔易北林与查尔斯等一一握手告别。查尔斯等下。

金发女郎　　易北林先生，你是我遇到的最潇洒的男人！（下）

易北林　　　谢谢！

　　　　　　〔李想上。

李　　想　　朱主任说你找我有急事？

易北林　　上海来的几条船告状告到北京去了。说你们拒绝他们靠岸卸货。部里发来急电，责成我们立即搞清情况上报。到底是怎么回事？

李　　想　　这几天来的船很多，几个码头都安排得满满的。

易北林　　他们反映说，有两个码头是空着的。

李　　想　　那是 DK 石油公司的专用码头。

易北林　　我向港务科做了调查，DK 公司的船一个星期之后才到。我已经让港务科通知上海的船进入二号、三号码头卸货。

李　　想　　（着急了）什么时候？

易北林　　一个小时之前！

李　　想　　他们怎么不向我报告？

易北林　　是我让他们不要报告的。

李　　想　　你……你怎么有权这样做？

易北林　　岂有此理！我是工业区主任，当然有权。

李　　想　　不，港务公司最高领导人是我，我不同意这样做。

　　　　　　〔李想欲拨电话，被易北林按住。

易北林　　李想，这件事由我来负责到底吧，你……不要插手了。

李　　想　　为什么？我是港务公司经理，这都是我职权范围内的事。易总，这样干预一个公司的具体工作，不是你的作风。

易北林　　这几条船在上海耽搁一天，国家就要损失十几万元。

李　　想　　十几万元固然重要，但一个国家的信誉更重要。易总，我们和 DK 石油公司的合同上明文规定，二号、三号码头为他们的专用码头，一切费用由他们承担，任何时候不得动用。而我们却急功近利，置信誉于不顾！

易北林　　（吼了起来）不要再说了，这些我比你懂！

李　　想　　那么……究竟为什么？

易北林　　你……关于你自己，没有听到什么吗？

李　　想　　（沉吟片刻）我明白了！你是在保护我，不愿意让我这个有争议的人物，再担待媚外的罪责！可是，易总，有些人，有些事，是需要历史来作结论的。我很明白，现在即使我的血洒在码头上，也无法改变我在某些人脑海中的形象。无论个人的命运如何，都不能用牺牲国家的利益来换取。易总，不能再耽搁了，必须马上制止这件事，否则，后果将是严重的。

易北林　（重重地拍了拍李想的肩膀）就在这里打电话吧！

李　想　（拨电话）港务科吗？我是李想，立即通知上海的"明华轮""振华轮"，撤销原计划……什么，已经靠岸卸货……

易北林　（接过电话）我是易北林，请你采取一切有效措施！（放下电话）

李　想　易总，我上码头去了。（匆匆下）

[电话铃响。

易北林　（接电话）……北京长途……好，请接过来吧！我是易北林，你好！……是的，候选人名单已经公布于众了。李想的票数名列第四。……我不能这样做。我不能剥夺他的权利！……请相信，文革的时候他才十几岁，我以为，没有理由让一个未成年的孩子承担那么严重的历史罪责……我是在为他辩护，而且准备为他辩护到底！……不，我决不同意把他送回原单位，这就是我的答复……（放下电话，走到石头盆景前，沉思片刻，然后，躺在沙发上，闭目沉思）

[苏一辰上，见易北林闭着眼睛，几次想开口都忍住了。最后，他还是在一边静静地坐了下来。

易北林　（突然睁开了眼睛）进来很久了吗？怎么不叫我？

苏一辰　（从公文包里取出一封信）这是编辑部刚收到的。

易北林　（念）"致易北林同志一封公开信……无忌"

苏一辰　估计是一个化名。要求在《每周新闻》上公开发表。

易北林　这样的事应该由你们编辑部定，完全没有必要告诉我。

苏一辰　可是，这封信的措辞十分不客气，三番五次指名道姓地批评你不是一个优秀的企业家，语气很傲慢。

易北林　这话也没有什么不客气的。我只是在五年前才从事这个工作，怎么会是优秀的呢？

苏一辰　当然！如果是平时发表出来倒也没有什么。可是现在，正是选举的前夕……

易北林　还是你的老观点,怕我丢失选票……这是你们编辑部一致的意见吗?

苏一辰　大部分同志的意见是暂时不发,只有两个同志认为,应该现在就发,这本是写信的原意。

易北林　这两个人是谁?

苏一辰　一个是来帮助工作的省报记者,还有一个……是你的女儿易然。

易北林　(微微一震,疾步走到写字台前,打开对讲机)请《新闻周刊》易然同志马上到我这里来。

苏一辰　易总,我们是从民主选举的大局来考虑的……

　　　　〔宋菲上,送来几份文件交易北林批阅。

宋　菲　易总,今天晚上有三个活动:国际贸易中心的开业典礼;干部训练班请您参加教务会;海员俱乐部有一个酒会。

易北林　把时间安排好,三个活动我都参加。

　　　　〔宋菲下。

　　　　〔易然上。

易　然　爸爸,我真太荣幸了,第一次被您召见。

易北林　苏副主编说,编辑部只有两个人坚持要发表公开信,你是其中的一个……

易　然　噢,原来苏伯伯是来告我状的!是的,我就是认为要发,而且,现在就应该发。

易北林　为什么?你有没有想到,这封信是写给工业区的现任最高领导人的,而这个领导人恰恰是你的父亲,你不怕损害他的威信吗?

易　然　我没有想那么多,我只知道,《每周新闻》应该成为工业区的民主论坛。这封信,恰恰是一个极好的开端。我们的报纸之所以没人看,就因为报喜不报忧,只敢向平民百姓开刀,不敢动当官的一根毫毛。报纸的真实,就是报纸的生命力。这样敢于陈述自己对领导人看法的公开信,不是太多而是太少。至于说到威信,爸爸,如果你的威信竟会因为一封公开信而一落千丈,那只能说明原来的威信就是虚弱的,才会如此不堪一击。好了,我的申诉完毕,请发落吧。(往沙发上一仰,不再说话了)

易北林　(打开对讲机)宋主任。请你来一下,带上纸和笔。

　　　　〔宋菲上。

易北林　请记下，任命《每周新闻》易然同志为编辑部副主编，原副主编苏一辰同志免去原职，任《每周新闻》编辑。

　　　　［几个人同时都愣住了。

宋　菲　现在就打印下发吗？

易北林　是的。

　　　　［宋菲下。

苏一辰　然然，请你先出去一会儿，我和你爸爸单独谈谈。

　　　　［易然下。

苏一辰　你……你怎能这样呢？……请不要误会，我绝不是指对我个人的任免。我是为你考虑，然然毕竟是你的女儿……

易北林　我考虑的是谁当副主编最合适，而不是这个人与我是什么关系。

苏一辰　选举在即，关键时刻，何必让人借题发挥做文章呢？你以为你没有反对派吗？

易北林　我不是为反对派而活着。

苏一辰　（火了）你……你的整个思想体系都是乌托邦的！等着吧，老战友，你要为你的一意孤行付出代价的。（拿起包就走）

易北林　老苏，你上哪？

苏一辰　心脏不舒服，上医院。（下）

　　　　［易然上。

易北林　（打开对讲机）宋主任，请派部车送苏一辰同志上医院。

易　然　爸爸，苏伯伯火了……

易北林　他感到委屈。不要紧，过两天请他上家里来。让你苦姨炒几个菜，咱们一块儿给他消气，如何？

易　然　嗯，这气恐怕很难消。爸爸，公开信的清样还要给您看吗？

易北林　今后，《每周新闻》的任何稿件都不要送给我看，由你们全权负责。当然，如果出了不该出的纰漏，我要拿你是问。

易　然　爸爸，您别吓我了，我的心跳到现在还没有恢复正常速度呢！

易北林　记住这句话，无私就能无畏。

易　然　嗯，明白！（欲去又返在易北林耳边悄声说）爸爸，你比我想像的更伟大。

[李想匆匆上，与易然几乎相撞。

李　　想　然然，前天晚上实在太对不起了，等我办完事赶到那儿，舞会早就结束了。听说，你当选舞会皇后了？

易　　然　是啊，可这与你有什么关系？（突然转换了一种语气）爸爸，昨天一天我就收到八封求爱信，个个都是帅小伙，告诉你，我的等待是有限度的，如果有人还在那里故作姿态，我可要挑个丈夫结婚啦，到时候，你可别后悔！请看吧，这些求爱信的作者全都是候选未婚夫。（把一沓信往易北林桌上一撒，飘然而去）

易北林　这……这是什么意思……

李　　想　（苦笑）这……她不是说给你听的……

易北林　什么……我更不明白了……

李　　想　有些事不明白也好，免得表态！

易北林　嗯！有道理！码头的情况怎么样？

李　　想　正在清扫。可是，你看，这是DK公司曼德菲尔号刚刚从海上发来的急电，要求我们按合同的条款赔偿损失，否则就把船开到香港或新加坡去。

易北林　这些鬼佬！情报工作厉害得很呐！我们这儿刚刮点风，他那儿就起浪了。

李　　想　已经给他们复电，我们将按合同条款赔偿。

易北林　这事……我办得很糟！

李　　想　易总，听说你任命易然当副主编？

易北林　是的。怎么，这么快就有议论了？

李　　想　倒没有，是否有点草率？

易北林　《每周新闻》长期处于报喜不报忧、向上不向下的状态，根子就在苏一辰身上。我是作过认真考查的。在他们编辑部搞了几次民意测验，推荐易然的呼声很高，组干处跟我提过几次，正因为她是我的女儿，老苏又是我的老战友，我总也下不了决心。今天，然然对公开信的态度，使我很振奋。我在想，封建时代的士大夫，尚且能够内举不避亲，外举不避仇，难道我们共产党人连他们都不如吗？

李　　想　你知道公开信的作者……

　　　　　[电话铃响。
李　想　（接电话）喂，易总办公室……哦，他在！易总，老鲁的电话。
易北林　……嗯，我就是……什么？没有人告诉我……他现在哪里？不，不，我不能打这个电话……回家再说吧！
　　　　　[易北林放下电话，半晌没说话。
李　想　出什么事了？
易北林　易非，我的儿子……被工厂解雇了。
　　　　　[幕落。

第四场

[景同第一场。多了一盆石头盆景，仍然放在显眼的位置。不知什么原因，客厅显得有点零乱。
[幕启时，夏雨、苏涓涓、易然正在设计石头盆景。

苏涓涓　……这一块……应该放在这儿……像武士握着一把利剑……
易　然　（把那块石头挪了一个位置）不，应该放在这儿……（往后退了几步）瞧，多美，"横看成岭侧成峰"！
苏涓涓　夏阿姨，您是艺术家，您说该放在哪儿？
夏　雨　我想，这块石头，无论放在哪里，哪怕是一个最不显眼的角落，同样都会有魅力的。你们看，无论是形状、色泽它都与众不同，就像一个出类拔萃的人才，即使在他最落魄的时候，仍然显露一种非凡的气质！
易　然　哎，夏阿姨，您就以这个联想为题，给我们《每周新闻》写一篇小文章吧！
夏　雨　随便说说可以，真动起笔来，就不容易了。
易　然　您准行，说定了，五天之后交稿。
苏涓涓　瞧瞧，刚上任几个小时的主编大人多厉害，怪不得我爸爸得让位呢！（突然叫了起来）天哪，你们看！（举起一块石头）简直像玛瑙……
易　然　真是太美了！严峻的美。我爸不知从哪儿弄来这一箱宝贝。

苏涓涓　准是背着你妈妈花钱买的，我爸爸常干这种勾当。

易　然　不！我爸说，是一个好朋友送的。

苏涓涓　我不信，朋友怎么会送石头呢？

易　然　我爸喜欢。有回搬家，我妈把爸爸收集了好几年的石头，全都当成垃圾扔掉了。爸爸知道后，大发了一顿火，我从来没有看到他发那么大的脾气。眼睛冒着血丝，一拳头把一面大镜子砸得粉碎……

苏涓涓　你妈也真是的！连你爸爸喜欢什么都不知道。就像我爸似的，我妈的一件外衣已经穿三年了，可那天我爸居然问：这衣服挺合适的，什么时候买的？气得我妈差点昏过去！唉！他们这也叫爱人。我和我的那位，还没谈三个月，连他睡觉打几种呼噜我都知道。

　　　　〔三个人都乐了。

夏　雨　然然，你呢？也这样吗？

苏涓涓　她呀，是苦恋！

夏　雨　苦恋？

苏涓涓　是啊！爱上了一个为妻子守节的殉道者。然然爱他，他也爱然然，就因为怕别人说闲话，两个人只好藏着、掖着、熬着，这不是苦恋是什么？

夏　雨　（一下就猜到了）是李想？

易　然　对，就是这个混蛋！

夏　雨　嗯，还不是一般的混蛋，是地地道道的混蛋。

　　　　〔三人大笑。

夏　雨　等哪天我好好骂他一顿。不过，然然，爱一个人不能只爱他好的那一面，是要连同他的弱点、毛病，甚至连他身上的某些缺陷一起爱的。爱情不像吃苹果，可以把烂的那块削掉，只吃好的。明白吗？

易　然　我是连他的缺陷一起爱的呀，瞧他走路那模样，像只鸭子……

　　　　〔鲁是洁上。

苏涓涓　夏阿姨，能暴露一下吗？您真正爱过什么人？当然，不是指您的丈夫，是指情人什么的。

夏　雨　爱过。

易　然　非常非常爱吗?

夏　雨　是的!

易　然　愿意为他抛弃一切?

夏　雨　愿意……

苏涓涓　你们……那个了吗? 嗯,我是说……那个词儿怎么转来着……哦……(压低了嗓门)你们"做爱"了吗?

夏　雨　没有。

苏涓涓　哎呀,太亏了! 你们这一代人哪,都追求那种什么图柏拉式……

易　然　(纠正地)是柏拉图。

苏涓涓　反正就是精神恋爱的意思呗! 有的人一辈子连手都没握一下,却要一辈子背着什么"作风败坏""第三者"的罪名。夏阿姨,你爱的这个人在哪儿? 一定是个真正的男子汉吧?

　　　　[钟敲了七下。

夏　雨　哦,然然,我不等你爸爸了,七点半还有个会。请把这张请帖交给他。后天,我们影视公司开业典礼,请他出席。还要举行露天化装舞会。你们也一块儿来吧!

苏涓涓　这种场合少不了我,更少不了她!

夏　雨　好,我走了!

苏涓涓　哎,夏阿姨,等那天把李想叫上,咱们来个左右夹击,逼他就范,怎么样?

易　然　你行了吧,我可不需要借助别人的力量,最有力量的是我自己。

夏　雨　说得好! 哦,我真该走了。再见!

　　　　[夏雨刚一转身,就和鲁是洁照了面,两个人都愣住了。

易　然　妈,你什么时候回来的?

鲁是洁　我进来好一会儿了! 涓涓,你奶奶又犯病了,快回去看看吧!

苏涓涓　是吗? 妈耶! (下)

夏　雨　(矜持地)你好!

鲁是洁　听老易说你来了,总也没时间去看你。

易　然　妈,怎么,你和夏阿姨早就认识?

鲁是洁　嗯，好像是十年前吧？我们有过一次长谈，夏导演，你……还记得不？

夏　雨　我……没有忘记……

鲁是洁　我以为，咱们不会再见面了。没想到……（发现茶几上的石头，光火）这些破石头……然然，又是你在折腾吧？你爸一个人就把屋子搞得乌烟瘴气，你也来附庸风雅，一个女人家……苦姐……

[苦姐答应着上。

鲁是洁　（掩藏不住的厌烦）把这些石头收拾收拾，全都扔了！

易　然　别！妈妈，我看还是别扔，要不，爸爸回来……

苦　姐　（小心翼翼地）是啊，易总每天出门都交代我别动这些石头……（悄下）

鲁是洁　几块破石头，搞得我们全家鸡犬不宁！

夏　雨　（实在无法忍受，但仍在极力克制着）对不起，我还有事。告辞了！（匆匆下）

易　然　（送到门口）夏阿姨，慢走，再见！妈，您今天是怎么啦？人家夏阿姨第一次上咱家……

鲁是洁　（打断地）非非回来了吗？

易　然　没呢！妈，你知道不，爸爸今天提升我为副主编了。

鲁是洁　是啊，你当上了副主编，可你弟弟被工厂解雇了！

易　然　真的？太好了！

鲁是洁　什么？还太好了？

易　然　非非早就不想在这个厂子干了，这下不是可以另找一个工作了吗？

鲁是洁　你呀！你们这些孩子，还有没有一点羞耻感？有没有一点民族自尊？被外国资本家解雇！而且还是我的儿子！

易　然　我倒觉得，这个资本家有点胆量呢！谁违反了厂规就要受罚，哪怕你是工业区堂堂大主任的儿子。就这一点来看，比我们有些干部的媚上欺下要强得多！

鲁是洁　然然，你那脑子里邪门歪道的东西是越来越多了！老苏告诉我，你要发表一封什么公开信？

易　然　是的！一封批评工业区最高领导人易北林同志的公开信。

鲁是洁　哗众取宠！有什么话不能当面说，非得采取这种不伦不类的方式。而你还要助长这种文革遗风！

易　然　什么文革遗风？中国之所以会发生那一场中世纪式的大悲剧，最主要的原因就在于，一个人的脑袋主宰着亿万人的脑袋……

鲁是洁　（严厉地）然然，还不住嘴！公开信你先不要发，我已经向省委宣传部作了汇报……至于……

易　然　至于吗？不就是一封公开信吗？不就是批评领导几句吗？不就是因为这个领导人是你的丈夫吗？

鲁是洁　也是你的父亲！就这样了，这封信发不发要等宣传部指示。再问你一件事，你和李想是怎么回事？

易　然　我爱他。

鲁是洁　你知道他是什么人吗？

易　然　工业区港务公司经理。

鲁是洁　我说的是他的过去！部里已经来了几次电话，要不是你爸爸硬顶着，早就送回原单位审查了。

易　然　爸爸做得对。与其若干年后重演平反的丑剧、悲剧，不如现在就制止它的发生！

鲁是洁　行了，你懂什么！然然，找一个有争议的人，一辈子都要跟着担惊受怕。这个苦妈妈尝够了，不能再让你们受这个苦了。听妈妈的话，不要再和他交往了。

易　然　姐姐的婚事，倒是妈妈一手包办的，可是她幸福吗？不，我要走自己的路，决不重蹈姐姐的覆辙。我得听英语讲座去了。（下）

鲁是洁　然然……（一阵心烦，疲惫地躺在沙发上，突然想起什么，又立即振作起来。拨电话）凯新电子厂吗？接副总经理家……喂，小沈吗？我是鲁是洁。你好！易非的事情我已经听说了。这样处理恐怕不太合适吧！影响很不好！……有没有挽回的余地啊？……你们的总经理知道易非是谁的儿子吗？……请你转告他，我们正在联系新的工作单位，请你们收回解雇通知书，由我们自己提出辞职。否则，我要给部里、省里打电话，请他们出面干涉。我等你的电话，再见。

〔苦姐端着药上。

苦　姐　老鲁，你的药……老鲁，家里来信了，说是过些日子就来人接我回去……

鲁是洁　（心不在焉地）哦，回去看看也好，等我安排一下再说吧！

苦　姐　兴许……不再来了……

鲁是洁　（这才引起重视）哦，为什么？咱们不是早就说好了，只要你愿意，就在这里过一辈子，这儿不就是等于你的家吗？

苦　姐　是啊，家……兴许是年纪大了，夜里一合上眼，就看到家门前的那条河，那些苇子，苇花……

鲁是洁　人老思乡，这也是人之常情，看来是留不住你了！你在这里二十多年了，跟着我们经历了风风雨雨，也实在不易。这样吧，你想想看，有什么要求尽管提出来，只要条件允许，我都替你办到。

苦　姐　我……啥也不要，只有一件事……

鲁是洁　有什么你就说吧。

苦　姐　这一走兴许永远见不到他了。我想……把埋在心里几十年的话……跟他说说……

鲁是洁　（吃惊）什么？你要告诉他你是谁吗？

苦　姐　（沉默不语）……

鲁是洁　不，不行！咱们可是有言在先的，你答应了，我才同意你留下来。多少年过去了，你又要重提旧事。苦姐，你得替我想想，替我这个家想想。我们这个家……再也经不住什么风雨了……（发现苦姐在抹泪）苦姐，你……难道你心里……还一直装着他呀？

苦　姐　（哽咽地）我是个苦命的……女人……苦命的……（掩面跑下）

［高维之上。手上提着罐头、饼干之类的食物。

高维之　妈。（打开一只盒子）尝尝吧，丹麦曲奇饼，港商送的……（自己吃了一块）这味儿就是不一样……

鲁是洁　维之，听说你们公司的几个人，套购倒卖外汇，还卖什么批文，这可都是触犯国法的。不要为了几个钱，搞得身败名裂。

高维之　我们算什么？跑跑腿，捞几个小钱花花。真正捞大钱的是那些掌大印的人，那钱赚的，神不知鬼不觉的，才叫人眼馋呢！捞大钱的不犯法，咱们这些虾兵蟹将，不捞白不捞。

鲁是洁　你怎么从骨子里透出一股商人习气？

高维之　妈，你们是怎么了？桑桑一张嘴也骂我商人习气。商人有什么不好的？你去大宾馆瞧瞧，住在里边的有几个是科学家、教授、工程师？还不都是商人！人活着图什么？不就图个花钱花得痛快吗！

鲁是洁　好了好了，我不跟你谈生意经。我只想提醒你，要好自为之，不要财迷心窍，害己害人。

高维之　（应付地）嗯，那当然！桑桑回来了吧？

鲁是洁　今天她不舒服，请假在家。哎，维之，这一阵桑桑身体不好，你得体谅着点。再说，你比她年长几岁，凡事也该让着点……

高维之　（委屈地）准又是告我状了吧？哼，我也不知怎么着她了，见到我就哭丧着脸，像躲瘟疫似的躲着我。

　　［汽车喇叭声。

高维之　爸爸回来了。妈妈，（故作神秘状）给您传个街头新闻，您听了可别生气。

鲁是洁　什么街头新闻？

高维之　有关爸爸的……唉，这事不好说……说是来了个女导演，是爸爸以前的什么……爸爸来了。您可千万别生气。（急下）

　　［易北林上。一进屋便径直向石头盆景走去，悉心拔了拔草。

易北林　苦姐，苦姐……给弄点吃的……

鲁是洁　她身体不舒服，我去弄。（下）

　　［易北林脱了外衣，又把地上的石头，重新拿到茶几上摆弄了起来。

　　［鲁是洁端着饭菜上。她注意了片刻。

鲁是洁　趁热快吃吧！

易北林　（漫不经心地）唔！（注意力仍在石头上）

鲁是洁　（把饭菜搁在一边，隐忍地）我看这个家，最吸引你的就数这些石头了……

易北林　（不知是否听出鲁是洁的弦外之音）现在什么协会都有，什么钓鱼协会、月季花协会……将来，我要组织一个石头协会，吸收全世界的会员。若干年后，举办一次世界石头博览会，那才叫独具一格呢……哎，是洁……

　　［不知什么时候，鲁是洁早已走了。

　　［易北林的情绪一落千丈。他拍了拍手，端起饭碗，默默地吃着。此刻，这个

客厅，显得格外空荡。

［传出一阵吵闹声，是高维之与桑桑的声音："你放开我，放开我……""桑桑你这是干什么呀！"

［易桑披头散发、衣衫不整地跑上，高维之尾随在后。易桑一下扑到父亲的身上抽泣起来。

易北林　怎么回事？

高维之　（干笑）嘿嘿，没什么，不就是……（去拉桑桑）桑桑，回屋去吧。

易　桑　（神经质地喊了起来）不要碰我，不要，不要……

［鲁是洁、苦姐闻声急上。

鲁是洁　桑桑，冷静点，有什么话好好说。

易　桑　妈妈，如果你还希望我活下去，你就让他走，马上就走！

高维之　什么意思？想打离婚吗？

易　桑　你们都不说话……爸爸，你也不说，好吧，他不走，我走，我走……（急下）

鲁是洁　桑桑，桑桑……（欲追下）

易北林　（叫住）是洁，让她……去吧！

高维之　那不行！她是你们的女儿，还是我的老婆呢！

［高维之欲下，易非略有醉意地上，挡住去路。

易　非　（眼睛盯着高维之）姐姐……怎么了……又是你……（一把揪住了高维之的衣领）你这个市侩……庸俗不堪的家伙……

高维之　你……你想干什么？

易　非　我姐姐要有个三长两短，你就是谋杀犯！

鲁是洁　非非！（对高维之）他喝多了，把他弄到屋里去。

易　非　（猛然甩开众人，摇摇晃晃地走到母亲跟前）妈妈，你知道不，什么叫……"炒鱿鱼"吗？……就是解雇，就是开除……懂吗？你儿子被开除了……妈妈，您不是最有能耐吗？您不是什么都能给我吗？我考试不及格，你可以让老师在成绩单上给我填上 80 分；我考不上中学，你可以把我送进最好的重点学校；我毕不了业，你可以送我去当兵；复员回来你可以给我安排舒适的工作……今天，只有今天，我被一个日本老板开除了……妈妈，你也无能为力

鲁是洁　非非，别胡思乱想了，我正在挽回。我已经给你们厂打了电话，要他们收回解雇通知书。孩子，妈妈不会不管的，妈妈给你联系，妈妈给你换个单位，妈妈给你安排……

易　非　（干涩地笑了）哈哈哈……我有一个多好的妈妈，万能的妈妈，哈哈……（跌跌撞撞地下）

〔易北林自始至终石头般沉默着。

鲁是洁　不早了，都去休息吧。

〔苦姐、高维之相继下。

鲁是洁　这个家是怎么回事，怎么回事啊？一个个都变得那么别扭、隔阂……你什么都不问，什么都不说，看着这一切，无动于衷！

易北林　我不是无动于衷，而是束手无策。似乎有一种什么东西在推波助澜。我不知那是什么，可我的的确确感到了它的存在，它的力量。我无法逆转已经发生或是将要发生的变异……也许，这不是哪一个人的过错，而是时代变革的冲击波，是蝉脱时期的痛苦，谁也无法逃脱……

鲁是洁　（突然把话题一转）夏雨刚才来过了。

易北林　有什么事吗？

鲁是洁　人家是来找你的。哼，不信守自己的诺言，十年后又找来了。

易北林　是洁，不要东拉西扯。她是正式招聘来的，是来这里工作的。

鲁是洁　离了婚，单身一人跑到这里来，她要干什么？究竟要干什么？还不是因为你在这里……

易北林　已经过去的事，何必再触动它呢……

鲁是洁　什么也没过去，我很清楚，这十年来，你一天也没忘记她……

易北林　是洁，你现在很不冷静，先去休息吧，有什么话以后再说。

鲁是洁　不，让我说完。有些话，我早就想说了。是的，这十年来，你一天也没忘记她，同时，你一天也没有忘记我写的那份材料……

〔一阵令人窒息的沉默。

易北林　（声音轻得像自言自语）也许我太狭隘了。可我怎么也无法抹去这道阴影，它几乎毁灭了我对人生的信念。那天,当我看到那份咬牙切齿痛骂我的揭发材料,竟是你的笔迹时,我只觉得地球毁灭了……(停顿良久)不过,是洁,咱们还是不要再说这些了。十年前,当我们重新生活在一起的时候,我曾说过,这不是个人的过错,今天,我仍然这样看。让我们这个家按照原有的轨迹运行吧……

[易然的声音:"爸爸,快来……"易然扶着满身污泥的易桑上。

鲁是洁　桑桑……怎么了?

易　然　我在池塘边发现的,准是心脏病又犯了。

易北林　马上给医院打电话。

易　然　(拨电话)医院吗?我是易北林家……有急诊病人,请你们来一下,谢谢!

[易桑微微睁开了眼睛。

众　人　桑桑,桑桑……

[易桑又昏死过去,众人围上。

[幕落。

第五场

[可以是海滨的一角,也可以是公园的一角。这是全剧唯一的一场外景。请舞美设计师们把南国夏日旖旎的风情献给观众们。

[无论是海滨或公园,都应该给热恋中的情侣们创造那样的一隅,或是藤蔓掩映,或是乱石遮挡,让他们可以毫无顾忌地在这里倾诉、拥抱、亲吻……

[夜晚,这里是露天化装舞会的场地。灯火不宜过于明亮,应给人扑朔迷离的朦胧感。

[幕启时,盛大的舞会正在进行中。虽然看不清一对对戴着面具翩翩起舞的舞伴,但那节奏明快的音乐,却恣意渲染着舞会热烈的气氛。

[有一对儿旋转着进入隐蔽的一隅,他们揭开面具。不知是谁,也不知他们在做什么,当他们从里面旋转出来时,又戴上面具了……

［金发女郎、查尔斯、夏雨同上。金发女郎着一身华丽的晚礼服，夏雨着一件白缎旗袍，两个女人各具风姿。

夏　雨　　（把两个面具分给金发女郎与查尔斯）这是给二位准备的，喜欢吗？

金发女郎　喜欢！（把面具戴上）查尔斯，怎么样，迷人吗？

查尔斯　　你永远都是迷人的。

［三人同笑。

夏　雨　　今天是影视公司的开业典礼。希望你们在这里度过一个愉快的夜晚。

查尔斯　　谢谢！谢谢！

金发女郎　噢，真是不可想象，中国也有这样诱人的舞会，我简直像到了白金汉宫的草坪上……夏总经理，我真是要嫉妒你了，你这样富于女人的魅力，又举办了这样令人神往的舞会，所有的男人都要被你迷住了。

查尔斯　　我几乎已经被迷住了。

［三人爽朗地笑。一曲华尔兹舞曲传来。

夏　雨　　梅丽小姐，你听，《维也纳森林的故事》，请吧！

金发女郎　来吧，查尔斯……（与查尔斯随着乐曲旋转下）

［夏雨正欲下时，有人喊她："请稍等。"一个戴着面具的人走到夏雨跟前。他揭开面具，原来是易北林，两人相视而笑。

易北林　　你的面具呢？

夏　雨　　（把握着的扇子一松开，立即变成一个十分精致的面具）好吗？

易北林　　"蒙娜丽莎"……你真行！舞会搞得不错，大伙儿都玩儿得挺痛快的。

夏　雨　　嗯，我怕被你解聘，当然要竭尽全力。过几天，我要到云南拍外景，得两个多月才能回来……

易北林　　噢，去吧……（陷入沉思之中）

夏　雨　　你怎么了？……听然然说，这几天你们家……

［高维之上，隐在暗处。

易北林　　（岔开）一会儿乐队演奏《蓝色的多瑙河》我请你跳。

夏　雨　　不，我请你跳，今天我是主人。你不知道，我有多高兴，只20天的筹备，我们的摄制组就成立了。昨天，我们公司的经销部赚了第一笔钱。我很乐观，两年之内，我不但要还清债务，还要给艺术家们盖一幢楼。我们的片子，要拿到国际电影节上去拿大奖……

易北林　我相信你会成功的！（看表）哦，我得去接一个长途，一会儿见。（匆匆下）

　　　　［夏雨下。高维之戴上面具尾随而下。

　　　　［苏涓涓拉着易然上。

苏涓涓　（寻找）……嗯，那地方怎么找不到了……（发现隐蔽处）找到了，在这儿！然然，快来……

易　然　（循声走到那个隐蔽处）这是什么地方呀？

苏涓涓　管它什么地方，反正是谈情说爱的好地方。只够两个人的位置，谁也别想再插足进来。你就在这儿等着，我去把他叫来……

易　然　不！不行。这……太那个了……

苏涓涓　你这人，真是的！你到底是真爱还是假爱？

易　然　真爱！

苏涓涓　真爱就要不顾一切，不择手段。懂吗？

　　　　［李想边喊边上："苏涓涓，苏涓涓……"

苏涓涓　他来了！……哎，别走，就在这儿等着。

李　想　苏涓涓……

苏涓涓　（绕到李想的身后）别喊了，经理大人！

李　想　咦，你从哪儿钻出来的？找我什么事？

苏涓涓　不是我找你，是另一个人找你。

李　想　谁？在哪儿？

苏涓涓　现在听我指挥……（喊口令似的）向前三步——走，向左转——再向前三步——再向前……（走到一旁等候）

李　想　（看到易然）是你？

易　然　（突然勇敢了起来）是我，怎么了？

李　想　（不自然地）没……没什么，这地方真不错……你……常到这里来吗？

易　然　不！第一次……我第一次这样爱一个人，第一次想让人拥抱我，亲吻我……说吧，愿意吗？

李　想　（真诚地）然然，我……我非常愿意……可是……

易　然　（忘情地扑到李想身上）不，我不听什么可是，不听……抱着我，什么也不要说，就这样，永远这样……

李　想　（几乎动情了。轻轻抚摸着怀里的易然，但只是短短的一瞬，他立即从感情的波涛中挣脱出来）然然，听我说，你听我说……

易　然　（抬起头深情地望着李想，充满希望地）我听着……

李　想　（有点吃力地）原谅我，再等我一年，好吗？

易　然　（感情受到了极大的伤害）我一天也不等，明天就找个人结婚！（跑出隐蔽处）

苏涓涓　（立即迎上）然然，怎么样，成功了吧？

易　然　（快哭出来了）混蛋！地道的混蛋！（下）

李　想　（追了出来）然然，然然……

苏涓涓　（气冲冲地）混蛋，地道的混蛋！（下）

　　　　〔李想神情沮丧，抱头坐在长椅上。

　　　　〔夏雨上。

夏　雨　这是怎么了，一副基督受难的模样。

李　想　（自嘲地）我哪儿够得上基督啊，不过是个混蛋而已，而且还是地道的。

夏　雨　（扑哧乐了）你呀，该骂！为了保持殉道者的形象，竟然把自己的心禁锢起来。可是，心是禁锢不住的，除非它已经停止跳动，不是吗？

李　想　如果是你，你会怎么办呢？

夏　雨　我记得契诃夫的一句话："所有那些妨碍我们彼此相爱的东西，是多么不必要！多么渺小，多么虚妄。"这就是我的回答。

李　想　（突然站了起来）我去找她。

　　　　〔一个戴着面具的人上，他似乎没有什么目的地溜达着。

　　　　〔《蓝色的多瑙河》乐声传来，夏雨向远处张望着。

　　　　〔有几对舞伴转到这里来了，其中的一对又转进了那个隐蔽之处。

　　　　〔夏雨正欲下时，鲁是洁上。

鲁是洁　夏导演！

夏　雨　哦，老鲁。你好！

鲁是洁　（敏感地）你在这儿等人？

夏　雨　是的，有人约我跳《蓝色的多瑙河》。

鲁是洁　近来工业区风传不少关于你的事情，你没听说吗？不想为自己辩白一下吗？

夏　雨　对于这一类从长舌妇嘴里制造出来的闲言碎语，我是从来不屑一听的。

鲁是洁　如果不是闲言碎语，而是事实呢？

夏　雨　如果是事实，那更没有辩白的必要了。况且，我没有时间，也没有精力去理睬这些。

鲁是洁　你无所谓，不在乎，可总得替别人、替别人的家庭想一想吧！

夏　雨　难道我不是这样做的吗？十年前，正是为了他，为了他的家庭，我答应了你的要求，远远地离开了他，结束了一切……我甚至在很短的时间里，给自己找了一个丈夫，仓促而轻率地结了婚，为的是忘却痛苦，忘却那不属我的一切……你……还要我怎么样呢？

鲁是洁　可是，十年之后，你还是找来了……

夏　雨　如果十年这样漫长的岁月里，你仍然没能得到他的爱，这……又能怪谁呢？

鲁是洁　你，你的影子一天也没有离开过他……

　　　　〔两个女人都沉默了。许久许久……

　　　　〔《蓝色的多瑙河》已经结束，又换了一个新的乐曲。

鲁是洁　请你答应我，提出辞职，离开这里，我负责给你联系工作。

夏　雨　（无语）……

鲁是洁　就算是我对你的请求吧。

夏　雨　我不能答应。这里有我的工作，有我的事业……老鲁，春夏秋冬，年复一年，属于你的有那么多的日日夜夜，属于我的只有那一个夜晚……

鲁是洁　（好像很开心地笑了）哈哈，你在嫉妒……

夏　雨　也许该嫉妒的是你，因为，你占有的只不过是他的躯壳，也许，只是视觉上的一个影子而已。（稍停）老鲁，你生怕失去的究竟是什么呢？是他的爱吗？还是某种与爱毫无关系的虚荣和女人难以摆脱的依附性呢？

鲁是洁　这么说，你准备永远扮演多余的第三者了？

夏　雨　第三者……是啊，臭名昭著的角色。……生活中，多少真正的爱情就是被断送在对"第三者"的漫骂、谴责声中！岂止是世人呢？就连"第三者"自己，不也是日夜地忏悔、谴责自己的不道德吗？于是，没有爱情的，仍然同床共寝；心心相印的，却抱恨终身。难道这才符合所谓的道德，所谓的人性吗？谁是"第三者"？谁是"多余的"？我整整折磨了自己十年，谴责了自己十年，苦苦思索了十年。今天，我要告诉你，那没有感情的，才是真正的第三者。

鲁是洁　（完全被击倒了，半晌说不出话来。但仍在硬撑着，甚至笑出声来）我早知你不自爱，却不料你竟不自爱到如此地步！真是令人遗憾。不要以为你年轻、漂亮，我可以告诉你，十年前你没有得到的，今天，你仍然别想得到！道德、法律、舆论是属于我的，不是属于你的。你的这番话是要被人唾弃的，你是无法改变现状的。不信吗？咱们走着瞧吧！（下）

［鲁是洁走远了，至此，夏雨才伏在树干上哭泣了起来。

［易北林上。

易北林　夏雨，你还在这儿。刚才等着急了吧，我让乐队再演奏一次，今晚一定请你跳。

夏　雨　如果我不想跳呢？

易北林　为什么？你不也很喜欢《蓝色的多瑙河》吗？

夏　雨　我不该喜欢，我没有权利！

易北林　夏雨，你怎么了？

夏　雨　（努力平静自己的感情）伸出手来，让我们握着手说几句话，像朋友那样……

［《蓝色的多瑙河》又响起来了。

易北林　戴上面具，好吗？（与夏雨一起戴上面具，他们随着乐曲，缓缓起舞。时而飞快地旋转，时而缓缓地移动着。有时，停了下来……）

［一个戴面具的人在他俩周围时隐时现。

［下面的一段对话，像是从他们的心底倾泻而出，又像是从深邃的夜空缥缈而来……轻柔，深沉，执著，热烈……

易北林　你看，当我们想说几句真心话时，却要戴上面具，这就是现实。

夏　雨　为什么要戴？摘掉它，我不怕。

易北林　你以为只有我们才这样吗？在严峻的现实面前，多少人都戴着有形或无形的面具。恰恰是戴上面具的时候，彼此的心灵才是相通的，才是无须遮掩的……这话说得太晦涩了，不过，我相信，你一定懂。

夏　　雨　我懂，可我并不愿意。我希望撕毁一切有形或无形的面具。人生应该是真实的，无论是美好的，还是丑陋的，都应该真实地展露出来，就像你所珍爱的石头那样。

易北林　你是对的，但谁也无法做到。每个人都会有最隐蔽的一角，或是封闭着最龌龊的，或是蕴藏着最珍贵的，夏雨，我正是把你放在这样的一角，谁也进不去谁也不能占有的一角。无论多么久远，我无法忘却那个夜晚。飘着冷雨，吹着寒风……妻子的背弃，几乎毁灭了我。眼前漆黑一片，只有微弱的一星亮点，那就是你。夏雨……那一天，当你不顾一切地把我从批斗会场背到荒郊僻野的时候，我的灵魂已经死去，是你使我相信，这个世界还有真诚，还有温暖，还有爱……噢，那是我一生中最潦倒、最落魄、最黑暗的时刻！

夏　　雨　我多么希望再有一个那样的夜晚啊！世界都睡去了，只有我们醒着。一件破旧的雨衣遮掩着两颗赤裸裸、毫无矫饰的灵魂！你问我，这幅画该起个什么题目？我说：世界！你跳了起来，大声喊着：啊！世界，我们的世界……

易北林　你……记得这样清楚？

夏　　雨　怎能忘记！我这一生，只有一个这样的夜晚，只有一个这样的世界……北林，带着我，去追回那个夜晚，去追寻那个世界吧！亲爱的，让我们摘下面具向人们宣布：我们相爱，我们相爱……走吧，我不怕，什么也不怕……

易北林　我……怕……

　　　　　〔霎时间，一切声音都静止了。整个舞台仿佛变成了一座冰川。
　　　　　〔夏雨和易北林纹丝不动地伫立着，像两尊没有生命的雕塑。渐渐地雕塑被黑暗吞噬了……
　　　　　〔灯再亮时，那个戴面具的人，像幽灵一样游了出来，他好像在摆弄着小型录音机。
　　　　　〔舞会已进入尾声。已经没有那种热烈的气氛，但，乐曲声还在轻轻地荡漾着。
　　　　　〔苏涓涓上。

苏涓涓　喂，你在这干什么？怎么不跳舞去？

高维之	老婆不要我,又没找到情妇。怎么样,你陪我跳吧!
苏涓涓	你到底搞什么名堂,鬼鬼祟祟的,又是什么批文吧?
高维之	批文算什么?(举了举磁带)比批文价高一百倍。
苏涓涓	(越发生疑)到底是什么吗?
高维之	(涎着脸皮)让我亲一下,我才告诉你。
苏涓涓	不,先告诉我,才让你亲。
高维之	不反悔?
苏涓涓	从来说话算话。
高维之	好吧!不过,你要发誓,绝不告诉别人。
苏涓涓	我发誓,要是说出去就烂心烂肺,五雷轰顶。
高维之	(打开录音机,传出易北林的声音)听清了吧,这是谁的声音?
苏涓涓	易总的?
高维之	对了,就是我那老丈人的,跟他的情妇夏雨的偷情话。哼,成天怂恿女儿跟我离婚,这下被我抓住了吧!别以为我舍不得他病病快快的女儿,我是舍不得他头上那顶乌纱帽,做生意全指着他的牌子,离了婚,不就断了我的财路了吗?哎,该兑现了吧,亲一下……
苏涓涓	(躲闪)急什么,咱们再谈谈条件。把录音带给我听听,怎么样?我让你亲三下。
高维之	亲三下?(猥亵地)陪我睡觉也不行啊。这玩意儿是我的杀手锏。好了,该亲一下了吧?
苏涓涓	坏坏!抱着老母猪去亲吧!(欲走)
高维之	(一把拉住苏涓涓)哎哎哎,你可是赌了咒的……
苏涓涓	我宁可烂心烂肺五雷轰顶!等着吧,我要告发你,搞窃听,侵犯人权!
高维之	(有恃无恐地)我劝你别告,一告,你那位可敬的易伯伯可就要身败名裂了。(乘苏涓涓不备,闪电般亲了一下)嘿,抹得真香,拜拜!(扬长而下)
苏涓涓	他妈的,特务!流氓!(使劲抹着被亲的地方,呜呜地放声大哭)
	[幕落。

第六场

〔客厅,景同第一场。舞美设计应对景、物、色、光……进行艺术处理,赋予巧妙的变化。

〔幕启时,易北林正在看新出版的《每周新闻》,易然在一旁写着什么。

易北林 (兴奋地)不错!这一期的内容很好!版面也很新鲜、活泼。这几篇指着我鼻子的文章,看得我出一身汗,够厉害的,一封公开信带来了一股清新的民主空气。好得很!我要给你们编辑部发嘉奖令。

易 然 首先该嘉奖的是苏伯伯,这一期的责任编辑是他。

易北林 哦,这个花岗岩脑袋终于裂缝了。

易 然 爸爸,还是苏伯伯当副主编,我下来吧!

易北林 先别谈这事,等选举后由新的领导班子组阁。

易 然 爸爸,你对自己当选有把握吗?

易北林 怎么说呢,反正不像由上级任命那么踏实。多少年来,我们大大小小的官儿,只怕上级不怕群众,因为只有上级才有权撤换他们。所以,对于上司的一个不满意的眼色,我们会夜不能寐,食不甘味,惶惶不可终日。而对群众的呼声、疾苦,却充耳不闻,视而不见。

易 然 所以,您极力推行这次的民主选举,想冲击一下这种弊端。

易北林 也冲击一下自己。然然,我向几个候选人做了调查,心里都惴惴不安的,这是为什么?怕群众,因为不知群众投不投自己一票。

易 然 爸爸,你呢,也惴惴不安吗?

易北林 嗯,也有那么一点,这也叫叶公好龙吧!有生以来,我还是头一次感到,群众掌握着我的命运。(突然拍案叫绝)妙,太妙了!这是谁的杰作?这几幅领袖人物肖像漫画……(敞怀大笑)惟妙惟肖,淋漓尽致!多么富于幽默、诙谐,我们的总理、总书记看到也会竖起大拇指的。然然,这几幅画是谁主张发表的?

易 然 我!

易北林　了不起！是我的女儿。其实，伟人们是很富于幽默感的。前些天，报纸上登载，小平接见外宾时说，我向来是乐观的，天塌下来有高个子顶着。看到这里，我乐得简直跳起来。伟大的胸怀，伟人的幽默，不是吗？

易　然　爸爸，好几家海外报纸，对我们发表公开信作出了强烈的反响，说一个崭新的民主空气正在中国形成。

易北林　很遗憾！至今不知道作者是谁，真想跟他交个朋友。

易　然　你们早是朋友了。

易北林　谁？

易　然　李想！

易北林　（有点意外）他？为什么不署真名呢？他也怕打击报复吗？

易　然　不是吧。他说，如果署了真名，人们就会议论写信的人如何如何，而不议论公开信本身了。

易北林　这个李想，总有他独特的思维方式。

易　然　写这信，一是为了推动工业区的民主空气，二是看看您在关键时刻是真民主还是假民主。

易北林　看来你们俩是串通一气的了？

易　然　不，这都是前两天我耍了点小小的手腕逼他招供的。

　　　　[汽车喇叭声。

易北林　我得开会去了。

　　　　[苦姐上。

易北林　苦姐，明天上午我要参加竞选大会，把我那套蓝色西装熨一下……

易　然　还有领带。

易北林　对，还有领带，请你都给我准备好。

苦　姐　明天……我一早就走了……

易北林　走？上哪儿去？

易　然　爸爸，你真是的，苦阿姨要回老家啦，妈没跟你说过吗？

易北林　哦，也许说过，我没在意。苦姐，为什么要走呢？什么时候回来？这么多年跟我们同甘共苦，你已经是我们家的一员了，怎么能就这样走了呢？然然，告诉你妈妈，先别让苦阿姨走，就说是我说的。

苦　　姐　不不！明天一定得走了，老家已经派人来接我了……

易北林　老家来人了，怎么不告诉我，咱们好像还是一个县的吧？明天一定不要走，把老家的人请来，好好聊聊。

〔汽车喇叭又响了。

易北林　好，就这样吧。（下）

〔苦姐一直望着易北林的背影。

〔鲁是洁气冲冲上。

鲁是洁　苦姐，你都跟老易说什么了？

苦　　姐　我……什么也没说……

鲁是洁　这是火车票，明天早晨5点30分。

易　　然　妈，刚才爸爸说，让苦阿姨明天不要走。

鲁是洁　（对苦姐）你一定跟他说什么了？

苦　　姐　没有，真是什么也没说……

易　　然　妈妈，你发什么邪火，苦阿姨是什么也没说嘛！

〔苏涓涓喊上："然然，然然……"

苏涓涓　鲁阿姨好！

鲁是洁　热水烧好了吗？我得洗个澡。（下）

苦　　姐　我这就给你准备。（下）

苏涓涓　然然，找了你整整一天，上哪儿去了？

易　　然　去采访一个人，刚刚回来。干吗呀，又是买了套日本时装？让我试试。

苏涓涓　这会儿就是巴黎时装，我也没心思看一眼了。（压低嗓门）你们家那个坏坏……就是你那个破姐夫……（附在易然耳边说着）

易　　然　真的？

苏涓涓　我亲眼看到，亲耳听见。听他的一个狐朋狗友说，高维之准备在竞选大会上，等易伯伯上台答辩的时候，放这盒磁带……

易　　然　他敢！

苏涓涓　狗急跳墙，他恨易伯伯，说易伯伯要你姐姐和他离婚，断了他赚钱的路子。

然然，竞选大会要真让他一搅，不全乱套啦？

易　然　我看也没什么了不起的。这件事，只不过使爸爸的形象变得更真实了。我早看出来，爸爸和妈妈之间……他们一人一个房间，已经好几年了。

苏涓涓　你觉得没什么了不起，我也觉得易伯伯更像一个男人了。可是，然然，当今世界有几个苏涓涓，有几个易然？你别浪漫主义了，什么形象更真实了，这叫犯男女作风的错误，懂吗？在中国，没有什么错误比男女关系的错误更让人"义愤填膺"的了。有的人是真气、真恼，有的人是装正经。反正真的、假的都装出一副圣父、圣母的模样。

易　然　是啊，也没有什么新闻比桃色新闻传得更快、更广、更久远的了。十八岁时候的桃色新闻，等到当了爷爷、奶奶，仍然要被人在背后戳脊梁骨。某男人和某女人的一次幽会，从北京传到广州，就变成某男人和某女人赤条条地在床上被抓住了……（略一沉吟）走，到环球公司找高维之去。（下）

苏涓涓　昨天真是恨死我了，被高维之那小子咬了一口，我回家用香皂洗了好几遍……（随易然下）

　　［苦姐拿着熨斗、垫单、西装上。

苦　姐　（动作有点迟钝地熨着西装，凄恻的独白）明天就要离开你了，心里真说不出是啥滋味啊！到这个家二十多年了，我一直忍着、藏着，我不敢说，不能说呀！我答应过老鲁，直到我离开这个人世，也不会让你知道我是谁，我只要能看到你，能服侍你，就当我没白做一世的女人……可我是一个多么命苦的女人哟！（停顿）……那天夜里，我坐在房间里，守着两根红蜡烛。等啊等啊……我等着你来掀盖帘，等着你来吹灭蜡烛。等着你来啊……天亮了，蜡烛灭了。你还是没有来。后来娘告诉我，你不愿意，离家逃走了……我哭了三天三夜，昏死了三天三夜。打那以后，我把甜妹的名儿改成了苦姐……后来，我找到了你，可你早就成了家了。我不怨天，不怨地，只怨命里注定跟你没有缘分。可一女不能喝两家茶呀，我不服侍你服侍谁呢？（走到石头盆景前）你咋这么喜欢石头呢？咱村那河边，那山上，那林子里，好看的石头多着呢！赶明儿我让人给捎点儿来。明天我要走了，这儿不是我的家，不是！我的家在涟水河边的那间小屋，那里藏着一块红布盖帘，还有两根流干

了眼泪的蜡烛头……（捧着西服蹒跚地下）

［易非趿着拖鞋上，十分懒散的样子。

［易桑穿医院的病号服，慌慌张张地上。

易　桑　小弟，爸爸在吗？

易　非　好像开会去了！姐，你的脸色苍白……

易　桑　从医院一路跑着回来的。（微微喘息着）小弟，听说你准备到挪威的轮船上当海员？

易　非　是的，我希望离开这个家，越远越好……

易　桑　（伤感地）我更寂寞了，小弟，我会想你的……

易　非　姐，我常给你写信，好吗？

易　桑　嗯。小弟，你在这儿看着，别让高维之进我的房间，爸爸一回来就告诉我。（欲下）

易　非　姐，什么事呀？

易　桑　高维之拿了一盒磁带来威胁我，说我如果真要跟他离婚，他就在明天的竞选大会上放这盒磁带。小弟，我进屋听听。他要是追回来，你千万别让他进去……

［易桑正要下时，高维之上。

高维之　桑桑，你的动作真够快的。把东西还给我吧！（去拉易桑的胳膊）

易　桑　（大声地）不要碰我！

［鲁是洁闻声急上。

鲁是洁　桑桑，这么晚还从医院跑出来……维之，我不是告诉过你，这段时间让她静心养病，不要去打搅她吗？

高维之　（愤愤地）真是静心养病吗？离婚报告到处送，而且是在爸的怂恿支持之下。桑桑，说吧，咱们是到房间里谈判呢，还是让其他人回避一下？

鲁是洁　维之，跟自己家里的人也兴做交易吗？

高维之　您说对了，就是做交易，一笔很大很大的交易！对不，桑桑……

［易桑不理睬，欲下，被高维之抓住。

易　非　（逼到高维之跟前）放手，我叫你放手！

高维之　（有点胆怯，松开了手）你让她把东西还给我，我马上就走！

鲁是洁　桑桑，你拿了他什么东西？

高维之　小玩意儿。一盒磁带，给我吧！

易　桑　对不起，我已经扔了，扔到河里去了。

高维之　扔了？（一阵狂笑，他从包里又拿出了三盒磁带）请看这是什么？一盒，两盒，三盒……本人早已复制好了！

易　桑　（下意识地扑向磁带）你……

高维之　（猛然闪开）好吧，你既然不愿意做这笔交易，那就对不起了，明天竞选大会上见！妈，这个家只有您还疼我，只好先向您赔礼道歉了。（走到易非跟前）非非，工作找到了吗？怎么样？到我们公司来吧，我们不用什么学历、文凭，也不用招聘、报考，凭你是易北林的公子就行！

易　非　（怒吼地）滚！马上滚出去！

　　　　［高维之冷笑着下。

鲁是洁　桑桑，到底是什么磁带，放出来听听。

易　桑　这……

鲁是洁　说不定什么也没有，是个空带子呢！非非，拿来放一放……

　　　　［易非把磁带放进录音机，易北林的声音从弱到强："我无法忘怀那个夜晚，飘着冷雨，吹着寒风……妻子的背弃，几乎毁灭了我，眼前一片漆黑，只有微弱的一星亮点，那就是你，夏雨……"

鲁是洁　（第一次失却控制力，凄厉地喊了起来）关掉！关掉！关掉！

　　　　［易北林，易然突然出现在门口。声音戛然而止，所有的人，都在自己的位置上"定格"。

　　　　［切光。

　　　　［黎明之前，曙色熹微，薄纱一样的窗帘不安地掀动着。

　　　　［易北林木雕泥塑般地伫立窗前。

　　　　［夏雨出现在门口。

易北林　你……

夏　雨　然然告诉我，你要退出竞选……

易北林 （微微地点了点头）……

夏　雨 我曾无数次地原谅过你的怯懦，尽管我常有某种哀怨，但我理解你。可是今天，你的选择，却使我感到一种陌生，一种痛恨！是的，是痛恨！一个小人的要挟竟会使你败下阵来。你竟然可以置工业区广大选民而不顾，置党的事业而不顾，置自己终生追求的理想而不顾！只因为你不愿意摘下面具，没有勇气把那个隐蔽的角落掀开给人看，而那一角并不是丑恶的，却是真实的。我简直怀疑，这就是我所知道、所认识、所深爱着的易北林吗？他的坚忍，他的豁达，他的无畏，他的彻悟哪里去了？哪里去了？

〔易北林又走到落地窗前，推开一扇窗户。淡淡的霞辉开始把大地染成玫瑰色。

夏　雨 听说过荆鸟的故事吗？荆鸟一生只能歌唱一次，当它寻找到荆棘的时候，它一边歌唱着，一边向荆棘扑去。让那尖尖的长刺刺穿自己的胸脯，为的是让自己的歌声更加震撼人心！它不顾及死之将至。荆鸟大声地唱着，唱着，荆棘越刺越深，越刺越深……那时，整个世界都在静静地谛听这生命的呼唤，灵魂的呼唤……啊，荆鸟！我多么希望你像荆鸟那样，哪怕谗言的毒刺刺穿你的胸膛，你也要去大声歌唱，即使只唱最后一次……（下）

〔易北林一直没有回头。窗帘吹拂、飘动……

〔苦姐捧着熨好的西装，提着旅行包上。

苦　姐 西装熨好了，给您搁在沙发上。

易北林 （仿佛没有听见，许久才回转身，发现苦姐）有事吗？苦姐？

苦　姐 （凄楚地笑着摇了摇头）没，没事……

易北林 （又转过身去，依然沉浸在思绪中）……

苦　姐 （提起旅行包，低声）我不叫苦姐，叫……甜妹……（依依不舍，悄然下）

易北林 （突然回转身）什么？你叫甜妹……啊，甜妹！苦姐！苦姐……（追至门口）

〔鲁是洁上。

鲁是洁 她已经走了，我派了车子送她。

易北林 她……她究竟是谁？

鲁是洁 她就是那个被你遗弃的甜妹！

易北林 （像被雷击）你……你……早就知道……

鲁是洁　（冷冷地）从她来的第一天……找一个最让我放心的保姆来服侍你，有什么不好？

易北林　你！……鲁是洁，你把一个女人驱逐得离我那么遥远，又把另一个女人紧紧地捆在我身边。整整二十多年，这样折磨一个无权无势的弱者，你……太残忍了！

鲁是洁　（啜嚅地）我是为了这个家……

易北林　家？……用权力和封建伦理道德支撑的大厦，早该让它……倒塌了！

［李想和易然上。

易北林　然然，骑上摩托，赶到车站，把苦姐接回来。

李　想　苦姐？就是你们家的那个保姆……

易北林　不！她是第一个改变我命运的女人。快去！

［易然跑下。鲁是洁掩面下。

易北林　（像是自言自语，又像是对李想）多少年来，我自以为付出了毕生精力，以赤子之心，去摧毁一切陈旧的、腐朽的、僵死的制度，可是，一个女人，一个封建伦理道德的牺牲品，却在我的身边葬送了自己的一切……

李　想　（一步步走到易北林身边）易总，我是来向您告辞的。

易北林　怎么？

李　想　我决定回原单位，接受他们的审查。

易北林　我不同意。李想，像你这样的青年，在中国不是太多而是太少了，我愿意以我余生的政治生命为你承担一切责任。

李　想　（深深被感动了）谢谢，易总！能遇到你这样的前辈，是我的幸运。可我，还是要回去。生活中，人是要遇到无数的坎坷和挑战的。绕过这坎坷、挑战，就失去一次跃上新的人生高度的机会。为了这样的跨越，我或许要付出惨痛的代价，巨大的牺牲，如果真理和民主还需要我们这一代人用生命和鲜血去祭奠，我们也会像先辈那样在所不惜的！个人永远是历史的牺牲品，充其量也只不过是点缀而已。易总，但愿再见面时，我们都跃上一个新的人生高度。那时，我们将回首来路，没有半点后悔，尽是大笑。（与易北林紧紧拥抱，然后，毫无反顾地下）

易北林　请把那盒磁带给我。跃上新的人生高度……啊，荆鸟，可歌可泣的荆鸟啊！

［鲁是洁上。

鲁是洁　（把磁带给易北林）你……你要干什么？

易北林　（声音很轻很轻，却蕴含着万钧之力）我要在竞选大会上放这盒磁带，把一个最真实的易北林交给群众，让他们去选择吧！（穿上西装毅然向外走去，同样义无反顾地走了）

［鲁是洁欲追，伸手似乎想抓回什么……

［易非背着行装上。

鲁是洁　非非……妈妈求求你别离开家，别离开妈妈……

易　非　我要到海上去，去寻找海鸥那样的翅膀……原谅我，妈妈……（下）

［易桑穿着那件洁白的连衣裙上。

易　桑　妈妈，我也要走了，去找一个最平静的地方。我太乏了，太困了……（飘然而下）

［鲁是洁整个身体匍匐在地上，像在祈求什么……

［朝霞把整个大地染红了，染红了……

［鲁是洁猛然站起，一步一步地走到石头盆景跟前，她终于举起了手，一把推倒了那个石头盆景。此时此刻，整个楼宇仿佛倾斜了，摇晃了……

［幕落。

［剧终。

（剧本版本：《许雁剧作选》，1985年广州话剧团首演）

·话剧卷·

特区人

编剧：林 骥

人物表

（以出场先后为序）

罗　丹	女，28岁，	特区开发公司工作人员
刘发祥	男，47岁，	工程师
武　鸣	男，42岁，	特区开发公司总经理
萧树刚	男，28岁，	特区开发公司引进部副经理
林巧珍	女，23岁，	特区开发公司食堂服务员
孙维谷	女，58岁，	特区开发公司临时干部
赵伟初	男，52岁，	特区开发公司副总经理
李　克	男，40岁，	特区开发公司办公室主任
方淑芬	女，48岁，	特区开发公司食堂管理员，后为党委书记
王　民	男，62岁，	特区开发公司总工程师
林华龙	男，30岁，	港商
周祖健	男，57岁，	市政府工业部副部长

第一场

［八十年代。
［特区开发公司本部前。
［一间简易的竹棚，是开发公司本部办公地点。四周还是一片荒漠，只是舞台左边一小块儿搭起了脚手架。
［竹棚上挂着"特区开发公司"的招牌。台右有一标语牌："时间就是金钱，

效率就是生命！"舞台上有可供坐的物件。

［幕启：午间。工地上传来隆隆的推土机声。罗丹，一个年轻的、衣着入时的姑娘，穿着高跟鞋歪歪斜斜地走上。

罗　丹　（边走边嘟囔）路都没一条，这鬼地方。

［一辆辆卡车从她身边开过。

罗　丹　（喊）哎！

［没人理她。她不小心差点摔倒，叹了一口气，干脆坐在一个油漆桶上。
［刘发祥从另一方提着背包行李出来，他有些留恋地回头返顾。

罗　丹　请问，这是特区开发公司吗？

刘发祥　（点了点头）嗯。

罗　丹　你是这个公司的吧？

［刘发祥点了点头，又摇了摇头。

罗　丹　（笑）你这是……

刘发祥　过去是，今天不是了。

罗　丹　调走了？

刘发祥　回广州原单位去。

罗　丹　（疑惑地）为什么？

刘发祥　（指了指草棚）要建起一个现代化的工业基地，谈何容易。条件太差了，我都快五十了，没时间这么耗下去……

罗　丹　不是说特区是高速度的？

刘发祥　要快也行，不过又有人指责是搞物质刺激，搬资产阶级一套，说不定辛辛苦苦干了半天，落得个建设资本主义的罪名，何苦呢？唉！跟你说这些干吗。你来找人的吧，那儿是办公室。再见！（下）

罗　丹　（思索地）有人千方百计想到特区工作，有人又从这儿出去，到底是怎么回事？

［少顷。武鸣扛着测量仪，推着自行车上。他满身泥浆却神采奕奕。罗丹见状，上去帮他卸下测量仪。

武　鸣　（拍了拍泥土，并不热情地）谢谢！

罗　丹　不必。唉！刚才走的那个人是怎么回事？

武　鸣	（看了看刘发祥下的方向）没来过特区的人，把这里想像成天堂。事实不尽如此，艰苦得多。还会碰到许多矛盾。他缺乏信心、缺乏勇气了。
罗　丹	他是干什么的？
武　鸣	土建工程师，用得着的人。心不在这儿，留也留不住。
罗　丹	知识分子并不都是目光远大的。
武　鸣	（惊奇地望着罗丹）这里需要的是具有开荒牛精神的人。
罗　丹	（打量武鸣）测量员同志，你像个开荒牛，该是开发公司的人吧？
武　鸣	（点头）算一个吧。
罗　丹	希望见你们总经理，能引见吗？
武　鸣	找他有事？
罗　丹	我想调到这家公司工作。
武　鸣	这儿的条件你不看到了吗？
罗　丹	我不喜欢过平静的生活，甚至喜欢冒点险。
武　鸣	这儿可不是冒险家的乐园。
罗　丹	我追求的生活节奏是不按常规速度进行的。（指指标语牌）这句口号，就符合我的性格。
武　鸣	有人说是资产阶级的，拜金主义。
罗　丹	幼稚，无产阶级非得要两手空空！时间可以赢得金钱，这是起码的常识。我们常常习惯于用金钱来计算时间，像我，拿到六十一块五毛钱，就一个月过去了。
武　鸣	有意思。你是个大学毕业生，在广州工作？
罗　丹	（奇怪地）你怎么知道？
武　鸣	根据你的年龄、工资，还可以确定你的身份、工作地点。
罗　丹	你脑子也真灵，太对了。英雄与狗熊价格是一样的。测量员同志，能给我说说你们公司的未来远景吗？
武　鸣	这家公司才开办一年，刚建好一批标准厂房，全部卖出去。如今，要在那片烂泥滩上建一幢三十五层的"希望工业大厦"。设计图已经出来了，正在与外商谈判引进外资。还要现场招标承建，争取最快速度建好投产。

罗　丹　招标？新鲜事，投标者多吗？

武　鸣　好几十家，中外都有。

罗　丹　老天爷，挺好玩的。就像电影上卖古董的商人，拿着个锤子，谁出高价就"当"一声拍板成交。

武　鸣　（笑）形式不一样，是这么个意思。

罗　丹　内地还看不到这种场面。

武　鸣　以后会看到的。科学的方法，终究要被接受的。社会总是前进的嘛！

罗　丹　测量员同志，你真会说话，有水平。

武　鸣　（笑）你不也很有见解嘛。

　　　　[萧树刚匆匆上。

萧树刚　（略打量一下两人）老武，你这是……

武　鸣　小萧，有事吗？

萧树刚　（不满地）你自己去测量，一身泥巴，艰苦朴素的样子，延安精神大发扬。

武　鸣　说什么怪话。

萧树刚　公司里没测量人员了吗？不怕苦不怕累，让别人唱赞歌。不务正业。

武　鸣　我需要掌握现场第一手材料。

萧树刚　要是信不过测量员就把他们都撤了，你这是浪费时间，总经理同志。多少事情等着你处理，你却跑到现场滚泥巴！

罗　丹　总经理？

萧树刚　还有时间在这里磨牙。

罗　丹　（气）请你说话礼貌点，我是来找你们总经理要求调动工作的。罗丹，28岁，女性，中国公民，广州旅行社外语翻译，外语学院本科毕业生，个人要求调到特区工作，不附带任何条件，本小姐尚未择偶。

萧树刚　（惊愕地望着罗丹）罗丹？和伟大的雕塑家、思想的先驱者齐名。（用英语）小姐，广州那么美丽的城市你不留恋吗？特区可不是迷人的乐园啊。

罗　丹　（用非常流畅的英语回答）先生，难道你是为了寻找世外桃源才到特区来的吗？大概后悔了吧？

　　　　[萧树刚无言。

武　鸣　（笑）小萧，这下可遇着对手了。

萧树刚　你是翻译？

罗　丹　这是工作证，请总经理过目，本姑娘专攻英语，粗通法语、日语。

武　鸣　公司正缺翻译，你们单位放人？

罗　丹　不用你们操心。这儿要，我就有本事来，这点小事都办不成，白活了。

萧树刚　不管能不能调来，请罗丹小姐先解燃眉之急。（对武鸣）海湾 BB 集团又来谈关于"希望工业大厦"投资的事，正在丁香宾馆恭候总经理，外商带有翻译，我们总要对等。

武　鸣　王总他们都通知了？

萧树刚　两点准时谈判。还有三十七分钟。

武　鸣　好，我马上洗刷一下。翻译的事就请小罗代劳。不亏待，酬劳照付。

罗　丹　不客气，谢谢二位信任。

　　　　［武鸣匆匆下。

罗　丹　（微笑着）还没请教。

　　　　［萧树刚递过名片。

罗　丹　谢谢！（看）特区开发公司引进部副经理，助理工程师，萧树刚。萧先生真是年轻有为呀！

萧树刚　芝麻绿豆的官，我们这儿除了两位总爷是上面封的，其他部门的官都是他任命的，他要看不顺眼，就撤下来。

罗　丹　新鲜，带劲。对这位总爷，你并不客气嘛！

萧树刚　要我阿谀奉承上司，在学校里就没学过这一课。

罗　丹　（笑）你是造反系毕业的。

萧树刚　（也笑）那时太小，没赶上。北京大学，物理系。

罗　丹　伟大的首都，令人羡慕，我并不喜欢北京人。

萧树刚　很欣赏你的直率。

罗　丹　北京人太傲气。

萧树刚　你像老广，广东人滑头。

罗　丹　是精明，机灵，不承认吗？你喜欢看足球吗？像古广明、赵达裕，别看个子小小，灵活得像条泥鳅。不说这些了，晚上这里都有些什么玩的？这么小的地方，不闷得慌？

萧树刚　最好的娱乐是跳迪斯科，喜欢吗？灯光、音响一流，比广州东方宾馆更刺激。

罗　丹　改天领我去见识见识。

萧树刚　没问题。

　　　　[服务员林巧珍拿着一袋包子上。

林巧珍　萧副经理。

萧树刚　阿珍！

林巧珍　你叫留的包子还没拿呢，没吃午饭吧？

萧树刚　哎哟！我中午吃了没有？早上陪外宾喝咖啡，肚子还没闹革命。（接过包子）谢谢你，阿珍。

林巧珍　（不好意思）不用谢。

萧树刚　（拿出包子）还热的呢，罗丹小姐，你也尝尝。

罗　丹　（不客气接过吃）挺好，挺好。这位阿珍小姐人长得好看，包子也做得好。

林巧珍　（红着脸）不是我做的。

萧树刚　我们阿珍的心地好。

　　　　[阿珍头更低，看了看两人，走了。

罗　丹　萧副经理，现在还有点时间，能领我去参观一下贵公司的施工现场吗？

萧树刚　（爽快地）请吧！

　　　　[萧树刚、罗丹边谈边下。

　　　　[孙维谷，一个年近六十的老妇人上。她看萧树刚、罗丹下去的方向，掏出小本子在记什么。

　　　　[少顷，赵伟初上。他五十出头，身形微胖。

赵伟初　孙大姐，在写什么呢？

孙维谷　副总经理，没什么，关心一下年轻人的生活问题……

赵伟初　你这个搞工会工作的人心真细。到特区来工作还习惯吧？

孙维谷　还好！

赵伟初　你过去一直搞人事工作，现在抓工会、公司职工的思想工作还是要出点力，这是你的老本行了。

孙维谷　我退休了来这里，就是希望能为特区建设添砖加瓦。（递上一张字条）

赵伟初　（看）哦！这几位工程师、干部晚上还玩扑克、打麻将？前天……星期六晚上吧，还玩到十二点多。有赌博行为吗？

孙维谷　还没了解，不过这苗头……

赵伟初　要抓紧教育。

孙维谷　有些年轻人对食堂伙食发牢骚，萧树刚就说，还不如资本家给工人吃的。

赵伟初　伙食办得差，可以提意见，说话过头了是个对社会看法问题。萧树刚对工作还是肯干的，可毛病也不少。年轻人嘛，多多教育，你这个老大姐就费点心了。

孙维谷　好！我还要去赶一份计划生育报表呢。

赵伟初　你忙吧！

〔孙维谷下。

赵伟初　（感叹地）都退休的老同志了，自愿到特区帮助工作，真不容易。

〔李克上，瘦长个子，四十岁左右。

李　克　赵总。

赵伟初　李克呀，有事？

李　克　我的借调时间已经超期，该把正式关系转过来了吧，原单位在催。

赵伟初　这事我跟武鸣同志提过，他说不急，再等一等，虽说过去我们都是副职，现在他代一把手，我也不好说什么。

李　克　还等到何年何月，我这个办公室主任还是临时借调，工作不好做。武总这个人……也真不好伺候。当初第一把手调走，我们都希望你坐正，论党龄、资历、原则性哪一点比姓武的差，连武鸣他大舅子、工业部周副部长也主张你代一把手。可上面偏偏要……

赵伟初　李克，这是组织上的事，不要随便议论。

李　克　你是我的老上级，我才跟你一个人说的，以后要搞民意测验，赵总的票数一定会比姓武的……

赵伟初　别说了。你是我点名借调来的，说话更要注意，别让人家说闲话，搞派别活动。老武有老武的本事，人嘛，总是有缺点的，你有意见可以向上级反映，党员的权利嘛！

李　克　（心领神会）赵总说得有水平。哦，还有件事，组织部来通知，今天有个干部来报到。

赵伟初　什么干部？

李　克　原来是广州一个剧团的团长，副处级，听说还是个头头的夫人，怎么安排，组织部说征求两位老总的意见。

赵伟初　头头夫人？一会儿我和老武研究研究再说。

李　克　给办公室吧，当个副主任。

赵伟初　你才是正科，人家是副处。

李　克　不是要打破论资排辈吗？特事特办。

赵伟初　再说吧。李克，群众对伙房意见很大，办公室应该抓一抓。

李　克　人手不够。

　　　　［武鸣西装革履上。李克忙迎上。

李　克　武总，要见外宾？我马上安排车子。

武　鸣　李主任，黄松同志商调函发出后有没有回音？

李　克　对方已经回函，同意调出。

武　鸣　赶紧办，我们缺人用。

李　克　准备派人去办手续。

武　鸣　这个黄松同志，是五十年代财经学院的毕业生，一个很有能力的会计师。他原籍广东，我们做了许多工作，现在对方才同意放人。是人才就要抓紧，免得夜长梦多。

李　克　是。武总还有什么吩咐？

武　鸣　你忙去吧。

　　　　［李克下。

赵伟初　老武，组织部又派个干部来。

武　鸣　不是说过不要随便塞人进来？

赵伟初　听说还是市里一位头头的夫人，广州一个剧团的副处级团长。

武　鸣　我们对这干部一点也不了解，又不办文工团。

赵伟初　权在上面，有什么办法。考虑考虑如何安排吧。

武　鸣　我亲自去跟组织部说说。不适用就不接收。

　　　　［方淑芬上。她年近五十，却颇有风韵。

方淑芬　请问，这是开发公司吧，我找武鸣同志。

武　鸣　我就是。

方淑芬　（递上介绍信）我是来报到的。

武　鸣　（看）这是赵总经理。方淑芬同志，你应该去搞文化工作。

方淑芬　这儿的文化单位不多。再说，我是个行政干部，对哪方面的业务都不在行。

武　鸣　那……你的意见怎么安排你才好？

方淑芬　看工作需要吧。

武　鸣　（思索片刻）这样吧，我们对你还缺乏了解，公司目前最需要的是管食堂的人，你先把伙房管起来。

方淑芬　（出乎意外）管伙房……

赵伟初　（也吃一惊）老武，这……

　　　　［众人沉默良久。

武　鸣　怎么，有困难吗？

方淑芬　我……完全没想到。既然领导上这样决定，我服从。不过，我的政治待遇……

武　鸣　该你看的文件会请你看。其他并没什么太多的特殊。

赵伟初　老方，我们都是党培养多年的干部，工作总要有人做的。

方淑芬　赵总，我也是个长期搞政治工作的人，这些话……大道理我也懂。

赵伟初　（尴尬地）那……当然，当然。老武，是不是再考虑考虑。

　　　　［武鸣沉默。

方淑芬　我不想再为难总经理同志，谢谢你的任命。

武　鸣　老方同志，我寄予很大的希望。

方淑芬　你相信我？

武　鸣　我相信未来。（向内喊）李克！

　　　　［李克应声上。

武　鸣　这是办公室临时负责人李克同志，这是新来的方淑芬同志。今后老方同志抓伙房工作，你们要配合好。

李　克　抓伙房……

方淑芬　请李主任领我到伙房上任吧。

李　克　啊……好。（领方淑芬下）

赵伟初　老武，你这一招实在妙，以后别的干部再不敢随便进咱们这个公司了。

武　鸣　老赵，我的用意可不在此……

　　　　［萧树刚领罗丹上。

罗　丹　武总，这工业区的蓝图实在太美了，坚定了我的选择。

武　鸣　给你们介绍一下，这是赵总经理，这是我们临时聘请的翻译罗丹小姐，参加今天的谈判。外资的问题顺利解决了，马上就要招标建造"希望工业大厦"了。

赵伟初　罗小姐在香港哪家公司……

罗　丹　（大笑不止）我……哈哈，赵总把我看成个香港小姐了，荣幸之至。

赵伟初　（有些尴尬）那你……

罗　丹　报告赵总经理，我是广州来的翻译，只身投奔特区干革命，请今后多多关照。

　　　　［众人笑。

　　　　［李克上。

李　克　赵……赵总，那位头头夫人……老方同志，一到伙房就和阿珍她们一起刣（广州方言，谓杀、宰）鱼洗菜，心里挺不高兴。恐怕……

　　　　［赵伟初有些茫然。武鸣若有所思。

　　　　［切光。

第二场

　　　　［距上场一个多月后。

　　　　［公司食堂。

　　　　［舞台一边有卖饭菜窗口，通向厨房，另一边有门，里面是个会客的小间。

[方淑芬系着围裙，在菜牌上写午餐菜谱，品种挺多，写完又去擦桌子。

[少顷，赵伟初上。

方淑芬　副总经理。

赵伟初　老方，自从你来抓饭堂，工作很有起色，公司上下也比较满意。

方淑芬　伙房的同志们都很努力，大家的功劳。

赵伟初　有功不自居。好，毕竟是入党多年的老同志了。老方，你对现在的工作有什么意见？

方淑芬　（思索了一会儿）这……

赵伟初　你是很难开口的，当初我并不同意这样安排，可武总……

方淑芬　能为特区实实在在做点事，蛮好。

赵伟初　越是觉悟高的同志，越要委以重任。凭你个副处级，提一下当个副总不过分，最低也可以安排部门一把手。这个事我向上面反映过，市里工业部周副部长也觉得不妥，不符合党的干部政策。可是老武硬顶着。老方，这里用干部的问题也挺复杂，我不是一把手，也无能为力。

方淑芬　谢谢副总经理的关心。

赵伟初　我是从爱护干部的愿望出发，希望大家能好好工作，可是……李克是个办公室主任，借调时间都超过了，就是不给办正式调动手续，影响积极性嘛。可是对另一些人，人到一切手续都办妥，还唯恐照顾不周。像那个翻译罗丹……

方淑芬　也许总经理认为技术干部有一技之长，人才难得。行政干部是万金油。

赵伟初　他武鸣也是个万金油出身，过去是间中型厂的厂长，只念过高中，后来在业余大学学过企业管理知识。老方呀，你来了一个多月，对公司有什么看法，特别是领导班子……

方淑芬　（为难地）我……时间还短……我又一头扎在厨房……再说，不在其位，不谋其政。

赵伟初　以后有什么想法可以找我。你的问题我再向上面反映。听说，市里已经接到不少告状信。你有意见不方便找公司领导，可以向上级反映嘛，一个党员的正当权利。

方淑芬　我会做的。

赵伟初　好。听说中午武总请客？

方淑芬　办公室李主任通知的。

赵伟初　请谁？

方淑芬　他在广州的一些老朋友。到特区参观的。

赵伟初　哦！要搞好一些，这也是公司的荣誉。

方淑芬　知道。

赵伟初　你忙吧，我还要到市里去一趟。

　　　　〔赵伟初下。方淑芬若有所思。

　　　　〔林巧珍上。

林巧珍　方姨，这是今天总经理请客的菜单，你看看。

方淑芬　按一百元的标准吗？

林巧珍　嗯！

方淑芬　总经理过去常请客？

林巧珍　（摇摇头）他在这儿从不私人宴客。在这小餐厅里吃得最多的是李主任，他请客总是象征性收费，每人五毛，其余伙房补。总经理这次……

方淑芬　我处理吧。阿珍，王总工程师的饭菜一会儿给他送去，这老头常常忘了来吃饭。

林巧珍　嗯！

　　　　〔方淑芬与林巧珍一同进厨房。

　　　　〔少顷，武鸣上，他看了看环境，又坐下来，在口袋里拿出一张字条看，脸有不悦之色。

　　　　〔方淑芬上。

方淑芬　武总。

武　鸣　老方，听说你这里做的菜，赶得上丁香宾馆了，今天我特意请几个朋友来尝尝，宣扬宣扬。你是怎么弄的？

方淑芬　原来炒菜的是在部队烧大锅饭的，我请了个一级厨师来。

武　鸣　还是人才重要。

方淑芬　像我在剧团一样，没几个名角，戏不好唱。

武　鸣　对，过去我还挺喜欢看戏的。

方淑芬　以后到广州，我请，几个剧团我都熟。

武　鸣　恐怕没时间了。

方淑芬　总经理，这是今天的菜单。

武　鸣　（看）不错。

方淑芬　按一百元的标准，这账……

武　鸣　该怎么开销？

方淑芬　挂在总经理的名下。

武　鸣　（故作惊奇）要我自己出钱？我一个月工资才一百多。

方淑芬　如果是业务应酬，可以由办公室批在接待费里支出，私人宴客……

武　鸣　不可以灵活点？

方淑芬　那是违反财务制度的。

武　鸣　饭堂能不能想想办法，只收工作餐五毛钱。

方淑芬　不行，这样下去，饭堂非再垮不可。饭堂过去没搞好，除了技术不过关外，干部多吃多占，底下人不敢说话，吃亏的是群众。请总经理带个头，以后谁私人请客，都不打折扣，百分之百收费。

武　鸣　想占你们点便宜，真不容易。叫会计室在我工资里扣。

方淑芬　谢谢你支持我的工作。

武　鸣　你过去抓过伙房？

方淑芬　没有。

武　鸣　老方，我这人想干工作，但毛病很多，你看到了望提醒一下。你觉得，这个地方能呆下去吗？

方淑芬　这……容我考虑考虑，我来这也是个临时关系，公司可以选择干部、职员。干部也可以选择公司嘛！

武　鸣　说得有理，真能做到这样，我们的事业就有希望，你什么时候考虑好了，我再找你。

　　　　［罗丹匆匆上。

[方淑芬和罗丹打个招呼后，下。

罗　丹　武总，到处找你。

武　鸣　我也要找你。

罗　丹　哟，这么严肃，先说你的吧？

武　鸣　（有些为难）这件事……其实……

罗　丹　你今天怎么啦，从没见过武总这样没男子气。你不说我说吧，有人打小报告，说我昨晚深夜和萧树刚去跳迪斯科，国家干部，作风问题。

武　鸣　（惊奇）你怎么知道？

罗　丹　不瞒你说，你还没回来上班前，在你办公桌上看到的，一张卑鄙的小纸条。

武　鸣　随便翻别人的东西是不道德的。

罗　丹　天老爷，我开风扇，风一吹，那字条掉地，捡起来我又没闭上眼睛。我想请问总经理，迪斯科，你看不惯？

武　鸣　（迟疑了一会儿）有一点。

罗　丹　真是幸运，只一点，我倒觉得它比你们以前提倡的交谊舞好多了。我倒不是反对搂着抱着。迪斯科轻松，全身运动。当初出自西方宫廷的交谊舞，引进了延安，所以奉为正统。而对于流行在黑人劳动者中的迪斯科就视为异端，奇怪的逻辑。

武　鸣　你们喜欢，我无权干涉。希望注意影响。

罗　丹　什么影响？连个人这点小自由也要非议，还值得打小报告。

武　鸣　（无话）昨天让你翻译的"希望工业大厦"可行性报告，译成英文了？

罗　丹　我什么时候欠过你的工作债，到处找你就为了送给总经理阁下。（递上译稿）昨夜干到十一点多，都打瞌睡了，后来拉小萧一起去蹦，嘿，回来后精神了，一会儿就干完。

武　鸣　（看着译稿）迪斯科还有功。

罗　丹　（注意到他看得很仔细）你的英文……

武　鸣　比你差远了。译得还准确。按时完成任务这点还是应该表扬你。

罗　丹　（哀哀地）总座阁下什么时候少批评几句，我就三生有幸了。

武　鸣　我就那么讨人嫌？

罗　　丹　（拿出一份合同）这还有一件要紧的事，这合同是谁经手办的？
武　　鸣　（看）赵总经理。
罗　　丹　你看了？
武　　鸣　（点点头）有什么问题吗？
罗　　丹　这份合同和外商明天就要签字，赵总的名字一写上去，我们要损失二十万美元。
武　　鸣　有那么严重？
罗　　丹　这批合金铝材料，我们的中文合同上写的是到岸价CIF，可是英文副本上写的是离岸价FOB，只有几个字母不同，全部的运输费用要我们付，到时打官司也没理。
武　　鸣　（再认真看合同）哎呀！我也疏忽了，真该死。
罗　　丹　请问总经理有多少钱好赔。
武　　鸣　这个外商，表面挺讲信用，没想到也想钻我们的空子。（握着罗丹的手）小罗，真得谢谢你了，不然损失就大了。
　　　　　〔四目相投，武鸣有点不好意思。
　　　　　〔总工程师王民上，他的腿跛了，提着个闹钟。
王　　民　老方。哦，老武在这。
　　　　　〔方淑芬闻声出。
方淑芬　王总。
王　　民　老方，何必叫阿珍给我送饭呢，我还会走嘛！
方淑芬　谁叫你常常忘了来吃饭。
武　　鸣　王老，伙房服务工作做得好，应该表扬。
王　　民　太特殊了，不好。看，我准备了闹钟，放在办公桌上，以后到十二点它一响，我就放下一切来饭堂，再也不会误了吃饭。
　　　　　〔众人笑。
武　　鸣　王老，市里不是通知你下午去广州审核一批外调技术干部吗？
王　　民　我吃完饭就去市政府。
武　　鸣　车子安排了吗？

王　民　坐公共汽车行了。

武　鸣　你的腿不好。李克呢，为什么不安排车子？

罗　丹　我刚才碰到李主任坐了辆丰田出去，说是朋友请他到金辉酒楼吃饭。

武　鸣　胡来，马上把他叫回来。

王　民　没什么，我能挤得上公共汽车。

武　鸣　不行，自己用车去吃吃喝喝，总工程师出差挤车子。非好好剋他一顿不可。

王　民　老武，小事一桩。（下）

武　鸣　老方，告诉司机，用我的车子送王总。我在这儿等李克回来。

　　　　〔方淑芬下。

罗　丹　王总也真可怜，孤零零的一个人，脚又跌跛了。

武　鸣　跌跛的？

罗　丹　不是吗？那天听他跟外宾说，是爬脚手架摔下来的。

武　鸣　（摇摇头）他的脚是被打伤的，十年灾难的见证。

罗　丹　那他……

武　鸣　在外国人面前诉说祖国的灾难，并不是一件太光彩的事。

罗　丹　（深受感动）哦！

武　鸣　我们有些同志，吃了一点亏就嚷得全世界都知道，唯恐天下不乱。

罗　丹　武总，我看你是个乐天派。当然啰，仕途畅通，家庭幸福，生活、工作都挺令人羡慕的！

武　鸣　（停了片刻）是的……一切都很美好……很美好。

罗　丹　什么时候能认识你夫人，她为什么不到特区来？

武　鸣　她……不想来。

　　　　〔罗丹正要说什么，孙维谷上。

孙维谷　武总，小罗也在这儿。

罗　丹　孙大姐，又有什么新发现吗？

孙维谷　出事了。总经理，你快去看看吧。萧树刚和外商在引进部吵起来了。

武　鸣　什么事？

孙维谷　吵得还挺凶的，这个萧副经理脾气真大。

[武鸣下。孙维谷与罗丹跟下。

[暗转。

[灯复亮。舞台的一边，引进部办公室。

[萧树刚坐在椅子上，港商林华龙在一旁抽烟，激动地来回走动。

萧树刚　林先生，你别激动嘛。你这批机器我们无论如何是不能接收的。

林华龙　萧副经理，这是否是贵公司的意思，符不符合贵国开放特区的政策？

萧树刚　等一等，林先生，您的国籍？

林华龙　堂堂正正中国人。（一愣）哦，萧先生，恕我失言。

萧树刚　我想林先生是个热爱祖国的中国人，才到特区来投资办厂，促进特区建设发展的。

林华龙　我是抱着这样的宗旨才在这开办雄发印刷公司的，可是你们，一再拖延这批机器进口报关手续，还误了工厂的开工。

萧树刚　说过多少遍了，我们不同意你购买这批印刷设备，理由是它太落后了。

林华龙　这批设备是旧些，也只是六十年代末的产品，国内许多印刷厂还用五十年代产品。

萧树刚　没错，国内还有用三十年代甚至更早的老爷机器，这是你都知道的许多说不清的原因造成的。现在为什么要办特区？难道我们就光为赚那几个钱？重要的是引进国外先进技术。印刷技术现在已经电脑化了，你还要买这批香港已经淘汰多时的设备进来。

林华龙　萧先生，我不是不懂这个道理，可是目前这批设备会给我省下许多的钱。

萧树刚　你目光太短浅了，设备先进，将来竞争力强。这个数你不算算。我不反对你在经济上打算盘，做生意谁不想小本大利，你会有钱赚的。林先生，听你说，你以前是从大陆出去的。

林华龙　不瞒萧先生，我以前是跑过去的。

萧树刚　不奇怪，许多以前跑过去的人都回来投资建设，他们还是爱国的。当初为什么跑，不就因为我们穷、落后，技术不如人，生产上不去。现在国家实施开放政策，办特区，这儿就是祖国的窗口，世界各地的人都到这里来参观，洽谈业务。当洋人们看到你的印刷公司，看到你的破旧机器，他们会说，比想像当中还要落后,可怜的中国,还想搞现代化?作为一个中国人,炎黄子孙,你听到心里会舒服吗?

林华龙　萧先生,你……

萧树刚　我们的特区一定要以崭新的面貌面对世人。林先生,再说一遍,我们会保证投资者的利益的,你要是没盈利,不是你的失败,而是我们的失败,特区就无法发展、无法欣欣向荣。你们赚了钱,特区才兴旺。

林华龙　萧先生,算给你说服了,回去以后我一定买一套最新设备进来。

萧树刚　谢谢您。林先生,因为我们是熟人了,说话不当之处,还请多多包涵。

林华龙　不,谢谢你的开导。(紧紧握住萧树刚的手)

〔武鸣进。

武　鸣　怎么,吵完了?

林华龙　武总经理,我有个请求,能不能派萧先生到我们雄发公司任董事长兼副总经理?在他的身上,我看到了特区的希望。

武　鸣　林先生,萧树刚可不是个好对付的人。

林华龙　萧先生直率、真诚,我愿意与他共事。

武　鸣　让我们考虑考虑。

林华龙　那告辞了,请留步。(下)

武　鸣　是你的意思?

萧树刚　一家小公司,有什么搞头?

武　鸣　口气不小,我的位置让给你?

萧树刚　不一定干得比你差。

武　鸣　看样子,市长、省长你也敢当。

萧树刚　并不神秘。

武　鸣　你大概记住了拿破仑的话,不想当元帅的士兵,不是好兵。

萧树刚　我并不稀罕,我们这儿,当官的太多条条框框了,一举一动都要受到制约,生活并不自由。我只是说,让我干什么我一定要干好。争口气也好,要强好胜也好,我觉得做人应该这样。

武　鸣　你的看法并非完全没道理。请谈谈"希望工业大厦"的投标情况。

萧树刚　"希望工业大厦"BB集团投资总额四千万美元。参与投标的有国内外三十三家公司。目前可供考虑的有两家。香港发发公司投标三千八百万，工期最短一年八个月。另一家是中央部属华建公司，最便宜，三千五百万，工期两年半。还可以支付百分之五十人民币。华建便宜三百万，可少付一半外汇，是国内公司，有天时地利人和之便，香港发发公司多付三百万，全要美元，但工期短了整整十个月，工程质量估计比华建好。

武　鸣　你的看法呢？

萧树刚　从本公司的利益，乃至资金周转迅速来说，这个合作伙伴当然是香港发发公司理想。从减少麻烦，照顾上下左右关系的角度考虑，让华建承建省事。华建通天，和我们上面某些人关系不浅。听说华建的头头马总经理曾经是你的领导，他们已经放出空气，"希望工业大厦"承建中标是十拿九稳的事。

　　　　［电话铃响。

萧树刚　（接电话）在这儿。（对武鸣）找你的。

武　鸣　（接电话）我是武鸣。哦，你是马总经理。

　　　　［电话声："小武，怎么把老朋友给忘了。听说你今天请客，都是我们以前在广州的一帮朋友。"

武　鸣　老厂长，你的消息也真灵通。

　　　　［电话声："你不请我也要来。再说，马上我们就要拍档建你那个'希望工业大厦'了。小武呀，为了你的大厦，我可是给了最优惠的条件了。好，见面再谈吧。"

　　　　［对方搁下电话。武鸣有些茫然。

萧树刚　（愤愤地）看起来，华建还真不简单，前门后门一起攻。武总经理……

武　鸣　（心烦）你嚷嚷什么，准备好材料，明天开第一次招标会。

　　　　［切光。

第三场

［距上一场两天后，晨。

［总经理室。这里虽然是间竹棚，但布置却很讲究，全是现代化的家具。

［幕启：萧树刚在把"希望工业大厦"设计图钉在墙上，在一旁欣赏。突然电话铃响。

萧树刚　（接电话）找武总，他不在。（放下电话，一会儿电话铃又响，接）武总可能到工地上去了，一会儿再打来吧。（刚放下电话，另一电话又响，接）武总不在，什么？小孙呀，不行，推迟一天都不行。你知道武总的脾气，当心他撤你的职。（放下电话）

［少顷，林巧珍提着水壶上。

林巧珍　（细声地）萧副经理。

萧树刚　阿珍，帮忙看看贴得正不正。将来，这幢35层大厦建好，我们就和这间竹园宫殿拜拜了。大楼里一切自动化，电气化，每间房都有电热水设备，再也不用你到处冲水了。

林巧珍　真好，什么时候能建成？

萧树刚　最快二十个月。

林巧珍　这么快，以前这儿建一幢三四层楼都要两三年。

萧树刚　不骗你，特区的速度嘛。

林巧珍　萧副经理，你们真行。

萧树刚　阿珍，叫我小萧好了。

林巧珍　别人都这么叫。萧副经理，你还有一本书在我那儿，忘了给你带来了。

萧树刚　什么书？

林巧珍　前天你忘在饭堂的，《微观世界的探求》，能借我看完吗？

萧树刚　你……看得懂？

林巧珍　（不好意思地）我……看得很吃力，我挺喜欢。

萧树刚　你高中毕业？

林巧珍　打折扣的，水平差，没考上大学，只好读电大，三年级了。

萧树刚　（细细地打量着她）你……真不简单，一个饭堂服务员，学高能物理。

林巧珍　以前这里没什么有学问的人，这几年看见你们一个个都那么有本事，干什么都要懂科学，我好像觉得自己残废了，是个不健全的人，我要学习，老方来了，更支持我学。

萧树刚　哪个老方？

林巧珍　新来的管理员方阿姨。

萧树刚　（激动地打量着她）阿珍，真没想到。

林巧珍　（有点脸红了）萧副经理。

萧树刚　你以后……需要什么资料，有什么不懂的，来找我。

林巧珍　谢谢！你太忙了，白天干，晚上还待在办公室，夜里又去跳舞……会熬病的。

萧树刚　我精力充沛得很，一天睡几小时就行了。改天约你一块儿去玩玩，去跳迪斯科。

林巧珍　我……难看死了，不喜欢。疯疯癫癫在那里蹦几个小时，累都累死了。

萧树刚　怎么会，轻松得很，全身运动。

林巧珍　我一看那乱闪的灯，听那把人心都要敲出来的音乐，头就晕。

萧树刚　哈！阿珍，我看你倒是要活动活动。

　　　　［罗丹拿着一张宣传画上。

罗　丹　小萧，阿珍。

林巧珍　罗丹姐，我冲水去了。

　　　　［萧树刚目送林巧珍下。

萧树刚　真没想到。

罗　丹　（笑）什么没想到？

萧树刚　我在阿珍姑娘身上发现奇迹。

罗　丹　（见他痴痴呆呆的样子）我在你身上也发现奇迹。你喜欢上这个文静、纤细的女孩子了吧？

萧树刚　（并没回她的话）罗丹，你知道阿珍在干什么？上电大，攻高能物理。一个食堂的服务员，每天端着饭菜，笑口吟吟地迎接每一个服务对象，脑子里却在想着电子、中子、原子、质子……

罗　丹　（也有些意外）是不简单，看得出阿珍是个有心计的姑娘。

萧树刚　一个人最难能的是身处逆境仍有自强不息的奋发精神，值得赞美。

罗　丹　好了，以后有的是时间给你赞美她。总经理这个办公室也太单调了，除了数字就是建筑图，不觉得少点美的东西吗？我带来了一幅画，给他贴上。

萧树刚　（看画，是一个女人举着个孩子）"只生一个好"。画倒不错，可这标题有点……

罗　丹　我喜欢这画，这女性线条多美，孩子象征生命、希望、未来。一切都那么美好。这标题嘛……（拿起剪子，把标题剪掉）这幅画的命题应叫"希望"。我想这是画家画这个作品的本意。

萧树刚　好！这里有文野之分，雅俗之别。

罗　丹　小心，让老太太听到，说我们破坏计划生育。

〔两人笑，并把画贴好。

罗　丹　总经理一定会夸我们的审美观。

〔武鸣上，与两个青年人打招呼。发现画，走过去，沉默了好一阵。看得出他心里不平静。

武　鸣　（压着嗓子）这是谁搞的？

罗　丹　（得意地）总经理喜欢吗？

武　鸣　（看了看罗丹，仍低声地）把它撕下来。

罗　丹　（愕然）这……

武　鸣　（不容置疑地）撕下来。

罗　丹　（不满）这画不挺好的吗？难道一个现代化企业的总经理的脑袋瓜还那么封建，见不得女性曲线美……

武　鸣　（把画撕了）乱弹琴。

罗　丹　（觉得受委屈）你……乡巴佬。（转身下）

萧树刚　（气愤）你这是干什么？发什么邪火，真英雄，对待一个一片好心的女同志竟如此粗暴。

武　鸣　（不理睬，却平缓地）萧副经理，把投标的材料给我，我要再核算核算。

萧树刚　（瞪了武鸣一眼）是，总爷。（愤愤地下）

　　　　［电话铃响。

武　鸣　（接电话）什么，今晚在龙宫餐厅，请转告你们总经理。我们武总不在，今晚要接待外宾。（刚放下电话，另一电话又响，接）我是武鸣，哦！哦！你安心把设计图搞好，孩子入学问题我一定叫人帮你解决，保证误不了孩子的学习。不用谢。（放下电话，在记事本上写）刘工的孩子上学问题。（电话铃又响，接）马总经理。

　　　　［电话声："小武呀，你现在是大经理了。我代表华建来求你了。听说'希望工业大厦'你要判给香港发发公司。"

武　鸣　（想了想）他们的条件符合我们的要求。

　　　　［电话声："难道没有考虑的余地了？"

武　鸣　马总，时间，我们要的是时间，希望马总谅解。

　　　　［电话声："我们也争取提前嘛，不就十个月吗？"

武　鸣　那得在合同上写明，超过一天罚款千分之一，拖延工期一个月就是一百零五万美金。

　　　　［电话声："这……武总经理，不要咄咄逼人嘛！都是国家企业，看在老朋友份上……"

武　鸣　马总……

　　　　［电话声："以后还会有业务来往，断了交情……可不能眼里只有资本家呀！"

　　　　［武鸣正想说什么，对方把电话搁上了。武鸣拿着电话出神。

　　　　［少顷，赵伟初上。

赵伟初　老武，"希望工业大厦"投标的事，市里不同意判给香港发发公司，还是让华建公司承建。

武　鸣　是市里的意见，还是某个领导人的个人想法？

赵伟初　华建是部属单位，目前在特区任务不饱和，由他们承建，除了一些必要的进口材料外，国家可以减少一半的外汇支出，这不是一笔小数。给发发公司，有人说得难听，说这是肥了资本家、瘦了自己的卖国政策。

武　鸣　帽子怪吓人的。你的意见呢？

赵伟初　我……值得再好好研究研究，免得风波四起。

武　鸣　在这儿干的每一件事，从来不指望是风平浪静的。

赵伟初　问题是多支出两千万美元的外汇。国家的外汇很宝贵，大手大脚……

武　鸣　我们不会动国家一分钱外汇。大厦是引进外资项目，再说我们不能只看到鼻子尖一点地方。发发公司承建，要比华建提早十个月，这意味着什么？你应该清楚，能早日让投资到大厦的资金周转，十个月里的赢利不是一两千万可以算得清的。从经济利益，从为国家争取外汇，从扩大影响、打开更多与外商合作渠道来说，都应该让发发公司中标。

赵伟初　华建公司也说可以争取提前竣工。

武　鸣　口说无凭，他们就不肯在合同上写明，推迟一天要罚款千分之一，三万五千美元。提早一天建成，奖励同样数目。我们和发发公司的合同是写清楚的，如果我们的大厦不能如期完工提供客户使用，买主、租主同样罚我们，这笔账就不好算了。

赵伟初　这对华建公司是个很大的损失。

武　鸣　我不能只替某个单位去谋利，怎么做对国家有好处，我将不顾一切。这事公司党委也研究过，既然招标，我们有权选择最佳方案，不然，像以往成规，由上级指定施工单位，资金、工期我们一概不管，这样，BB集团马上会撤走投资。

赵伟初　工业部周副部长让我转告你，外界议论太大了，希望慎重，华建会告到北京去的。

武　鸣　（平静地）告吧，告倒了我就躺在家睡大觉。对我个人来说，还真是求之不得。

　　　　　［罗丹上，听到武鸣的话，迟疑了一下。

罗　丹　总经理，电报。

武　鸣　（接过，看）怎么回事？四川那个姓黄的会计师不来了，原单位催退档案。

赵伟初　是这样的，我们一切手续办妥，刚发出调令，突然黄松同志得了癌症，对方单位征求我们的意见还调不调，李克答复说不调了。幸好李克处理得及时，不然我们又要背上个大包袱，一家大小来了，要用的人活不了几天。他们既然来电报催，档案可以马上退回去，了却这件事。

武　　鸣　这样做好不好？

赵伟初　合情合理。

武　　鸣　（思索片刻）我的意见不退。

赵伟初　（有点意外）他是癌症。

武　　鸣　尽快把人接来。

赵伟初　老武，这我就不理解了。

武　　鸣　既然调令已经发出，就是我们公司里的人，要言而有信。这么一个在外地工作多年的会计师，无非是想回家乡来，人之常情。我们退了人家，只会加重病人的精神负担。黄松同志在原单位还是个先进工作者。这么个勤勤恳恳为党工作多年而又求之甚少的知识分子，能照顾的应该照顾。

赵伟初　人来了马上要找医院，要安排住房，以后料理后事，子女就业，一大堆问题。

武　　鸣　尽我们的努力吧，房子目前难解决，先把市里分给我的那套给他，我反正一个人。公司的宿舍大楼马上要盖好。

赵伟初　这件事还是慎重考虑好。

武　　鸣　该背的包袱应该背，我去找李克说清楚，还要派人去接。（下）

罗　　丹　奇怪，总经理对别人考虑很周到，自己为什么不把家属调来，每星期天一早就赶回广州，当天就回来。

赵伟初　回去看他的疯妻子。

罗　　丹　（吃惊）疯妻子！

赵伟初　老武事业上是强人，家庭生活完全是悲剧。

罗　　丹　悲剧？

赵伟初　他原来也有美满的家，有个儿子，儿子两岁的时候跑出马路玩，不小心一辆大卡车轧过来……孩子的妈妈眼睁睁地看着活蹦乱跳的儿子一下死在血泊中，受不了刺激，当场昏死过去。以后就疯了，见到人就当是司机揪住揍，喊着还她儿子，后来只好送到疯人院去。十多年了，疯女人一直不见好，老武只好每星期都去看她，每次总是被疯女人扯烂衣裳又喊又打，老武木然地挨了一顿揍就离开她……

罗　丹　（震惊）怪不得他……完全看不出……他需要多么大的毅力。

赵伟初　这事公司里没什么人知道，你就不要到处说了。和老武同事，有时他发脾气，态度不好，我都能体谅，忍着点吧，有什么办法，那么可怜。不过，他在这儿待不长的。

罗　丹　（又一惊）这……为什么？

赵伟初　周副部长说了多少次，要照顾老武，把他调回广州。可是……不管将来谁当总经理，只要好好干，你年纪轻轻，还是很有前途的。

罗　丹　谢谢副总的关心。

赵伟初　你忙吧，我还要到市里去一趟。（下）

　　〔罗丹愣愣地站着，一会儿，捡起撕下的画，出神。

　　〔少顷。武鸣回来，他看了看罗丹，罗丹直愣愣地注视着他。

武　鸣　（以为她在生气）小罗，刚才的事，我的态度……请你原谅！

罗　丹　不！总经理，我惹你生气了，真不该……

武　鸣　（莫名其妙）怎么回事，小罗？

罗　丹　（咬着嘴唇）我不知道……你的心里……

武　鸣　（注意罗丹的神情，又看看门口，平静地）你……听到什么了？

罗　丹　（忍不住泪水流了出来）我都……（忍不住哭了，扭头冲了出去）

　　〔孙维谷上，她见到这一切，脑子里立刻又在想些什么。

孙维谷　总经理。

武　鸣　有事吗？

孙维谷　工会组织职工看一场电影《西安事变》，进行革命传统教育。这是你的票，不知你有没有空看？

武　鸣　谢谢！

孙维谷　总经理。

武　鸣　还有什么事？

孙维谷　上次我汇报过那件事，有些干部、工程技术员打扑克、麻将……

武　鸣　（只好放下手中的文件）孙大姐，这事我了解，公司许多干部都是单身到特区工作，家属还没迁来。辛辛苦苦干了一个星期，周末，年轻人去跳舞，去旅游，他们又没兴趣，在宿舍玩玩扑克、麻将，这并没什么嘛，人总要有松弛的时候。

孙维谷　我是担心……

武　鸣　他们只是玩玩，这些人不会赌博的，我担保。

孙维谷　我是怕影响不好，上级机关会……

武　鸣　上面有人说起，就说是我批准的。我这个当总经理的也和他们一起玩过麻将牌，说不定哪天我还会和小青年们一起去跳迪斯科呢。

孙维谷　那……没事就好。（悻悻退下）

　　　　［方淑芬上。

方淑芬　总经理，听说你找我？

武　鸣　那天我提的问题，你考虑好了没有？

方淑芬　（想了一会儿）暂时还没有想离开这儿的意思。

武　鸣　那好，想谈谈你的工作问题……

方淑芬　得谢谢你，不瞒你说，开始我真没想通。

武　鸣　我是吃过苦头的。前几年，我调到一个新单位当头头，一上任，才知道我的手脚全是一些通过关系来的人，太太、公子、小姐、七大姑八大姨，都是些大事干不来，小事不肯干的人，根本没法工作，他们又不愿走，只好我走。

方淑芬　你把我也看作那样的人？"官太太"，在许多人的眼中是个挺糟糕的形象。

武　鸣　我承认，有那么一点，尽管我很尊重你的那位先生。

方淑芬　你……我没来你就知道？

武　鸣　（点点头）这难道瞒得住吗？

方淑芬　你就不担心……

武　鸣　我不是没考虑过，开始听说你要来，我就推，推不掉，我想试一试……尽管心里还是有顾虑。

方淑芬　你的胆子也不小。

武　鸣　事实证明，我的顾虑是多余的。

方淑芬　我倒真不想让你知道我是谁的妻子，我是以一个普通的共产党员身份来工作的。我对公司其他同志至今还不知道我的丈夫是谁这点感到很幸运。人与人之间以绝对平等的身份相处会自由得多。特别在特区，这么一个充满新鲜感的地方。

武　鸣　请原谅我的片面看法。

方淑芬　不，我从心里承认你是对的。对一个毫不了解的人委以重任，是件冒险的事。

武　鸣　现在是我求你，望你能留下来工作。以后任个什么职要经上级批准，我的权限先请你将就着当个办公室主任。

方淑芬　那李克……

武　鸣　你觉得他称职吗？

方淑芬　你比我更了解。

武　鸣　工作拖拖沓沓，责任心不强，办事没水平，又好吃吃喝喝。他应该回广州原单位去，他的借调已经超期。

方淑芬　听说他是赵副经理点名调来的人……

武　鸣　你是谁调来的人？难道是我调来的吗？我不信，共产党内就不能破任人唯亲这一套。

方淑芬　你目前的处境……不怕增加你的压力？

武　鸣　不必担心。明天开始，行政工作你抓起来，我和党委几位同志谈过，都信任你。

方淑芬　那……试试吧。

武　鸣　可是一定要干好。

方淑芬　我有个建议。应该把孙维谷那个光打小报告的老太太打发走，她是退休后借用的，完全没必要。这样的人在公司，只会搞得人心惶惶。我来不久，有些同志跟我说："小心，那是个克格勃。"虽然她不是处处存坏心眼，可为些非原则的事操心，总希望把苍蝇说成大象。她应该回去享她的晚年福了，这对她，对我们大家，对国家都有好处。

武　鸣　（充满信任地）方淑芬同志，希望你大胆地干。

　　　　〔切光，转暗。

　　　　〔灯复亮。几天后，一个星期天早上。

〔萧树刚在总经理室写东西。少顷,罗丹上。

罗　丹　　小萧,星期天还忙。

萧树刚　　赶份材料。小罗,怎么这几天总是闷闷不乐的,该怎么做,就怎么做。

罗　丹　　你说别人会理解吗?

萧树刚　　走自己的路,让别人去说吧。我理解,也支持。

罗　丹　　谢谢你。可能会碰得头破血流。

萧树刚　　要紧的是尊重自己的感情。

罗　丹　　你说他……会有什么态度。

萧树刚　　那……实践出真知。我想,他并不是木头人,十多年……对于一个男子汉不会一点想法都没有。

罗　丹　　他……今天又……

萧树刚　　回广州去了。

〔罗丹苦苦思索,又魂不守舍地走出。

萧树刚　　别折磨自己。

罗　丹　　(苦笑)不打扰你。(下)

〔少顷,林巧珍上。

林巧珍　　萧副经理。

萧树刚　　(回头一看,惊喜地)阿珍。

林巧珍　　星期天也加班?

萧树刚　　总经理回了广州,要我今天无论如何赶出份材料给他。我们的大厦投标方案让周副部长卡在工业部,要写份有说服力的报告给凌副市长。

林巧珍　　大厦能很快建成吗?

萧树刚　　能。武总认定的事,死也不回头,上司也敢顶。凭这点,我就愿意为他卖命。不像有些官,前怕狼后怕虎,动一动都怕丢了乌纱帽,出了问题就拿部下出气。武总从不这样。

林巧珍　　当个总经理真不容易,那么多的事,还有人说闲话。

萧树刚　　没人说闲话的官,也就没多少用了。

林巧珍　　(喃喃地)你们都是好人,我心里明白。萧副经理,这本书我看完了,还给你。

萧树刚　我还给你找了几本有关高能物理的书。这本是英文的，看得懂吗？

林巧珍　查字典慢慢看呗。罗丹姐在帮我补习英文，罗丹姐真好，你们俩……都是我的好老师，真得谢谢你们。

萧树刚　你又何必见外。

林巧珍　你们都那么有学问，我那么笨，根底又浅，怕学不出名堂来。

萧树刚　阿珍，别那么自卑，你的精神才值得我们学习，世界上多少伟大的科学家都是自学成功的，远的不说，我们中国的华罗庚……

林巧珍　我都知道，可我……

萧树刚　一个人做事要自信。现在的条件比过去好多了，要相信自己……

林巧珍　谢谢你的鼓励，萧副经理。

萧树刚　阿珍，你总是副经理副经理的，再这么叫，我可要向武总辞职了。

林巧珍　这……应该这么叫的。

萧树刚　你叫我小萧好了，要不……就叫树刚。

〔林巧珍一听，脸唰地通红，头低了下去。

〔萧树刚看看林巧珍，又看看手中的文稿。

萧树刚　（为难地）阿珍，今天我要赶材料，不能跟你说许多话……

林巧珍　（不好意思地）对不起，我妨碍你了。（低头欲走）

萧树刚　别走，我不是那个意思，今天是星期天，本来想约你出去玩玩，可是总经理交的任务又限时限刻。

林巧珍　这是应该的。

萧树刚　阿珍，请原谅我，我想跟你在一起，又没时间，我心里……总想着你。

林巧珍　（惊慌）不……让人听见……不好。

萧树刚　有什么不好的，要不……是你……

林巧珍　（慌乱了）啊，不……（又点点头）罗丹姐……她才配……

萧树刚　（笑了）你以为……你又听到什么了？我和罗丹纯粹是朋友，性格比较相近的好朋友。我要找对象，绝不会找她，我们都太好胜、要强，不天天吵架才怪。她也不会喜欢我，罗丹跟我说过，她喜欢武总。

林巧珍　（一惊）总经理是有家的人！

萧树刚　可怜得很，我也是刚听说的，武总的妻子疯了十多年了，他一直过着单身汉的生活。

林巧珍　啊，是这样的。真可怜，总经理他……

萧树刚　阿珍，不知怎么回事，我在你面前……总不敢大声说话，你那么文弱，静静的、淡淡的，生怕大声说话会把你吓着似的。

林巧珍　萧副……我……一个伙房的女工，不值得……

萧树刚　（痴痴地望着她）珍，八十年代的青年人，不应该有任何偏见。

林巧珍　哦，我不打搅你了。（深情地望着萧树刚，然后掉头欲下，却又返回）书，忘了。

　　　　［萧树刚赶紧把书送到林巧珍手中。林巧珍红着脸奔了出去。

　　　　［萧树刚异常兴奋，却克制地又坐下工作。

　　　　［切光。

第四场

　　　　［当天傍晚。

　　　　［一间简易的竹棚，武鸣住所。远景是正在施工的厂房，电焊光闪闪。屋里一切都很凌乱，看得出主人无暇顾及家务。

　　　　［武鸣拖着疲惫的身子进屋，他无力地躺在床上。少顷，有敲门声，武鸣赶紧起来，抹了一下脸，极力想拂去烦恼的记忆。

武　鸣　请进！

　　　　［罗丹捧着许多资料进来。

武　鸣　小罗，你这是……

罗　丹　这都是国外工业市场最新的资料。一个企业家，不了解信息就像瞎了眼。他们都懂得"信息就是金钱"这个道理。

武　鸣　谢谢！请坐，我这屋里乱得很。

罗　丹　（看到他的衣服被撕破了）武总，你……

武　鸣　（有些尴尬，极力掩饰）小罗，星期天，怎么不去玩？

罗　丹　（摇摇头）你……星期天经常这样？

　　　　［两人一下都沉默了。

武　鸣　（深深地叹了一口气）也许是命运在捉弄人吧。

罗　丹　真对不起你，我还以为你一切都顺利，有个幸福的家庭……我还贴了那幅画。你的心一定在流血，可是你没一丝一毫表现出来，总是那样的乐观。

武　鸣　要是每个人都把自己的不幸带到社会，带到工作中去，生活将会是个什么样子？我喜欢繁忙的工作，可以让人忘却许多烦恼。

罗　丹　生活中，一个人的表面和内心往往是不统一的。你知道吗，在大学的时候，我是个女权主义的鼓吹者。

武　鸣　看得出来，你是个强人。

罗　丹　（摇摇头）不，我虚弱得很。作为一个女性，我自卑感特强，表面上处处要与男子争平等、高低，心灵深处却自己瞧不起自己和我的同类。别人都以为我很厉害，那只不过是一层保护色。我也偷偷学过针线活，学烹调。不知哪位导师说过，烹调是家庭通向幸福的桥梁。我记住了这句话，将来，当我有了丈夫时会是个温顺、称职的妻子，像女人希望有一个男子汉的丈夫一样，男人总希望有个温柔的、体贴自己的妻子。

武　鸣　（听到她言外之意，陷入痛苦之中）小罗，今天我还有事，就说到这儿吧。谢谢你的坦率，谢谢你对我的关心。

罗　丹　（并没想走）她……还能好吗？

武　鸣　（摇摇头）这种病，三年之内不能恢复，就比较难了。

罗　丹　她本人超脱了，再也不知道人世间的痛苦、欢乐。难道你背上这个沉重的十字架一辈子……

　　　　［罗丹火辣辣的目光盯住武鸣，武鸣有些慌乱。

罗　丹　（大胆地）一个事业上的强人，生活中应该得到温暖，像一个正常人一样生活。

武　鸣　我已经没有权利考虑这些问题了。

罗　丹　不惑之年，人生成熟的标志，黄金年龄。

武　鸣　工作，需要我付出全部精力。

罗　丹　这并不矛盾。你应该寻回你十多年前就失去的……我……愿意……

武　鸣　是出于怜悯？

罗　丹　也许有一点。不过从我第一次见到你，就产生一种亲近你的欲望。

武　鸣　那不是同辈人的感情。

罗　丹　我并不是小女孩了。

武　鸣　我……不喜欢你。

罗　丹　(不让人)你撒谎。从你的神态，你的眼睛告诉我，你愿意和我在一起，你还是个很重感情的人。

武　鸣　(颓然地)小罗，那是我的感情有问题，应该反省。我是个不能再建立家庭的人了。

罗　丹　我并不在乎形式。

武　鸣　我在乎，我还是个党员、干部。我不希望听到别人在这方面的议论。

罗　丹　你仅仅是害怕？

　　　　[武鸣沉默。

罗　丹　怎么不说话？

武　鸣　咱们不能换个话题吗？

罗　丹　你不是个挺豁达的人吗？为什么要回避我的问题？

武　鸣　罗丹，我们在特区，干着前人没干过的事。每前进一步都需要勇气、胆量、一心一意的献身精神。我相信我们的事业是无法阻挡的。但是个人的命运却是难以预料的。只要船还在前进，哪怕自己翻身落水喂了鲨鱼也死而无怨。

罗　丹　我不也在这条船上吗？你翻身落水我会跳下去；你要是被赶走，我跟你流落天涯。我做得到。

武　鸣　我不希望这样，你还年轻，应该走自己的路。

罗　丹　我的话是深思熟虑后才说出来的。

武　鸣　(感情复杂地)小罗，请你让我冷静一下。

　　　　[罗丹思索片刻，拿起他换下的破衣服，欲下。

武　鸣　你……

罗　丹　都什么年代了，还穿破衣服，应该买新的。(没等回话，返身下)

[武鸣呆呆地望着她的背影。

[少顷，方淑芬上。

方淑芬　总经理。

武　鸣　哦，坐。

方淑芬　四川调来的会计师黄松同志到了。

武　鸣　赶紧给他联系医院，尽一切办法治疗。不然，送到广州肿瘤医院去，并不是所有的癌都是不治之症。

方淑芬　（笑）误会，一场虚惊。黄松同志临上飞机前，最后确诊不是癌。

武　鸣　这……太好了。

方淑芬　会计师不知多高兴，说要来拜访你，我以为你还没回来。

武　鸣　一会儿我去看他，人家千里迢迢而来。我们一同登门问候。

方淑芬　好。打小报告的老太太答应走了。开始她没想通，干得好好的为什么又要她走，希望能有一分热再发一分光。我跟她说，组织上考虑她年纪大了，该享福了。总经理对她自愿来特区工作非常感谢，还特意让我买了件礼物送给她……

武　鸣　礼物，什么礼物？

方淑芬　我从接待费里开支20块钱买了条毛毯送给她。还多给她一个月的奖金。

武　鸣　（笑）老方，你真有办法。

方淑芬　还有一个吵吵闹闹的。

武　鸣　是李克？

方淑芬　他这几天，天天跑市委告状。他已经没有退路了。他利用职权把行政关系、户口都转来了。想退回去，原单位坚持说人已正式调出，没有再调回之理。

武　鸣　那就更不能原谅，谁给他这个权利？

方淑芬　这件事挺难办，下个月他的工资都没办法开。

武　鸣　（想了一会儿，迅速写张字条给方淑芬）工资可以照发给他，给他三个月的限期去联系新的单位。奖金补贴一律不给。

方淑芬　（接过字条）好！

武　鸣　还有什么？

方淑芬　想谈谈你个人的事。

武　鸣　这……没什么可谈的。

方淑芬　不要一提到个人私生活问题就神经紧张。有人很关心你……

　　　　［武鸣愣愣地望着方淑芬。

方淑芬　论年龄我应该是你的大姐姐。你说句心里话，你喜欢罗丹？

武　鸣　（不知如何回答，沉默一会儿只好点点头）但绝不能。

方淑芬　为什么？当然，我并不主张婚外恋，根据你的实际情况，应该放弃传统道德观念的包袱，创造新的生活。

武　鸣　我对自己的命运都掌握不了，说不定哪一天我毁灭了，何必要别人殉葬呢？

方淑芬　不能说完全没这可能。但是今天的改革和以往毕竟不一样了，谁敢阻挡这股洪流，一定要被历史所遗弃。

　　　　［萧树刚上。

萧树刚　武总，关于"希望工业大厦"的投标情况给市里的报告写好了，请过目。

武　鸣　（略看一下）哎，这话不要这么写："市长们官僚主义，不下来了解情况。"小萧，别以为市长就好当，那么大的摊子，东拉西扯，三头六臂也忙不过来。像凌副市长，每天在办公室吃午饭，门口还排着一溜人等着见；都像我们这一号的，甚至更大的，秘书又不好挡驾。找他的人谈工作的有；一些老首长、老战友叙旧的有；胡搅蛮缠的有。我见到一个老头，非要凌副市长马上批他到香港逛逛，不批就不走。副市长呢，还要笑嘻嘻地应付，真难呀！没什么大不了的事，我都不敢去找他。是我们主动汇报少，不能因此说市长们官僚主义。

萧树刚　依你，划了。

武　鸣　马上送副市长。

　　　　［萧树刚欲下。

武　鸣　（想了想）等一等，再复印一份，同时报工业部周副部长，顶头上司。

萧树刚　武总，你……

方淑芬　小萧，我帮你去。

　　　　［赵伟初上。

赵伟初　哎呀！武总一回来，你们就一个个上门找，也不让人家休息休息。

萧树刚　赵总，我们的事说完了，该你了。

〔众笑。方淑芬和萧树刚下。

赵伟初　我刚从周副部长那儿回来，他让我带个纸条给你。

〔武鸣接看。

赵伟初　周副部长意思明确，希望华建来承建大厦，华建也在施加压力，说如果不中标，以后再不到特区施工。

武　鸣　国内就它一家建筑公司吗？

赵伟初　他们到处说，要看看特区是社会主义的土地，还是资产阶级的乐园。现在外面对这里的议论太多了，说什么除了市委的牌子、市政府的国徽以外，已经找不到社会主义的影子了。周副部长的考虑不是没道理的。

武　鸣　招标单位不能自己选标，岂不是只图形式。

赵伟初　华建的条件，特别是收费还是低于发发公司的。

武　鸣　我们要的是时间，我已经写报告，同时报市政府。结果如何，让上级定吧。

〔赵伟初默不作声，两人沉默良久。

赵伟初　还有李克的事，周副部长也觉得不妥，他并没犯什么大错，随便撤了，影响不好。

武　鸣　不称职就是最大的错误。长期以来，一个干部不杀人放火、贪污腐化就降不下来；饱食终日、浑浑噩噩的还有许多人唱赞歌。这难道是不可以改变的吗？李克是个借调干部，他不是当领导的料。在这里，就是要破了终身制这个妨碍事业发展的不成文的规定。

〔李克气冲冲上。他手里拿着纸条。

李　克　总经理，这是什么意思，自找门路！我一个堂堂正正的国家科级干部，这倒成待业青年了。我犯了什么错误？

武　鸣　你不适应这儿的工作需要。借调期满只好请你离开。

李　克　你想独断专行，一手遮天，办不到。我要告你，告到市里、省里、告到中央。你不让我活，我也不让你好。

赵伟初　李克，你这是干什么，都是共产党员，到处告状影响好吗？

武　　鸣　让他告吧，只要我还当一天总经理，我就按自己的意志办。要是不符合人民的利益，行不通，我随时准备下台。

　　　　　［切光。

第五场

　　　　　［距上场几天后。
　　　　　［开发公司本部前。
　　　　　［孙维谷夹着一条毯子走过，遇到李克从另一方向上。

李　　克　孙大姐。

孙维谷　哦，李主任。

李　　克　我这个主任差点叫人赶跑了。孙大姐，你今天就回广州？

孙维谷　（点了点头）老了，这儿的事叫人眼花缭乱。也许真是跟不上了。

李　　克　别走，武鸣在这也待不住了。上面要……今天周副部长亲自来处理他的问题。

孙维谷　啊！

李　　克　武鸣这个人臭了。独断专行、打击干部、拉帮结派、排斥异己，对外卖国主义。生活作风腐化堕落，搞不正当的男女关系。

孙维谷　（也吃了一惊）李克，你有证据？

李　　克　你不是亲眼看见罗丹从武鸣那儿哭着跑出来吗？罗丹也不是好东西，一个来路不明的破鞋，一来就和萧树刚勾搭上，经常两人深更半夜出去，回来又关在一个房子里，能有好事……

　　　　　［林巧珍刚好提着水壶走来，听到他们的谈话，非常痛苦。

孙维谷　武鸣这个人，就是不突出政治，重用一些阶级斗争观念薄弱的人，哪会不犯错误。

李　　克　就是嘛，像我们这些干部，他就打击排斥……（有意往孙维谷身上靠）

孙维谷　（避开）复杂，太复杂了。我走了。

李　克　周副部长说了，让赵总主持公司工作。孙大姐，不要走。

孙维谷　车票都买好了。我也想回广州冷静下来想想这儿的事。（下）

　　　　［李克跟下。

　　　　［林巧珍望着他们的背影，心烦意乱。

　　　　［少顷，萧树刚上。

萧树刚　（亲热地）珍！

林巧珍　（一愣）萧……副经理。

萧树刚　阿珍，你怎么……

林巧珍　（矛盾地）没什么，我……冲水去。（匆匆下）

　　　　［萧树刚欲喊，看看林巧珍下去的方向，又看到走远的李克。疑惑。

　　　　［少顷，罗丹上。

罗　丹　小萧，怎么愣在这儿。

萧树刚　难捉摸，阿珍今天怎么回事？

罗　丹　（笑）你这个人，尽会吹自己能耐，连个女孩子的心也笼络不住。

萧树刚　若即若离，高深莫测，姑娘的心，海底的针。

罗　丹　也许这样更富有魅力，永远值得你去探索的东西，才兴味无穷。

萧树刚　没想到我并不比你轻松。

罗　丹　你会成功的，再勇敢点嘛！

萧树刚　罗丹，你的事……

罗　丹　我认定了，在精神上爱恋一个人，是最幸福的，柴可夫斯基和梅克夫人一生从没见过面，他们也能感到爱的温暖。何必企求别的什么呢？至于某些人为了达到其不可告人的目的，制造谣言，诽谤中伤，我并不害怕。必要时我会去检验一下我们国家的新法律条文，诬告者反坐，是否真有其事。

萧树刚　武总的日子不好过，和他共事一年多，从没见过他如此烦恼。

罗　丹　我相信他，一个真正的男子汉。

　　　　［周祖健——市工业部副部长上。

萧树刚　周副部长。

周祖健　小萧。这是罗丹同志吧。

罗　丹　久闻周副部长大名。

周祖健　你的名气也不小。

罗　丹　臭名昭著，是吗？

周祖健　（笑）听说你是个很能干的人。名不虚传。（打量罗丹）

罗　丹　在我身上还要发现什么放射元素吗？

周祖健　嘴巴别那么厉害，初次见面，总得好好观察一个人嘛！你们总经理呢？

萧树刚　到丁香宾馆去了，和香港发发公司谈"希望工业大厦"承建的事。

周祖健　应该暂时停止与发发公司接触，拖久了事情难办。

萧树刚　周副部长，请问大厦投标，公司为什么没权处理？

周祖健　年轻人，这里有许多前后左右的关系嘛。为什么不能让华建公司承建呢，省去许多非议。不就晚十个月竣工吗？

萧树刚　我们算时间是以分秒为单位的。要是这个工程拖几个月，那项工程晚几年，特区建设的高速度将是一句空话。

罗　丹　我们的先人了不起，编了个叶公好龙的故事。许多人口口声声说思想解放，给企业自主权，可是又处处设置障碍。干部能上能下成了许多当官的口头禅，一接触实际就说长道短。终身制、大锅饭、唯命是从万岁，永垂不朽！

周祖健　说说怪话也挺时髦，要是说怪话能解决问题，我也会说一火车皮。事情不像你们想得那么简单，牵一发动全身。

萧树刚　为了永远不动，只好一根头发也不碰。

周祖健　也不能胡来。

　　　　［赵伟初和李克上。

赵伟初　周副部长。

李　克　没想到副部长这么早就来了。

周祖健　有什么办法，你天天到市委闹，一连写了四封告状信，凌副市长要我尽快处理这件事。

李　克　领导上那么关心，我很感动。

罗　丹　李克，说出去的话，泼出去的水，是收不回来的。你要对自己的言论负责。

李　克　你是什么东西，我还怕你？

萧树刚　李克，迎风撒石灰的人，是要弄瞎眼睛的。

罗　丹　什么共产党员，小人，卑鄙！（与萧树刚下）

李　克　周副部长，你看到了，武鸣就是重用这些人。共产党跟他们有仇似的。

周祖健　也不能这样上纲。

李　克　他武鸣处处跟我过不去，我一没贪污腐化，二没严重失职，三没跟他总经理红过一次脸，为什么要撤我，撵我？！我还是个县科级，还有政策没有？武鸣愿怎么捏就怎么捏，当土皇帝，一手遮天？

赵伟初　别那么激动，周副部长来就是为了处理好这件事，体现领导对干部的关心爱护，你有什么看法可以统统摆出来，周副部长也好全面了解。

周祖健　你的告状信，我都看了，有新的补充吗？

李　克　有。武鸣为了扩充个人势力，把一个患癌症的亲戚从四川调来。

周祖健　他的亲戚？

李　克　一定是什么七大姑八大姨家的人，不然为什么非得调一个临开追悼会的人进来。还有，"希望工业大厦"他为什么坚持由香港发发公司承建，这里面肯定大有文章。除了吃吃喝喝，说不定……

周祖健　有什么发现吗？

李　克　公司的人都这么说。不查不知道，一查准吓一跳。

赵伟初　这事我也难以理解，明知部长反对，他却一意孤行。华建的人骂得很难听："怪不得有人说特区是搞资本主义的，你们的心早向着资本家。"听说发发公司和台湾关系密切，搞得好统战有功，搞不好会惹麻烦。

［周祖健非常不安。

赵伟初　华建是部属公司，他们在上面到处说，我们公司，特区的名誉……周副部长，我在这儿很难工作，和老武的想法常常闹矛盾，又要坚持党的原则，真难呀！（试探地）我希望调离……不然的话，这样下去会一块儿犯错误。

李　克　（急）赵总不能走，赵总走了这里更好看了。

周祖健　老赵，你是老同志了，不能闹情绪，公司的工作，以后你抓起来。

李　克　那武鸣？

周祖健　武鸣这个同志，我还是有所了解，说他搞帮派，我想不至于。生活作风问题……他这个人主观，想怎么做就怎么做。胆子很大，常常不听招呼，政策观念不牢。在这个敏感地区不大适合当一把手。尽管我是他的亲戚，当初我就反对他代行总经理职务。他应该调回广州去，对他本人也有好处。

李　克　开发公司有救了。

［武鸣匆匆上。

武　鸣　老周，香港发发公司撤标，人家不干了。我马上到香港去一趟，找他们董事长，了解一下撤标的真正原因。

周祖健　既然发发公司主动撤标，求之不得，事情圆满解决了。

武　鸣　发发公司撤标对我们是很大的损失。我们核算过，他们以三千八百万美元承建，利润几乎是零，他们成本、人工高。他们为什么要干呢？发发公司董事长说这是和大陆第一个合作项目，意在打出发发公司这块牌子，当付广告费。要是双方合作愉快，他们打算拿国内这笔钱投资建一间现代化高级餐厅，为工业区服务。

周祖健　资本家的话，不可不听，不可全听。事情解决了，不必再去香港。赵总经理，通知华建公司，准备签合同。

［赵伟初下，李克跟下。

武　鸣　周祖健同志，你的决定能否代表市政府，我怀疑。

周祖健　我来处理这事就这么定了。

武　鸣　凌副市长……

周祖健　凌副市长前几天到省里开会去了。我是为你好，你这么胡来，总会捅娄子。公司内部也搞得满城风雨，两个老总合不来，下面看笑话。

武　鸣　不否认，赵伟初这个人对我总是隔着一层纱，让你看不清他的面目。我想，无非是当初任命我当了代总经理，他级别比我高，资历比我老，不服气。说实在的，他办事我一百个不放心。对他我是有看法的。

周祖健　可上上下下对你也有看法，总要深思吧。

武　鸣　要办事，总会有指手画脚的。撤掉一个不称职的李克就违反政策了，引起那么多人议论？我们生活中太多什么陈克、张克了。这么一撤自然会触动一些人的神经。

周祖健　（充满感情地）小鸣呀！我担心你这样下去准会犯错误的。

武　鸣　不干活是最大的错误。人人都躺着，特区就建设好了？就能开创新局面了？大哥，我知道你的心思，总是小心翼翼，要保持晚节吧，倒不如早点引退，也就可以对一生下结论了。

周祖健　我和你不一样，再犯错误就一蹶不振了！小鸣，听你大哥的话，离开这个是非之地，免得身败名裂。

　　　　［武鸣陷入沉思。

　　　　［切光。

第六场

　　　　［前场次日。

　　　　［武鸣住处。

　　　　［武鸣在写什么。少顷，王民上。

武　鸣　王老，什么时候回来的？

王　民　老武，这次招聘干部我一个个亲自审核过，都是不错的，可以大大充实公司的技术力量。

武　鸣　（并不热情）哦，王老辛苦了。

王　民　（看到桌上的文稿，惊）什么？你在写辞职书。

　　　　［武鸣沉默不语。

王　民　能说说原因吗？

武　鸣　太难了，我现在体会到，当官容易做事难，那么多的绳索捆着你……

王　民　（沉默良久）老武，有开发公司那天，我们就在一起，现在……你舍得离开它？

武　鸣　王老！

王　民　当初，公司开办，只有几千块钱的经费，刚够盖间草棚，你为什么还干？你去银行贷款，人家说你没偿还能力，不给。你东奔西跑，到处游说，在银行行长家门口守了一天一夜，终于感动了上帝，给你一百万贷款，又刚够平整土地。你那个时候不干别人也不会说闲话的，现在大批厂房盖起来，公司的事业要发展了，你……

武　鸣　（触动了心思）王老，创业者的下场……总是悲哀的，这几十年，屡见不鲜。

王　民　奇怪，你从来不是个把目光往后看的人。老武，不瞒你说，我在"牛栏"的时候，知道家破人亡，世上只留我一个身陷囹圄的老头子，我想到死，甚至连上吊的绳子都准备好了。后来，我想，活在世上还没尽够自己的义务，我们的国家不会永远这样愚昧，我又活了过来。你现在的处境还不至于……

武　鸣　王老，我心里也很矛盾，我知道这不是一个共产党员应有的态度。可我……

王　民　这我得批评你，我们都是党委委员，为什么不相信组织的力量呢？这些年，我们的国家在变，在我们的生活中，迎接创业者的应该是鲜花，而不是绞索。
　　　　［武鸣沉默不语。

王　民　老武，历史上，中国错过了几次改革振兴的机会。现在的形势千载难逢，中央下了决心，人民民心所向。我们国家和民族能否昌盛，全在此一举了。作为特区的人，任重道远！你是我敬重的人，切莫辜负历史的重托。敬请自重！自爱！（突然拐着脚走到武鸣跟前，深深一鞠躬）

武　鸣　（热泪盈眶）王老，你这是……（扶起王民，毅然把辞职书撕掉）
　　　　［两人都异常激动。

王　民　现在向总经理汇报招聘工作。有个化学高级工程师，以前是资本家，解放后表现还可以，我的意见：要！

武　鸣　那就办手续。

王　民　我马上报市里批调。（紧紧握过武鸣的手，下）
　　　　［武鸣目送。少顷，罗丹上。

武　鸣　是你！
　　　　［罗丹把半打衣衫放在桌上。

武　鸣　小罗，你这是……

罗　丹　让那个可怜的人抓吧，这样她心里会舒坦一点。老武，我到法院把李克告了。

武　鸣　什么？

罗　丹　诽谤罪。

武　鸣　（无可奈何地）那……是你的权利。

罗　丹　将来出庭，我得如实申述。

武　鸣　你……

罗　丹　害怕了？

武　鸣　真是满城风雨了。

罗　丹　没什么见不得人的。

武　鸣　不得已的时候，我只好到法院检讨我的不健康的思想，从此……了结烦恼。

罗　丹　你让我想起一个人。

武　鸣　谁？

罗　丹　罗亭，屠格涅夫笔下的罗亭。语言的巨人，行动的矮子，他点燃了别人爱之火，却又害怕得逃之夭夭。

武　鸣　真拿你没办法。

罗　丹　你的理智和感情一直在打架，你要保持一个殉情者正人君子的形象。可过了十多年没有爱情的生活，你又感到孤寂。有位大师说过，爱是心灵的太阳，人生没有爱，到处是坟墓。

武　鸣　你理解狭隘了，这不单指男女之爱。小罗，你应该选择更年轻，更有能力的人。

罗　丹　年龄不是主要标志，我相信我的目光。

武　鸣　（心情复杂地看着罗丹）唉！

罗　丹　听说周副部长要调你走。

武　鸣　他出于好心，却迎合了一些别有用心的人。

罗　丹　你屈服了？

武　鸣　没那么容易。为了事业，个人的委屈不算什么。

罗　丹　（深情地望着他）我总算没有看错人。

　　　　［周祖健拿着一瓶酒，上。

周祖健　小罗同志在这儿。

罗　丹　（俨然女主人似的）周副部长，请坐。（为周祖健倒茶）

周祖健 谢谢，不妨碍你们吧？

罗　丹 我们常在一块儿，有的是时间。你们聊，我回办公室有事。（下）

周祖健 倒是个挺大方的女孩子。

武　鸣 有事？

周祖健 小鸣，发发公司退标的事，凌副市长回来就知道了，说要调查。

武　鸣 我们正在通过多种渠道了解。

周祖健 今天不谈工作，谈个人的事。（打开酒瓶）来，我们哥儿俩慢慢喝慢慢聊。

　　　　［武鸣没动。

周祖健 我知道你心里对我有气，你一心为工作，没错。我担心你跑得太猛了，会摔得头破血流。你这些年，在婚姻上受了很大的苦痛，我不希望你工作上再受打击。你嫂子也心疼你，希望你回广州过平稳的生活。昨晚，我专门请教了搞政法的同志，了解一下同精神病人能否办离婚手续。

武　鸣 大哥！

周祖健 小鸣，我非常感激你，我那苦命的妹妹周兰要有理智的话也会感激你的。十多年了，真不容易。周兰是没什么希望的了，医生说，哪怕不再发作，因为吃药时间太长，也会是痴痴呆呆的样子。不能再拖累你，都四十出头了。

武　鸣 大哥，命里注定，我该尽责。

周祖健 已经够尽责了，我们一家都不会责怪你，都希望你重新过正常人的生活。

武　鸣 （感动地）大哥，不瞒你说，我有时也很苦恼。也希望再有个家。一想到周兰，我就觉得对不起她……

周祖健 妹妹本人不觉得痛苦，悲伤的是她的亲人。我请教过法院的同志，他们说你和周兰这种特殊情况，只要周兰有保护人，是可以办理离婚手续的。

武　鸣 大哥！

周祖健 我这个当哥哥的愿意当保护人，承担责任。你还可以去看周兰，其他事不必告诉她。

武　鸣 不，我的良心一辈子不得安宁。

周祖健 小鸣，在这个问题上，我们都应该正视现实。你调回广州去，以后把罗丹也调回去。

武　鸣　我想过要走，不过，现在改变主意了，还留在这儿。

周祖健　我担心你，和资产阶级打交道，一不谨慎会栽跟头。

武　鸣　学会和资本家打交道，对共产党员来说也是一门学问。

　　　　〔萧树刚上。

萧树刚　周副部长也在这儿。武总，发发公司退标的原因了解清楚了。

周祖健　怎么回事？

萧树刚　八月二十五日，发发公司张经理到公司来谈判。是赵伟初副总经理接待的，会上，赵总透露出对发发公司咨询、信誉不信任语调，还说市里已经决定让华建公司承建。发发公司认为我方缺乏诚意，并伤害了他们公司的声誉，只好派人来撤标，以前草拟的一切意向书作废。

武　鸣　老赵怎么能这样子！

萧树刚　华建的谈判代表倒真是和赵总关系密切。赵总曾经私下答应了华建。市里又有人支持。

周祖健　凭外商的反映，能以此为准？

萧树刚　周副部长，这一点外商聪明得多。每次谈判，他们都有录音记录。由于赵总的无礼态度，发发公司原来准备在特区的一批投资项目，都暂时中断。周部长，你想过了没有，武总一走，后果将不堪设想。

周祖健　不要夸大个人的作用嘛。

萧树刚　企业的声誉和总经理的作风是紧密相关的。再说发发公司在海外是很有影响的。谁能保证，BB集团不会撤走投资？公司正在谈判的十二个项目的客商会不受影响？我们的公司将陷入困境。

武　鸣　周副部长，要说犯错误，给特区引进外资造成不应有的障碍和损失，这才是最大的错误。

　　　　〔众沉默。

萧树刚　（愤愤不已，拿起酒瓶倒酒喝。愤然地）武总，你要走。我跟你一块儿走，我们东奔西跑的图什么呀！走，我也不干了，不干了！

武　鸣　（一把夺过萧树刚的酒杯）小萧，别这样。这不是个人的事，我们不能眼睁睁地看着国家受损失。走，到市里去，办证出境，挽回损失。

[电话铃响。

武　鸣　（接电话）我是武鸣。哦，凌副市长……好，好的。我正是这样想的。太好了。（放下话筒）凌副市长说和我们一块儿到香港，亲自会见发发公司董事长。

周祖健　（顺水推舟）副市长说了话，当然听副市长的。

[方淑芬上。

方淑芬　武总，法院来了传票，要李克出庭。

周祖健　李克出什么事了？

方淑芬　罗丹把他告了，诬告罪。

萧树刚　活该。

武　鸣　司法机关办案，只有义务协助。小萧，到公安局，办证出境。

[切光。

尾　声

[距上场一年半后。

["希望工业大厦"前的小花园。

[雄伟的大厦，中远景高楼林立。

[场上无人。少顷，刘发祥上。他惊奇的目光打量着周围的一切。

[罗丹匆匆走过。

刘发祥　同志，这儿是特区开发公司吗？

罗　丹　（点了点头）嗯！

刘发祥　你是这家公司的吧？

[罗丹点了点头，又摇了摇头。

刘发祥　同志，你这是……

罗　丹　（留恋地）过去是，现在不是了。

刘发祥　调走了？（打量着罗丹）你……好像见过。

罗　丹　（也打量起刘发祥）你……啊，一年多前，我来这儿，你离开。

刘发祥　（惭愧地）真没想到，变得这么快，高速度，了不起，现在全国都学特区了。我这次是代表单位来的，想和开发公司搞联营企业，要找你们总经理。

　　　　［萧树刚上。

刘发祥　（认出）小萧，萧树刚同志。

萧树刚　哎呀，刘工，什么风把你吹来的。

刘发祥　你们干得好，怪我当初太没眼光了，总经理在吗？

罗　丹　这是我们的总经理萧树刚先生。

刘发祥　（惊讶地）萧总经理，太好了，那武鸣同志……

萧树刚　武总调去特种工业区当总指挥去了。你来得巧，今天"希望工业大厦"落成典礼。

刘发祥　惭愧！惭愧！

　　　　［林巧珍风尘仆仆上。

林巧珍　树刚，罗丹姐。

罗　丹　终于赶回来了。

刘发祥　这不是食堂的阿珍？

罗　丹　我们萧总经理的未婚妻，中山大学物理系研究生。特意从广州赶回来的。

刘发祥　哎呀！真没想到，一个服务员。祝贺你们。

萧树刚　刘工，走。到我那儿坐坐。（下）

　　　　［林巧珍、刘发祥随下。罗丹目送他们，留恋地望着四周。发现武鸣走来，她走到一旁。

　　　　［武鸣上。罗丹从他身后走出来。

罗　丹　老武！

武　鸣　是小罗。

罗　丹　到处找你，听说你今天就走。

武　鸣　嗯！

罗　丹　大厦落成典礼也不参加了？

武　鸣　总指挥部今天开会，工作马上要开始。

罗　丹　我问你，你这个特种工业区总指挥为什么不要我？

武　鸣　特区大学指名调你，我们……还是分开吧。

罗　丹　我这个人不轻易改变主意。

武　鸣　别……耽误自己，我的工作太忙，实在没时间考虑个人的事。你……会后悔的。

罗　丹　我不把人与人之间的关系理解得那么庸俗，这一年多，我在精神上有所寄托……还是幸福的。我……等着。

武　鸣　（深受感动）我得走了，再见！（与罗丹握手后，匆匆下）

　　　　［罗丹目送。少顷，周祖健和方淑芬上。

周祖健　小罗，武鸣呢？

罗　丹　他走了。

方淑芬　这个武鸣，留都留不住。

周祖健　你这个党委书记没做好工作。

方淑芬　跟他说过。老武说："现在小萧和你当家，我在这儿碍手碍脚的。"

周祖健　那我这个当顾问的更碍手碍脚了。

　　　　［众人微笑。

　　　　［萧树刚上。

萧树刚　老方，凌副市长来不来？

方淑芬　早上出门的时候，老凌说一定来的，马上会到。

萧树刚　发发公司的代表到了，我们去迎接客人吧。武总……

方淑芬　武总走了。

罗　丹　他并不喜欢这样的场合。

方淑芬　这个公司。他拿了市里几千元，白手起家，挣了那么大的家业，又默默地走了，去开辟他的新天地去。特区人都有这种精神，我们的事业就有希望了。

　　　　［众人充满怀恋之情。

　　　　［切光。

　　　　［剧终。

（剧本版本：《林骥剧作选集——行色匆匆》，1985年广州话剧团首演）

·话剧卷·

久久草

编剧：赵　寰　金敬迈　陆永昌

人物表

（按出场顺序）

江爱国　　大龄青年协会主席，主持人

师　　长

张志勇　　炮台山的连长

蒙小燕　　县委打字员

吴亚才　　军医

谌三湘　　护士，湖南妹子

陈峨眉　　老兵

雷百翠　　四川女娃

霞妹、临时工、照相师、女郎、摩托女

第八女、老姑娘、李桂生、司号员两名等

一张请柬

列位嘉宾（观众）随入场券都能拿到一份印着大红喜字的请柬：

谨订于今晚七时，在本部队军人之家举行集体婚礼。新婚伉俪名单是：

张志勇连长

蒙小燕县委打字员

吴亚才军医

谌三湘护士，湖南妹子

陈峨嵋老兵

雷百翠四川女娃

婚礼由我部首长主持并作重要讲话。新郎新娘致答词,并介绍恋爱经过。热烈欢迎您合家光临!

四五六八八部队大龄青年协会敬贺

1986年新春

[舞台上是放大了的、竖写的请柬——既是幕前装饰,又是一张放大了的说明书,在喜气洋洋的氛围中介绍了:时间、地点、人物。

[整个舞台设置可以这样拟想:由久久草作装饰的喜字大请柬的开合作为每段恋爱故事的头尾。后景可以是喀斯特地貌的风景图案;也可以用广西宁明花山壁画作衬景;随着观众的想象的剧情的推移,可以把壁画中描绘的形象加以荧光显影成:战争、和平、射猎、搏击、恋爱、求婚、婚礼、生育……另外,还可以用积木式的色块,旋转变幻……

[两名司号员为先导,吹响军号。

[从观众席里,婚礼的队伍鱼贯上台。

[新郎、新娘站在竖写请柬上自己名字的前面。他们的服装丰富多彩:有军服、有西服、有白纱婚服有紫红旗袍、有喇叭裤、有蝙蝠衫……

[音乐奏至高潮处,戛然而止。

[司仪江爱国走向台口。

江爱国　(向全体观众即参加婚礼的嘉宾致敬礼)各位来宾、各位同志,各位父老兄弟姐妹们,你们好!首先,请允许我以大龄青年协会主席的名义,代表四五六七八部队全体大龄青年向全体来宾和新郎新娘致以诚挚的敬礼和热烈地祝贺!

[奏乐。

三对新人缺一,一个新娘不见了

[师长在观众席里喊"停"。

师　长　停!我说你这个大龄青年协会主席江爱国呀,你是怎么搞的嘛!我问你:今天晚上有几对新人举行婚礼呀?

江爱国　三对啊！

师　长　那为什么这里缺一伍，就剩下两对半啦哪？

江爱国　这——

　　　　［新郎之一张志勇连长走出。

张志勇　报告师长，事情是这样的——

师　长　啊！炮台山的连长——张志勇，你说一说，你的新娘子在哪儿呢？

张志勇　呃，她在——

　　　　［在遥远的高处，新娘子蒙小燕出现。

蒙小燕　我——在——这儿——哪！

师　长　哎，你是？

蒙小燕　我是蒙小燕！

师　长　蒙小燕，哦，你就是张志勇的新娘子！

蒙小燕　首长，你好！

师　长　新娘子，你好！哎，你这是在哪儿？

蒙小燕　我正在长途汽车上！

师　长　长途汽车上？（诧异地问张）这这这到底是怎么回事？

张志勇　报告师长：蒙小燕因公出差，定于九时整到达炮山阵地，呃，现在正坐在长途公共汽车上……

师　长　这真是国际玩笑！哎，是不是等到九时整，蒙小燕同志来了，再举行婚礼？

蒙小燕　（在高处的远方）不，不要。不要因为等我耽误了大家！

江爱国　张志勇同志也坚决主张按时举行！

张志勇　是的！

师　长　好，按时举行！（向高处）蒙小燕同志，今晚九点整，我们等候你准时到达，继续举行婚礼！

蒙小燕　好——吧！（大方地）九点钟再——见！

众　　　再见！

　　　　［蒙小燕在云端隐去。

师　长　（向江爱国）江爱国，继续执行你的大龄青年协会主席的任务吧！

江爱国　好！奏喜乐！鸣礼炮！

　　　　［喜乐鸣奏。

　　　　［鞭炮点燃。

　　　　［喜乐是一曲大交响、大汇奏：军乐伴着少数民族的铜鼓；电子琴伴奏着《刘三姐》的主旋律；北方唢呐吹奏起西乐：《婚礼进行曲》……

　　　　［喜乐声中，穿插新娘新郎向证婚人行礼；发结婚证书；新婚夫妇交拜；向观众致敬，撒喜糖……

　　　　［喜鹊舞。

　　　　［爱神舞。

　　　　［边防婚礼舞。一对大头娃娃插科打诨。

江爱国　现在，请我们敬爱的师长同志，炮台山婚礼的证婚人作指示！

师　长　（作暂停手势）你这个大龄协会主席专门爱开国际玩笑，乱打信号弹！现在中央领导同志都不叫什么指示了。我们这些兵头将尾，哪个敢叫什么指示嘛！好，现在我代表师党委和我本人，向炮台山婚礼的几对新人，表示热烈的祝贺！要讲有什么指示的话，那就是：只生一个好！（向新人赠玩具娃娃，众笑）我衷心向新娘子们，表示我严肃的敬意！爱上个边防军，嫁给个边防军，了不起，也真不易呀！当兵的：吃亏不要紧，只要主义真！你们呢？只要感情真，甘嫁吃亏人！好样儿的！可我今天在这里不讲天官赐福，恭喜发财，我要讲点八十一难！我不想用什么白头偕老祝贺你们，也不想用什么准备当寡妇来吓唬你们！西方有句名言叫作：结婚是恋爱的坟墓。我们边防军人呢，结婚才是恋爱的摇篮，才是恋爱的进攻出发地！拿我来说吧，二十多年前，我回去探家，十五天要相七个对象，平均两天相一个。真像买小猪仔儿一样，挨家给人相！唉，反正找一个顺眼的就收兵了。第二年回家就结婚。结婚那天晚上，我才看清楚：她在这儿（指眼皮底下）有个痣子。我们那儿管它叫：泪痣。可真是个泪痣啊，二十多年来，她的泪水可没少流啊！我本该带上她今晚来向你们道喜！唉，我们也是个老牛郎织女，到现在还是：两地分居！今晚我受她的委托向你们致意，向已经到达进攻出发地的新郎新娘子们，致以革命的军礼，祝你们首战必胜，从胜利走向胜利！

[众鼓掌，活跃。

师　　长　（向江爱国）喂，大协主席，你们协会的会员，是不是在逐年减少啊？

江爱国　可惜啊，不仅没有逐年减少，还有逐年增加的趋势！

师　　长　怎么？不是年年都有一批结婚的吗？

江爱国　报告师长同志，这就像年年都有老兵退伍，年年都有新兵补充一个样啊！

师　　长　大协主席，不要忘了，你们协会成立的目的就是消灭你们自己！哎，下一个课目是什么？

江爱国　下一个节目，呃，这是节目单，请您审阅！

师　　长　我吃饱了撑的？审阅这个干什么？我看我还是撤出战斗吧！我可不当《红楼梦》里的贾政，还是让开叫年轻的男女们玩个痛快吧，走喽！

江爱国　师长您在这儿热闹！

师　　长　我先到金龙口看看。等到九点整蒙小燕同志来了，我再赶回来！（边走边说）新郎新娘子入洞房，证婚人扔出了墙啊，走喽！（大笑下）

众　　　首长好走！

江爱国　现在婚礼继续进行。下一个节目叫作：有问必答。第一个问题：（向张志勇）你是哪里人？

张志勇　我广东珠江人。

江爱国　蒙小燕呢？

张志勇　（学广西话）广西柳江人。

江爱国　（向吴亚才）你哪？

吴亚才　我是湖北的你家！

谌三湘　我是喝洞庭湖水长大的湖南妹子。

陈峨嵋　我是峨嵋山下嘉陵江边的四川人。

雷百翠　我是四川省广安县的女娃子，邓小平同志的同乡！（众笑）

江爱国　第二个问题：你们俩头一次见面，讲的是什么？请张志勇先讲！

张志勇　我一个人怎么讲法？

江爱国　自问自答！

张志勇　我好像在哪里见过你……（模仿蒙小燕）做梦吧……

张志勇　不！你像我、我珠江边上的小、小妹妹！（模仿蒙小燕）你像我的、亲哥哥！

　　　　［众哄笑。

吴亚才　我们武昌有座黄鹤楼！

谌三湘　我们岳阳有座岳阳楼！

吴亚才　我们有个鹦鹉洲！

谌三湘　我们有个橘子洲！

吴亚才　我们扬子江的水几大呀！

谌三湘　都流进了我们的洞庭湖！

　　　　［众哄笑。

陈峨嵋　请问大姐，尊姓大名？

雷百翠　我的姓不尊，名不大，我叫雷百翠！

陈峨嵋　雷百翠，嘻嘻！

雷百翠　（大声）你要做啥子嘛！？

　　　　［众哄笑。

江爱国　第三个问题：你爱唱的歌曲是什么？

张志勇　（粤语手势）"万里长城永不倒"！

江爱国　好，《霍元甲》！蒙小燕也由你唱？

张志勇　不，你们听！（转身）

　　　　［蒙小燕的歌声《刘三姐》来自天际："恋就恋，我俩结交偕百年，一个九十七岁死，奈何桥上等三年！"

江爱国　《刘三姐》！好一个恋就恋，奈何桥上等三年！

众　　　这是？

张志勇　这是（从口袋掏出）她的录音带！（众笑）

江爱国　下一个！

吴亚才　（唱）"十五的月亮⋯⋯"

谌三湘　（唱）"刘海哥，你是我的夫啊喂⋯⋯"

陈峨嵋　（唱）：《川江号子》⋯⋯

雷百翠　（唱）"我望槐花啥几时开⋯⋯"

江爱国	好!下一个节目:新郎新娘介绍恋爱经过,口说加表演!
众	新人什么,还表演!?(闹罢演)
江爱国	(吹哨出示黄牌)我和连长可是经过精心创作精心排练,下一个节目请张志勇先来!他是编剧我是导演,他是主角我的龙套,还要大家充当配角通力合作,好不好?
众	好!
江爱国	先由我来报幕!(作状)在我们边关的土地上开满了黄兰小花的小草名叫:久久草。三瓣叶子的常常见到,四瓣叶子的人间稀少。有人说:谁能把四瓣叶子的久久草找到,谁就能把幸福找到。我们边防军人寻找幸福就像四瓣叶子的久久草一样难找!啊?(向观众)怎么?你们不信?有事实为证!现在就由张志勇同志主讲——
张志勇	《一个班的故事》。
众	嗯?
张志勇	(向观众)啊,你们以为我要讲的是我打死打伤俘虏敌人一个班的故事。不,我要讲的是:我寻找对象一个班的故事。
众	啊!?
张志勇	这并不是我的什么光荣,可也绝不是我的耻辱!——这都是我亲身经历过的真实故事!题目就叫作:爱的长征。

[灯光变幻,请柬开合,色块旋转。

爱的长征第一乐章 ——八十年代的梁祝哀史

[珠江三角洲民间迎婚嫁娶的锣鼓响了。

江爱国	听!结婚的喜庆锣鼓响了。(向观众)什么?你说张志勇同志回家结婚去了?不!是他的第一个对象在和别人结婚哪!

[音乐强烈。

[锣鼓敲得人心欲碎。

江爱国	你问这是怎么回事?啊,这还得从头说起:张志勇在读中学的时候,要好的

同学，叫霞妹。两人同窗三载，比得上是梁山伯与祝英台。可是霞妹的阿爸嫌贫爱富，封建迷信，贪图彩礼硬把祝英台嫁给了马文才。这个马文才是个从下边来的暴发户。张志勇同志去探家正巧赶上这一幕，霞妹约他到珠江边上相会……

[音乐。

[灯光照在霞妹脸上。她身穿古老新娘子装束。她浓妆淡抹，眉头紧锁，焦灼地边看手表，边望上场方向。

[细心的观众可以看出：霞妹是由蒙小燕同一个演员扮演的。

[张志勇匆匆赶来江边与霞妹相会。

[晚霞映照着珠江流水，在这对青年男女的面孔上闪动着粼粼彩光，表现他俩内心的焦虑、不安、哀怨和痛苦。

霞　　妹　　志——勇！

张志勇　　霞——妹！

霞　　妹　　志勇你……

张志勇　　我来晚了！我叫你等得太久了！

霞　　妹　　太久了！你还知道久？

张志勇　　我回家见了爸爸和妈妈，来晚了整整三个小时……

霞　　妹　　（痛楚地）你、你来晚了整整三年！三年！为什么你才回来？为什么你才回来？

张志勇　　我是个军人！

霞　　妹　　你知道吗？阿爸发现我在等你！他气狠狠地说：你是火命，我是金命，火克金，命定不准结成亲！现在，他强把我许配给一个下边人！我不答应，哭、喊、搏、死！可阿爸说：他宁肯看我跳进珠江淹死，也不准我嫁给一个火命的你！……你呀你，为什么才回来？

张志勇　　我是一个军人！

[喜庆锣鼓。

霞　　妹　　剩下的时间不多了，志勇，我的傻兵仔，你就是火，我就是金，火炼真金，来，你快把我烧化了吧！

张志勇　（动情而克制地）不，我是个军人！

霞　妹　军人，军人，你这个保卫祖国、保卫人民的大军，怎么连你心爱的人都保不住啊？……你说啊，说啊，你哑巴啦？你是个木头人？你是个石头人？——你是个无情的男子汉！

张志勇　我，我如果不是军人．（冲动地）我马上把你抢过来，带着你跑！

霞　妹　抢我跑！马上！？（紧紧地抓住张的双手）我们马上一起跑吧！人家怎么都能闯出去，反转头来把你心上人给抢跑了，为什么你就不能再把我抢回来！对，抢回来，我们一起跑，一起闯去吧！

张志勇　（脱下软军帽打在自己手掌上）嘿！我、我是个军人！

霞　妹　（清醒过来）你不能！你不是火，我也不是金，我们都是人家脚下的小土块、泥、水！

　　　　〔江水拍岸声。

霞　妹　唉，这都是傻话，梦话，没有用的话，我（下决心地）我要把我，先给你！这才是我的真心话！（低低地）拿去吧！

张志勇　（激动的抚摸着她的头发，不知如何表达自己的感情，轻轻地吻了一下她的青丝，痛苦而又断然地）不，我不能！

霞　妹　你，你真是一个傻好人！……那就等下一辈子吧！下一辈子，不论你托生到哪里，我都去找你，把今生今世的情（摘下满头花朵）都还给你，还给你！（送给张，张不接，花落地下）

霞　妹　你，你不要恨我吧！？

张志勇　我为什么恨你呢？我怎么能恨你呢？爱情不应当变成仇恨，亲人不能相亲还是兄弟姐妹嘛！

霞　妹　志勇，我的好人！忘了我吧！（跑下）

张志勇　霞——妹！（轻轻地）忘不了，忘不了，我的好妹妹！

　　　　〔灯光转换。

江爱国　这就是我们连长罗曼交响曲的第一乐章。标题：新梁祝——1980，有的来宾会说：喂，别瞎拜啦！八十年代的新中国，哪里来的梁山伯与祝英台？唉，请不要大惊小怪父母包办、买卖婚姻，尚未全军覆没，还会卷土重来！不过，这地球毕竟已经运转到二十世纪八十年代的轨道上来了,梁山伯既没有吐血身亡,也没有和祝英台化成蝴蝶,下面,讲的是:张志勇他伤心不伤气,失恋不失志!

(向观众)嘘,小点声,张志勇同志他在潜伏呢!情场上的失利者战场上的胜利者。

[张穿迷彩服上场卧倒,匍匐。

[灯光转换,虫鸣、蛙叫。

[一越军班长,一手持遮光电筒,一手持冲锋枪悄步上场。

[越班长走近张志勇侧听,放过,前进。突然又转身接近。

[张志勇突然跃起,左手一个霹雳掌,右手一个横勾拳,越班长手电落地,冲锋枪脱手。张志勇趁势一个双凤贯耳单臂锁喉,将越班长摔倒在地,张扑过去,越班长蹬脚,张又倒地。越班长抽出闪光匕首向张扑来。张猛地来个鲤鱼打挺,出手来个双钩点穴。越班长手持匕首变成一个泥胎,一动不动。张上前像背死尸一般将他背下场去。本剧所有武打场面,均系一种穿插、衬托和间离效果。宜虚不宜实,要干巴利落脆。

江爱国 看,这就是我们的英雄!——情场上的生手,战场上的强人!他在这次捕俘行动当中荣立一等功,晋职、晋级,提升为排长。

[张志勇带上了大红花。

江爱国 一年一度的探亲假,又到啦!掐头去尾不算路程只有二十天的时间。他要在最短的时间里,解决人生最复杂、最丰富的感情生活问题,唉,这可比抓个俘虏难度大老鼻子啦!

[张志勇摘下大红花,穿上战士服,扎皮带,斜挂绿帆布包准备去探家。

江爱国 喂,老兄,你怎么不把四个口袋的新干部服穿上?

张志勇 四个口袋两个口袋(笑)都一样!

江爱国 哎,在对象的眼里可不一样啊?

张志勇 她是爱人,还是爱口袋?

江爱国 哎,你怎么不带上大奖章?

张志勇 唉,哪能用奖章来炫耀自己?不应当!

江爱国　哎，你怎么不带上酒、烟、糖？

张志勇　哎咿，总不能一见面就甩手榴弹，就打二十响！

江爱国　（向观众）这样去找对象？不黄才见鬼！我这个大协主席在这方面的教训，可老鼻子啦！

　　　　[灯光音乐转换。色块变幻。

没有"大团结"哪来小家庭

　　　　[张志勇手持联络名单、照片，在寻觅他的对象。
　　　　[一个特区女临时工上场。

张志勇　（对名单照片）请问大姐贵姓？

临时工　你问这个做什么？

张志勇　我小姓张。

临时工　（向观众）谁问他来？

张志勇　我叫张志勇，今年二十六岁……

临时工　还没有对象！……

张志勇　您的大名是——

临时工　小梅。

张志勇　籍贯？

临时工　东莞。

张志勇　年龄？

临时工　二十三。

张志勇　学历？

临时工　初中。

张志勇　职业？

临时工　（顿）特区——职员。

张志勇　（职业病）党团？

临时工　什么，什么党团？民主人士！干什么？干什么？审案子是不是？

张志勇　唉，这是我在连队登记花名册养成的习惯！

临时工　什么花名册！我又不是你们部队的傻兵仔！

张志勇　傻兵仔！

临时工　你一个月的收入是多少？

张志勇　对不起，我从来没算过！

临时工　我算过！（拿出带音响的计算机）连第一线的补助在内，还不到一百元银纸。

张志勇　（向观众）她怎么知道得这么详细？

临时工　你到结婚的时候，有楼吗？

张志勇　楼！？

临时工　啊，楼。不要讲在特区，就是在我们县，没有小楼想结婚，那可叫：断弦的琵琶，冇得谈啦！懂吗？

张志勇　又懂又不懂。可是我有三大件！

临时工　三大件？摩托、空调、录像机？

张志勇　唉，单车、手表、收音机！

临时工　那是五十年代的三大件，早过时啦！

张志勇　电视机、洗衣机、电冰箱。

临时工　哦，也可以呀！

张志勇　——慢慢买嘛！

临时工　唉！外边发达的国家，连小汽车都不算什么啦！人家八十年代的三大件是：花园别墅、豪华游艇，还有这第三是，第三是，（她也不懂）啊，第三次潮流！

张志勇　啊？是第三次浪潮吧！

临时工　对，第三次浪潮！

张志勇　对什么？那也不是三大件呀！唉，你不懂！

临时工　哦，我不懂！你是天外来客，外星人吧？怎么我们地球上的事儿，什么都不懂呢？难怪人家说你们太老实、太天真、太——傻！认识你很高兴！真人面前不说假话，我不是什么特区的职员，我是一个特区的临时工！临时工，干临时的活，拿临时的钱！（神秘地）哎，大军同志，你们的政治理论学得好，党的政策水平高，我问你，这特区是不是临时的呀？

张志勇　临时的？不是的！

临时工　不是临时的！为什么它好像天上的月亮，初一、十五，不一样呢？

张志勇　初一、十五不一样？

临时工　（突然慷慨激昂地）可是这夫妻，总不能是临时的！——结了婚，成了家，煤气、大米、生油、老抽，都得用银纸来买吧？靠你那点工资，和我这点临时收入，天天吃速食面都得借外债！还不要讲生儿育女啦，懂吗？

张志勇　我全懂啦！

临时工　别生我的气！

张志勇　（苦笑地）我在当兵之前，待过两年业，也当过临时工，我们都是一样的兄弟姐妹，我们都是一样的苦命人，凭什么我生你的气呢？爱情不成，友谊长存嘛！

临时工　（顿，伸出双手）是啊，买卖不成仁义在嘛！

张志勇　再见！

临时工　再见！（转向观众）哎，你们评评理，这能怨我吗？没有了"大团结"（指手中十元钞票）哪儿来的小家庭啊！？

〔灯光变换，色块旋转。

幻想的花儿，结不出幸福的果儿

〔音乐声中，一位个体户女照相师上场，闪光拍照。

照相师　（向来照相的人群）站好，排队，排队，别吵啦！看镜头，微笑！（闪光）下一个，看镜头，把胸挺起来，谁叫你挺肚子！？（闪光）下一个！

张志勇　我，我是你二姨介绍来的……

照相师　我二姨介绍来的？优惠，优惠！（掏发票）贵姓？

张志勇　小姓张。

照相师　怎么称呼？

张志勇　张志勇。

照相师　这名字一听就是位战斗英雄！通信地址？

张志勇　四五六八八部队……

照相师　四五六，是胜利部队，再加上八八，发又发，是支大吉大利的部队。好了！

张志勇　（恍然）哦，照相啊！

〔刚才照相师是连正眼都没看张志勇一下提问的。只有这时，她才看清楚他的面孔，使她眼睛一亮。

照相师　哎呀，别动，别动！（向观众）这个面孔，太神了，我等了他多久啦！……他是：阿兰·德龙，高仓健，真正的男子汉！这才是我心目中，最可爱的人！（向张）别动！侧面，侧面！（闪光）正面，正面！（闪光）

张志勇　同志，我是你二姨介绍来的！

照相师　知道，知道！再来一张！

张志勇　我不是来照相的！（递介绍信）

照相师　嗯，你是来找对象的！那就更好啦！（乐得闭不住嘴）太可爱啦！

张志勇　（向观众）可爱前面还加上一个"太"字儿？

照相师　（掩饰自己的真情）像你这样的英雄形象人人爱嘛！

张志勇　人人爱？有没搞错？

照相师　没错！

张志勇　我真高兴，能遇到你这样热爱边防军人的姑娘！

〔一个女郎跑上。

女　郎　（向照相师）小雨，还没有收档？哦，正在拍拖！哟，这就是二姨给你介绍的？

照相师　来，哥儿们，替我参谋参谋，怎么样？像奶油小生？

女　郎　奶油小生？黑不溜求地像个巧克力小生！

照相师　对啦！你看轮廓像不像——佐罗？

女　郎　我看像——菠萝！

照相师　神态像不像史泰龙？

女　郎　我看倒像乌眼龙！

照相师　（长长地叹了一口气）哎……

女　郎　我看你是迷上他啦！

照相师　（哼了一句时代曲）"你可知道我爱谁？心上人是哪一位？比你温柔一千倍，比你可爱一万倍……真叫人敬佩！"

女　郎　就他！？温柔，可爱！？还敬佩？

照相师　粗犷、硬派的男子汉！有味道！

女　郎　妈也！找对象是终身大事！光看长相，不管金钱、工作、职位、两地分居……那长久得了吗？

照相师　只要我现在看中了他的气派，味道……谁管它日后天长地久……

女　郎　哎，人哪！？

照相师　谁？

女　郎　你的那位菠萝乌眼龙！

照相师　哎，（喊）大军同志！大军同志！（追跑下）

　　　　[灯光转换。照着江爱国与张志勇。

江爱国　喂，老兄，你怎么临阵脱逃了？人家姑娘迷上你啦嘛！

张志勇　我受不了！鬼知道她迷上我的什么啦！什么佐罗、史泰龙、高仓健，男子汉！？她看电影着了迷，错把我当成她心目中的英雄好汉，有一天，她会失望的！我是个平凡的军人，普通一兵，绝不是她幻想中的情人男子汉，幻想的花结不出幸福的果！少惹麻烦吧！

　　　　[灯光转换。

江爱国　可怜的老兄，剩下的假日不多了。别自命清高啦，快把大奖章戴上！（替他别上军功章）还有两位候选人在等着你哪！

张志勇　天哪，快让我回去守边防，别遭这个洋罪啦！

既不想守活寡，更不想当寡妇

　　　　[摩托车声由远而近。
　　　　[摩托女郎上场，手持头盔，头披长发，大方开朗，语言快速。

摩托女　（主动伸手握张）你就是张志勇？知道知道。我就是云妹。我的时间比黄金还要宝贵。捡短截说！你是广西边防的？

张志勇　是的。

摩托女　第一线的。

张志勇　是的。

摩托女　经常备战？

张志勇　是的。

摩托女　炮战？

张志勇　有的。

摩托女　枪战？

张志勇　有的。

摩托女　空手肉搏战？（做手势）

张志勇　（也作了个手势）有的！

摩托女　（动作）擒拿格斗，空手捕俘！

张志勇　（兴起）嘿，霹雳掌！嘿，倒勾拳！嘿，双凤贯耳，单臂锁喉！嘿，嘿，嘿，嘿！我还会点——穴！

摩托女　你会点穴！

张志勇　（含羞地）祖传绝技，不能外传！

　　　　〔摩托女凑近看了看张的大奖章。

摩托女　喝，千真万确？

张志勇　（谦虚地）马马虎虎！

摩托女　这要是拍成电影，英雄虎胆，惊心动魄！

张志勇　没那么悬乎！

摩托女　轮到自己的亲人头上，那可整天提心吊胆，失魂丧魄！

张志勇　也没那么严重！

摩托女　要是家庭里闹起武斗来，有个会点穴的大英雄，可也不是好玩的！

张志勇　家庭武斗？

摩托女　每年一次探亲假？

张志勇　一般情况下……

摩托女　抓个俘虏，打个胜仗，一天假日也不增加？

张志勇　也不减少嘛？

摩托女　这都是真的？

张志勇　我以边防军人的荣誉保证！

摩托女　你倒真地值得敬佩！

张志勇　敬——佩！

摩托女　可惜呀，可敬不可爱！

张志勇　啊！

摩托女　对不起，我是一个发育健全而又注重感情生活的女人！我既不想守活寡，更不想当寡妇！（戴上头盔欲下又返）对不起，我不想叫我的孩子从小就不认识他爸爸，等到见面管他叫解放军叔叔！Bay，bay！（下）

江爱国　什么话？

张志勇　唉，大实话。

江爱国　唉，我以为叫你挂上大奖章，是发挥你的优势，没想到把个摩托女郎给吓回去了！

张志勇　是儿不死，是财不散，是爱不怕，是情不变！爱是吓不回去的！唉，也别光埋怨人家怕！就是我们家里亲姐姐亲妹妹，找对象也不能专找整天提心吊胆的！

江爱国　唉，我也是和你一样，凡事多替对方着想，这才拖到了今天！

张志勇　捆绑不成夫妻，强迫不是买卖！

江爱国　对！姜太公钓鱼，愿者上钩，不愿顺水流！下一个！哎，这回是个干什么的？

张志勇　（看）开"的士"的。

江爱国　出租小车司机，好啊！

张志勇　好什么？两个轱辘的都Bay，bay啦，这四个轱辘的就该加倍地Bay，bay，bay，bay啦！（自尊心上来了）她们不干，我们还不干哪！她们在挑拣我们，我们还在挑拣她们哪！

江爱国　可挑拣需要时间！

张志勇　时间就是金钱！时间就是爱情！时间就是纪律！我马上要按照时间赶回部队，我的天地在那里——（冲手心吹了两口法气，用越语喊着）缴枪不杀！

［灯光转换。

又立一等功，这可比找对象容易多啦

　　［阵地上，四越寇摸来。
　　［张志勇头戴钢盔，手持冲锋枪，严阵以待。
　　［四越寇逼近。
　　［张志勇猛地站起，端枪横扫。
　　［四越寇倒地，缴枪的缴枪。

江爱国　张志勇同志在战场上英勇杀敌，又荣立一次一等功！

张志勇　（吐了一口气）呼！这可比找对象容易多啦！

江爱国　啊，冬去春来，又是一年芳草绿！旱季过去，雨季开始。又轮到张志勇同志的探亲假。这次，他要为自己的终身大事，再打一次决定性的大战役！

张志勇　唉，第六个，我相中她，她没有相中我，第七个，她相中我我没有相中她。这第八个嘛。希望这第八个她不是铜像！

江爱国　第八个不是铜像，是对象！

　　［灯光变换，色块旋转。

丈夫丈夫，离开一丈还叫什么丈夫

张志勇　（敬礼）你好！

第八女　（带礼）你好！

张志勇　（向观众）和照片一样！

第八女　（向观众）比照片还英俊点儿！

张志勇　呃，呃……

第八女　呃什么？有话快说！

张志勇　我们在信上研究的问题儿

第八女　问题怎么啦?

张志勇　决心下了吗?

第八女　早就下了，就等你回来面谈哪!

张志勇　呃，我没有楼……

第八女　我们俩年纪轻轻的，不比别人傻，不比别人懒，用不了多久，就能把小楼盖起来!一年一头牛，三年一栋楼嘛!

张志勇　（向观众）全凭两只手，小楼照样有!

第八女　你有多少存款?

张志勇　呃，存款有限，不过，我有不少的国库券!

第八女　国库券!不要紧，我们俩勤劳致富，勤俭持家，总能把荷包装满!

张志勇　（向观众）两个勤当头，有难不发愁!

第八女　（端详张）你……

张志勇　我长得丑!

第八女　嘿嘿，我也不漂亮!

张志勇　（严肃地）我的工作危险!

第八女　有我在，枪子躲着你，炮弹远着你!

张志勇　万一，我会牺牲的!

第八女　现在你不是没有万一嘛!万一!还兴许我先你一步呢!

张志勇　万一我负了伤?

第八女　又是万一!现在你的胳膊腿不是都挺齐全的嘛!

张志勇　（向观众）看来，第八个不是铜像!

第八女　可我有一个条件。

张志勇　什么条件?

第八女　就一个条件，你答应了我们马上就办!

张志勇　马上?就办?

第八女　今年不办，明年就吹啦!

张志勇　怎么?

第八女　我今年是双岁，明年是单岁！

张志勇　双岁、单岁又怎么啦？

第八女　双岁：双双对对；单岁：孤孤单单嘛！

张志勇　（向观众）天哪，这么多的清规戒律婆婆妈妈令儿！（向女）好，什么条件你快说吧！

第八女　你答应我！

张志勇　我答应你。

第八女　今年——

张志勇　（硬着头皮）今年办，也可以！

第八女　我说的是：今年你要回来……

张志勇　这不是回来了嘛！

第八女　我要你永远回来！

张志勇　什么？永远？

第八女　转业！

张志勇　啊，转业！（向观众）天哪，这第八个还是——铜像！

第八女　什么铜像？谁是铜像？人人都是父母养，人人都是肉长的！我提什么啦？不就是要你回来和我一起，建设四化嘛！丈夫，丈夫，离开一丈，还叫什么丈夫！？我一不嫌你穷，二没嫌你丑，三没嫌你的工作危险！够亏的啦！

张志勇　（无言以对，顺口应付）吃亏不要紧，只要主义真嘛！

第八女　你承认你个人吃亏啦？

张志勇　啊！

第八女　别人也承认你吃亏啦？

张志勇　啊！

第八女　你们的长官也承认你吃亏啦？

张志勇　啊！

第八女　天哪，大家全都承认你吃亏，为什么还叫你吃亏，老叫你吃亏呀！？

张志勇　"亏了我一个，幸福十亿人"！

第八女　别把你说得那么叻！亏了你一个，也幸福不了十亿人！要是真能幸福十亿人，

	别说亏了你一个，再搭上我也行！
张志勇	（向观众）嗯，志同道合，生死同心！
第八女	吃亏不要紧！为什么总叫我们这些小人儿们吃亏呀？那些有钱的、有权的，带头吃点亏，不比我们顶用的多吗？我们够亏的啦！（大哭）
	［灯光转换，照射着张志勇的面孔。
张志勇	她没有征服了我，唉，我也没有说服了她。傻姑娘，千条万条我都能答应，可立地转业这一条，我不能答应！这理那理我可以听你的，可就这"吃亏是福"的道理，还得听我的！对不起，再见了，铜像！
	［灯光转换。

相逢何必曾相识，同是天涯"吃亏人"

江爱国	他告别了第八个铜像回到了部队。这时候，记者同志访问了这位没有人爱的英雄，写了一篇上万字的报道，占了一整版，为他唱赞歌，为他鸣不平。把他当成"吃亏不要紧，只要主义真"的活典型。全国各地的女青年寄来了上百封的信。有一位老同志，看了报道，老泪纵横，连说：这样的好青年，后生仔，怎么能叫人家吃亏呢？就想把自己的老姑娘介绍给他……（戴上眼镜，扮成干部模样）
张志勇	你？你是什么人？
江爱国	我是她的全权代理人。（进入角色）小张啊，关于你的那篇报道，简直是爆炸了一颗中子弹哪！全国性的连锁反应！（机密地）你的档案材料，我们已经调上去看过了。都很满意，非常满意！……现在要你马上亲自去一趟！
张志勇	干什么？
江爱国	去——汇报。
张志勇	汇报？跟谁汇报？
江爱国	（掏照片）她！
	［老姑娘的面孔显现。
张志勇	（看）这——

江爱国　（笑）这就是——那位老姑娘！

张志勇　这——

江爱国　怎么样？她下乡插过队，入伍当过兵，上过大学堂，在开发中心当过经理，现在家里补习英文（悄声地）准备出国……人嘛，岁数比你是大了一点……女大三，抱金砖嘛；女大五，享清福嘛！你看她的轮廓、眉毛、眼睛，在文工团还待过两天，拍过电视哪！

张志勇　我不配！

　　　　〔老姑娘从镜框中伸出头："我不嫌！"

江爱国　两相情愿，两全其美嘛！

　　　　〔老姑娘隐去。

张志勇　不，我去不成！

江爱国　怎么？

张志勇　连队的工作，两眼一睁，忙到熄灯；春夏秋冬，忙个不停！没有空啊！

江爱国　你们还有别的干部嘛！

张志勇　老连长的家属，宫外孕，开了刀，有生命的危险，理所当然要去探亲；指导员从小是孤儿，外祖母把他抚养成人，八十多岁瘫在床上，整天盼着外孙子回家，把眼睛都盼瞎了，两年没轮上休假，公家欠了他的账，总也排不上队，还不清……一排长……

江爱国　行了行了。这些我叫你们团里负责解决安排！

张志勇　我已经休过假啦，不能因为私事再请假啦！

江爱国　谁说这是私事请假？这是因公出差！

张志勇　因公出差？

江爱国　对啦，同志！这是一项战斗任务，情况紧急，只许成功，不准失败！

　　　　〔灯光全黑。黑暗中：

张志勇　报告：张志勇奉命来到！

老姑娘　请——进——来！

　　　　〔灯光转明。

　　　　〔老姑娘穿着雅致而又新潮，她是一个看不出年龄的女人，是一个精明强悍，愤世嫉俗的女人……

老姑娘 （向张）请坐、请坐。喝茶，喝茶。红茶？绿茶？乌龙茶？饮料，饮料。可乐？桔汁、健力宝？抽烟，抽烟。中华、良友、三五牌？（忽然想起）听说你们一线部队有补助，每月十五块，一天才五毫银纸。哈哈，五毫纸！连三根三五牌的香烟都买不到！哈哈，真亏呀！吃糖，吃糖！米老鼠、瑞士糖、酒心巧克力！（摆三粒）这是茅台、杏花村、五粮液夹心巧克力。来，英雄，快请干了这三杯美酒！

张志勇 对不起，当兵的不能喝酒！

老姑娘 扯淡！当兵的我见多啦！我们老头儿顿顿离不开茅台酒！

张志勇 不许喝白酒，这是我们的规定。

老姑娘 不许喝白酒，许喝什么酒？

张志勇 每周加菜，可以喝上半瓶香槟酒！

老姑娘 啊，香槟酒？那是外国老娘儿们才喝的饮料！还是来瓶白兰地吧，（取）法国人头马！

　　［老姑娘一连串的动作和台词，弄得张志勇目眩口呆，手足无措。

老姑娘 喂，当兵的，自己动手啊，还要我侍候你是怎么着？

张志勇 我、我……

老姑娘 你、你还有什么说的没有啊？

张志勇 没、没有。

老姑娘 从前语录本上讲：有的人，吃亏就在于不老实。我看你呀，吃亏就在于太老实，难怪你找到第八个还是铜像！讲一讲嘛，你的丰功伟绩嘛！

张志勇 我有什么丰功伟绩！？

老姑娘 你不讲？我替你讲！（按录像机键钮）

　　［录像机图像出现。热烈掌声。
　　［张志勇的大写，报告声。嘿，霹雳掌！嘿，倒钩掌！双凤贯耳，单臂锁喉……
　　［掌声淹没讲话声。
　　［张志勇急忙闭掉。

老姑娘 怎么，接着往下看嘛！

张志勇　这是从哪儿弄来的？

老姑娘　英模报告团的录像嘛！是老头儿专门送来叫我学习的！怎么样，英雄，到处是掌声，鲜花，锣鼓……好风光！

张志勇　风光什么！？每到一处，上万人的夹道欢迎、欢送，耽误生产、影响办公、妨碍学习……，真叫人心里不安！

老姑娘　哈，你还真是个有思想的明白人！（突然）真逗！我有个女朋友也想找个边防军，我就拉她去听报告，唉，不去还好，去了一看：报告团里有戴墨镜的，有坐轮椅的，妈也，给吓回去啦！她怕！她怕亏啦！唉，现在又有谁不怕亏了？（笑）除非你们这帮傻蛋！（举起白兰地一饮而尽）我们都是傻蛋！哈，头一批关心国家大事的，是我们，亏啦！响应广阔天地大有作为的，是我们，亏啦！好容易参军又赶上打仗的，是我们，亏啦！上了大学，还是个自费走读生，又亏啦！刚刚当上公司经理，又不许高干子女经商，真亏啦！三十而立没有立成，快成了三十五白辛苦了，亏死啦！！听说，你也是个吃亏专家？（神秘地）哎，我告诉你一个绝密信息！

张志勇　什么绝密的信息？

老姑娘　从内部情况通报上，我看到越南特工队已经把你列入重点名单了！

张志勇　重点名单？

老姑娘　高额奖金！（比手势）十五万！

张志勇　我还值这么大的价钱？

老姑娘　你还笑？这多悬哪？多亏呀？唉，我们可真是：相逢何必曾相识，同是天涯吃亏人！

张志勇　同是天涯吃亏人？

老姑娘　我们不能再亏下去啦！

张志勇　对不起，我们连里还有很多事情要办，我要马上赶回去

老姑娘　哎，我已经托人办好了，不用你回连队去了。

张志勇　什么？

老姑娘　把你留在机关里！

张志勇　把我留在机关里？

老姑娘	离开前线穷山沟，留在后方大城市，这回不亏了吧？
张志勇	嗯……
老姑娘	你会英语吗？
张志勇	一点点。
老姑娘	嗯，我也是一点点。不要紧，我们可以一起迎头赶上嘛！
张志勇	一起迎头赶上？
老姑娘	我们这次要真地胸怀全球、放眼世界了！我们还可以出国留学呢！
张志勇	出国留学？我们？
老姑娘	唉，你考上西点军校倒也没那么容易，不过，我出国留学，你可以去陪读嘛！
张志勇	陪——读！？
老姑娘	你去扫大厅、刷盘子，打小工，盖高楼，比我还干巴利落脆！怎么样？没亏了你吧？这比整天担心特工队要暗杀你可强多啦？
张志勇	（万分屈辱但却心平气和地站了起来）我对你父亲一向是很敬爱的。我对您的种种遭遇也是非常同情的。至于您刚才的——精心安排，也是十分感谢的。调到大机关，进入大城市，也是我们山沟里待惯了的人，求之不得的。留学到外国嘛，这一辈子，我也梦想过出去转悠、转悠！（喘了一口气）但是，不靠真本事得来的东西，我是不敢要也是决不应当要的！神仙皇帝救世主，我是不信的！别人的怜悯和恩赐嘛，我只有说一声：谢谢！我，宁愿吃亏一辈子，也决不作别人生活里的奴隶！再见！（敬礼、下场）
	[灯光转换。
江爱国	张志勇啊，哈哈，你屈就一下成了这门亲，就可以离开我们的炮台山，坐上宇宙飞船上青天啦！你呀你，你这个傻蛋！
张志勇	我宁肯当傻蛋，甘愿守卫在炮台山！
江爱国	得，就这样，我们的张志勇同志结束了他的第九章罗曼史。暑假全国统考，他考进了军校，开始了新的生活。与同时也就开始了他的第十个故事。

众里寻她千百度，蓦然回首那人却在灯火阑珊处

江爱国　这第十个故事嘛，哎，还得由蒙小燕同志开始！

　　　　［灯光照在蒙小燕的面孔上。

蒙小燕　这个故事还得从我的爸爸讲起。我三岁就死了妈妈，他又当爸爸又当妈妈，把我抚养长大……父女俩相依为命，他省吃俭用供我读小学、上中学，十多年过去了、自卫还击战，爸爸是民兵队长，带着担架队上了前线……

　　　　［音乐、效果。

　　　　［民兵队长背伤员的剪影。

　　　　［炮弹爆炸。

　　　　［队长扑在伤员身上。

蒙小燕　为了掩护伤员，他负了重伤……

队　长　（向伤员）我有一个女儿，和你一般大……

伤　员　阿爸，你的女儿叫什么？她在哪儿？

队　长　她、她叫蒙——小——燕……（死）

伤　员　阿爸，她在哪儿，她在哪儿啊？

　　　　［灯光转照蒙小燕。

蒙小燕　我在这儿哪！可是当年的伤员同志，你在哪儿呢？（轻轻地喊着）你在哪儿呢？你到底在哪儿呢？

　　　　［音乐。两人相见不相识，失之交臂。隐去。

江爱国　他在这儿哪！（指）

　　　　［英俊健美的李桂生出现了。

江爱国　他就是李桂生，看，小伙子长得多英俊，多棒，多帅！好心的记者们千方百计把他和蒙小燕用红绳接通，啊，这一对如果结成眷属，那将会写出一篇多么罗曼蒂克传奇式的通讯！

李桂生　什么罗曼蒂克，什么传奇式的通讯？她父亲是我的救命恩人，她就是我的亲妹妹，这哪里来的红绳，这哪里算得上爱情？

江爱国　哎，你就别谦虚啦，赶快行动！

| 李桂生 | 行动？哎，不行不行！
| 江爱国 | 我再替你找个顾问——张志勇，请他火力支援，为你代写书信！
| 李桂生 | 哎，不成！你别东拉西扯，强加于人，乱弹琴！（下）
| 张志勇 | 哎，别别别！这个攻坚的任务，我可完不成！我在这方面的战果是零比九！我是个九战九败的常败将军，你快另请高明吧！
| 江爱国 | 战场上，从来就没有什么常胜将军！只要善于总结，常败将军也可以转化成常胜将军！我坚决请求你作为李桂生感情生活上的参谋总长、最高顾问！
| 张志勇 | 唉，自己一事无成，还能当别人的顾问？
| 江爱国 | 唉，这事儿所在多有，不是什么新闻！有自命的专家权威，啥事也未干成，哈电不真懂，还专门在那儿指手划脚理论别人！我看你比他们，总是强上十分！
| 张志勇 | 好吧！不过请允许我先总结总结自己的教训，然后再借鉴借鉴历代名人的爱情诗信。受人之托，我总要尽心尽力去完成！（与李桂生并肩正步下场）
| 张志勇 | 我多次的失败教训是：第一、霞妹……

[霞妹的形象出现了。

| 霞　妹 | 志勇，我的好人，忘了我吧！（被强拉隐去）
| 张志勇 | 父母包办封建观念、买卖婚姻，一对有情人活活被拆散！第二……

[临时工的形象出现了。

| 临时工 | 没有"大团结"，哪儿来的小家庭啊？（隐去）
| 张志勇 | 爱情战不胜金钱！第三……

[照相师的形象出现了。

| 照相师 | 他的味道、气派，我相中了，管它天长日久呢？（隐）
| 张志勇 | 幻想结不成姻缘。第四……
| 摩托女 | 我既不想守活寡，更不想当寡妇！（隐）
| 张志勇 | 工作危险，吓跑了脆弱的情感……

[第八女的形象出现了。

| 第八女 | 丈夫丈夫，离开一丈还叫什么丈夫？（隐）
| 张志勇 | 两地分居，难得日夜团圆……

[老姑娘的形象出现了。

老姑娘 你可以跟我去陪读嘛,这回没亏了你吧?这比整天提心吊胆怕特工队暗杀你可强老鼻子啦!(隐)

张志勇 恩赐、屈辱、不等价的交换!……唉,算啦算啦!我的失败也不能全怪客观。人人都有自己的忧愁、痛苦和打算!人各有志,谁也别埋怨!应当找找主观原因才算全面!(想着想着笑了起来)哈哈哈,从前我那叫什么谈情说爱呀?那真像:调查户口、登记新兵、审问俘虏……一张嘴就问:你对我有什么意见?刚一见面,就叫人家考虑登记结婚。哈,这比阿Q向小吴妈求爱的水平高过几分?爱情,难道不比金钱、容貌、吃饭、睡觉更加神圣?爱比海深,情比山重!

江爱国 你看他碰一个钉子,长一分心计;吃一堑,长一志。失败可真是成功的妈妈!张志勇还钻研了历代的爱情战例,参考了大量的名人传记罗曼史。为了替战友写好书信,他摘抄了古今中外伟人的爱情语录,他背诵了万篇千篇多情种子的诗文书信,从古老的诗经到民间情歌,从莎士比亚到普希金,从曹雪芹到刘三姐,还有那描写爱情的时代曲儿……

张志勇 凡是歌颂人间美好感情的我都钻研,我都引用。我通读了鲁迅和许广平的《两地书》;周恩来给邓颖超的诗和信;我最拜倒的还是马克思给燕妮的那封著名情书,我能全文一字不差地背诵。恩格斯对人类的爱情概括得多么好啊!男女之间真正的爱情要:互爱、强烈、持之以恒!(停)哎,我还会写啦!曹雪芹能写冷月花魂,为什么我不能写圆月兵魂;人家能写十五的月亮,为什么我不能写初一的星星。人家能写蓝蓝的小花——"勿忘我",为什么我不能写黄黄的小花儿——久久草!

[歌声起,灯光转换。一页诗信飘然划过夜空到达蒙小燕的手中。

[灯光照射蒙小燕在读信。

蒙小燕 (伴随歌声朗诵)

久久草,

开黄花,

月亮星星照着她,

　　　　　陪伴我守卫在天涯。

　　　　　久久草，

　　　　　小小小，

　　　　　三瓣叶儿天下多，

　　　　　四瓣叶儿人间少。

　　　　　久久草，

　　　　　四瓣少，

　　　　　它像幸福最难找，

　　　　　难找的幸福才美好。

　　　（白）难找的幸福才美好……啊，小小的久久草，四瓣的叶儿难找，我也要找！（把信抱在胸口）桂生，你守卫在天涯我更要去找！

江爱国　看来，张志勇的情书作业，篇篇是优秀。它起了引导感情爆炸的雷管作用。蒙小燕硬是要来看望李桂生啦！……这事儿，还真有点、有点"那个"啦！

　　　　［灯光转换。

　　　　［蒙小燕见到李桂生。她热情地伸出了双手。

李桂生　军人姿势立正、敬礼。

蒙小燕　呃，桂生你好！

李桂生　（大声地）蒙小燕同志，你——好！

蒙小燕　（笑）啊，李桂生同志，你——好！

李桂生　唉，我不好，很不好！

蒙小燕　你的身体？你的大脑？

李桂生　身体像块石头，大脑像块木头！可是，我要坚持战斗，进攻！进攻！只有拼死进攻，才能攻下学习的制高点，飘扬起胜利的红旗！

蒙小燕　（伸了一下舌头）

李桂生　你的父亲为了救护我，献出了他那最、最宝贵的生命，我要和你在一起，为继承革命先烈的遗志，而共同奋斗！

蒙小燕　（停顿了一下）完了？

李桂生　完了！

蒙小燕　没有别的啦?

李桂生　呃，呃……

蒙小燕　(鼓励地)说下去呀!

李桂生　嗯，嗯……

蒙小燕　说嘛!

李桂生　你、你对我有什么意见?

蒙小燕　(笑后严肃地)我、我对你的意见老鼻子啦!

李桂生　什么意见?

蒙小燕　我这次来，就是听你讲这几句套话来的呀!?

李桂生　那你——

蒙小燕　那你为什么不能像信上写的那样，问一问我；柳江的水清不清? 木棉的花红不红? 刘三姐的歌声亮不亮? 奈河桥上等不等? 你的信写的多好啊，我从信里看见了你的眼睛，听见了你的声音!

李桂生　那些信……

蒙小燕　是那些信，把我引来的! 我要当面看一看你的眼睛，听一听你的声音!

李桂生　呃……

蒙小燕　问哪!

李桂生　(口吃地)柳江的水，呃，红不红，木棉的花，清不清?

蒙小燕　别着急嘛! (边笑边递手帕)看你憋得满头大汗，给! 哎，你在信里，不是还写过一首诗吗?

李桂生　诗?

蒙小燕　《小小久久草》!

李桂生　久、久草?

蒙小燕　久久草，开黄花……陪伴我守卫在天涯!

李桂生　这是大实话，不是诗!

蒙小燕　它比诗还美! 下边怎么来着?

李桂生　下边?

蒙小燕　啊，久久草，小小小，三瓣叶儿……

李桂生　三瓣叶儿……

蒙小燕　天下多嘛……

李桂生　呃……

蒙小燕　四瓣叶儿……

李桂生　哎……

蒙小燕　人间少嘛！怎么回事？这不都是你写的诗吗？

李桂生　我，我还写诗？

蒙小燕　哎，你在信里不是说，你最崇拜的是莎士比亚、普希金！？

李桂生　蒙小燕同志，我跟你实话实说了吧！这信是是我……唉，我从来就不崇拜什么莎士比亚、普希金！我最崇拜的是军人：孙武、诸葛亮、苏沃洛夫、拿破仑、克劳塞维茨、朱德、刘伯承……（去而又转）巴——顿！（转向江爱国）唉，我早就说不成嘛！你这个乔太守专门爱乱点鸳鸯谱，弄得我狼狈不堪！（急下）

蒙小燕　桂生，桂生！（看信）这到底怎么回事？爱神一下子就变成了战神！？（哭）

〔张志勇上场替蒙小燕喊：桂生！桂生！

张志勇　（走向蒙安慰地）别哭，别哭嘛！

蒙小燕　（拭泪）你是谁！

张志勇　我……

蒙小燕　（看）啊，你就是那个——张，张志勇同志吧？

张志勇　（不敢正视她）你、你怎么认识我？

蒙小燕　我在报纸上看见过关于你的报道的照片，报纸上说你像个电影演员！（端详）像！像啊！

张志勇　唉，那是同志们开我的玩笑，说我像奶油小生，瞎起哄！其实，说我像巧克力小生还差不多！

蒙小燕　巧克力小生？

张志勇　（自惭形秽地）我长得太、太黑了！

蒙小燕　（望着他）我的爸爸比你还黑！

〔二人对视，停顿。

张志勇　哎，别动！你是……

蒙小燕　我是蒙小燕儿啊！

张志勇　啊，我好像在哪里见过你……

蒙小燕　做梦吧？

张志勇　不！你像我、我珠江边上的小、小妹妹！

蒙小燕　（凝视）你像我的、亲哥哥！

张志勇　（连忙岔开地）呃，我们还是谈点别的吧，小燕子！

蒙小燕　你叫我什么？小燕子？这名字只有阿爸和阿哥，还有桂生在信里才这么叫我的呀！

张志勇　呃，对不起，小燕子！呃，不，蒙小燕同志，我是这么写习惯啦！

蒙小燕　什么？你写习惯啦？

张志勇　啊，不！（向观众）今天我是怎么了，全乱了套啦！

蒙小燕　桂生在信上写过你们的遭遇。很多边防军人的遭遇！我为你和你的战友流过眼泪。信上写得多么动人哪"我们都是有血有肉的有情郎，我们不是——"

张志勇　"我们不是无情汉！"

蒙小燕　哦，桂生写的信，你都看过？

张志勇　呃，我们是最知心的战友！

蒙小燕　你们都是真正男子汉！

张志勇　我们都是可怜的小草！

蒙小燕　久久草！

〔二人凝眸对视。

张志勇　小小小！三瓣叶儿常见到……

蒙小燕　四瓣叶儿人间少，

张志勇　四瓣叶儿酸又甜，

蒙小燕　她像幸福最难找！

张志勇　难找的幸福才美好！

蒙小燕　（向观众）他背诵这首诗，就像从心底流出来的！（向张）啊，这首诗是你写的？（突然在地上草丛中发现了四瓣的久久草）啊，四瓣的久久草，我可找

到你啦！（捡起开着小黄花的久久草送给张）

张志勇　（惶恐不安地）不，我不是……

蒙小燕　（望着张低下了头，了然地）掩盖自己感情的人，不是一个正直的人！

张志勇　（脱口而出）我不是一个正直的人！

蒙小燕　啊，你承认了，你是掩盖自己感情的人！

张志勇　唉，我是一个正直的人，呃，我不是一个正直的人！

蒙小燕　（完全明白地）原来，信是你写的，诗也是你写的！四瓣的久久草，应当属于你！

张志勇　不，不！应当属于李桂生！

　　　　［李桂生出现，站在一角。

张志勇　你的父亲是他的救命恩人，他说：他欠下你的情，一辈子也还不清！

蒙小燕　报恩并不是爱情！张志勇同志，请你望着我的眼睛！

张志勇　我不能！我是火命，命中注定要燃烧自己，温暖别人！

蒙小燕　你是火命，燃烧自己，温暖别人，你真是把火，你的信，在燃烧自己也在燃烧别人哪！

张志勇　哎，我只是引信，为炸药爆炸导火。我只是泥土，为战友前进铺路！为别人争得幸福，就是我的最大幸福！

蒙小燕　那你自己呢？

张志勇　把幸福让给别人，把不幸留给自己！

蒙小燕　那你就更该得到幸福（递久久草）拿——着！

　　　　［李桂生隐去。

张志勇　不（独白）我甘愿为着别人的幸福献身，可是万万没有想到幸福却在自己的头上降临！我对霞妹永远失去的爱情，却在小燕子的身上再生！我寻找了这么久、这么久啊，这真是一场"爱的长征"！"众里寻她千百度，蓦然回首，那人却在灯火阑珊处"！那人就是你呀！为什么？为什么那人偏偏就是你呢？（隐）

蒙小燕　（独白）他们俩都应当得到人世间最美好的爱情。可是到了今天我才明白：我恋的是桂生的名，爱的是志勇的信。（自我犹豫地）爱桂生怕伤了志勇的情；

爱志勇怕寒了桂生的心。天哪，要是能把我的一颗心剁成两半，那有多好、多好啊！？（走向观众）亲爱的朋友们，你们说我该怎么办！？怎么办呢？

江爱国 其实这个问题用不着蒙小燕这样痛苦，这样难受。因为李桂生对蒙小燕就像亲兄妹一样，根本就未产生过爱情。

李桂生 决心把真相挑明。但是，一场战斗发生了……

［音乐。火光，战场炮火横飞。

江爱国 那是一次激烈的攻防战！李桂生率领部队夺回500高地，遭到敌人炮火的轮番轰击，山头是个弹丸之地，炸成一片焦土。一切有生命的动植物都毁灭了，连没有生命的石头也都炸成了粉末儿！

［一片火海。

江爱国 上级命令张志勇率领预备队，前仆后继要在拂晓之前，再度夺回500高地！

［灯光照射着张志勇冲上高地。

江爱国 高地上一片火海，没有落脚点，无法打退敌人的反击。正在这万分危急时刻，听！

［"301，301，301，向我靠拢，向我靠拢！"

张志勇 （对报话机）我是301，我是301，你是谁？快请回答！

［"我是108，我是108！"

张志勇 108桂生！哎呀老弟，你在哪儿哪？

［"我就在你的身边……"

张志勇 身边，在哪？

［"500高地！"

张志勇 我是在500高地！

［原来二人在一块岩石的两侧对话。

李桂生 301，你到底在哪里！

张志勇 108，你到底在哪里？老弟！

李桂生 我在这里！老兄！

［张志勇爬过去发现李。

张志勇 桂生老弟！

李桂生　志勇老兄!

　　　　［二人相拥。

　　　　［炮火。

李桂生　（拉张）快到我这边来,这儿最安全!看,只有这儿才是唯一的死角!

张志勇　死角里才有生命的存在!桂生,是你用生命保存了这一片绿洲,长满久久草的绿洲!

　　　　［久久草像地上长出来一样,绿成了一片。小黄花闪动着眼睛。

　　　　［《久久草》歌声起。

张志勇　（发现了一片四瓣久久草）啊,四瓣的久久草!给你!

李桂生　给我!?

张志勇　愿天下有情人,都成眷属!

李桂生　天下有情人?

张志勇　你和小燕儿……

李桂生　不,这完全是误会!现在我已经侦察明白,真正的有情人,是你和小燕儿!

张志勇　桂生!你……

李桂生　我把小燕一直当成亲妹妹来看待。

张志勇　桂生!你……

李桂生　只要她能终生幸福,也就等于我幸福终生!听命令!你要用父亲、哥哥、男子汉大丈夫的三重爱情加在一起去爱她!

张志勇　桂生!

李桂生　志勇!（把四瓣久久草交给了张志勇,二人相拥）

　　　　［音乐。炮火。

张志勇　敌人进攻了!

李桂生　（对报话筒）向500高地——

张志勇　开炮,开炮,开炮!

　　　　［火光映照他俩——烈火双雄。

　　　　［一声爆炸,李桂生负伤。

　　　　［张志勇抱住李桂生成造型。灯光,音乐。

[灯光转暗。音乐转强。
　　　[黑暗当中——

张志勇　桂生老弟！

蒙小燕　桂生哥哥我们来了！

　　　[灯光渐亮。
　　　[开满久久草小黄花的烈士陵园。
　　　[无词的女声伴唱。
　　　[张、蒙手持久久草站在李桂生烈士的墓碑前面。
　　　[李桂生的声音来自苍穹：

　　　啊，志勇、小燕儿，你们俩一块来了，带着四个瓣叶子的久久草来了！我盼望了多久，多久，才等到了这一天，你俩终于来了！

二　人　桂生同志，安息吧！

声　音　我没有安息！

群　声　我们没有安——息！

蒙小燕　桂生哥，（泣）你太孤单，太寂寞啦！

李桂生　不，我们这里有成连、成营的干部和战士！我们日日夜夜列队在接受你们的检阅，我们在向你们致——敬！

　　　[威武雄壮、肃穆庄严的无声行列出现了。石像般的，是在接受检阅吗？是在准备开入进攻出发地吗？还是……
　　　[在无声地死寂中，由远而近，由小而大，由弱而强，千百万人的口号声、脚步声轻轻地轻轻地铺天盖地而来——
　　　"活着的人们你好！"
　　　"为人民服务！"
　　　"保卫祖国！"

蒙小燕　桂生同志！（哭泣）

李桂生　小燕子不要哭泣，我要看到的是你们欢乐、幸福、生儿育女！青春太短暂、生命要珍重！不要忘记我，不要忘记我们！

　　　[群像和声般地：

"活着的人们

不要忘记我们！"

［脚步声由强转弱，由近渐远。

蒙小燕 忘不了，忘不了，永远，永远！

张志勇 永远永远忘不了！

［歌声起。

［群像成剪影。

［灯光照射蒙、张的面孔。

蒙小燕 志勇，（向张）桂生叫你把父亲、哥哥、男子汉三重的爱在一起，交给我，我要把对父亲、对哥哥、对亲人的爱，加在一起，还给你！（微笑）《红楼梦》里，不是有位仙子，在还泪、在还情、在还心吗？

张志勇 小燕子，你就是那位仙子！

蒙小燕 不，我是个小人儿，我是个小燕子，我是棵小小的久久草，陪伴你守卫在天涯！

张志勇 你陪伴我，要吃亏的！

蒙小燕 志勇，不要讲，不要讲吃亏！爸爸、桂生，还有你，都没有怕吃亏，我们是一个吃亏的家庭！（环指）我们是一支不怕吃亏的队伍！

张志勇 我们是一支不怕自我牺牲的队伍！

［群像轻声地呼唤：

"为人民服务！"

"保卫祖国！"

"祖国万岁！"

蒙小燕 我非常幸福地成为队伍的一名编外的小兵儿！我们吃亏，不怕！我们牺牲，不怕！只要，只要我们的心愿能够达到！我们的理想能够实现！

［张志勇、蒙小燕与背后的群像，融为一体。

［声音："为人民服务！""祖国万岁！"

［灯光转换，回到婚礼会场。

［掌声。

江爱国　这就是我们连长的故事——《爱的长征》。

　　　　［欢呼声。

两情若是久长时，又岂在朝朝暮暮

　　　　［广播声打九点整。

江爱国　现在是北京时间九点整。夜班车到了！哎，张志勇看，那是不是你的新娘子！？

　　　　［蒙小燕从观众席上奔向舞台来。

蒙小燕　志——勇！

张志勇　小——燕——子！

　　　　［众新人围上欢呼。鼓掌。二人握手。

江爱国　（向众）嘘，小声点，让人家先说两句悄悄话儿！

蒙小燕　（向张）我来得太晚了……

张志勇　小燕子！

蒙小燕　让你等得太久了……

张志勇　呃，好像等了一辈子！

　　　　［众欢笑。

江爱国　我建议让他俩来个节目好不好？

众　　　好！

蒙小燕　什么节目？

江爱国　来一个甜甜蜜蜜、亲亲热热的（作吻状）好不好？

众　　　好！

蒙小燕　（大大方方地）好，来就来！

　　　　［张志勇和蒙小燕从舞台左右两方飘然向舞台正中磁吸凝聚而来。

　　　　［二人相拥欲吻时——

　　　　［师长从台下匆匆赶来。

师　长　停！（上台）同志们，我不得不忍痛打断你们的婚礼啦！

　　　　　[众哑然。

　　　　　[单灯照师长。

师　长　（气愤地）今天是东南亚各国人民共同的节日。这帮流氓，破坏和平，连他们的士兵和基层干部的春节都不准过。好！（向参谋）通知各个单位！严阵以待！

　　　　　[灯光转换。

　　　　　[电报机声。

　　　　　[报话机声。

　　　　　[音乐。

　　　　　[新郎们头戴钢盔，身穿迷彩服，严阵以待。

　　　　　[新娘们聚成一团，紧张地望着变换的一切。

师　长　同志们，我们不是草木，不是泥巴，不是无情汉，我们都是有情郎！我们高唱：吃亏不要紧，但是，祖国和人民永远不会亏待我们！我们的天河配，不是玉皇大帝，玉母娘娘造成的！是保卫祖国保卫和平的需要，是和平的敌人造成的！（向张、蒙）张志勇和蒙小燕同志，我们古代有首描写七月七夕词，是怎么写的来着？

张志勇　"两情若是久长时，

蒙小燕　又岂在朝朝暮暮。"

　　　　　[炮声隆隆。

陈百翠　做啥子嘛，好吓人哪！（哭）

蒙小燕　别哭！边防军人的新娘子，有泪不轻弹！（自己也抹起泪来）

　　　　　[音乐。

　　　　　[天空升起信号弹。

　　　　　[张志勇与蒙小燕告别。

　　　　　[其他两对新人告别成雕塑衬影。

张志勇　小燕儿，替我祷告吧！

蒙小燕　祷告？（俏皮地）有用吗？

张志勇　有用！

蒙小燕　久久草，开黄花。（哭）

张志勇　陪伴我守卫在天涯！别哭嘛，革命军人的新娘子，有泪不轻弹！（擦）没结婚想结婚，结了婚想随军，随了军天天在担心！这就是边防军人妻子的牺牲！

蒙小燕　可是从我爱的第一天开始，就作好准备去牺——牲！

张志勇　等着我！

蒙小燕　等着你——回来！

〔新郎们成剪影，新娘们备好担架，扛起炮弹成造型。

江爱国　看！这就是我们炮台山的婚礼！

〔新郎、新娘，头戴钢盔、身穿迷彩斗篷，双双对对朝观众走来。

江爱国　这正是：

　　　　　　久久草，

　　　　　　小小小，

　　　　　　四瓣叶儿人间少。

　　　　　　她像幸福最难找，

　　　　　　难找的幸福最美好！

〔《久久草》主题歌声大作。

〔婚礼柬闭合了。

〔请柬上出现了醒目清秀字迹：

　　　　　　愿天下有情人，

　　　　　　都成了眷属！

〔剧终。

（剧本版本：《赵寰剧作选》，1985年原广州军区政治部战士话剧团首演）